THE SECRETS OF GREY DAYS.
Drahtseilakt

DAS BUCH

Kaum ist die erste Euphorie über die Gründung ihrer Agentur G.o.G. verflogen, sieht sich Marlena mit den Folgen ihrer Experimentierlust konfrontiert. Nicht genug, dass es diese ominösen Drohbriefe gibt. Adam misstraut sie nach wie vor, mit Mattes spricht sie nur noch über das Nötigste und von Alex hört sie gar nichts mehr. Eindeutig – die ganze Welt ist gegen sie. Und die Beschwerde über die Grey Days, die ihr auf den Tisch flattert, nur ein weiterer Beweis dafür. Sie schlittert doch geradewegs in eine Katastrophe hinein, oder?

THE SECRETS OF GREY DAYS – ein zweiteiliger Roman über die Auswirkungen des Hypes um „Fifty Shades of Grey“. Mit echten Kerlen, starken Frauen und einer ganz und gar verrückten Idee. Nach DIE AGENTUR liegt mit DRAHTSEILAKT jetzt auch der 2. Teil vor.

In mehreren Specials zum Roman werden die Erlebnisse der G.o.G.-Kundinnen erzählt. Näheres dazu im Anhang.

DIE AUTORIN

In den Romanen von Nora Amelie geht es um die Wirkung, die der Bestseller “Fifty Shades of Grey” auf das Leben der Leserinnen hat. Ihre Heldinnen sind starke, erfolgreiche Frauen, die sich mehr oder weniger unerwartet mit eigenen Schwächen und bisher ungestillten Sehnsüchten konfrontiert sehen. Nora Amelie will zeigen, dass hinter dem Hype um “Fifty Shades of Grey” mehr steckt als ein bloßes Erotikmärchen. Sie beschreibt BDSM so, wie es sein kann – eine Welt sexueller Erfüllung in den verschiedensten Schattierungen und vor allem nicht zwangsläufig mit Schmerz und Qualen verbunden.

Nora Amelie

THE SECRETS OF GREY DAYS

Teil 2 – Drahtseilakt

Roman

Besuchen Sie mich im Internet:
www.nora-amelie.de
www.facebook.com/nora.amelie.autorin

Soweit nicht anders gekennzeichnet, sind alle Personen in dieser Geschichte der Phantasie der Autorin entsprungen und nicht real.

1. Auflage.
Postfach 760 155, 10382 Berlin.
http://www.nora-amelie.de

Verlag CreateSpace
ISBN-10: 1517352584
ISBN-13: 978-1517352585

PROLOG

Alex steuerte den schweren Cherokee heute nicht über die breiten Boulevards der Stadt. Statt dessen ging es raus aus dem um diese Zeit völlig überfüllten Stadtzentrum in Gegenden, die mit ihren Fünfzigerjahrebauten und Einfamilienhäusern wirkten wie eine gänzlich andere Welt. Rentner führten Hunde spazieren. Rasenmäher ratterten. Und Wassersprenger sorgten dafür, dass die Luft frisch und erdig roch. Welche Richtung sie nahmen, darauf achtete Marlena längst nicht mehr. Hier war ihr alles fremd. Aber es verblüffte sie, wie sehr sich diese Stadt innerhalb von Minuten wandeln konnte. Eben noch laut und schrill, gleich darauf so weltabgewandt wie ein Dorf in brütender Mittagshitze an einer Landstraße siebter Ordnung.

Sie hielten in einem Viertel, das nicht mehr nur ruhig war, sondern regelrecht verlassen wirkte. Keine Passanten. Die paar Fahrzeuge, die am Straßenrand parkten, standen offensichtlich schon länger hier. Zumindest wenn man von der ungewöhnlich dicken Dreckschicht ausging, mit der sie bedeckt waren. Große klebrige Flecken auf Lack und Verglasung hatten jedes

Staubkorn, das aufgewirbelt worden, und jeden Tropfen Regen, der vom Himmel gefallen war, absorbiert. Der Verursacher für diesen Missstand war eindeutig. Linden säumten die Straße beidseitig. Ihre Kronen bildeten hoch über dem alten Kopfsteinpflaster einen grünen Tunnel. Wer zu dieser Jahreszeit nicht daran dachte, dass Lindenblüten allnächtlich ihren zähflüssigen süßen Saft absonderten, fand sein abgestelltes Auto schnell in besagtem unansehnlichen Zustand vor.

„Wo sind wir?“, wollte Marlena wissen.

Alex lächelte geheimnisvoll. „Keine Idee?“

Sie schüttelte den Kopf.

„Macht nichts. Lass dich überraschen.“

„Das sagst du schon die ganze Zeit.“

Er griff nach ihrer Hand und zog sie mit sich. Nach wenigen Metern wechselten sie auf die andere Straßenseite. Hier hatten die Bäume ihren klebrigen Saft auch auf dem Gehweg hinterlassen. Jeder Schritt wurde von einem merkwürdigen Geräusch begleitet. Als liefe man über frisch lackierte Dielen. Zu ihrer Rechten eine mannshohe dichte Hecke. Das Blattwerk ebenso glasiert wie alles andere.

„Was ist dahinter? Ein Garten?“, fragte Marlena.

„So ähnlich.“

Tatsächlich zog Alex sie gleich darauf durch eine schmale Pforte, die zunächst verschlossen wirkte, aber beim Herunterdrücken der Klinke sofort nachgab. Kaum hatten sie den geheimnisvollen Garten betreten, schob er sie wieder zu.

Wenn es eine Steigerung von Ruhe und Einsamkeit gab, dann an diesem Ort. Ein schwerer süßer Duft lag über den Anpflanzungen. Bäume und Sträucher standen in kleinen Gruppen und gelegentlich so dicht beieinander, dass man sich im grünen Dickicht hätte verlieren können.

„Komm.“

Alex ließ ihr nicht viel Zeit, sich umzuschauen. Er führte sie die verschlungenen Pfade entlang und wies bisweilen nur mit einem Kopfnicken auf blühende Rhododendren und auf große Gesteinsblöcke, die davor, dahinter und manchmal

mittendrin aufragten.
„Wie ein Findlingsgarten“, meinte Marlena leise und bewunderte die Farbenpracht der Gewächse. Manche hatten die Größe, wie sie sie von den Parks daheim und von dem weitläufigen Grundstück, das zu Alex’ Haus gehörte, kannte. Andere hatten beachtliche Ausmaße erreicht und ragten wie Bäume übermannshoch in die Wege hinein.

Das riesige Holzgestell, das in seiner Höhe selbst die größten Rhododendren übertraf, fiel ihr erst auf, als sie beinahe davor standen. Überrascht schaute sie zu Alex. Der lächelte.
„Wenn da jetzt nicht dieser Stein dran hinge, bekäme ich das Grübeln“, meinte sie und zwinkerte ihm zu.
„Da hängt ein Stein dran, stimmt“, gab er lapidar zurück. „Ein Pendel.“

Er trat an den Felsblock heran, der mit einem dicken Drahtseil oben am Gestell befestigt und mit einem kürzeren im Boden darunter verankert war. Mit einem kraftvollen Stoß versetzte er ihn in Bewegung. Marlena schaute dabei zu.
„Stell dich drauf“, forderte Alex.
Sie riss die Augen auf. „Wie bitte?“
„Na los, Prinzessin. Beweg deinen Hintern.“

Der Dom-Modus, in den er gewechselt hatte, fuhr ihr geradewegs in den Bauch und scheuchte den Schwarm Insekten auf, der darin nistete. Aber auf den Stein klettern?
„Angst?“, fragte er.
Sie zog die Stirn in Falten. „Quatsch. Warum sollte ich Angst haben?“
„Dann steig endlich hoch“, verlangte er und griff nach dem Stahlseil, um das Pendel zu stoppen.
„Und dann?“
„Wirst du sehen.“

Alex nahm ihre Hand, zog sie zu sich heran und gab ihr einen forschen Klaps auf den Po. Unsicher blickte sie auf ihre Füße, die in Absatzschuhen steckten.
„Die ziehst du am besten aus.“
Sie setzte zu einer Erwiderung an, überlegte es sich dann aber

anders und kickte die Schuhe in den Sand. „Auf deine Verantwortung."
Er grinste. „Immer."

Es war nicht wirklich gefährlich, auf den Stein zu klettern. Und er hätte durchaus noch ein, zwei weiteren Personen Platz geboten, als nur ihr allein. Sie klammerte sich am Stahlseil fest. „Und jetzt?"
Alex gab dem Pendel erneut einen Stoß. „Schaukelst du."

Der Gesteinsblock, mit ihr nun immerhin um einiges schwerer, setzte sich nur gemächlich in Bewegung. Es bedurfte weiterer Anstöße, um ihn so richtig in Schwingung zu versetzen. Auf Marlena wirkte es … seltsam. Sie war froh, dass sie die Schuhe ausgezogen hatte. Mit hätte man kaum den nötigen Halt gefunden. Barfuß war es leicht, auf dem pendelnden Stein zu balancieren.

„Schön?", fragte Alex.
Sie lächelte auf ihn hinab. „Ich weiß nicht so recht. Es fühlt sich merkwürdig an. Aber schön?"
Er stand einen Moment still da und schaute dabei zu, wie sie mit dem Stein vor und zurück schwang. Dann zog er ein Tuch aus der Tasche.
„Setz dich hin."

Er wollte ihr also die Augen verbinden. Na gut, einer gewissen Spannung war sie ja nicht abgeneigt. Vielleicht wandelte sich ihr Empfinden auf diesem Brocken, wenn er sie des Sehsinns beraubte. Vielleicht mutete es an wie im freien Fall. Vorsichtig rutschte sie mit ihren Händen am Stahlseil hinunter, bis sie sich auf den Stein setzen konnte. Sie spreizte die Beine und ließ sie baumeln, als säße sie auf einem Pferd. Alex trat hinter sie, legte ihr das Tuch über die Augen. Dann ging ein Ruck durch das Pendel. Er hatte es wieder in Bewegung versetzt.

„Oh, oh", machte sie irritiert. Ihre Hände krallten sich in das Seil.
„Was?"
„Ich glaub, mir wird schwindelig."

Sie fühlte sich wie ein Kind auf der Schaukel. Sie hatte es

geliebt. Und manchmal dabei für Sekunden die Augen geschlossen. Der Effekt war immer derselbe. Ein diffuses Gefühl von Kontrollverlust und ein Magen, der nicht mehr wusste, wo oben oder unten war. Sie erinnerte sich, dass ihr das Rauschen des Flugwindes in solchen dunklen Momenten immer viel lauter erschienen war. Als gäbe es nur noch diesen Ton. Auf- und abschwellend. Hin, her. Der Wind schlug ihr ins Gesicht, wenn sie nach vorn schwang. Und unter den Rock, wenn es zurückging. Ihr Kopf war wie Watte. Alles drehte sich. In ihrer Kehle steckte ein Geräusch, das wohl ein atemloses, irgendwie hysterisches Lachen war. Auch jetzt wieder.

„Das ist die Schwerelosigkeit", sagte Alex.

Sie hätte sich gern der Augenbinde entledigt. Aber das Pendel schwang mittlerweile so stark, dass sie nicht wagte, eine Hand vom Seil zu lösen.

„Lass mich wieder runter", bat sie mit unsicherer Stimme.

Was Alex genau tat und ob er die Absicht hatte, ihrer Bitte nachzukommen, konnte sie nicht sehen. Sie spürte das Pendel nur langsamer werden. Wenigstens schien er die Geschwindigkeit, mit der es sich bewegte, nicht weiter zu forcieren. Nach wenigen Minuten fühlte sie sich so sicher, dass sie die Hand hob, um dann doch nach dem Tuch zu greifen.

„Untersteh dich", sagte er leise. „Das bleibt auf."

Seine Hände fassten so unerwartet nach ihr, dass sie den winzigen Schrei, der in ihrer Kehle steckte, nicht zurückhalten konnte.

„Blödes Spiel", flüsterte sie, als er ihr half, sich wieder am Boden einzufinden.

„Gleich wird's noch blöder", raunte er an ihrem Hals und küsste sich auf der nackten Haut an ihrer Schulter entlang. „Arme nach vorn."

Marlena schwankte. Sie hatte das Gefühl, bei starkem Wellengang auf einem Schiff zu stehen, und machte einen Schritt zur Seite, als müsse sie sich abfangen.

„Na na, nicht so wild." Alex lachte leise. Dann legte er ihr weiche Manschetten um die Handgelenke, hakte sie ineinander und dirigierte sie zu einer Position, an der sie von dem noch

ganz leicht pendelnden Stein am Schenkel getroffen wurde. „Auf die Knie."
Empört ruckte sie mit dem Kopf in seine Richtung. „Willst du, dass ich mir den Schädel einramme?"
Unbeeindruckt von ihrem Protest legte er die Hände auf ihre Schultern und drückte sie hinunter.

Marlena kniete sich leise ächzend in den Sand und versuchte, sich auszumalen, was Alex vorhatte. Ihre Hände waren vor dem Bauch gefesselt. Was sollte das werden? Eine Bestrafung? Sie musste zugeben, dass sie ihm zig Gründe dafür geliefert hatte. In den letzten Wochen war sie innerlich so unruhig gewesen, dass sie die Lust am gemeinsamen Liebesspiel verloren und sich rar gemacht hatte hier in Berlin. Kein Wunder, wenn er deswegen sauer auf sie war. Aber es gab so viel, das ihr momentan im Kopf herumspukte. Die Sache mit Mattes, das Hotel, die nächsten Grey Days und nicht zuletzt ihr eigenes Befinden. Das war es eigentlich, was ihr Sorgen machte. Große sogar.

Sie spürte, wie Alex hinter sie trat. „Jetzt leg dich hin."
„In den Sand?"
„Genau."
Warum, zum Teufel, sollte sie sich in den Sand legen? „Und dann?"

Er antwortete nicht. Statt dessen zog er ihre Schultern nach hinten, so dass sie das Gleichgewicht verlor und in den kühlen Sand plumpste. Er angelte nach ihren Handgelenken, zog sie ihr über den Kopf. „Schieb dich mit den Füßen nach hinten."
„Scheiße, Alex", schimpfte sie. „Das Zeug kraucht mir überall hin. Was soll das?"

Wieder keine Antwort. Während sie die Füße in den Boden stemmte, um zu tun, was er verlangte, fühlte sie sich nach hinten gezogen. Sand rieselte in ihren Kragen. Alex schien das vollkommen egal zu sein. Und dann streifte etwas ihre Flanke, das sich verdammt nach dieser Kette anfühlte, mit der das Pendel am Grund verankert war. Noch ein Stück, dann lag sie offenbar in der Position, die er sich für sie ausgedacht

hatte. Zumindest gab er einen zufriedenen Laut von sich. Er hakte ihre Manschetten auseinander und wieder zusammen. Sie bewegte die Hände und stieß mit einem metallischen Scheppern gegen ein Hindernis, als sie sie nach vorn nehmen wollte. Er musste sie an der Kette des Pendels fixiert haben.
„Sag, dass das nicht wahr ist", murmelte sie. „Du hast mich echt unter diesen bescheuerten Stein gelegt."

Er lachte. Sie hörte seine Schritte im Sand knirschen und begann, an der Kette zu ziehen.
„Mach mich sofort los!"
Nichts. Aber über ihr setzte sich das Pendel in Bewegung. Hatte sie das jetzt etwa selbst fabriziert?
„Halt es an! Halt sofort dieses dämliche Ding an!", schimpfte sie lauthals. Ihre Stimme überschlug sich beinahe.

Eine Hand strich über ihren Arm und legte sich auf ihren Bauch. „Jetzt hol einfach mal tief Luft und beruhige dich, Prinzessin."
Sie ruckelte weiter an der Ankerkette. Die Kettenglieder klirrten leise. „Wie soll ich mich denn dabei beruhigen? Das ist eine total bescheuerte Idee. Und wenn das Ding nun runterkommt?"
Amüsiertes Schnaufen. „Das hängt seit Jahren hier und ist noch nicht einmal abgestürzt."
„Um so schlimmer. Vielleicht ist das Holz vom Gerüst inzwischen morsch."
„Du liest zu viele Krimis, Prinzessin."
„Dafür hab ich gar keine Zeit."

Die Hand auf ihrem Bauch rutschte höher, glitt durch die Furche zwischen ihren Brüsten, tippte über das Kinn und zupfte schließlich nachdrücklich an dem Tuch, das sie in Schwärze gehüllt hatte. Gleich darauf fand sie sich Aug in Aug mit dem Felsbrocken wieder. Entsetzt drehte sie den Kopf weg. Alex hockte neben ihr, betrachtete sie und grinste.
„Er fällt."
„Nein, tut er nicht."
„Mach mich los!"
„Noch nicht."

„Bitte, Alex. Bitte mach mich los“, verlegte sie sich aufs Betteln.
Entschlossen schüttelte er den Kopf und erhob sich.
„Lass mich nicht so liegen!“

Er trat zur Seite und schob den Stein an. Fast glaubte sie, ihn ächzen zu hören, als er sich langsam in Bewegung setzte.
„Bitte, bitte, bitte! Mach mich los!“
Noch ein Schubs und noch einer. Das Pendel kam in Fahrt.
„Oh Gott, oh Gott, oh Gott, das halte ich nicht aus“, murmelte sie und beobachtete fassungslos, wie der gewaltige Brocken über ihr immer kräftiger hin und her schaukelte. Ihr Kopf fühlte sich merkwürdig an.

„So, und jetzt wüsste ich gern, was mit dir in letzter Zeit los ist. Warum habe ich das Gefühl, du weichst mir aus?“

1

Es ging ihr nicht gut. Rein physisch betrachtet war natürlich alles in Ordnung. Auch wenn sie viel zu wenig schlief, die Arbeitstage definitiv zu lang waren und sie oft erst weit nach Mitternacht ins Bett kam. Doch das war alles nichts gegen dieses Date mit Adam. Der Blick aus diesen eisigen Augen und die dunkle Aura, die ihn umgab. Das machte ihr wirklich zu schaffen. Sie fühlte sich wie … ja, wie eigentlich? Sie konnte es selbst nicht genau sagen. Zittrig, nervös, unkonzentriert. Eben einfach schlecht. Keine gute Ausgangsbasis für das Gespräch mit einem Stalker.

Sie hatten sich an der Alster verabredet. Im CLIFF. Marlena wusste nicht, ob er irgendeine Affinität zu dieser Location hatte. Sie war lediglich froh darüber, dass es hier von Leuten nur so wimmelte. Auch wenn sie deswegen Schwierigkeiten gehabt hatte, überhaupt einen Parkplatz zu ergattern. Wenn es sich irgendwie einrichten ließ, wollte sie mit Adam jedenfalls nie mehr irgendwo allein sein müssen.

„Du nimmst es mir immer noch übel", sagte er, nachdem sie ihre Bestellung aufgegeben hatten.

Der Blick aus den stahlblauen Augen traf sie gnadenlos direkt. Als wolle er bis in ihr Innerstes schauen. Das allerdings war das

Letzte, was sie zulassen würde. Sie schüttelte den Kopf.
„Oh doch“, gab er mit einem kaum spürbaren Groll in der Stimme zurück. „Du solltest mich nicht für einen Idioten halten. Dass hier in Hamburg noch nichts gelaufen ist, hat seinen Grund.“

Mit dieser Feststellung traf er den Nagel auf den Kopf. Bisher hatte Marlena tatsächlich nichts unversucht gelassen, um die Grey Days in seinem Organisationsbereich zu verhindern. Sie tat sich damit selbst keinen Gefallen. Im Gegenteil. Es war alles andere als nützlich fürs Geschäft, was sie da trieb. Ausgerechnet Hamburg aus den Aktivitäten von G.o.G. herauszuhalten – innerlich schüttelte sie den Kopf. Allein die Tatsache, Adam fürs Nichtstun zu bezahlen, grenzte an Wahnsinn. Ein Wunder, dass er noch nicht das Handtuch geworfen hatte. Aber genau darauf zielte es ja ab. Vor Wochen hätte sie schwören wollen, dass er sich dieses Spiel nicht lange ansehen würde. Es war eindeutig, dass sie ihn ausgrenzte, überging, hinhielt. Sie hatte sogar ihren geplanten Besuch auf der INTERNORGA letzten Monat kurzfristig gecancelt, nur um ihm nicht zufällig zu begegnen. Langsam allerdings wurde es albern. Es grenzte an Kinderei, wie sie sich benahm. Zumal sie machen konnte, was sie wollte. Adam ließ sich davon nicht zu der Kurzschlusshandlung hinreißen, die sie so sehnsüchtig erwartete. Am liebsten wäre ihr, er würde kündigen. Doch statt dessen legte er wohl großen Wert auf Konfrontation. So viel war ihr inzwischen klar geworden. Und weil die ersten Hamburger Grey Days nun unmittelbar bevorstanden, ließ sich das wohl auch nicht mehr umgehen.

„Wir sollten die Sache endlich ad acta legen und uns dem Eigentlichen zuwenden, der Arbeit, die gerade auf dich zukommt“, schlug sie vor. Der Termin war ihr wichtig, nichts sonst.

Wie eine Verdurstende griff sie sofort nach der Kaffeetasse, die die Bedienung in diesem Moment vor sie hinstellte, und nahm, ohne zu überlegen, einen großen Schluck. Eine Sekunde später riss sie die Augen auf, hielt den Atem an. Sie hätte warten sollen. Der Kaffee verbrannte ihr nicht nur

Zungenspitze und Gaumen. Er rann so brühheiß durch ihre Kehle, dass sie spürte, wie ihr das Wasser in die Augen schoss.

Adam beobachtete mit versteinerter Miene, wie sie mit dem Schmerz kämpfte. Seine Augen hatten sich verengt, die Brauen waren leicht zusammengezogen. Seine Haltung, relaxt zurückgelehnt und mit übereinandergeschlagenen Beinen, mochte ausdrücken, was er in diesem Moment vielleicht dachte: Geschieht dir recht. Doch er sagte nichts. Und sie wollte nicht unfair sein und ihm Äußerungen in den Mund legen, die ihr selbst in den Kopf schossen.

Sie stellte die Tasse an ihren Platz zurück und kühlte ihren brennenden Mund mit einem gierigen Schluck aus dem Wasserglas, das zum Kaffee serviert worden war.

„Magst du mir vom Stand der Dinge berichten? Wir haben von beiden Kunden eine Zusage für das Osterwochenende. Also nur noch ein paar Tage, dann muss der Plan stehen." Ein Wunder, dass sie überhaupt noch sprechen konnte. Vorsichtig legte sie die Zungenspitze an das Gaumenbändchen hinter den Schneidezähnen. Es hatte, wie erwartet, arg gelitten.

Adam schwieg einen Moment lang und löste sich dann aus seiner scheinbaren Lethargie, indem er scharf Luft durch die Nase zog.

„Okay, reden wir über die Geschäfte." Er riss ein Tütchen Zucker auf, gab es komplett in seinen Kaffee und rührte anschließend kurz in der Tasse, bevor er sie an die Lippen hob. „Im Prinzip ist alles so weit klar", fuhr er dann fort. „Ich habe mit José gedealt. Der dreht über das Osterwochenende drüben im Osten ein Tanzvideo. Am Nachmittag dürfen wir mit unseren Kunden dazu kommen. Er stellt die komplette Technik zur Verfügung incl. Nachbearbeitung. Color Grading, Sound. Was eben so anfällt."

„Wo im Osten?", wollte sie wissen. Von der Technik verstand sie nichts.

„Die genauen Koordinaten kriege ich noch. Ich weiß nur, dass er da eines von diesen verlassenen Herrenhäusern hat, das er von Zeit zu Zeit für solche Dinge nutzt. Zumindest die Kamine sind wohl funktionstüchtig, so dass die Räume sogar beheizbar sind." Er blies in den Kaffee, hob den Blick und grinste süffisant. „Ein bisschen marode kann für unsere Absichten ja nicht verkehrt sein."

Marlena lehnte sich in ihrem Stuhl zurück und verschränkte die Arme vor der Brust. Kamin war gut. Trotz des frühlingshaften Wetters empfand sie die Temperaturen noch keineswegs als angenehm. Überhaupt fror sie in letzter Zeit schnell. Sie musste dringend mehr schlafen.

„Und es spricht nichts dagegen, die Räume für unsere Zwecke zu nutzen? Was hat das Ganze überhaupt mit SM zu tun?", wollte sie wissen.

Immerhin hatte die Kundin Grey Days gebucht. Da sollte es wenigstens ausreichend Spielmöglichkeiten geben. Allerdings sah das hier eher nach einem schnöden Tanzkurs aus.

Adam schmunzelte. „Ich glaube, das können wir getrost Paul überlassen. Der weiß schon, warum er unbedingt diesen Event wollte und dafür hier hoch kommt."

Paul. Ja, sie erinnerte sich an ihn. Er war einer der ersten Männer, die sich bei G.o.G. beworben hatten. Lebte in Frankfurt, kam aber als Pilot schnell und unkompliziert überall hin. Deshalb konnte er es sich leisten, auch ein paar Wochen länger auf die passende Partnerin zu warten. In Frankfurt hätte es längst eine Novizin für ihn gegeben. Aber er hatte nichts überstürzen wollen. Er suchte nach einer ganz besonderen, einer, die ihm beim Tanzen das Wasser reichen konnte. Jetzt schien sie endlich gefunden zu sein. Nur er allein wusste, was er mit ihr vorhatte. Vielleicht wurde das ja sogar eine überaus spannende Session.

„Und das Finanzielle?", schob sie nach. „Bezahlbar?"

Adam nickte. „José kalkuliert immer sehr knapp. Die Anfahrt und das Picknick werden mehr verschlingen, als die Kosten für die Aufnahmen."

„Okay. Du wirst sowieso einen Offroader brauchen. Sie haben ziemlich hässliches Wetter angesagt. Wenn du Forstwege fahren musst, bist du damit auf der sicheren Seite."

Marlena dachte an die Strecken, die sie selbst regelmäßig bewältigte. Auch ihr täte manchmal ein Geländewagen ganz gut, wenn sie auf der Insel unterwegs war. Den Hotel-Jeep wollte sie dafür nicht benutzen. Der blieb den Safari-Ausflügen ihrer Gäste vorbehalten. Und die nutzten ihn gern. Kein Wunder, wenn man an die sanierungsbedürftigen Straßen mancherorts dachte. Eine Limousine kam da schnell an ihre Grenzen.

„Ich glaube, wir können mit ruhigem Gewissen das Gros des Geldes in die Übernachtung investieren", hörte sie Adam sagen.

Sie wusste bereits, dass er ein Designhotel nahe St. Pauli ausgewählt hatte. Sie kannte es selbst, hatte schon dort übernachtet. Alles überaus stilvoll und die Küche geradezu genial. Nicht mal ihre eigene konnte da mithalten. Trotz Sternekoch. Und trotz weitgehend naturbelassener Produkte, die sie für die Speisen verwendeten. Aber Hamburg hatte auch ein ganz anderes Klientel zu bieten. Bei ihr auf der Insel wollten die Gäste vordergründig satt werden. Frische Seeluft machte eben hungrig.

Die Bedienung kam endlich mit den Waffeln, die sie bestellt hatte, heißen Kirschen und Sahne. Vielleicht wäre es schlauer gewesen, etwas Herzhaftes zu essen. Sie hatte noch den Heimweg vor sich. Und der konnte sich hinziehen. Im Grunde fast so weit, als führe sie nach Berlin. Marlena seufzte leise, gab Kirschen auf ein Stück Waffel, setzte einen Klecks Sahne obendrauf und schob sich den süßen Bissen in den Mund. Nervennahrung.

Als wenig später Adams Essen kam, eine große Grillplatte mit Steak, Fisch und diversen Beilagen, lief ihr allerdings doch das Wasser im Mund zusammen.

„Das reicht für uns beide", sagte Adam, der ihren Blick wohl zu interpretieren versuchte, und winkte der Kellnerin sofort wegen eines zweiten Bestecks.

Das erschien ihr unangebracht. Sie wollte nicht ausgerechnet mir ihrem Stalker … „Nein, nein, iss du nur. Ich bewundere einfach deine Wahl."

Aber Adam bugsierte die Platte in die Mitte des Tisches. „Jetzt hab dich nicht so. Du wirst doch wohl mit mir von ein und demselben Teller essen können.“ Wortlos legte er das zweite Besteck auf ihre Seite und machte eine einladende Handbewegung.

Ein paar Minuten lang sah Marlena ihm beim Essen zu. Währenddessen verlief die Sahne auf dem Rest ihrer Waffel und bildete einen milchigen See, an dessen Ufern dunkelrot die Kirschen leuchteten. Angewidert schob sie den Teller fort. Diese durchweichte Pampe mochte sie nun wirklich nicht mehr essen. Warum hatte sie die Sahne nicht extra kommen lassen? Sie griff nach Messer und Gabel und ließ sie unentschlossen über Adams Essen schweben.

„Na los“, forderte er sie erneut auf. „Nimm dir, was du möchtest.“

Schließlich schnitt sie sich vom gebratenen Lachs ab.

„Gut, oder?“

Sie kaute genüsslich und nickte. Der war wirklich gut. Kross gebraten und zugleich saftig und aromatisch im Geschmack. Irgendwie hatte sie gerade das Gefühl, dass ihr genau das jetzt gefehlt hatte. Dankbar lächelte sie zu Adam hinüber.

„Schon gut“, sagte er leise. Dann spießte er ein Stück Calamaris auf.

Marlena verzog das Gesicht.

„Nicht dein Fall?“

„Damit kannst du mich jagen“, gab sie zurück. „Ich hätte das Gefühl, auf Gummi zu kauen.“

„Eine Frage der Zubereitung.“ Er tauchte ein weiteres Stück in einen der Dips und schob es sich in den Mund.

Marlena musste sich zum wiederholten Male eingestehen, dass Adam schöne volle Lippen besaß. Die Unterlippe etwas voller als die obere. Beim Essen bewegten sich seine Kiefer so kräftig, als hätten sie anstrengende Arbeit zu leisten, was die sinnliche Ausstrahlung seines Gesichts nur noch mehr unterstrich. Ein attraktiver Mann. Einer, den man eigentlich nicht von der Bettkante stoßen würde. Wenn er nicht diese äußerst unangenehme Eigenschaft hätte, Grenzen einfach zu ignorieren. Wie damals am Strand. Als er ihr Angst machte mit seinem Überfall.

Wieder verlor sie sich in dem Gedanken, dass das möglicherweise nicht die einzige Sache war, mit der er weit übers Ziel hinausgeschossen war. Sie dachte an die Fotos, deren Herkunft nach wie vor ungeklärt war. Sooft sie in den letzten Wochen darüber sinniert hatte, ihr Verdacht fiel mit gleichbleibender Regelmäßigkeit ausschließlich auf ihn. Sie musste zugeben, dass auch das ein Grund gewesen war, warum sie ihren Besuch hier in Hamburg nicht mehr länger hatte aufschieben können. Sie wollte endlich herausfinden, ob Adam als Absender der ominösen Fotos in Betracht kam. Und wenn, welchen Grund er dafür hatte, sie auf diese Weise zu erpressen. Denn nichts anderes war es. Dazu bedurfte es keines Bekennerschreibens oder anderweitiger Erklärungen. Die Aufnahmen waren ein eindeutiger Beweis für Stalking. Und wenn man seinem Opfer die Beweise auch noch frei Haus lieferte, hatte man definitiv dessen Erpressung im Kopf. Es konnte gar nicht anders sein.

Marlena lehnte sich wieder zurück und legte das Besteck zur Seite. Der Appetit war ihr gründlich vergangen. Wie kam sie nur darauf, sich mit diesem Mann ein Essen zu teilen?
„Schon satt?", fragte Adam überrascht.
Sie nickte, auch wenn ihr Magen das ganz anders sah. Glücklicherweise verhielt er sich ruhig. Nur das aufkommende Gefühl von Pudding im Bauch machte vage deutlich, was er von der plötzlichen Unterbrechung der Nahrungszufuhr hielt.

Adam nahm den letzten Bissen Thunfisch und ein Stück Kartoffel auf die Gabel und tunkte beides in eine der Soßen.
„Ich habe dir noch einen Vorschlag zu unterbreiten", brachte er mit vollem Mund hervor. „Ich dachte, du würdest dir gern anschauen, wo genau ich unsere Kunden empfange." Er lächelte sie aufmunternd an. „Als Chefin solltest du meinen Arbeitsplatz kennen."

Marlena zuckte zusammen. Alles in ihr wehrte sich gegen diese Idee. Das war genau die Art von Überraschung, die sie hatte vermeiden wollen. Natürlich war ihr bekannt, wo er die

Kunden empfing. Noch vor Jahresende hatte jeder der Taylors ein Konzept vorlegen müssen, in dem auch vermerkt war, in welchem Umfeld die Erstgespräche mit den Kunden stattfinden würden. Sie wollte und konnte sich nicht leisten, überall eigene Büros zu eröffnen. Viel zu kostspielig. Deshalb ja hatte sie den Männern die mobile Büroausstattung zur Verfügung gestellt. Gleichzeitig lag ihr daran, den Kunden einen seriösen Eindruck von G.o.G. zu vermitteln. Die Taylors hatten sich für ihre Gespräche und die Fotoaufnahmen etwas einfallen lassen sollen. Und sich tatsächlich als kreativ erwiesen. Steve beispielsweise profitierte von Freunden aus seiner Studentenzeit, deren Fotostudio er nutzen durfte. Für Gespräche und für die Videoaufnahmen. Nick in Berlin traf seine Kunden grundsätzlich in einer Hotellobby am Kudamm und mietete für die Fotos im selben Haus ein Zimmer. Von Max, dem Träumer, wusste sie, dass er die Kunden in der Villa seiner Eltern empfing. Irgendwie hatte er es geschafft, entsprechende Vereinbarungen zu treffen, ohne den alten Herrschaften den eigentlichen Zweck seiner Arbeit zu verraten. Max daheim zu besuchen, konnte sich Marlena vorstellen. Aber Adam?

Ihr Zögern war verräterisch.

„Also hab ich recht“, sagte er und tupfte sich mit der Serviette den Mund ab. „Schade. Ich hätte dich für fair gehalten.“ Seine Miene gefror.

War er es oder war er es nicht?, überlegte Marlena fieberhaft. Gleichzeitig versuchte sie, Zeit zu schinden, indem sie sich im Restaurant umschaute, als wolle sie die Bedienung heranwinken. Ihr Blick blieb für einen Moment an der Bar hängen. Dort hatte sich ein Pärchen mit einem kleinen Mädchen niedergelassen. Vielleicht war sie vier. Fröhlich plappernd kletterte sie auf einen Barhocker, während der Vater, ein gutaussehender blonder Hüne, schützend die Hand ausstreckte, um zu verhindern, dass sie auf der anderen Seite wieder herunterfiel. Als sie endlich saß, lächelte sie ihn mit einem Augenaufschlag an, der Marlena einen Stich versetzte. Sie griff nach der Eiskarte, vertiefte sich in den Anblick der bunten Bildchen und tippte bereits nach wenigen Sekunden entschlossen auf eines davon. „Dieses“, hörte Marlena sie sagen. Der Vater blickte die Kleine an, als würde er noch überlegen, ob Eis das Passende für sie sei. Aber der Blick, den die Tochter daraufhin aufsetzte – eine Mischung aus Vorfreude, Anspannung und der unbedingten Bereitschaft, den Vater zu umgarnen, sollte er nicht willig sein – machte ihm wohl klar, dass jeder Widerstand zwecklos war. Er wechselte einen amüsierten Blick mit der Mutter der Kleinen und beugte sich zu der Bedienung am Tresen hinüber.

„Süß, oder?“

Adam war wohl Marlenas Blick gefolgt und hatte die Szene gleichfalls beobachtet. Sie hoffte, er würde keine unbequemen Fragen stellen. Über das Kinderthema wollte sie nicht sprechen. Weder mit ihm noch mit sonst wem. Sie nickte schnell und gab sich einen Ruck.

„Okay. Ein bisschen Zeit hab ich noch. Fahren wir zu dir.“

Vielleicht die Gelegenheit herauszufinden, was sie sowieso zwingend in Erfahrung bringen musste. Ob die Fotos von ihm stammten und wenn, was er damit bezweckte. Vielleicht war sie im Begriff, eine Dummheit zu begehen. Sie hatte sich schon einmal in ihm getäuscht. Dass sie ihm ein weiteres Mal Zugeständnisse machte, konnte ihn dazu ermuntern, sein Werben zu intensivieren. Doch dieses Risiko musste sie wohl eingehen. Tat sie es nicht, würde sie niemals erfahren, ob wenigstens ihr Statement, Privates und Berufliches strikt trennen zu wollen, bei ihm angekommen war. Von der eigentlichen Frage, die ihr unter den Nägeln brannte, die nach der Herkunft der Bilder, mal ganz abgesehen.

2

Um in die Hafencity zu gelangen, wo Adam wohnte, blieb ihnen im Grunde keine andere Wahl, als quer durch die Stadt zu fahren. Doch Adam nahm nicht die Kennedybrücke, sondern fuhr weiter in Richtung Gorch-Fock-Wall. Marlena folgte ihm. Sie ging davon aus, dass er wusste, welche Wege sie besser meiden sollten. Am Ende konnte sie zwar nicht behaupten, dass sie schnell ans Ziel gelangt wären. Aber immerhin hatte sie sich einigermaßen entspannt zurücklehnen und ihn die Entscheidungen für sie beide treffen lassen können.

Jetzt stand sie im offensichtlich größten Raum seiner Wohnung und blickte übers Wasser in den Himmel. Er war strahlend blau, mit tiefhängenden weißen Wolken davor. Sie verliehen ihm die ungewöhnliche Dreidimensionalität, die sie so liebte.

„Gib mir deinen Mantel", sagte Adam hinter ihr.

Sie schüttelte den Kopf. Ihr war noch immer kalt. Außerdem empfand sie ihren ledernen Trenchcoat gerade als höchst angebrachten Schutz vor seiner möglichen Zudringlichkeit. Er schien zu verstehen, was in ihr vorging. Fragte nicht weiter. Machte sich statt dessen am Kamin zu schaffen, der an der im rechten Winkel zur Fensterfront verlaufenden Wand installiert war.

Adams Wohnung verblüffte Marlena. Wie konnte sich jemand derartigen Luxus leisten und dann für eine Agentur wie ihre arbeiten wollen? Das hier, und sie hatte längst nicht alles gesehen, war mit Sicherheit kein Schnäppchen. Weder zur Miete noch als Kaufobjekt. Das passte vielleicht zu einem etablierten Yuppie, aber zu Adam? Gut, wenn sie berücksichtigte, dass er schon eine Karriere als Model und im Escortservice hinter sich hatte, war er doch vielleicht gar nicht so unvermögend. Womöglich hatte er sämtliche Ersparnisse in eben diese Wohnung gesteckt. Er war wie sie ohne Familie. Sein Cocooning vielleicht etwas ausgeprägter, als bei Familienvätern im selben Alter.

Marlena versuchte, die geniale Aussicht zu ignorieren, und ließ ihren Blick über die Inneneinrichtung schweifen. Alles sehr sachlich und fast clean. Nirgends ein Stäubchen. Vermutlich hatte er eine Putzfrau, die die Wohnung für ihn in Schuss hielt. Sie konnte sich beim besten Willen nicht vorstellen, dass er hier allein wirbelte.

Adam kam mit einem Tablett ins Zimmer zurück. Darauf eine Wasserkaraffe und dickwandige Gläser, die er auf einem niedrigen Tisch aus dunklem geöltem Holz abstellte. Dann ließ er sich in einen der Ledersessel fallen. Marlena setzte sich ihm gegenüber.

„Ein angemessener Platz, um G.o.G.-Kunden zu empfangen“, sagte sie lächelnd. In ihrem Kopf war gerade eine Strategie gereift.

Adam blieb ernst.

„Ich würde sogar vermuten, sie sind geradezu überwältigt bei dieser Aussicht.“ Sie nickte hinüber zur Fensterfront.

„Bisher ist Elisabeth die einzige Kundin“, antwortete er. Seiner Stimme war keine Gefühlsregung anzumerken.

Marlena fuhr darin fort, ihn zu besänftigen. „Das entwickelt sich. Auch bei den anderen dauert es, ehe sich Interessenten melden.“

Adams Augen verengten sich bei ihren Worten. Er

musterte sie. Lange und intensiv. Als suche er nach dem Haken, den ihre Aussage enthielt. Und Marlena hatte plötzlich das Gefühl, er könne sie jeden Moment durchschauen. Ihr Unbehagen wuchs. Dem Blickduell, das sie sich lieferten, würde sie nicht lange standhalten. Ihr Herzschlag beschleunigte sich. Warum war sie nur plötzlich so aufgeregt?

Mühsam suchte sie nach dem roten Faden ihres Gesprächs. „Bei den großen Fensterflächen – wie machst du das mit den Fotos und Videoaufnahmen? Dort drüben?“ Sie wies mit der Hand auf die weiße Wand, an der das Kaminfeuer hinter Sicherheitsglas lautlos vor sich hin züngelte.

Er nickte. „Ja, dort ist der Lichteinfall optimal.“

„Davon hab ich keine Ahnung“, gab sie zu.

Auf Adams Lippen schlich sich ein Schmunzeln. „Man kann nicht alles können.“

Da war er. Der Ball, auf den sie gehofft hatte. Er passte zu ihrer Strategie. Sie konnte endlich auf den Punkt kommen. „Woher kannst du es?“

„Mein Großvater war Fotograf. Er hat mir noch beigebracht, wie analoge Fotografie funktioniert. Ich habe einen Faible für Schwarz-Weiß-Aufnahmen.“

Ah ja. Also doch.

„Schon in der Schulzeit war ich viel mit meiner Kamera unterwegs und hab Kontakte in die Szene gesucht. So kam irgendwann auch der Modeljob zustande.“

Marlena legte den Kopf schief und lächelte ein wenig verschämt. „Dann muss dir die Ausstattung, die ich euch zur Verfügung gestellt habe, ja wie ein Witz vorkommen.“

„Du konntest nicht ahnen, was ich gewohnt bin.“

„Was bist du gewohnt?“

Adam erhob sich und öffnete wortlos eines der Sideboards, indem er sanft gegen die Front aus satiniertem Glas tippte. Der Schrank öffnete sich, aber er holte nichts heraus. Das musste er auch gar nicht. Marlena hatte auch so gute Sicht auf das Innenleben. Es wirkte, als hätte Adam dort ein ganzes Fotostudio untergebracht. Wenn er jetzt noch auf die Idee käme, ihr so eine altmodische Dunkelkammer zu präsentieren, würde sie keinen Zweifel mehr hegen, dass die Fotos von ihm stammten.

Ihr wurde heiß bei dem Gedanken, was das zu bedeuten hatte. Adam versuchte, sie zu erpressen. Aus Gründen, die sie nicht kannte. Schlimmer noch: Er hatte Zutritt zu Räumlichkeiten, in denen sie sich bisher immer geschützt gefühlt hatte. Und am allerschlimmsten: Er kannte ihre Neigung und wusste, dass er sie mit einer Bloßstellung empfindlich treffen konnte. Wenn nicht gar vernichtend. Das kam ganz auf die Umstände an. Sie schnappte nach Luft bei dieser Erkenntnis.

„Alles okay?", fragte er. Ihre Reaktion war ihm offensichtlich nicht verborgen geblieben. Seine Stimme klang beinahe besorgt.

„Es ist nichts. Nur ein wenig müde." Sie warf einen demonstrativen Blick auf ihre Armbanduhr. „Ich glaube, es wird Zeit für mich." Dann hob sie den Kopf in der festen Absicht, seinem noch immer forschendem Blick standzuhalten. „Wir haben am Abend eine Veranstaltung im Haus. Da wird meine Präsenz erwartet." Das war nicht einmal gelogen. Sie stand auf.

Adam nickte. „Du wirkst abgespannt, Marlena." Er kam einen Schritt auf sie zu. „Du solltest nicht nur ans Arbeiten denken." Er hob die Hand, wollte ihr wohl eine Strähne aus dem Gesicht streichen. Sofort wich sie aus. Und er ließ seine Hand wieder sinken. „Wie lebt es sich mit so viel Misstrauen?", fragte er. „Ist es das, was dich so stresst? Das Gefühl, für alles allein verantwortlich zu sein, alles kontrollieren zu müssen? Ein Teufelskreis, meine Liebe. Lass dir das gesagt sein."

Sie hatte Mühe, ruhig zu bleiben. Die Art, wie er mit ihr sprach, erinnerte sie an das überhebliche Gerede an jenem Januartag, als er ihr an den Strand gefolgt war.

„Ich weiß, was ich tue", entgegnete sie kühl. „Und mein Verstand sagt mir, dass es nie schadet, manchen Leuten mit einem gesunden Misstrauen zu begegnen."

Adam zog die Brauen zusammen. „Wie mir?"

„Beispielsweise wie dir, ja."

„Du hast nichts von mir zu befürchten."

„Woher weiß ich das?“
„Weil ich es dir gesagt habe. Schon vergessen? Ich habe mich sogar bei dir entschuldigt.“
Marlena stieß spöttisch die Luft aus. „Das hört sich an, als wenn das für jemanden wie dich unter aller Würde gewesen wär’.“
„Vielleicht ist es das“, gab er frostig zurück. „Trotzdem war es ehrlich gemeint. Mir ist völlig unklar, warum du an meinen Worten bis heute zweifelst.“

Für einen Moment standen sie sich schweigend gegenüber. „Ist es, weil ich anders bin als der süße Max oder einer wie Chris?“ Er näherte sein Gesicht dem ihren, so dass sie seinen Atem spüren konnte. „Oder meine Vergangenheit vielleicht? Ist für dich Escort dasselbe wie kriminell?“ Jetzt war er ihr so nah, dass sie sogar die feinen Äderchen in seinen Augen wahrnehmen konnte. „Oder ist einfach nur mein Haar zu dunkel und meine Mimik zu unbewegt? Sag, was ist es, das dich so schlecht von mir denken lässt!“

Marlena bemerkte die Wut, die er mühsam unter Kontrolle hielt. Seine Brauen hatten sich bedrohlich zusammengezogen. Auf der Stirn stand eine tiefe, steile Falte. Aus den vollen Lippen war ein schmaler Strich geworden. Fast rhythmisch presste er die Kieferknochen aufeinander.

Am liebsten hätte sie ihm ins Gesicht geschleudert, wie sehr sie seine Machtspielchen hasste. Dass er sie in Ruhe lassen sollte mit diesen Stalkingmethoden. Dass er sich nicht erdreisten sollte, auch nur die geringste Kleinigkeit von ihrem Privatleben an die Öffentlichkeit gelangen zu lassen. Aber wusste sie es? War sie wirklich sicher, dass die Fotos von ihm kamen? War er tatsächlich so clever gewesen, sämtliche Sicherheitsmaßnahmen, die Alex und Vinc im Club getroffen hatten, zu umgehen?

Sie zögerte. Die Worte lagen ihr auf der Zunge. Doch sie wagte nicht, sie auszusprechen. Sie hatte nicht die Spur eines Beweises. Aber die Befürchtung, sich einfach nur lächerlich zu machen.

* * *

Marlena hatte das Autobahnkreuz Lübeck hinter sich gelassen und rollte über die A20. Den Blick nachdenklich geradeaus gerichtet. Eben hatte sie wieder eines dieser Autobahnplakate passiert, von denen sie mal gelesen hatte, dass man die Aufnahmen dafür irgendwo im nichteuropäischen Ausland machte. Damit sich niemand auf einem mit Trauerflor versehenen Foto erkennen musste. Ob die Leute auf diesen Bildern wussten, wofür die Aufnahmen in Deutschland verwendet wurden? Sie konnte sich gar nicht vorstellen, dass sich jemand für eine Todesanzeige fotografieren ließ. Das war für sie wie ein schlechtes Omen. Wie die Vorwegnahme von etwas, das man gern verdrängte. Oder nicht?

Seufzend drückte sie den Rücken durch und rutschte tiefer in den Sitz. Knappe zweihundert Kilometer lagen vor ihr, bis sie in Stralsund den Abzweig nach Rügen nehmen konnte. Sie würde zwar rechtzeitig zum Abendtermin im Hotel eintreffen. Aber hier und jetzt musste sie sich mit dem zunehmend dichter werdenden Feierabendverkehr herumschlagen. Sie hätte es wissen müssen. Was für eine blöde Idee, mit zu Adam zu fahren und auf diese Weise die Zeit für die Rückfahrt hinauszuzögern. Sie konnte nicht einmal behaupten, dass es viel Sinn gemacht hätte.

Eigentlich hatte sie endlich herausfinden wollen, ob Adam der Absender der Fotos war. Sie wusste es nach wie vor nicht und erging sich ausschließlich in Mutmaßungen. Vielleicht, vielleicht auch nicht. Wenn sie ehrlich war, konnte sie nicht einmal sagen, welche Faktoren nun genau dafür sprachen. Außer, dass sie ihm die Sache am Strand immer noch nachtrug. Und dass er ihr deshalb suspekt erschien. Sie musste weiterhin Vorsicht walten lassen. Und eine Ahnung davon bekommen, welche Absicht hinter dem Ganzen steckte. Wollte er sie erpressen? War es nur ein Spiel, um ihr Angst zu machen? Ohne neue Anhaltspunkte konnte sie nur hoffen, dass Alex herausfand, wer sich an jenem Abend unberechtigt Zugang zu seinem

Club verschafft hatte. Alex …

Wie immer in letzter Zeit versetzte ihr der Gedanke an ihn einen Stich, der ihr durch Mark und Bein fuhr. Sie verbot sich, mehr davon zuzulassen. Statt dessen tastete sie in ihrer Tasche auf dem Beifahrersitz nach dem Telefon. Es gab ein paar Gespräche, die sie unbedingt noch erledigen wollte. Wenn sie sich nur endlich entschließen könnte, damit zu beginnen.

Während Marlena angestrengt nach vorn schaute, zog sie Smartphone und Headset hervor und mühte sich, das dünne weiße Kabel, an dem die Ohrstöpsel hingen, zu entwirren. Unablässig flog ihr Blick zwischen dem Geschehen auf der Straße und dem Kabelsalat in ihrem Schoß hin und her. Sie ärgerte sich darüber, dass sie sich nicht darum gekümmert hatte, bevor sie in Hamburg losgefahren war. Dass das Headset zu einem Knäuel aus großen und kleinen Schlingen mutierte, sobald es in den Tiefen ihrer Tasche verschwand, wusste sie nun doch wirklich nicht erst seit heute. Wenn sie Pech hatte, ging manchmal sogar der weiche durchsichtige Gummi auf den Metallteilen der Ohrstöpsel verloren, weil er beim Herausziehen irgendwo hängenblieb. Vorsichtig zupfte sie weiter an der Strippe. Bis sie das Teil endlich auseinandergetüdert hatte. Nach einem schnellen Überholmanöver zwischendurch drückte sie sich die Stöpsel in die Ohren und verkabelte das Headset mit dem Smartphone. Nun musste sie nur noch die richtige Nummer finden.

Sie holte tief Luft, legte beide Hände ans Lenkrad und fuhr spielerisch über die verschiedenen integrierten Tasten. Nein. Jetzt war auch nicht der richtige Zeitpunkt, sich darüber zu ärgern, dass sie es noch nicht fertiggebracht hatte, das Telefon mit der Freisprechanlage zu koordinieren. Verdammte Technik. Sie hasste Freisprechanlagen. Bei manchen Leuten hörten die sich an, als hätten sie Zahnschmerzen oder einen Sprachfehler. Dann lieber die Quälerei mit diesem Headset und wenigstens die Gewissheit, dass man sie laut und deutlich hören konnte. Außer, sie gönnte sich die Raserei am Limit. Dann wurde es selbst mit Headset für den anderen schwierig, ihren Worten zu folgen.

Marlena hob den Fuß an und nahm Gas zurück. Die Tachonadel pendelte sich auf hundertvierzig ein. Bei dieser Geschwindigkeit fiel es ihr deutlich leichter, das Telefonbuch im Smartphone aufzurufen.

Mit Schwung scrollte sie durch die Namen, während sie abwechselnd auf die Fahrbahn und aufs Telefon schielte. Da. Sie hatte, was sie suchte. Tippte ein paar Mal auf den Bildschirm und vernahm das Rufzeichen. Erst als nach dem dritten Klingeln niemand ranging, warf sie einen Blick auf die Uhr. Vier durch. Okay, nicht die beste Zeit für einen Anruf beim Zahnarzt. In ihrem Bewusstsein war Ärzten der Mittwochnachmittag zwar immer noch heilig und deshalb sprechstundenfrei. Aber sie wusste auch, dass das nicht für Berliner Verhältnisse galt. Nicht mehr. Die Hauptstädter hatten längst erkannt, dass es sinnvoll war, gegen den Trend zu handeln und sich auf diese Weise um Aufmerksamkeit zu bemühen. Das immerhin hatte sie von Alex gelernt. Alex, immer wieder Alex. Sie wollte doch nicht an ihn denken, verdammt.

Sie drückte die Nummer weg. Verspürte keine Lust, aufs Band zu sprechen, und konzentrierte sich wieder auf die Straße. Wie schnell durfte man hier eigentlich fahren? Marlena konnte sich nicht erinnern, wann sie das letzte Geschwindigkeitsschild gesehen und was darauf gestanden hatte. Na egal. Hielt sie sich bis zur nächsten Ausfahrt eben ein wenig zurück.

In Gedanken versunken schwamm sie im Strom der anderen Fahrzeuge dahin, bis plötzlich in ihrem Ohr ein Klingelton zu hören war. Sie hatte ihn so laut eingestellt und so wenig erwartet, dass ihr der Schreck in die Glieder fuhr. Ein Blick auf den Bildschirm. Sie hatte also recht mit der Annahme, dass Berliner Zahnärzte auch am Mittwochnachmittag erreichbar waren. Aus irgendeinem Grund stimmte sie das ein wenig versöhnlich.

„Theresa“, rief sie, kaum dass sie das Gespräch angenommen hatte. „Es tut mir leid. Ich bin hoffentlich nicht in einen Termin geplatzt.“

„Bist du nicht“, kam es freundlich vom anderen Ende. „Ich hab gerade eine kleine Pause, aber das Telefon hatte ich im

Behandlungszimmer vergessen. Hab dich also nicht gehört." Kurzes Schweigen. Dann meinte die Zahnärztin, sie hätte schon oft daran gedacht, Marlena endlich einmal anzurufen.
„Geht mir genau so", entgegnete Marlena, setzte den Blinker und scherte auf die Überholspur aus. „Vielleicht haben wir beide nur auf einen vernünftigen Grund gewartet." Sie schmunzelte.
„Weil wir einfach zu nett sind", meinte die andere lachend. „Wir befürchten, einander bei der Arbeit zu stören oder bei irgendetwas, das viel wichtiger sein könnte, als ein belangloses Telefonat."

Marlena nickte vor sich hin. Ja, Theresa hatte den Nagel auf den Kopf getroffen. Sie gehörten wohl beide zu der Kategorie Frau, die andere ungern mit Nichtigkeiten belästigte. Aber heute gab es jenen guten Grund, das längst fällige Gespräch nachzuholen. Seit ihrem Treffen auf der Launchparty für G.o.G. hatten sie sich nicht mehr miteinander unterhalten. Ihre gemeinsame Idee geisterte Marlena nach wie vor im Kopf herum. Sie hoffte, die Zahnärztin wäre noch immer offen für das, was sie an jenem Abend ausgiebig diskutiert hatten.

„Ich hab Arbeit für dich", säuselte sie mit geheimnisvoller Stimme.
„Ist es das, was ich denke?", wollte Theresa unumwunden wissen.
Sie war also wirklich gleich im Bilde. Marlena lächelte vor sich hin.
„Wenn es zwischen uns bereits jetzt so etwas wie Telepathie gibt, dann wohl schon."
„Ich versuch's mal", meinte die andere amüsiert. „Es geht los mit den eBooks."
„Hundert Punkte. Wirklich, meine Liebe, ich bewundere unsere Hellsichtigkeit."

Sie lachten beide. Es fühlte sich gut an. Sie hatte sich Theresa vom ersten Moment an nahe gefühlt. Das hatte sie bei einer Frau selten erlebt. Meistens verflüchtigte sich die anfängliche Sympathie, wenn es sie wirklich einmal gab, weil man sich kaum etwas zu sagen hatte. Mit Theresa war das anders. Ob es an Jon lag, an ihrem gemeinsamen Nenner sozusagen?

Marlena beobachtete das Überholmanöver zweier schwerer Transporter ein paar hundert Meter weiter vorn und bremste den Lexus runter. Immer diese unberechenbaren Elefantenrennen. Im Rückspiegel sah sie, dass der nachfolgende Verkehr dicht an dicht rollte.

„Ich glaube, es wird dir großen Spaß machen. Im allerersten eBook soll es ums Tanzen gehen."

„Ums Tanzen? Was hat das mit BDSM zu tun?"

Marlena atmete hörbar durch die Nase und zuckte mit den Schultern. „Ehrlich gesagt, weiß ich es selbst noch nicht so genau. Aber der Kunde wartet schon seit Ewigkeiten auf eine Frau, die mit ihm Tango tanzt. Mehr kann ich dir dazu im Moment kaum sagen. Nur, dass ich das Gefühl habe, es wäre die perfekte Geschichte für den Einstieg."

„Tango? Oh, wie schön. Der erotischste aller Tänze. Das könnte in der Tat eine tolle Sache werden. Ein Tangolehrer?"

Marlena kicherte. „Nein. Kein Lehrer. Ein Pilot. Aber pssst – Interna."

„Keine Sorge. Behalte ich für mich. Piloten haben's im Moment ja nicht gerade leicht, vertrauenerweckend rüberzukommen."

„Ja, ich weiß. Aber dieser ist echt nett. Was die Sache aufregend macht, für ihn vielleicht weniger, aber für die Kundin – sie tanzen in einem alten Herrenhaus. Heißt: Morbides Ambiente. Mein Quartiermanager wird wohl Improvisationstalent beweisen müssen, um die Location zu den Grey Days passend herzurichten. Aber zur selben Zeit ist auch ein Filmteam vor Ort."

„Was?", hörte sie Theresa neugierig fragen. „Ein Filmteam?"

„Hmhm. Hat Adam organisiert. Er scheint Gott und die Welt zu kennen. Der Tango, den unsere Kunden tanzen, wird aufgezeichnet."

„Das ist ja genial!"

„Finde ich auch. Hinterher bekommen die beiden das Video fix und fertig bearbeitet. Sozusagen als Erinnerung."

Schweigen am anderen Ende. Dann ein leiser Seufzer. „Ich will auch Grey Days."
Marlena lachte. „Frag mich mal. Tangotanzen würde mir auch gefallen."

Die Transporter hatten ihr Überholmanöver endlich beendet, die Fahrzeuge vor ihr wurden schneller, passierten die Trucks und scherten nach und nach auf die rechte Spur ein.
„Mensch, ist das ein Gezuckel hier", stöhnte sie leise in den Hörer.
„Wo bist du?"
„Ich komme gerade aus Hamburg. Von der Besprechung zu diesem Wahnsinnsevent."
„Machst du das jedes Mal so?", wollte Theresa wissen. „Dass du deine Männer abklapperst, wenn's ernst wird?"
„Nein. Nur eine Ausnahme. Adam und ich, wir hatten noch etwas zu klären."
„Das ist doch dieser Pechschwarze mit den knallblauen Augen, oder?"
„Genau der."
„Ein echter Bad Boy", gab Theresa zu und lachte verhalten. „Der würde auch einen tollen Grey abgeben."

Wenn du wüsstest, wie recht du damit hast, dachte Marlena. Ihr Kopfkino zeigte das Bild von Adam so deutlich, dass sie es für den Moment nicht abschütteln konnte.
„Wo hast du den eigentlich her?", hörte sie Theresa fragen.
„Hat sich selbst beworben. Auf die Anzeige, die wir damals geschaltet haben. Als einziger. Alle anderen kamen über Empfehlung."

Sie hatte noch gar nicht ganz ausgesprochen, da zerriss ein Blitz ihr Kopfkino. Sie war in eine Radarfalle geraten. Ihr Blick flog zum Tacho. Hundertvierzig, obwohl sie den Fuß schon auf der Bremse hatte. Die Straße vor ihr war leer. Sie hatte gar nicht gemerkt, dass sie allen anderen davon fuhr.

„Mist!", fluchte sie wenig damenhaft und hieb ärgerlich mit der flachen Hand aufs Lenkrad. „Ab wann ist der Schein weg?", wollte sie von Theresa wissen. Aber ihr war bereits klar, dass sie jetzt nur noch auf Toleranz hoffen konnte. „Ich hasse es", flüsterte sie vor sich hin, wusste selbst nicht, was genau sie meinte, und zog zurück auf die rechte Spur. Der Schreck saß ihr in den Gliedern.

Sie war ein Schnellfahrer. Ja. Aber sie hatte stets darauf geachtet, es nicht zu übertreiben. Zwanzig drüber, mehr gestattete sie sich nur, wenn sie ganz sicher war, dass sie nicht erwischt werden konnte. Das war selten genug. Sie musste sich allerdings eingestehen, dass die Fahrten nach Berlin sie immer wieder leichtsinnig werden ließen. Die A20 konnte man über weite Strecken ohne Limit fahren. Da schwebte die Tachonadel schon mal um die Zweihundert, wenn sie es eilig hatte. Und sie hatte es meistens eilig. Im Grunde geschah es ihr recht, dass sie mal einen Dämpfer bekam. Aber ausgerechnet jetzt? Wo sie sich gerade mit dem Gedanken trug, Alex zu überraschen?

Sie sehnte sich so sehr nach ihm, dass es kaum noch auszuhalten war. Seit der Auseinandersetzung am Tag nach der Launchparty hatten sie sich weder getroffen, noch miteinander telefoniert. Eigentlich wusste sie gar nicht so richtig, was überhaupt passiert war. Und je länger dieser Zustand andauerte, um so weiter weg rückte die Hoffnung, das Missverständnis zwischen ihnen schnell zu bereinigen. Ohne, dass sie etwas dagegen tun konnte, wuchs ein Kloß in ihrem Hals und schnürte ihr die Kehle zu.

„Was ist denn passiert, Marlena? … Alles okay mit dir?" Theresas Stimme klang ehrlich besorgt.

„Schon okay", gab sie knapp zurück.

„Stimmt nicht", kam Protest durch die Leitung. „Ich höre das doch. Was ist los?"

„Ein Blitzer."

„Ach du Schande."

„Genau. Kann ich gerade gar nicht brauchen. Ich wollte demnächst endlich mal wieder nach Berlin."

„Versteh ich nicht. Ich nahm an, du bist regelmäßig hier. Bei Alex?"

Marlena schwieg einen Moment lang und entschied sich schließlich für eine Mischung aus Wahrheit und fehlenden

Details. „Seit Februar gab's keine Gelegenheit mehr."
„So lange?" Auch Theresa verstummte kurz. Aber wohl eher überrascht. „Das würde ich gar nicht aushalten. Dann kommt Alex sicher zu dir?"
„Nein", gab Marlena kleinlaut zu. Sie ahnte schon, dass sie das würde erklären müssen.
„Was ist passiert?"
Sie druckste herum. „Ein Streit. Und nun bringen wir es wohl beide nicht fertig, dem anderen nachzugeben."
„Keine Chance zum Reden?"
„Nein."
„Blöd."
„Ja." Marlena schluckte gegen den Kloß im Hals an, der immer größer wurde.
„Dabei seid ihr so ein tolles Paar", sagte Theresa.
„Findest du?"
„Ja. An dem Abend damals wart ihr sehr verliebt. Obwohl ihr die ganze Zeit über Distanz gewahrt habt. Jon und mich hat das nicht getäuscht."
„Hmhm." Zu mehr war sie plötzlich nicht mehr in der Lage.
„Marlena?"
„Ja?" Ihre Stimme klang dünn. Sie hoffte, die andere würde es überhören.
„Ihr müsst miteinander reden."
„Hmhm."
„Es wird nicht besser, wenn ihr euch weiter anschweigt."
„Ich weiß." Marlena holte tief Luft und drückte den Rücken durch. „Lass uns noch mal auf das eBook zurückkommen, okay?"

Die nächsten Minuten lauschte sie sich selbst dabei, wie sie Theresa ihre Vorstellungen von der Geschichte erläuterte. Sie hatte bei der Abfahrt in Hamburg eine Idee im Kopf gehabt und führte diese nun lang und breit aus, obwohl sie in Gedanken ganz woanders war. Der Blitzer würde sie den letzten Nerv kosten. Selbst wenn sie von einem Fahrverbot verschont bleiben würde. Punkte und eine saftige Geldstrafe waren ihr so gut wie sicher. Und alles nur wegen dieser bescheuerten Trucks, die ewig die Spuren blockierten und damit alle anderen förmlich provozierten, die verlorene Zeit wieder reinzuholen.

Sie verfluchte ihr dünnes Nervenkostüm. Im Moment hielt sie wirklich gar nichts aus. Noch so einen unerfreulichen Tag wie heute konnte sie sich keinesfalls leisten. Wenn wenigstens im Hotel alles liefe. Aber auch mit Mattes besprach sie nur das Nötigste. Es herrschte Eiszeit zwischen ihnen. Sie musste schon froh darüber sein, dass er den Job nicht hingeschmissen hatte, nachdem ihm klar geworden war, dass es keine Chance gab, sie zurückzuerobern. Ihre größte Sorge. Wie sollte sie ohne ihn mit allem klarkommen? Sie brauchte ihn. Sie war auf seine Arbeit, auf sein Organisationstalent, auf seine Art, die Dinge anzupacken, angewiesen. Er war der gute Geist im Haus und damit auch in ihrem Leben. Die Unstimmigkeiten mit ihm kratzten an ihrem Vertrauen. Schlecht, ganz schlecht. Sie musste schleunigst sehen, dass sie diesen unerträglichen Zustand beendete.

Während Marlena die Stöpsel von den Ohren zog und in die Ablage der Mittelkonsole beförderte, liefen bereits die ersten Tränen. Sie schluckte. Drückte die Playtaste am Radio in der Hoffnung, auf andere Gedanken zu kommen. Aber sie hatte nicht mit Schiller gerechnet. Sein „I feel you" gab ihr den Rest. Halbblind vor Tränen verfiel sie in Selbstmitleid und tat etwas, was so ganz und gar untypisch für sie war. Sie heulte. Hemmungslos.

3

„Ich hatte heute Marlena an der Strippe“, ließ Theresa beiläufig fallen, als sie am Abend mit Jon bei ihrem Lieblingsinder saß. Das Restaurant lag nur ein paar Autominuten von ihrer neuen Wohnung entfernt. Dennoch hatten sie seit Wochen vergeblich versucht, das Abendessen nach hierher zu verlegen. Entweder war der Laden rappelvoll oder das Timing passte nicht. Nun hockten sie also an einem der Tische direkt vorm Fenster und studierten die Menükarten.

Jon hob den Kopf, als Theresa Marlena erwähnte. „Und? Was wollte sie?“

„Über die eBook-Idee sprechen. Es gibt ein erstes konkretes Thema.“

Theresa schaute ebenfalls hoch.

Jon grinste. „Chicken Pakora?“

Sie verzog die Mundwinkel zu einem breiten Lächeln, ohne zu antworten.

„Dachte ich's mir doch. Ob ich dich noch mal groß kriege?“ Kopfschüttelnd blickte er zum Kellner hinüber und gab ihm zu verstehen, dass er bestellen wollte.

Der Mann, der an ihren Tisch trat, war nur wenig größer als Theresa, nicht dick, aber doch kräftig gebaut. Wie üblich trug er eine schwarze Stoffhose zu einem weißen Hemd mit offenstehendem Kragen. Bei genauerer Betrachtung wirkte sein Outfit irgendwie schäbig. Das Hemd hatte die Anmutung von frisch gebügelt längst eingebüßt und die Hosen warfen unschöne Beulen an den Knien. Ein Eindruck, der durch die abgelaufenen schwarzen Schuhe nur verstärkt wurde.

Während Jon bestellte, vermied Theresa, den Inder anzuschauen. Er war ihr nicht unbekannt. Genauer gesagt, kannte sie ihn besser, als ihr lieb war. Natürlich hatte sich durch die häufigen Besuche in dieser Lokalität, bei denen sie bis vor ein paar Monaten von Tom und Jule begleitet worden war, eine gewisse Vertrautheit zwischen ihnen ergeben. Sie bestellte immer dasselbe Essen und entschied sich immer für den Mangosaft. Er brauchte eigentlich gar nicht mehr fragen. Doch das allein war es nicht. Inzwischen leuchteten seine schwarzen Augen schon in dem Moment auf, da er sie auf der anderen Straßenseite, wo sie zumeist ihr Auto abstellte, entdeckte. Sie spürte jedes Mal, dass er sie genau beobachtete, wenn sie die Fahrbahn überquerte. Als könne er auf diese Weise dafür sorgen, dass sie sicheren Fußes auf seiner Seite ankam. Dann hielt er ihr die Tür auf. Mit einem Lächeln, das sich niemals veränderte. Es saß in seinem Gesicht wie festgewachsen. Sie kannte ihn gar nicht anders. Auch seine Stimme klang immer gleich. Ein Singsang aus mit starkem Akzent hervorgebrachten Worten, die er in einen seltsam fremden Rhythmus tauchte.

Seine ungesund wirkende, grobporige Haut und der schwammige Körper hatten sie dennoch nicht davon abgehalten, auf den Vorschlag einzugehen, den er ihr eines Tages unterbreitete. Er lud sie auf einen Kaffee ein. Natürlich nicht hier. Ob er denn einfach so fort könne, hatte sie erstaunt gefragt. Er hatte genickt und erklärt, es sei sein Restaurant. Er hätte genügend Leute, im übrigen seine Cousins, die sich während seiner Abwesenheit um die Gäste kümmern würden. Sie sollten nur nicht mitbekommen, dass er mit ihr verabredet sei. Sie hatte genickt und war gegangen, um bei dem Italiener auf ihn zu warten, den er ihr als Treffpunkt genannt hatte.

Wie absurd. Mit einem Inder beim Italiener zu sitzen.

Warum sie sich darauf eingelassen hatte, wusste sie selbst nicht. Vermutlich aus purer Neugier. Außerdem fand sie die Situation prädestiniert für eine interessante Geschichte. Letzten Endes wollte sie natürlich zu gern erfahren, welche Beweggründe sich tatsächlich hinter seiner Einladung verbargen.

Das Date mit ihm verlief enttäuschend. Nachdem er zwei oder drei belanglose Sätze an sie gerichtet hatte, aß er die bestellte Pizza, ohne ein weiteres Wort zu verlieren. Eigentlich stopfte er sie in sich hinein wie jemand, der lange gehungert hatte. Theresa war unangenehm berührt, ihm dabei zusehen zu müssen. Er selbst schenkte ihr keinerlei Beachtung. Als sei sie gar nicht anwesend. Der Mann wirkte wie ausgewechselt. Eigentlich hätte sie aufstehen und gehen sollen. Auf ihre Frage, worüber er mit ihr reden wolle, druckste er nur herum, so dass sie schließlich annahm, er hätte geglaubt, bei ihr landen zu können. Hätte lediglich auf eine schnelle Nummer gehofft. Mochte sein, dass sie ihm damit Unrecht tat. Doch dass er sich für diese schnelle Nummer nicht einmal ins Zeug legte und wohl glaubte, mit reiner Anwesenheit ans Ziel zu gelangen, hatte sie bis heute nicht begriffen.

Nach diesem merkwürdigen Erlebnis war sie lange nicht mehr hier gewesen. Ja, vielleicht hatte das Timing für den anstehenden Restaurantbesuch mit Jon genau deshalb nie gepasst. Sie war ein wenig angespannt, wie der Inder auf ihr erneutes Auftauchen reagieren, ob er sich irgendetwas anmerken lassen würde. Aber ihre Befürchtungen hatten sich als unnötig erwiesen. Er hatte sie mit demselben Lächeln begrüßt wie immer. Nur als er ihr die Jacke abnahm, um sie an der Garderobe auf einen Bügel zu hängen, meinte sie, ein flüchtiges Flackern in seinen Augen wahrzunehmen.

„Theresa?“ Jon unterbrach ihren Gedankengang und wollte wissen, ob ihr ein Mangosaft recht wäre.
Sie nickte und schenkte dem Inder nun doch ein Lächeln.
„Also“, fuhr Jon fort, als sie wieder allein waren. „Ihr wollt eure Idee tatsächlich umsetzen.“ Er lehnte sich in dem

ungepolsterten Cafehausstuhl zurück und betrachtete sie neugierig. „Und wann geht es los mit dem Schreiben?"
„Soweit ich weiß, findet der Event Ostern statt. Dann kommt es darauf an, wie schnell die Kundin den Aftercare-Bogen ausgefüllt hat und ob sie bereit ist, über ihre Grey Days zu sprechen."

Jon nickte versonnen und nahm sich ein Stück Papadam, das er in eine der in winzigen Metallschalen servierten Soßen tunkte. Eine milde Joghurtsoße, eine rote scharfe und die grüne schmeckte nach Minze. Er nahm die rote.
„Genau das ist der springende Punkt", sagte er. „Die Kundin muss bereit sein zu reden." Er schob sich den dünnen Fladen aus Linsenmehl in den Mund. „Gibt es denn schon irgendwelche Hinweise auf das Thema selbst?"
Theresa nickte. „Tango. Sie tanzen und drehen ein Video dabei."
„Oh." Jon schien ehrlich überrascht und fast ein wenig angetan von dem Gedanken. „Das könnte wirklich nett werden."
„Der Typ hat wohl wochenlang auf eine Tangotänzerin gewartet", fügte sie in einem Tonfall hinzu, der deutlich zu verstehen gab, wie erregend sie diesen Gedanken fand.

Sie spürte Jons Blick auf sich, als sie ebenfalls nach dem Papadam langte, und wurde verlegen. Hoffentlich zog er aus ihren Worten nicht die falschen Schlüsse. Natürlich war er kein Tangotänzer. Überhaupt waren sie bisher nur ein- oder zweimal tanzen gegangen. Mal abgesehen von den Veranstaltungen, zu denen er sie geschleppt hatte und bei denen das dazugehörte. Immerhin wusste sie, dass er Rhythmus im Blut hatte. Das allein genügte ihr bereits. Oder nicht? Wollte sie etwa doch mehr und fand die Vorstellung, Tango und BDSM miteinander zu verbinden, sogar aufregend?

„Wenn du das Gefühl hast, das zu brauchen, biete ich dir gern ein paar inspirierende Tanzeinlagen."
Als hätte er ihre Gedanken erraten, raunte er ihr diese Worte über den Tisch hinweg zu. Das Lächeln, das dabei in seinem Gesicht erschien, ließ ihr die Haare zu Berge stehen. Ihr Mund wurde trocken. Sie griff sofort nach dem Mangosaft, der

gerade serviert wurde. Jon zog die Mundwinkel noch breiter auseinander.
„Ich sehe, dass dich diese Vorstellung auf Touren bringt."

Er streckte die Hand aus und berührte ihre Fingerspitzen. Ganz leicht nur. Doch es prickelte, als hätte sie einen elektrischen Schlag erhalten. Tonlos seufzend schloss sie für einen winzigen Moment die Augen. Und riss sie entsetzt auf, als sie seine Hand unter ihrem Kleid spürte. Entschlossen schob sie sie weg.
„Nicht", zischte sie.

Jon hob die Brauen. „Du verweigerst dich?"
„Nicht hier", fuhr sie ihn an und war dabei abweisender, als sie eigentlich sein wollte.
Jons Gesichtsausdruck schlug in ein fieses Grinsen um. „Hier oder woanders – du weißt, was auf Verweigerung steht. Hände auf den Tisch. Sofort."

Widerwillig platzierte sie die Hand, die ihn abgewehrt hatte, neben ihrem Teller. Dann warf sie einen Blick in Richtung Theke, wo der Inder stand, wenn er nichts zu tun hatte, und versuchte, teilnahmslos zu wirken.
„Du hast doch nicht etwa Angst, man könnte uns ertappen?", hörte sie Jon mit einem mehr als amüsierten Unterton in der Stimme. Seine Hand kroch höher.

Sie nickte und hielt den Atem an. Auf keinen Fall durfte der Inder etwas mitbekommen. Das wäre unglaublich peinlich, wenn nicht sogar ein Affront. Jon rückte mit seinem Stuhl näher zu ihr. Nur ein paar Zentimeter. Es reichte, um die Bewegungsfreiheit seiner Hand dramatisch zu erhöhen.

Sie saßen über Eck. Ihre Beine berührten sich. Theresa liebte diese Nähe. Wenn es reichte zu flüstern. Sachliches und weniger Sachliches, finstere Gedanken und richtig schmutzige. Wenn einem dabei auch nicht die kleinste Regung im Gesicht des anderen entging. Was sie allerdings ein bisschen störte oder, besser gesagt, immer wieder schrecklich unruhig machte, war die Tatsache, dass sie dadurch für ihn jederzeit greifbar war. Und die kleinen Tische hier beim Inder waren mit viel zu großen Tafeltüchern eingedeckt. Die Gefahr, bei etwas Verruchtem ertappt zu werden, entsprechend gering. Dass Jon sie aus der Reserve locken wollte, war nicht zu übersehen. Dem Inder würde das, so aufmerksam, wie er war, trotzdem nicht entgehen.

Langsam bewegten sich Jons Finger über ihren Schenkel, passierten die Spitze ihrer Stay-ups und touchierten ihre nackte Haut genau dort, wo sie die Beine zusammengepresst hielt. Mit Zeigefinger und Daumen machte er ein unmissverständliches Zeichen. Schaute ihr währenddessen unverwandt in die Augen. Sie starrte zurück. Nein, sie würde die Schenkel jetzt nicht freiwillig öffnen. Sein Zeichen wurde nachdrücklicher. Sie hielt die Lippen aufeinander gepresst und seinem Blick stand.

Plötzlich verschwanden die Finger. Jons Hand tauchte oberhalb der Tischplatte auf und er legte versöhnlich seinen Arm um sie.

„Zieh deinen BH aus", murmelte er an ihrem Ohr.

„Was?" Entsetzt riss sie die Augen auf. Hatte er sie noch alle? Nicht nur, dass das Lokal vollbesetzt war. Sie saßen auch noch gut sichtbar im Fenster zur Straße. Er konnte unmöglich von ihr verlangen, dass sie sich hier vor fremden Leuten entblößte. Sie schüttelte den Kopf.

„Zieh ihn aus", wiederholte er seine Forderung. Wie zur Bekräftigung legte sich seine Hand auf ihren oberen Rücken. Exakt dorthin, wo sich der Verschluss befand.

Theresa ließ ihre Augen durch den Raum huschen und registrierte, dass die meisten Gäste mit Tischgesprächen beschäftigt waren. Nur wenige warteten schweigend und scheinbar unbeteiligt auf ihre Bestellung. Das schien heute zu dauern. Am Tresen kam Bewegung auf. Zwei Kellner begannen, Geschirr einzusortieren. Ein dritter faltete Servietten. Der Inder war nirgends zu sehen.

„Soll ich nachhelfen?", fragte Jon, als ihr Blick wieder auf seinen traf.

Entschlossen schob er seine Finger über dem Verschluss ihres Büstenhalters zusammen. Theresa merkte, wie das Teil plötzlich lockerer wurde. Das musste man ihm lassen. Er war schnell und geschickt darin, sie zu entkleiden. Wieder schaute sie zu den anderen Gästen.

„Na los!"

Die Hand verschwand von ihrem Rücken. Er beugte sich zu ihr, lächelte sie an. Gleich darauf spürte sie ein heftiges Kneifen an der Innenseite ihres Schenkels. Und im selben Moment erstickte er ihren Aufschrei mit einem heftigen Kuss.

Dann ließ er von ihr ab, machte eine auffordernde Kopfbewegung und schaute genüsslich dabei zu, wie sie mühsam die BH-Träger unter dem Ärmel ihres Kleides hervorfummelte. Um ihn ganz auszuziehen, musste sie sich förmlich verrenken.

Nur Sekunden später trat der Inder an den Tisch und servierte die Vorspeisen. Theresa wusste nicht, wohin mit ihrer Wäsche. Hielt sie krampfhaft unter dem Tischtuch verborgen und wagte nicht, aufzuschauen. Zu allem Unglück hatte sie nur eine kleine Tasche dabei, die bis obenhin vollgestopft war. Etwas Zusätzliches darin unterzubringen, war so gut wie aussichtslos.

Als sie endlich wieder aufrecht am Tisch saß und nach ihrer Gabel griff, nickte Jon ihr wohlwollend zu. Sie selbst wagte nicht, an sich hinabzuschauen. Sie wusste auch so, dass sich ihre Brüste unter dem dünnen Jerseystoff deutlich abzeichneten. Und sie hasste es, ihre Reize so offensichtlich zu präsentieren. Es war eine ihrer Grenzen, an denen Jon ständig rüttelte.

„Zufrieden?", fragte sie pikiert.

Er nickte lächelnd. „Und nun erzähl mir, wie es Marlena geht."

Typisch Jon. Eben noch versetzte er sie mit seinen Ideen in Angst und Schrecken. Im nächsten Moment wechselte er zu einer Unschuldsmiene und einem anderen Thema.

„Ich vermute, nicht so gut", murmelte sie und schob sich ein Stück frittierten Rahmkäse in den Mund.

„Warum denkst du das?"

„Ich weiß nicht. Sie hörte sich merkwürdig belastet an. Und während wir sprachen, wurde sie auch noch geblitzt."

„Geblitzt?"

Theresa schaute von ihrem Teller hoch und nickte. „Ja. Sie hat sich ziemlich darüber geärgert. War wohl deutlich zu schnell. Sie wollte von mir wissen, ab wann der Schein weg ist."

Jon tupfte sich die Lippen mit einer Serviette ab und nahm einen Schluck von seinem alkoholfreien Cocktail.
„Da habt ihr offensichtlich eine Gemeinsamkeit", meinte er grinsend. „Ihr rast beide gern durch die Gegend." Er nahm noch einen Schluck. „Ich muss mich wohl mit Alex zusammentun und einen Plan entwerfen, wie wir euch diese Unart austreiben können. Ich wollte mir seinen Club sowieso mal anschauen." Sein Grinsen wurde breiter.
„Das wird im Moment nicht viel Sinn machen", entgegnete Theresa.
„Wieso?"
„Die beiden haben sich schon länger nicht gesehen."
„Ach …"
„Marlena meinte, seit der Launchparty im Februar." Sie legte die Stirn in Falten und schwieg vielsagend. „Hörte sich für mich nach einer echten Krise an."
„Dabei passen die beiden hervorragend zueinander."
„Finde ich auch."

Nachdenklich schauten sie dem Inder entgegen, der die Vorspeisenteller abräumte, einen prüfenden Blick auf ihre Gläser warf und wieder verschwand.
„Vielleicht solltest du tatsächlich mit Alex sprechen", überlegte Theresa. „Aber eher, um ihn zu motivieren, den ersten Schritt zu tun. Marlena hörte sich wirklich nicht gut an. Und ihr seid befreundet."
„Das ist richtig. Aber sie ist erwachsen genug, für sich selbst zu sprechen. Sie mag es überhaupt nicht, wenn sich jemand in ihr Leben einmischt."
„Kann schon sein. Trotzdem gibt es manchmal Situationen, in denen man einen Impuls von außen braucht, weil man den Wald vor lauter Bäumen nicht mehr sieht."

„Apropos Impuls", sagte Jon leise und neigte sich leicht zu ihr herüber. Sein rechter Arm legte sich erneut um ihre Schultern. Während er den Ellbogen des linken vor ihr auf dem nun freien Tisch abstützte und mit den Fingerspitzen spielerisch an ihrem Hals entlang fuhr. Wie unabsichtlich streifte sein Unterarm dabei die Spitzen ihrer Brüste. Theresa verschlug es fast den Atem bei dem Gedanken, was er nun schon wieder vorhaben mochte.

„Jon", flüsterte sie.

„Hier", gab er mit einer um Nuancen tieferen Stimme zurück. In seinem Gesicht las sie, dass er wusste, was in ihr vorging. Eine heftige Lustwelle flutete ihren Körper. Sie spürte den Herzschlag schneller werden und wie dieselbe Welle ihre Wangen zum Erröten brachte.

Jons Finger wurden mutiger, spazierten immer wieder spielerisch über ihr Dekolletè. Während sie unter gesenkten Lidern hervor seine Hand beobachtete. Die Spitzen ihrer Brüste drückten sich vorwitzig durch den Kleiderstoff. Wie unabsichtlich berührte er sie. Theresa presste die Beine aneinander und verkniff sich ein Stöhnen.

„Keinen Laut", forderte Jon.

Als wüsste sie nicht selbst, dass hier in diesem Raum jedwedes Geräusch von der Art, wie es ihr in der Kehle steckte, sofort einen Skandal auslösen würde. Oh Gott. Hoffentlich hatte sie nicht einen ihrer Patienten übersehen. Von dem Inder, der wieder lauernd an der Theke stand, ganz zu schweigen.

Doch statt ihr endlich Ruhe zu gönnen, intensivierte Jon seine Attacke. Mit dem rechten Arm hielt er sie nach wie vor umschlungen. Der linke indes senkte sich tiefer, bis er ganz unter dem Tisch verschwunden war, um von dort aus seine subversiven Aktivitäten fortzusetzen. Währenddessen bewegte Jon die Lippen, als spräche er zu ihr. Tatsächlich aber waren es geflüsterte kleine Neckereien ohne jeden Sinn, mit denen er lediglich ihre Nerven aufs Äußerste reizte.

Theresa betrachtete frustriert die Muster des weißen Tischtuches. Sie spürte, wie sie abdriftete. Nicht wie sonst aus purer Lust, sondern in einer Mischung aus Furcht vor Entdeckung, angespannter Erwartung und Begierde. Die geschäftigen Gespräche der Menschen um sie herum rückten immer weiter weg. Ihre ganze Konzentration galt der Tatsache, sich nicht durch unbedachte Geräusche zu verraten.

Jons Finger streichelten ihren Bauch und schoben sich im Schutz des Tischtuches zwischen ihre Beine. Als sie auf die reizbarste Stelle trafen, biss sie sich auf die Lippe und kaute verzweifelt darauf herum. Es fehlte nicht viel bis zum finalen Moment. Sie hatte Angst davor, in aller Öffentlichkeit die Kontrolle zu verlieren. Doch auch Jon schien ein hervorragendes Gespür für genau diesen Augenblick zu haben. Er ließ von ihr ab, tätschelte kurz ihren bloßen Schenkel und nickte ihr unmerklich, aber wie ihr schien anerkennend zu.

Der Inder tauchte auf und servierte den Hauptgang. Wieder war Theresa nicht in der Lage, seinem Blick zu begegnen. Und froh darüber, dass die Aromen der Speisen die ihrer Lust so überlagerten, als wären Letztere gar nicht vorhanden. Aber sie konnte sie riechen, ihre Lust. Jon sicher auch. Sie ahnte, dass das Abendessen ein süßes Nachspiel haben würde.

4

Marlena holte mit dem Fuß aus. Im nächsten Moment flog die Haustür krachend ins Schloss. Kurz vor Mitternacht. Die hellhörige Frau Tornov nebenan saß jetzt garantiert senkrecht in ihrem Bett. Sollte sie. Marlena war es egal. Mit einem unter den Arm geklemmten Stapel Post, dem Sixpack Wasser in der Hand und über der Schulter die schwere Tasche musste man fliegende Türen eben in Kauf nehmen.

Die Abendveranstaltung im Hotel hatte ihr die letzten Kraftreserven geraubt. Ein freundliches Lächeln hier, ein wenig Smalltalk da – wieder einmal war es lediglich um Sehen und Gesehenwerden gegangen. Als Chefin des Hauses musste sie wohl am besten permanent präsent sein. Zum Frühstück ebenso wie nachts an der Bar. Mit Grauen dachte sie an die bevorstehenden Feiertage. Die Planung war seit langem in Gange. Und sie zweifelte nicht daran, dass alles perfekt über die Bühne gehen würde. Man mochte über Mattes denken, was er wollte. Seine Arbeit vernachlässigte er nie.

Als Marlena sich hinunterbeugte, um das Wasser abzustellen, rutschte ihr die Tasche mit Wucht von der Schulter und riss im Fallen Briefe und Magazine mit. Platschend landeten sie auf dem Boden. Sie heulte laut auf vor Wut. Der Tag war wirklich nicht mehr zu retten. Erst dieses unerquickliche Date mit Adam, dann der Blitzer, von dem sie im Moment nur vermuten konnte, dass er Folgen haben würde. Und nun auch noch dieses Chaos. Hoffentlich hatte das Tablet keinen Schaden genommen. Das war alles so was von unerfreulich.

Am liebsten hätte sie für ein paar Tage den Kopf in den Sand gesteckt und sich von allen und allem zurückgezogen. Aber Ostern stand vor der Tür. Als Chefin eines gutgehenden und bekannten Hotels konnte sie sich das nicht leisten. Als Inhaberin einer neu gegründeten Eventagentur erst recht nicht. Sie hatte niemanden, der bei G.o.G. die Fäden in den Händen halten konnte. Mattes war mit dem Hotelgeschäft ausgelastet. Und außerdem war sie ganz froh darüber, dass es wenigstens etwas gab, das sie in Eigenregie erledigen konnte. Wo sie sich nicht regelmäßig mit ihm abstimmen musste.

Die Eiszeit zwischen ihr und ihm hielt mittlerweile schon zwei Monate an. Seit jenem Tag, da er festgestellt hatte, dass sie einen neuen Mann in ihr Leben gelassen hatte. Nur dass der überhaupt nichts mehr von ihr wissen wollte. Konnte Mattes natürlich nicht ahnen. Es tat auch nichts zur Sache. Sie hoffte ja noch immer, ihre Unstimmigkeiten mit beiden Männern beilegen zu können. Denn eigentlich hatte sie doch ein Händchen für den Umgang mit anderen. Sie musste nur den Anfang finden. Und genau das fiel ihr bei Alex gerade ebenso schwer wie bei Mattes.

Bei Mattes war die Sache im Grunde einfach. Er musste nur einsehen, dass sie ihm nie mehr als eine Freundin sein würde. Alex dagegen fühlte sich von ihr hintergangen. Wegen Adam. Das war weitaus komplizierter. Sie hatte ihm dessen aufdringliches Verhalten an jenem Januarnachmittag verschwiegen. Außerdem glaubte er wohl, dass die Sache mit den Fotos hätte verhindert werden können, wenn sie rechtzeitig mit ihm darüber geredet hätte. Statt dessen hatte sie ihre Beichte hinausgezögert. Und nun wusste er nicht einmal, dass es weitere Fotos gegeben hatte. Das war ja das Problem. Er hatte sich schon wegen der ersten so aufgeregt. Was würde er erst dazu sagen, wenn er wüsste, dass sie beide auch beim

Verlassen eines seiner Playrooms abgelichtet worden waren?

Der anonyme Absender hatte sie seitdem allerdings und erstaunlicherweise in Ruhe gelassen. Als hätte er genau das erreichen wollen – einen Cut zwischen ihr und Alex. Im Umkehrschluss musste sie also annehmen, dass jeder erneute Kontakt weitere Erpressungsversuche nach sich ziehen würde. Sollte sie es darauf ankommen lassen?

Marlena wusste beim besten Willen nicht, wie sie sich richtig verhielt. Ob Adam tatsächlich dahinter steckte? Das musste dann wohl heißen, dass er irgendjemanden in ihrer unmittelbaren Umgebung als Zuträger engagiert hatte. Einen ihrer Mitarbeiter vielleicht? Oder einen Fremden, der sie lediglich aus der Entfernung beobachtete? Sie hatte heute gesehen, wie luxuriös Adam lebte. Durchaus denkbar, dass er sich Helfershelfer leisten konnte. Nur warum? Warum erpresste er sie? Welche Absicht steckte dahinter?

Sie ging hinüber in die Küche und sortierte die Wasserflaschen in das Weinregal. Etwas, von dem sie nicht wusste, warum sie es überhaupt besaß. Sie hatte es beim Einbau der Küche einfach integrieren lassen. Tatsächlich gab es sogar ein paar Flaschen auf Vorrat. Aber im Grunde lagerte sie alles, was sie diesbezüglich brauchte oder zu brauchen glaubte, im Weinkeller des Hotels. Der war klimatisiert. Dort waren ihre Schätze – so man überhaupt davon sprechen konnte – besser aufgehoben, als in einem schnöden Küchenregal.

Sie öffnete die Kühlschranktür, starrte auf das Buttergefäß und auf ein paar klägliche Käsereste und schob die Tür wieder zu. Ihr Appetit auf Käse, den sie für gewöhnlich immer im Hause hatte, tendierte gen Null. Überhaupt war ihr die Lust zu essen schon seit Tagen vergangen. Anfangs hatte sie noch Hungergefühle verspürt. Aber das ließ irgendwann nach. Wenn sie nun etwas aß, dann im Grunde nur deshalb, weil es sich so ergab. Wie die Waffeln mit Sahne im Cliff. Dass sie wirklich mal wieder etwas Vernünftiges zu sich nehmen musste, war ihr erst beim Anblick der leckeren Fischplatte für Adam bewusst geworden.

Marlena beugte sich hinunter, um die Schnürung ihrer Stiefeletten zu lösen, und hatte plötzlich das Gefühl, der Boden unter ihren Füßen beginne zu schwanken. Einen Moment lang wagte sie nicht, sich zu bewegen, und suchte Halt, indem sie den Kopf gegen die Wand stützte. Dann erhob sie sich betont langsam und lehnte sich mit dem ganzen Rücken dagegen. Sie spürte ihr Herz rasen, bemühte sich, den Blick zu fokussieren. In den Ohren pulsierte das Blut wie ein bei Unwetter anschwellender Gebirgsbach. Was war das? Bekam sie einen Infarkt? Irgendwann hatte sie sich über die Anzeichen dafür belesen. Doch weder plagten sie Rückenschmerzen noch Übelkeit. Auch das viel beschriebene Engegefühl in der Brust konnte sie nicht ausmachen. Also kein Infarkt. Sie machte sich unnötig verrückt.

Trotzdem bereitete ihr die Vorstellung, vollkommen allein im Haus zu sein, plötzlich große Angst. Was, wenn sie sich ins Bett legte und morgen früh nicht mehr aufwachte? Ach Quatsch, schimpfte sie mit sich selbst. Eine vorübergehende Unpässlichkeit. So was kam vor, wenn man unter Schlafdefiziten litt und so unvernünftig lebte, wie sie im Moment.

Sie atmete ein paar Mal tief durch, zwang sich zur Ruhe, konnte aber der Unsicherheit, die sich wie ein schwerer Mantel über sie gelegt hatte, nicht wirklich entweichen. Um die Stiefel endlich von den Füßen zu bekommen, hob sie ein Bein nach dem anderen und lockerte auf diese ungraziöse Weise die Haken und Ösen. Endlich polterten die Stiefel zu Boden. Sie machte sich nicht die Mühe, sie ordentlich in den Schrank zu räumen. Mit den Fußspitzen schob sie sie einfach ein wenig zur Seite und damit aus dem Weg. Dann überprüfte sie, ob die Haustür verschlossen war, fummelte das Smartphone aus ihrer Tasche – schließlich konnte es ja sein, dass sie doch Hilfe brauchte – und schlich hinüber ins Schlafzimmer.

Ein paar Stunden Ruhe und die Welt würde wieder anders aussehen. War ja nicht das erste Mal, dass sie an den Rand ihrer Kräfte kam. Und bisher hatte sie immer rechtzeitig die Kurve gekriegt. Sie musste einfach nur schlafen. Schlafen und viel trinken. Am besten Wasser.

Sie schaute sich im Zimmer um. Auf dem Tisch am Fenster stand eine angebrochene Flasche. Sie griff danach, stellte sie neben das Bett und zog sich die Decke über den Kopf. Einfach ausruhen. Morgen früh würde es ihr besser gehen. Sie hatte ja das Telefon bei sich. Im Notfall würde sie eben ihre Eltern anrufen. Aber um diese Zeit musste sie sie nicht unnötig beunruhigen. Das bekam sie schon hin.

* * *

Gegen vier Uhr hielt es sie nicht mehr im Bett. Stunde um Stunde hatte sie sich herumgewälzt, Schäfchen gezählt und sogar für eine Weile gelesen in der Hoffnung, die Augen würden ihr zufallen. Nichts davon hatte geholfen. Die Gedanken an das Gespräch mit Adam und an das ungelöste Rätsel um die Fotos ließen sich ebenso wenig abschütteln, wie die ans Geschäft. Und sooft sie ihrem Hirn Ruhe gebot, schlichen sich wie zum Hohn irgendwelche anderen Fragen hinein. Ein Gewirr von unsortierten Denkansätzen, Erinnerungen und beängstigenden Traumsequenzen, die sie zwischen überdeutlichem Wachsein und Halbschlaf hielten. Sie beschloss, dem ein Ende zu setzen.

Erschöpft schob sie die Beine aus dem Bett, schlüpfte fröstelnd in ihren langen blauen Kimono und blieb dann trotzdem sitzen. Sie fühlte sich schlaftrunken, ein wenig orientierungslos und unglaublich müde. Sie bildete sich ein, geträumt zu haben. Im nächsten Moment erschien ihr alles, was sie glaubte, geträumt zu haben, absolut real. Sollte sie wirklich aufstehen?

Sie betrachtete den Wecker. Noch drei Stunden, bis sie das sowieso tun musste. Für einen Mittagsschlaf wären drei Stunden viel Zeit. Ausreichend Zeit. Genau. So sollte sie es sehen. Nicht als Rest der Nacht, in der ihr der Schlaf bisher versagt geblieben war, sondern als Chance, einen langen Mittagsschlaf zu halten. Think positive, rief sie sich zur Räson, selbst wenn's an Schwachsinn grenzte. Ein halbes Stündchen Fernsehen würde sie ablenken. Hatte in den letzten Wochen immer geklappt. War ja nicht das erste Mal, dass sie keine Ruhe fand. Die flimmernde Mattscheibe war jedenfalls zuverlässig, was ihre einschläfernde Wirkung auf sie betraf.

Marlena tappte im Dunkeln durchs Haus, drapierte Kissen und Decken auf dem Sofa, so dass sie es gemütlich hatte, und zappte, halb liegend auf einen Arm gestützt, durch das nächtliche TV-Programm. Sie fand nicht, was sie suchte. Doch die Reportage, an der sie hängenblieb, bot zumindest viel Landschaft und chilligen Sound, während die Stimme aus dem Off samtig tief in ihr Ohr tropfte.

Sie schreckte erst wieder hoch, als ein Werbeblock einsetzte. Irritiert schaute sie um sich. Ihr Herzschlag begann erneut zu rasen. Sie sollte sich nicht so heftig bewegen. Viertel vor fünf. Noch mehr als zwei Stunden bis zum Aufstehen. Halbwegs beruhigt sank sie zurück in die Kissen. Das bläuliche Flackern des Flachbildschirms schickte sie in den nächsten unruhigen Traum.

* * *

Das Wummern kam erst von weit her, näherte sich schnell und wurde vor allem zunehmend wilder, störender. Was war das nur?

Marlena überlegte, was es mit diesem Geräusch auf sich hatte. Denn genaugenommen stand sie gerade mitten in den Dünen eines Strandes und beobachtete, wie die Zungen der aufschlagenden Wellen immer gieriger am Sand fraßen. Beim Zurückweichen hinterließen sie unregelmäßige dunkle Ränder. Die Sonne schob sich über den Horizont. Blinzelnd kniff sie die Augen zusammen. Da, wieder. Als wenn jemand mit Baumstämmen warf. Nein. Anders. Als würden Fäuste gegen eine dicke Holztür hämmern. Tür, Holz … endlich begriff sie.

Das Wummern kam von der Eingangstür. Es hatte sich in ihren Traum geschlichen, der jetzt dünner und dünner wurde, bis er schließlich einfach fort war.

Widerwillig erhob sie sich aus den Kissen und stützte die Ellenbogen auf die Knie. Dieser verdammte Krach. Er schmerzte in ihrem Schädel, direkt hinter den Schläfen. Sie hatte sonst selten Kopfschmerzen. Warum nur plötzlich so ungewöhnlich heftige? Wurde sie etwa krank?

„Aufhören", flüsterte sie, als könne der Eindringling, der gerade im Begriff war, ihre Tür zu zertrümmern, es hören. „Du Idiot – aufhören!" Ihre Stimme war nur ein Krächzen, das im Hals schmerzte. Sie schluckte und griff nach der Wasserflasche. Dabei fiel ihr Blick auf die Armbanduhr, die auf dem Tischchen vor dem Sofa lag. Sofa. Moment. Warum Sofa? Hatte sie nicht im Bett …? Ach ja, es war ja erst kurz vor elf … Elf???

Entsetzt schnellte sie hoch und realisierte im Bruchteil von Sekunden, dass es taghell war, der Fernseher sich abgeschaltet hatte und irgendwo draußen jemand versuchte, zu ihr durchzudringen. Während sie sich schlaftrunken auf den Weg durchs Haus machte, um den Lärm endlich abzustellen, zupfte sie an ihrem Kimono herum und schlang schützend die Arme um ihren Leib. Sie fror.

„Mach endlich diese Scheißtür auf", fluchte jemand von draußen. Die Stimme hörte sich wie die von Alex an. Was für eine fiese Sinnestäuschung. Alex war in Berlin. Unmöglich. Sie musste sich irren.

Marlena griff sich an die Stirn und rieb die Schläfen. Es war kein echter Schmerz, der sie piesackte. Mehr eine Spannung, die sich unangenehm vom Nacken bis unter die Schädeldecke zog. Sie musste gleich mal schauen, ob sie noch welche von diesen Brausetabletten hatte. Eine halbe würde genügen, dann ließe dieses unangenehme Gefühl schnell nach. Und sie brauchte dringend einen Kaffee, einen großen …

Mit Koordinationsschwierigkeiten, die sie so lang anhaltend gar nicht von sich kannte, hielt sie sich am Türrahmen fest und drehte den Schlüssel. Dann wartete sie eine Pause zwischen zwei Faustschlägen ab und öffnete. Draußen stand tatsächlich Alex.

Sie sieht krank aus, war das Erste, was er dachte. Er schob sie etwas unsanft in die Diele und zog die Eingangstür hinter sich ins Schloss. Offensichtlich war die Nachbarschaft um diese Vormittagsstunde nicht daheim. Ansonsten konnte wohl jeden Moment der Dorfsheriff auftauchen, um nach dem Rechten zu sehen. Seine Faustschläge hatten selbst für seine Begriffe ordentlich Krach gemacht. Sie musste aber auch tief geschlafen haben. Minutenlang und mit wachsender Anspannung hatte er gegen diese verdammte Tür gehämmert, ihren abgestellten Wagen im Blick, eindeutiges Zeichen dafür, dass sie im Hause sein musste. Es hätte nicht viel gefehlt, und er hätte eines der Fenster eingeschlagen. Aber das sollte er jetzt vielleicht nicht unbedingt erwähnen. Beunruhigend genug, dass sie aussah, wie sie aussah.

„Was machst du hier?", fragte sie. Ihre Stimme klang so kratzig, als hätte sie die Nacht hindurch getrunken.

„Ich hätte wohl viel früher hier sein sollen", antwortete er und zog sie einfach in seine Arme.

Marlena wehrte ihn nicht ab. Und kein Alkoholgeruch. Ihr Körper war warm, fühlte sich zerbrechlich an. Sie schien an Gewicht verloren zu haben. Mehr, als er gut fand. Er schloss die Arme fester um sie. Ihr Haar duftete. Allein diese Wahrnehmung schoss ihm sofort in die Lenden. Aber das Letzte, was sie jetzt brauchte, war Sex. Das musste er sich eingestehen.

Er dachte an die SMS, die er gestern Abend völlig unerwartet von Jon erhalten hatte. Ein einziger kurzer Satz: Marlena braucht dich. Jon hatte zuvor keinerlei Kontakt zu ihm gesucht, obwohl sie sich an jenem Abend auf der Launchparty für G.o.G. gut verstanden hatten. Dass seine allererste Nachricht nach zwei Monaten darin bestand, einen Hilferuf für Mara abzusetzen, hatte ihn elektrisiert. Er fand es nicht einmal nötig, genauer nachzufragen. Trotz der vorgerückten Stunde hatte er eine seiner Praxismitarbeiterinnen angerufen, sie gebeten, alle Termine für den nächsten Tag zu verlegen, und war nach einer kurzen unruhigen Nacht zeitig aufgebrochen. Dummerweise mitten hinein in den Berufsverkehr, was Nerven gekostet hatte.

Alex spürte, dass Marlenas Schultern unter seiner Umarmung zu beben begannen. Ganz sacht nur, sie schien es unterdrücken zu wollen. Aber das leise Schniefen, mit dem sie sich um Beherrschung mühte, entging ihm nicht.

„Ich bin ja da", flüsterte er. „Schhhh."

Behutsam streichelte er ihr über Rücken und Haar und hob sie schließlich auf seine Arme, weil sie sich partout nicht beruhigen konnte. Im Gegenteil. Es war, als hätten sich mit seinem Erscheinen sämtliche Schleusen geöffnet.

„Lass es raus", sagte er schließlich. „Lass alles raus. Dann wird es besser."

Er ließ sich mit ihr auf dem Sofa nieder und hielt sie auf seinem Schoß. Das Chaos von Kissen und Decken wirkte, als hätte sie die ganze letzte Nacht statt im Bett hier verbracht. Mara hing an seinem Hals wie ein Kind. Das Gesicht in der Kuhle zwischen Kopf und Schulter verborgen. Nichts mehr übrig von der taffen Frau, die sich ungern Schwächen eingestand und ihre Unternehmen mit einer Resolutheit führte, dass es auf Außenstehende durchaus hart wirken konnte. Er spürte, wie ihre Tränen sein Shirt durchweichten. Wieder und wieder strich er ihr besänftigend übers Haar. Währenddessen entwarf er einen Schlachtplan.

Was er schon längst befürchtet hatte, war offensichtlich eingetreten. Sie war am Ende ihrer Kräfte und brauchte dringend eine Auszeit. Selbst wenn das schon vor ihm jemand bemerkt haben sollte, so war es diesem Jemand nicht gelungen, sie zu einer Pause zu bewegen. Jetzt war er da. Er würde nicht zulassen, dass sie sich selbst weiter ausbeutete. Er würde sie gleich mit zu sich nach Berlin nehmen. Raus aus dem täglichen Trott. Sie musste dringend etwas anderes sehen, als ihr Hotel und die Leute, mit denen sie sonst ständig zu tun hatte. Hätte nicht wenigstens ihren Eltern auffallen müssen, dass mit ihr etwas nicht stimmte?

Marlena war stiller geworden. Unauffällig schob er ihr seine Hand unters Haar und ließ sie auf ihrer Halsschlagader ruhen. Ihr Puls war schnell und hart. Dann legte er prüfend seine Wange gegen ihre Stirn. Fieber schien sie nicht zu haben. Ihr Atem ging zwar ungleichmäßig, wurde aber zunehmend tiefer.

Das würden sie schon wieder hinbekommen. Erschöpfungszustände bei Frauen waren ihm vertraut. Häufig kamen sie in seine Sprechstunde, weil sie sich mit Job, Haushalt und insbesondere nach der Geburt eines Kindes überfordert fühlten. Er musste quasi am laufenden Band den Zusammenhang von physischer und psychischer Gesundheit und notwendige Verhaltensmaßregeln erläutern. Manchmal fühlte er sich nicht wie ein Frauenarzt, sondern wie ein Seelenklempner. Wenn der Termindruck nicht knallharte Limits setzen würde, könnten seine Patientinnen wohl Stunden auf seiner Beratungscoach verbringen.

Marlena hob den Kopf und sah ihn aus geröteten Augen an. Über ihren Wangen lagen dunkle Schatten. Eine Mischung aus Schlafmangel und verlaufener Schminke. Zärtlich fuhr er mit dem Daumen unter ihren Wimpern entlang.

„Ich lass dir mal ein Bad ein. Danach gibt's Frühstück."

Sie lächelte halbherzig.

Alex war froh, dass er aus einer Intuition heraus bei einem der Inselbäcker gehalten hatte, die am Weg zu ihr nach Sellin lagen. Von den Croissants hier oben hielt er nicht allzu viel. Das bekamen die einfach nicht hin. Aber die Hörnchen und Brötchen waren ganz ordentlich. Butter und Honig würde sie sicher im Hause haben.

Er stand auf, ging ins Bad hinüber und drehte den Wasserhahn auf. Dann sah er sich um. Seit seinem letzten Besuch hatte sich nichts verändert. Selbst der Badezusatz stand noch immer am selben Platz wie im Winter. Er gab aus großer Höhe eine ordentliche Portion ins Wasser und schaute einen Moment lang dabei zu, wie sich der Schaum unter dem Wasserstrahl zu türmen begann. Dann hängte er eines der überdimensionierten Badetücher über die Wandheizung und ging wieder hinüber zu Marlena.

Sie hatte sich nicht bewegt, hielt die Augen geschlossen und den Kopf zurückgelehnt.
„Im Hotel sagten sie, du wärst lange überfällig. Aber niemand wollte dich wecken, weil du gestern einen anstrengenden Tag gehabt hättest."
Sie nickte, ohne die Lider zu heben, und schwieg.
„Komm." Er half ihr hoch und führte sie hinüber ins Bad. Dort wartete er, dass sie sich auszog. Als sie keinerlei Anstalten machte, übernahm er auch das.

Während er sie entkleidete, sah er, wie sehr sie tatsächlich abgenommen hatte. Die sanften Kurven ihrer Hüften waren weniger geworden und von der kleinen Wölbung unterhalb ihres Bauchnabels war rein gar nichts übrig geblieben. Ihm schien sogar, dass ihre Schenkel an Umfang eingebüßt hatten. Nicht gut. Gar nicht gut.

Er dirigierte sie vor die Wanne. „Steig rein."
Sie verschwand zwischen den Schaumbergen, er ließ sich auf dem Wannenrand nieder. Für ein paar Sekunden saß sie erneut mit geschlossenen Augen da und bewegte sich nicht. Dann wurde sie wieder unruhig. Ihr fiel wohl ein, dass sie vergessen hatte, das Haar hochzustecken.

Sie schielte nach der Konsole, auf der sie ein Haargummi aufbewahrte. Alex folgte ihrem Blick, sah es liegen, stand auf und band ihr Haar hoch.
„Jetzt alles okay?", fragte er.
Sie nickte. Dann ließ sie sich noch ein Stückchen weiter in die Wanne rutschen. Und wieder fielen ihr die Augen zu.
„Kann ich dich einen Moment allein lassen?", wollte er wissen.
Sie nickte.

Er beugte sich über sie, küsste ihre Stirn und verschwand aus dem Bad. Die Tür ließ er angelehnt. In der Küche fand er, was er für ein kleines Frühstück benötigte. Mit Tee und frischen Brötchen kehrte er wenige Minuten später zu Marlena zurück und rückte den Holzhocker vor die Wanne, damit er das Tablett abstellen konnte. Dann schnitt er ein Mohnhörnchen der Länge nach auf, bestrich es mit Butter und hielt es ihr unter die Nase.

„Iss.“ Er schenkte Tee in große Tassen und positionierte den für sie in Griffweite.

Marlena schielte nach der Tasse. „Kein Kaffee?“

„Pfefferminztee scheint mir angebrachter“, gab er zurück.

„Ich brauch was zum Wachwerden.“

„Heute nicht.“

Sie zog die Stirn kraus und guckte fragend.

Alex ließ sich nicht aus der Ruhe bringen. „Wann hast du zuletzt eine Nacht durchgeschlafen?“

Offensichtlich wollte sie darauf nicht antworten, denn sie schlug die Augen nieder und biss ins Hörnchen.

„Siehst du, und deshalb gibt's jetzt keinen Kaffee.“ Er stellte seine Tasse auf den Hocker zurück, rutschte vom Wannenrand und hockte sich vor sie. Auf Augenhöhe konnte er deutlich den Pulsschlag an ihrem Hals erkennen. Noch immer viel zu schnell.

„Wir sind uns sicher einig darüber, dass du eine Auszeit brauchst, Mara“, begann er vorsichtig.

Sie schwieg.

„Sieh mich an“, verlangte er.

Marlena reagierte nicht.

Er griff ihr unters Kinn und zog ihr Gesicht zu sich herum, so dass er ihr direkt in die Augen schauen konnte. Ihr Blick flackerte. „Ich meine es ernst, Mara. Verdammt ernst. Du bist völlig erschöpft. Ein paar Tage Tapetenwechsel werden Wunder wirken.“

„Tapetenwechsel?“, fragte sie mit belegter Stimme.

„Tapetenwechsel“, bestätigte er. „Du kommst mit zu mir. Keine Widerrede.“

„Ich kann nicht“, erwiderte sie leise. „Ich muss ins Hotel.“

„Ohne Diskussion, sagte ich. Du hast einen Geschäftsführer, der das für dich übernehmen kann. Sie werden auf dich verzichten müssen.“

„Können sie nicht. Nächste Woche ist Ostern.“

„Und wenn zehnmal Ostern ist. Du bist krank.“

Nun lächelte sie doch ein wenig, zumindest verzog sie die Mundwinkel zu etwas, das wohl danach aussehen sollte.

„Erschöpfung ist keine Krankheit.“

Alex nickte. „Stimmt. Ist sie nicht. Aber schau dich an. Ich will gar nicht wissen, was du gerade auf die Waage bringst. Du hast schon sonst nicht viel gegessen. Aber jetzt übertreibst du wirklich.“ Er griff nach ihrer Teetasse und hielt sie ihr hin. „Vincent wird für dich kochen. Er ist zwar kein Sternekoch, aber schon ziemlich gut. Wenn ich aus der Praxis komme, gehen wir mit den Hunden spazieren.“ Er nahm einen großen Schluck aus seiner eigenen Tasse und lächelte ihr zu. „Ich werde sehen, dass ich einige meiner Termine verschiebe. Dann habe ich mehr Zeit für dich. Du wirst dich brav in Enthaltsamkeit üben. Kein Rechner, kein Telefon. Nur schlafen, essen und frische Luft. Und dann sind, denke ich, ein paar Gespräche fällig.“

Marlena nippte versunken an ihrem Tee. Er merkte ihr an, wie sie innerlich mit sich rang. Die Aussicht auf gemeinsame Tage mit ihm schien sie zu motivieren, über sein Angebot nachzudenken. Nur, dass es das eigentlich gar nicht war. Für ihn stand fest, dass sie keine Wahl hatte. Er konnte sie zwar nicht zwingen, mit nach Berlin zu kommen. Aber so wacklig, wie sie auf den Beinen war, musste sie fast zwangsläufig Einsicht und Vernunft beweisen. Sie hatte etwas Wichtiges zu lernen. Man lebte nicht ungestraft und dauerhaft am Limit.

5

Wie hatte sie sich das gewünscht. Zeit mit Alex. Viel Zeit. Diese paar Tage, von denen er sprach, erschienen ihr wie der Himmel auf Erden. Sich vor niemandem verstecken müssen. Und jede Nacht an seiner Seite. Endlich schlafen, tief und traumlos. Nicht allein sein. Jemand, den sie ganz für sich hatte. Von den wenigen Stunden abgesehen, die er arbeiten musste.

Sie seufzte leise und starrte in die Schaumberge auf ihrem Bauch. Es war eine Illusion zu glauben, dass sie sich diese Auszeit tatsächlich gönnen durfte. Das Ostergeschäft hatte ihnen wieder einmal hervorragende Buchungszahlen beschert. Völlig unrealistisch zu glauben, dass sie fehlen konnte. Was sollten die Gäste denken? In all den Jahren, die sie das Hotel nun führte, war es nie vorgekommen, dass sie längere Zeit abwesend war. Schon gar nicht wegen Krankheit. Wenn es ihr mal nicht so gut ging, dann zog sie sich eben in ihr Büro zurück und arbeitete nur stundenweise. Im schlimmsten Fall lag sie auch mal einen Tag lang im Bett. Aber ein Komplettausfall? Das hatte es bisher nicht gegeben.

Andererseits musste sie sich eingestehen, dass sie momentan nicht wirklich fit war. Der fehlende Schlaf, diese ständigen Grübeleien – sie hatte inzwischen ernsthafte Konzentrationsschwierigkeiten. Sie fühlte sich nicht nur privat isoliert, sondern auch dann, wenn sie im Büro war. Selbst inmitten der Kollegen überkam sie manchmal ein unbestimmtes Empfinden von Einsamkeit, das sie sich nicht erklären konnte. Ihre Lust auf die Arbeit hatte längst darunter gelitten. Es gab wenig, das ihr noch Freude bereitete. Nicht einmal die Tatsache, dass Alex nach ganzen zwei Monaten Enthaltsamkeit einfach so auftauchte, den ersten Schritt auf sie zu machte und sich um sie kümmerte. Selbst das konnte kein wirkliches Glücksgefühl auslösen. Eher war es ihr peinlich, dass er sie in diesem Zustand erlebte. Mitansehen musste, wie ein Stimmungstief das nächste jagte. So konnte es auf keinen Fall bleiben.

Ob ihr damit geholfen war, sich vorübergehend auszuklinken, konnte sie nicht einschätzen. Ebenso wenig, wie sie den Sinn so vieler Dinge gerade nicht gut einzuschätzen vermochte. Deshalb hatte sie ständig Schwierigkeiten, Entscheidungen zu treffen. Jedes Mal blieb das Gefühl einer fehlerhaften Abwägung.

Alex hatte damit begonnen, sie zu waschen. Ganz vorsichtig rieb er ihren Körper mit einem Schwamm ab. Arme, Beine, den Rücken und ihren Bauch. Als er an ihren Brüsten angelangt war, schaute er ihr tief in die Augen. Doch sie spürte nichts außer einem wohligen Gefühl von Geborgenheit. Auch wenn sich ihre Brustwarzen zusammenzogen und aufrichteten.
„Das meinen sie nicht ernst“, sagte sie leise.
Er lächelte. „Ich weiß.“

Er tauchte den Schwamm in das Badewasser, ließ ihn sich vollsaugen und drückte ihn über ihrer Schulter aus. Das wiederholte er mehrmals. Sie genoss, wie Schwall um Schwall über ihre Haut strömte. Jemals auf so hingebungsvolle Weise gebadet worden zu sein, daran konnte sie sich nicht erinnern. Schließlich legte Alex den Schwamm fort, griff nach dem vorgewärmten Badetuch und hielt es ihr hin.

Eine Stunde später stand Marlena unschlüssig vor ihrem Kleiderschrank. Sie überlegte, was sie mit nach Berlin nehmen sollte. Mit ihrer Mutter hatte sie schon telefoniert, die Situation erklärt und versprochen, vor Ostern zurück zu sein. Und bevor sie mit Alex nach Berlin fuhr, würden sie bei ihr vorbeischauen. Das ließ sich natürlich nicht vermeiden. Die Eltern wollten zumindest gesehen haben, wer der Mann war, der ihre einzige Tochter so unerwartet entführte. Immerhin war es ihr gelungen, die Mutter wegen ihres Gesundheitszustandes nicht in Unruhe zu versetzen. Die glaubte wohl eher, sie wolle sich außer der Reihe ein paar Tage Zeit mit ihrem Liebsten gönnen. Was sie gewiss durchaus in Ordnung fand. Sie wartete seit langem darauf, dass Marlena jemanden in ihr Herz ließ.

„Ist das alles?“, wollte Alex wissen.

Er stand neben ihr und packte, was sie aufs Bett legte, in eine große Reisetasche. Sie selbst fühlte sich nicht in der Lage dazu. Genaugenommen bereitete es ihr bereits immense Anstrengungen, auch nur die kleinste Entscheidung darüber zu treffen, welche Unterwäsche sie brauchte. Nichts von dem, was sie auswählte, schien ihr geeignet. Jeden Moment wartete sie darauf, dass Alex etwas ablehnte oder über irgendein Teil die Nase rümpfte. Doch er sagte nichts. Er packte einfach nur ein.

Als sie die Schranktüren schloss, fühlte sie sich wie gerädert.

„Ladekabel fürs Handy?“, hakte Alex nach.

Marlena war verblüfft darüber, dass er ihr trotz des erteilten „Beschäftigungsverbots“ den Kontakt zur Außenwelt zugestehen wollte. Wenn sie ehrlich war, hatte sie sich schon auf einen harten Kampf um ihre beruflichen Pfründe eingestellt. Sie ging hinüber ins Arbeitszimmer und griff nach der Tasche mit dem Tablet und all den anderen Dingen, die sie zum Arbeiten benötigte. „Da ist alles drin.“

„Gut.“ Alex stellte das Gepäck in die Diele, half ihr in die Jacke und schob sie ins Freie. „Wir fahren.“

Vier Stunden später passierten sie die Auffahrt zur Villa, in der Alex mit Vincent und Pieter lebte. Abgesehen von dem ersterbenden Geräusch des Motors und dem sich anschließenden metallischen Knistern unter der Haube, war es ruhig auf dem Grundstück. Die Sonne stand tief hinter den Bäumen.

Die Natur in Berlin kam um einiges schneller voran als oben an der Küste. Das war deutlich zu erkennen. Die angelegten Beete standen voller prächtiger Tulpen. Bäume und Büsche hatten ihr zartes Grün bereits entrollt. Dazwischen entdeckte Marlena Magnolienblüten in rot und weiß. Ein Traum. Sie atmete tief durch und drückte die Wagentür auf.

Kaum war sie aus dem Geländewagen geklettert, machte sich Alex am Gepäck zu schaffen.

„Keiner da?“, fragte Marlena und schielte nach der Eingangstür, die sich zum ersten Mal, seitdem sie hierher kam, nicht unmittelbar öffnete.

Alex zuckte mit den Schultern. „Piet ist für ein paar Tage bei einem Freund in Süddeutschland. Und Vincent vielleicht mit den Hunden unterwegs.“ Er trug ihre Taschen die Treppe hinauf. „Das Personal arbeitet nur bis mittags.“

Sie folgte ihm ins Haus und schaute sich um, als wäre sie zum ersten Mal hier. Die in schlichtem Weiß gehaltene Eingangshalle beeindruckte sie nach wie vor. Sie war im Grunde unmöbliert. Es gab lediglich Bilder und Skulpturen, allerdings bewusst sparsam, so dass sie ihre Wirkung ungestört entfalten konnten.

Alex war bereits auf der Treppe ins Obergeschoss. „Kommst du?“

Sie beeilte sich, hinterher zu kommen. Er schob die Tür zu seiner Wohnung auf und ließ ihr den Vortritt. Dann öffnete er die Tür neben dem Schlafzimmer. Diesen Raum kannte sie bisher nicht.

„Das Gästequartier“, sagte Alex. Er durchquerte das helle Zimmer, dessen riesiger Erker fast bodentief verglast war, und stellte ihre große Reisetasche auf eine Truhe neben dem Kleiderschrank. „Wir können nachher auspacken. Lass uns erst eine Kleinigkeit essen.“

„Schon wieder?“

Er hob missbilligend die Augenbrauen. „Das Frühstück ist

fünf Stunden her." Dann legte er ihr die Hand in den Rücken und schob sie wieder hinaus. Doch bevor sie nach unten gingen, brachte er die Tasche mit ihrem Tablet in sein Büro.
„Aha", machte sie zerknirscht.
„Du dachtest doch nicht ernsthaft, ich lasse dich arbeiten, Mara." Er schüttelte streng den Kopf. „Das haben wir nur für den Notfall mitgenommen. Ich werde mich nicht daran vergreifen, versprochen. Aber es bleibt dort stehen, wenn ich bitten darf."

Marlena war von sich selbst überrascht. Von ihrer Bereitschaft, sich plötzlich in ihre Angelegenheiten hineinreden zu lassen. Und vor allem davon, wie einfach sie es ihm machte. Man konnte ja nicht einmal behaupten, dass er sich sonderlich viel Mühe geben musste. Er tat einfach, was er für richtig hielt, und sie ließ ihn gewähren. Natürlich hatte sie im Kopf bereits die verschiedenen Szenarien durchgespielt. Aber wenn sie es recht bedachte, gab es nichts, was ihr momentan unter den Nägeln brannte. Ihre Eltern würden auf das Hotel achtgeben und bei Bedarf Mattes instruieren. Auch was G.o.G. betraf, war sie beruhigt. Der letzte Mailcheck daheim hatte keinerlei Neuigkeiten und nichts Unvorhergesehenes ergeben. Die Taylors hatten sich eingespielt. Selten, dass sie an irgendeiner Stelle eingreifen musste. Termine wie der mit Adam die Ausnahme. Im Moment ging es darum, erst einmal ein paar anfallende Aufträge abzuarbeiten und auf diese Weise Erfahrungen zu sammeln. Wegen der Osterferien war jedoch nicht allzu viel Betrieb. Die verbrachte wohl selbst ihr potentielles Klientel gern in Familie.

Alex hatte sie mit sich in die Küche gezogen und hantierte nun am Kühlschrank. Auf der Kochinsel, die sich mitten im Raum unter einer riesigen Dunstabzugshaube befand, stand ein großer Topf. Es duftete verführerisch nach Hühnchen und Gemüse. Marlena hob den Deckel und hielt die Nase hinein. Aromatische Dämpfe kam ihr entgegen.

„Vincent hat also schon gekocht", sagte Alex zufrieden

und nahm zwei eckige weiße Schüsseln aus dem Schrank. Dann schnitt er vom Brot ab, das, in ein Geschirrtuch eingeschlagen, daneben lag, und drapierte die Scheiben auf eine kleine weiße Porzellanplatte. „Er kann nicht weit sein. Das Essen ist noch heiß.“

„Schon seltsam, die Vorstellung, dass du mit zwei schwulen Männern in einer Art WG lebst“, sagte sie und schaute ihm dabei zu, wie er mit einer großen Kelle Suppe auf ihre Teller verteilte.

„Wegen der WG oder weil sie schwul sind?“, wollte Alex wissen.

Sie betrachtete den Teller, den er vor sie hingestellt hatte, und ergötzte sich aufs Neue am Duft der Suppe. „Eigentlich beides. Es ist ungewöhnlich, in deinem Alter noch in einer WG zu leben. Außerdem traut man dir eher zu, dass du ein paar hübsche Mädels um dich versammelst, statt zweier Gays.“

Er lachte und nickte ihr aufmunternd zu. „Das lässt sich ändern.“

Mit gespielter Empörung schürzte sie die Lippen. „Muss nicht sein.“

Ein paar Augenblicke lang aßen sie schweigend und lauschten auf das Zwitschern der Vögel, das durch das geöffnete Fenster vom Garten zu hören war. Die Suppe war köstlich. Allein die Mengen an Gemüse, Möhren, Porree und Sellerie, hätten genügt, um sie zufrieden zu stellen.

Sie liebte Eintöpfe. Und dieser hier schmeckte, wie von ihrer Großmutter zubereitet. Die hatte auf frische Zutaten und sparsames Würzen geschworen. Genaugenommen konnte sich Marlena nur daran erinnern, dass sie Salz hinein gegeben hatte. Das Hühnchen hatte sie immer im Ganzen gekocht und mit allen Innereien. Erst hinterher hatte sie die Haut und die fetten Teile, vor denen sich Marlena noch immer ekelte, entfernt.

„Wie fühlst du dich?“ Alex saß zurückgelehnt in seinem Stuhl und musterte sie prüfend.

„Ganz gut“, entgegnete sie. Das war zwar übertrieben. Aber die Suppe hob ihre Stimmung.

„Müde?“

Sie nickte. „Ein bisschen."
„Okay. Du kannst dich auch gleich hinlegen. Ich wollte nur kurz über den morgigen Tag mit dir sprechen. Falls du in ein Schlafkoma fällst, das die ganze Nacht andauert." Er nahm eine der Hühnchenkeulen, die er auf einen extra Teller gelegt hatte, in beide Hände und zog mit den Zähnen das Fleisch vom Knochen. „Was ich, nebenbei gesagt, begrüßen würde. … Also, ich möchte, dass du morgen zu mir in die Praxis kommst", sagte er kauend.

Marlena schaute irritiert von ihrem Teller hoch. „Zu dir in die Praxis? Warum?"
„Nur ein paar Kleinigkeiten. Blutdruck messen, Blut abnehmen. Ich hätte einfach gern ein paar Werte."
„Wir hatten davon gesprochen, dass ich mich ausruhe. Nicht, dass du mich anzapfst, um deine sadistischen Gelüste an mir zu stillen." Auf einen Besuch in seiner Praxis hatte sie wirklich überhaupt keine Lust. Wenn sie nur daran dachte, was dort an Equipment herumstand, wurde ihr ganz anders. Das hatte sie ihm doch schon gebeichtet. Damals, nach dem Mindgame auf dem Gyn-Stuhl.

Alex legte die abgenagten Knochen zur Seite und lächelte sie sanft an. „Mara, sei nicht kindisch. Normalerweise hättest du auch daheim in diesem Zustand zum Arzt gehen müssen."
„Zum Arzt. Aber nicht zu dir", entgegnete sie ungehalten. „Und der hätte mir vermutlich lediglich eine Schlafkur verordnet."
„Die bekommst du ja in jedem Fall." Alex streichelte beruhigend über ihre Fingerspitzen. „Wenn dir das lieber ist, mache ich dir einen Termin bei einem befreundeten Kollegen, Prinzessin. Daran soll es nicht scheitern."
„Nein. Das gefällt mir genauso wenig."

Er stand auf, kam um den Tisch herum und ging vor ihr in die Hocke. „Wo ist das Problem?" Seine dunklen Augen schauten besorgt, aber voller Wärme. Kleine Fünkchen tanzten darin. „Angst?"
Marlena nickte.
„Musst du nicht. Nur ein winziger Pikser beim Blutabnehmen.

Der Rest ist vollkommen unerheblich, wirst sehen. Ich bin ganz sanft.“ Er berührte ihr Gesicht und fuhr ihr, die Falten symbolisch glättend, über die Stirn. „Komm. Mach ein freundliches Gesicht. Wenn wir das morgen tun, haben wir übermorgen die Werte. Und falls es notwendig sein sollte, können wir gleich gegensteuern.“

„Ich brauche keinen Arzt. Ich will mich einfach nur ausruhen“, versuchte sie es erneut. Doch sie wusste bereits, dass sie seinen Anweisungen Folge leisten würde. Wenn sie ehrlich war, sie würde es genauso handhaben. Man schaute nicht stillschweigend dabei zu, wenn der andere eindeutig Hilfe brauchte und das Gefühl für die Realität verlor. Sie konnte zufrieden sein, dass sie endlich jemanden hatte, der auf sie aufpassen wollte. Sie musste ihn nur lassen. War das nicht das Wesen einer Dom-Sub-Beziehung?

Ihr wurde bewusst, dass sie sich darüber noch nie Gedanken gemacht hatte. Sie hatte einfach getan oder tun lassen, woran sie Gefallen fand. Ohne die Hintergründe detaillierter analysieren zu wollen.

Ein Geräusch an der Terrassentür ließ sie beide herumfahren. Drei dunkle Schatten preschten in die Küche und stürzten sich auf Alex. Auch Marlena bekam die Begrüßungszeremonie zu spüren. Sie versuchte, sich vor den feuchten Hundeschnauzen und peitschenden Ruten in Sicherheit zu bringen.

„Ist ja gut, Jungs“, rief Alex und griff lachend in das Halsband, das er als erstes zu fassen bekam. Mit einer schnellen Bewegung klemmte er den Kopf des zweiten Hundes unter seinen Arm und angelte parallel nach dem Halsband des dritten.

„Alles unter Kontrolle?“, fragte Vincent, der grinsend und im Sturmschritt die Küche betrat. Er schien nicht auf eine Antwort zu warten. Denn auf ein geheimes Zeichen hin, das offensichtlich nur er und die Hunde verstanden, legte sich das Getümmel und die drei blieben still an Alex’ Seite stehen. Mit hoch erhobenem Kopf und gesenkter Rute starrte jeder von ihnen scheinbar gleichgültig geradeaus. Dennoch wurde

Marlena das Gefühl nicht los, von den Tieren aus den Augenwinkeln heraus beobachtet zu werden. Außerdem bewegten sich die Rutenspitzen viel zu eifrig, als dass sie sich von der plötzlichen Sinneswandlung der drei hätte täuschen lassen. Die waren definitiv auf dem Sprung.

Vincent kam an den Tisch, beugte sich zu Marlena hinunter und küsste sie auf die Wange.

„Abgespannt schaust du aus", meinte er. Dann ließ er sich auf einen der freien Stühle fallen. „Die schaffen mich, die Rüpel." Er griff nach der halbvollen Wasserflasche, die Alex für sich und Marlena auf den Tisch gestellt hatte, und trank sie in einem Zug leer.

„Hast du dir wieder einen Wettkampf mit ihnen geliefert?" Alex schüttelte lachend den Kopf, stand auf und holte ein neues Wasser aus dem Kühlschrank. Die Hunde folgten jeder seiner Bewegungen, ohne sich aus ihrer Position zu erheben. Er stellte dem Freund ein Glas hin und schenkte es bis zum Rand voll.

Vincent schnaufte. „Das ist und bleibt das beste Training. Solltest du auch mal versuchen, mein Alter." Er nickte Marlena zu. „Und? Wie laufen die Geschäfte? Du warst lange nicht hier."

„Ja", sagte sie und lächelte verlegen. Mit Vinc wollte sie auf gar keinen Fall über ihre Probleme sprechen. „Bei G.o.G. ist alles im grünen Bereich."

„Steigende Nachfrage?"

„Langsam, aber stetig. Ja." Sie nickte.

Vincent nickte ebenfalls, trank das Glas leer und erhob sich wieder. „Okay Leute, ich geh dann mal duschen. Wir können ja später weiter quatschen." Er wandte sich zur Tür, pfiff den Hunden, drehte sich dann aber noch mal um. „Ach ja, die Suppe." Er schaute von einem zum anderen. „Gut?"

„Sehr gut", antwortete Marlena. „Du kochst wie meine Großmutter."

Vincent lachte lauthals. „Ich nehm das mal als Kompliment. Also – weitermachen." Dann war er draußen.

So schnell, wie das Dreiergestirn in die Küche eingefallen war, war es auch wieder verschwunden. Marlena mochte Hunde. Diese hier besonders. Ridgebacks waren ihr nicht unbekannt. Sie war auch auf Rügen schon welchen begegnet. Hatte nur nicht gewusst, wie die Rasse hieß. Inzwischen allerdings hatte Alex einiges über die Afrikanischen Löwenhunde erzählt. Marlena fand sie schlichtweg faszinierend. Kein Vergleich mit gewöhnlichen Haustieren. Die Musterung auf dem kurzhaarigen Fell der drei hatte es ihr besonders angetan. Eine Art Aalstrich auf dem Rücken, der rechts und links in je einem Wirbel endete. Zwei der Hunde hatten weizenfarbenes Fell, das des dritten leuchtete in der Sonne wie kräftiger Waldhonig. Im Team boten sie einen Anblick, der einem schon den Atem stocken lassen konnte. Und dann diese kraftvolle Eleganz, mit der sie sich bewegten. Sie hatte noch niemals zuvor so für Hunde geschwärmt, wie für diese hier.

„Die werde ich im Leben nicht gebändigt kriegen“, meinte sie zu Alex, der Vinc und den Ridgebacks hinterherschaute.

„Musst du auch nicht“, entgegnete er. „Die wissen ganz genau, wie sie sich zu benehmen haben.“ Er stand auf, räumte das Geschirr vom Tisch und zog Marlena von ihrem Stuhl hoch. „Und nun zu uns. Gehst du freiwillig ins Bett oder brauchst du Unterstützung?“

Sie lächelte müde. „Freiwillig. Aber ich freue mich, wenn du später neben mir liegst.“

„Bei dir oder bei mir?“, wollte er schmunzelnd wissen. Doch im nächsten Moment winkte er ab. „Bei dir wird das beste sein. Ich muss morgen früh raus und würde dich nur unnötig wecken, wenn ich in meinem Schlafzimmer beginne herumzukramen.“ Er legte ihr den Arm um die Hüfte und führte sie zur Tür. „Brauchst du noch etwas?“

Marlena schüttelte den Kopf.

„Okay, dann ab mit dir nach oben. Ich hab noch einen Moment zu tun.“

Er begleitete sie hinauf ins Obergeschoss, küsste sie und verschwand dann in seinem Arbeitszimmer.

6

Es war kurz nach Mitternacht, als Marlena erwachte. Für einen Moment hatte sie Schwierigkeiten zu realisieren, wo sie war. Dann erinnerte sie sich, dass Alex sie zu sich nach Berlin geholt hatte. Er lag fest schlafend neben ihr. Unter anderen Umständen wäre sie glücklich darüber gewesen. Doch jetzt fürchtete sie, er könnte sich von der Unruhe gestört fühlen, mit der sie sich von einer Seite auf die andere wälzte. Es war noch immer ungewohnt, nachts neben ihm zu liegen. Keine Fremdheit. Aber ein Gefühl der Beschränkung. Zuhause wäre sie aufgestanden und hätte sich den Fernseher eingeschaltet. Hier musste sie Rücksicht nehmen. Außerdem hätte sie es als anmaßend empfunden, einfach seine Sachen zu benutzen, als wären es ihre eigenen. So vertraut waren sie nun auch wieder nicht.

Marlena drehte sich zum Fenster und betrachtete das helle verschobene Viereck, das der Mond auf die Dielen des Zimmers warf. Mondschnee, dachte sie, und erinnerte sich an einen Vers, den sie irgendwann einmal von ihrer Großmutter gehört hatte. 'Mondschnee liegt auf den Wiesen'. Sie konnte sich nicht mehr an den Zusammenhang erinnern. Aber daran, dass sie seit damals bei Vollmond genau diese Worte im Kopf hatte.

Sie zögerte noch eine Weile, schlüpfte dann aber doch aus dem Bett und schlich auf nackten Sohlen zum Fenster. Der Blick von ihrem Zimmer ging in den Garten hinunter. Und tatsächlich. Im Schatten der Bäume sah sie hier und da ein Fleckchen Wiese, das vom Schein des Mondes in gespenstisch weißes Licht getaucht war. Es wirkte wie mit Raureif überzogen. Mondschnee eben.

Sie lächelte verzückt. Dann drehte sie sich wieder ins Zimmer, griff nach ihrem Kimono, der über einem Sessel lag, und ging zur Tür. Alex schien weiter tief zu schlafen. Sie lauschte einen Moment lang auf seinen regelmäßigen leisen Atem, bevor sie die Tür öffnete und hinaus huschte.

Draußen holte sie erst einmal Luft. Wohin nun? Im Zimmer hatte sie sich keine Gedanken darüber gemacht. Doch jetzt wurde ihr schnell klar, dass es eine dumme Idee war, darauf zu hoffen, in einem mehr oder weniger fremden Haus an anderer Stelle Schlaf zu finden. Sie tappte durch das Wohnzimmer, suchte nach ihren weichen Stoffballerinas, die sie privat am liebsten trug, und zog sie über die fast schon wieder kalten Füße. Ob sie sich einen Tee kochen sollte? Unten in der Küche würde sie um diese Zeit gewiss niemanden stören.

Sie ließ auch den Wohnraum hinter sich und ging durch den dunklen Flur in Richtung Freitreppe. Irgendwo im Erdgeschoss gab es ein schwaches Licht, das offensichtlich für Nachtwandler wie sie angelassen worden war. Als sie allerdings am Treppenabsatz angelangt war, erkannte sie, dass es auch hier nur das Mondlicht war, das durch die Oberlichter der großen Terrassentür ins Haus drang.

Marlena war froh, dass auf den Steinstufen dicker Teppich lag. In ihren dünnen Schuhen spürte sie bereits jetzt die nächtliche Kälte ihre Beine hinaufkriechen. Als sie die Küche betrat, atmete sie auf. Sie brauchte ein Weilchen, ehe sie den Lichtschalter über der Kochinsel entdeckte. Und sie brauchte noch länger, um herauszufinden, in welchem der vielen Schränke die Männer den Tee aufbewahrten. Sie hatte schon ein- oder zweimal bei Alex gefrühstückt. Aber es war zu lange her, als dass sie sich die Anordnung der Küchenutensilien gemerkt hätte.

Endlich hatte sie alles, was sie brauchte, zusammen. Auch das Wasser war heiß. Sie goss den Tee auf, schaltete das Licht über der Kochinsel wieder aus und stellte sich mit der Tasse an das breite Fenster. Wie die Fenster ihres Zimmers im Obergeschoss ging es in den Garten hinaus.

Wenn sie so darüber nachdachte, musste sich die Küche wohl ziemlich genau unter der Wohnung von Alex befinden. Sie hatte die Ausmaße eines Tanzsaales und hätte locker mit der Hotelküche vom BELLE EPOQUE mithalten können. Man spürte, dass dieser Raum eine Art Zentrum für alle Hausbewohner war. Selbst für die Vierbeiner. Fress- und Trinknäpfe aus Edelstahl auf Halterungen, die an transportable Teleskopstangen erinnerten, waren unübersehbar. Die Hunde sollten es wohl nicht nur bequem haben, sondern genossen offensichtlich den Rang von Familienmitgliedern.

Kaum hatte sie diesen Gedanken zu Ende gebracht, nahm sie eine leise Bewegung wahr. Erschrocken drehte sie sich zur Tür und sah dort einen der Hunde stehen. Er hatte den Kopf hoch erhoben und die Ohren aufgestellt, als lausche er. Die Rute hing in einem leichten Bogen herab und schwang sacht hin und her. Sie konnte nicht erkennen, welcher der Rüden es war. Dafür war es zu dunkel. Aber seine Augen glänzten.
„Was machst du denn hier?“, sprach sie ihn leise an.

Als hätte der Ridgeback nur darauf gewartet, kam er schwanzwedelnd auf sie zu und drückte seinen Kopf an ihren Oberschenkel. Die Rute bewegte er dabei so heftig, dass sein ganzer Körper in Schwingung versetzt wurde. Er winselte verhalten. Er schien zu wissen, dass er sich im Interesse der anderen Hausbewohner ruhig verhalten musste.
„Ist ja gut“, flüsterte sie. „Alles gut.“

Sie musste sich nicht einmal hinunterbeugen, um dem Rüden über den Kopf zu streicheln. So groß war er. Dabei hielt sie vorsichtig die Tasse von sich weg. Sie hatte Angst, den heißen Tee, der bedenklich hin und her schwappte, zu verschütten.

Eine Weile genoss Marlena die eigenartige Vertrautheit mit dem Tier. Sie schien einzig aus dem Moment zu kommen.

Dann tätschelte sie ihm die Flanke und schob es leise lachend von sich. „Nun lass mich meinen Tee trinken, okay?“ Vorsichtig zog sie sich mit der Tasse auf das riesige halbrunde Sofa zurück, das unter dem Fenster stand, und nahm die Beine hoch. Der Rüde beobachtete sie.

Inzwischen hatten sich ihre Augen an die Dunkelheit gewöhnt. So sah sie, dass der Hund die Stirn in Falten gelegt hatte und sehnsüchtig nach dem Platz zu ihren Füßen schielte. Sie wusste nicht, wie das im Haus gehandhabt wurde. Aus ihrer Sicht gehörte ein Tier, egal wie klein oder groß, weder aufs Sofa noch in ein Bett. Dennoch spürte sie, dass sie in diesem Moment nur allzu gern bereit war, eine Ausnahme zu machen. Der Gedanke, der Hund könnte sie wärmen, wenn er auf ihren Füßen lag, erschien ihr allzu verführerisch.

Eine winzige Bewegung von ihr und der Rüde hatte die Entscheidung verstanden. Er stellte die Vorderpfoten auf das Sofa, senkte den Kopf, als wolle er den angebotenen Platz auf seine Eignung hin prüfen, und war eine Sekunde später mit einem eleganten Satz auf dem Polster. Dort verharrte er einen weiteren Moment, bevor er begann, sich unablässig um die eigene Achse zu drehen. Schließlich zog er die Rute zwischen die Beine und ließ sich mit einem lauten Brummen auf das Polster sinken. Das hörte sich an, als würde er es förmlich aus den Lungen pressen,.

Marlena atmete auf. Sie hatte schon ein klein wenig daran gezweifelt, ob es eine gute Idee war, den Hund aufs Sofa zu lassen. Aber als sie jetzt die Wärme spürte, die von seinem Körper auf ihren überging, war sie zufrieden. So würde sie es eine Weile aushalten können. Zumal ihr auch der Tee ein bisschen einheizte.

Sie lehnte sich tiefer in die Kissen und trank in kleinen Schlucken. Wie einfach das Leben doch sein konnte, dachte sie. Einfach und reduziert auf die Frage, ob man bereit war, Nähe zuzulassen. Und sei es die zu einem Hund. Warum hatte sie eigentlich nie einen Hund gehabt?

In ihrer Erinnerung an die Kindheit gab es Goldhamster und eine bunt gefleckte Katze mit einem braun und einem schwarz umrandeten Auge. Außerdem zwei Kanarienvögel. Die Hamster hatten unentwegt Junge bekommen. Kleine nackte Lebewesen, die aussahen wie die menschlichen Embryos aus dem Biologieunterricht. Sie waren nicht größer als ihr Daumen. Einmal, um die Weihnachtszeit, hatte die Mutter den Wurf nicht rechtzeitig bemerkt und musste deshalb in aller Eile die Winzlinge von einem Käfig in den nächsten transportieren. Sie hatte Angst, der Vater könne sie fressen. Dabei war einer der kleinen Hamster zu Boden gefallen. Sie hatten alle den Atem angehalten, weil sie fürchteten, er hätte sich den Hals gebrochen. Aber nichts dergleichen. Wie durch ein Wunder war er unversehrt geblieben. Die Mutter hatte ihn einfach aufgehoben und zu seinen Geschwistern gelegt. Er war genauso herangewachsen, wie alle anderen Hamsterbabys. Aber nach diesem Vorfall wollte Marlena lieber eine Katze haben. Die schien ihr nicht ganz so anfällig gegen die Gefahren, die ein Haushalt für Tiere bot. Und vor allem raschelte sie nachts nicht mit Sägespänen und Heu, wenn man eigentlich schlafen wollte. Noch lieber hätte sie allerdings einen Hund gehabt. Fast alle in ihrer Klasse hatten einen. Doch die Eltern waren dagegen. Eine Katze im Hotel machte ihnen nichts aus. Vor einem Hund würden sich die Gäste fürchten, meinten sie.

Marlena streckte bei dieser Erinnerung die Hand aus und streichelte dem Rüden über den Kopf.

„Vor einem wie dir kann man sich auch fürchten“, flüsterte sie. Es war ihr durchaus ernst damit. Bei ihrer ersten Begegnung mit den dreien hatte sie sie für Kampfhunde gehalten und war zur Salzsäule erstarrt. Sie wusste einfach nicht, wie sie sich angemessen verhalten sollte. Aber ein paar Erklärungen und Beobachtungen später hatte sie über ihre anfängliche Angst bereits gelacht und verzückt dabei zugeschaut, wie die Hunde miteinander balgten.

Der Rüde zu ihren Füßen hatte die Augen zusammengekniffen und gab keinen Laut von sich.

„Bist du auch müde?“, fragte sie schläfrig. Sie spürte wohlige

Wärme durch ihre Glieder ziehen. Sie rührte wohl vom Tee. Marlena rutschte ein Stückchen dichter zu dem Hund hinüber. „Ein paar Minuten bleiben wir noch liegen“, schlug sie ihrem stummen Gesprächspartner vor. „Aber nur kurz. Dann müssen wir wieder hoch, hörst du?“

Der Ridgeback reagierte nicht. Schemenhaft nahm sie wahr, dass er die Ohren leicht aufgestellt hatte, lauschte selbst in die Stille des Hauses hinein, konnte aber nichts Beunruhigendes feststellen. Sie gähnte herzhaft. Sie sollte wohl am besten zurück ins Bett gehen. Ein paar Minuten würde sie sich noch gönnen. Schon wegen des Hundes. Er lag so entspannt da, dass sie ihn ungern hochscheuchen wollte.

* * *

Alex saß sofort senkrecht im Bett, als er am Morgen feststellte, dass Marlena nicht mehr neben ihm lag. Das Bettzeug auf ihrer Seite war kalt. Er schaute zur Uhr. Kurz nach sechs. War sie etwa schon auf? So früh?

Beunruhigt sprang er aus dem Bett, stieg in seine Jeans und warf einen prüfenden Blick auf ihre Sachen, während er die Knöpfe schloss. Alles lag, wie er es am Abend, als er zu ihr ins Zimmer gekommen war, vorgefunden hatte. Nur der blaue Kimono war weg. Er riss die Tür auf, durchquerte den Wohnraum, warf einen Blick in sein eigenes Schlafzimmer und lauschte auf mögliche Geräusche aus dem Bad. Aber auch dort konnte er sie nicht entdecken. Auf bloßen Sohlen lief er den Flur entlang, um ins Erdgeschoss zu gelangen.

Im Haus war es still. Aus keinem der Zimmer drang irgendein Geräusch. Die Sonne war bereits aufgegangen, schien durch die Oberlichter der Eingangstür und versprach einen angenehmen Frühlingstag. Gegen acht würde die Haushälterin ihre Arbeit beginnen. Bis dahin war er längst in seiner Praxis. Er hatte gestern per Mail die neue Planung für heute erhalten. Sein Ausfall am Vortag hatte ihm ein paar zusätzliche Termine eingebracht. Er würde Marlena erst für die Mittagspause bestellen können.

Alex schob die nur angelehnte Küchentür auf und blieb wie angewurzelt stehen. Auf dem Sofa vor dem Fenster hob Age, der älteste der drei Ridgebacks, den Kopf, blinzelte ihm kurz entgegen und vergrub die Schnauze sofort wieder zwischen den Pfoten. Aus gutem Grund. Die Hunde wussten, dass das Sofa für sie tabu war. Aber Age hatte ganz offensichtlich jemanden gefunden, der sich aus den Tabus in diesem Hause nichts machte. Weil er sie nicht kannte. Alex grinste.

Er betrachtete die schlafende Frau neben dem Rüden. Sie hatte sich in ihren Hausmantel eingewickelt und lag auf ähnliche Weise zusammengerollt wie der Hund. Gewiss hatte sie gefroren. Die Heizung wurde nachts heruntergefahren und schaltete sich erst gegen halb sieben wieder ein, wenn Alex aufstand. Er war der erste, der das Haus verlassen musste.

Alex klopfte Age die Flanke. „Good boy. Hast auf sie aufgepasst." Dann beugte er sich über Marlena. Ihr Atem ging tief und regelmäßig. Das zumindest schien ihm ein gutes Zeichen zu sein. Er wollte jetzt nicht darüber nachdenken, warum sie den Platz auf dem Küchensofa dem im gemeinsamen Bett vorgezogen hatte. Sicher gab es eine simple Erklärung dafür. Er hob sie vorsichtig auf seine Arme, um sie zurück in ihr Zimmer zu tragen.

„Ich kann selbst laufen", nuschelte sie schlaftrunken an seinem Hals.

„Ich weiß", gab er zurück.

„Dann lass mich runter."

„Gleich", entgegnete er und stieg die Treppen ins Obergeschoss hinauf. Oben angekommen, gab er der Tür zum Gästezimmer seiner Wohnung einen leichten Tritt mit dem Fuß.

Marlena öffnete die Augen erst, als er sie ins Bett legte. Lächelnd schaute sie ihn an. „Du behandelst mich wie ein Kind."

Er grinste, deckte sie bis zum Hals zu und steckte das Bettzeug zusätzlich unter der Matratze fest.

„Hey", machte sie.

„Schlaf weiter", verlangte er, strich ihr übers Haar und lächelte von oben auf sie herab. „Vinc bringt dich um zwölf zu mir in die Praxis. Ruh dich aus bis dahin, iss etwas und untersteh dich, nach deiner Arbeit zu suchen … Das meine ich ernst", setzte er nach einer kurzen Pause hinzu. Dann küsste er sie auf die Stirn, schaute sich an der Tür noch einmal nach ihr um und verließ das Zimmer.

7

Marlena schaute mit klopfendem Herzen an der weiß verputzten Jugendstilfassade des Hauses hinauf, in dem Alex seine Praxis betrieb. Der Gedanke, ihm im weißen Kittel zu begegnen, versetzte sie beinahe in Panik.
„Ich geh ungern mit hinein", meinte Vinc neben ihr. „Aber wenn du möchtest, bringe ich dich hoch."
Sie schüttelte den Kopf und griff nach ihrer Tasche. „Das schaff ich schon."
„Ich such mir einen Parkplatz und warte auf dich", erklärte er.
„Musst du nicht. Ich kann mir ein Taxi zurück nehmen."
„Quatsch. Länger als eine halbe Stunde wird es nicht dauern. Ich hab sowieso ein paar Telefonate zu erledigen. Ich warte."

Marlena wurde den Verdacht nicht los, Alex hätte Vincent angewiesen, sie nicht aus den Augen zu lassen. Den ganzen Vormittag war er ihr immer wieder über den Weg gelaufen. Als hätte er kontrollieren wollen, was sie tat, oder besser gesagt, dass sie nichts tat. Sie war sicher, er würde den Eingang der Praxis im Auge behalten und nicht zulassen, dass sie kniff. Das hatte sie allerdings auch nicht vor. War sie bis hierher gekommen, würde sie es auch ganz bis hinein schaffen. Sie lächelte ihm halbherzig zu und stieg aus dem Auto.

An der Eingangstür verwiesen entsprechende Schilder nicht nur auf die gynäkologische Praxis von Alex und eine Anwaltskanzlei auf der gegenüberliegenden Seite der Belle Etage, sondern auch auf ganz gewöhnliche Mieter. Marlena schüttelte innerlich den Kopf. Sie könnte unmöglich in einem solchen Umfeld leben. Gegen eine Kanzlei war ja nichts einzuwenden. Aber Tag für Tag an der Tür eines Frauenarztes vorüberzugehen, um auch nur einen Schritt auf die Straße setzen zu können, würde ziemlich an ihren Nerven zerren. Sie war eben ein besonderer Fall. Wann hatte sie zum letzten Mal eine Praxis betreten? Vor zwei Jahre oder war es noch länger her?

Sie drückte auf die Klingel. Gleich darauf ertönte das typische Summen des Türöffners. Sie trat ein und fand sich in einem schmalen, aber hohen Treppenhaus aus weißem Marmor wieder. Links und rechts des Einganges große Spiegel in goldfarbenen Rahmen. Ein tiefroter Läufer zog sich die Stufen hinauf. Oben, direkt über dem Absatz, gewahrte sie einen überdimensionierten Kronleuchter. Dahinter führte eine weitere, leicht nach links versetzte Treppe in die höheren Stockwerke. So prachtvoll konnte man also in einem Mietshaus wohnen.

Marlena stieg die Stufen hinauf und spürte, wie ihr Herz zu rasen begann. Sicher, der Tag strengte sie an. Aber das war nicht der Grund für ihren beschleunigten Puls. Sie hatte schlicht und ergreifend Angst. Vor Alex in Weiß. Vor der Blutentnahme. Und vor all den Dingen, die sie so gern aus ihrer Erinnerung gestrichen hätte. An der Praxistür schlug ihr Herz schon in der Kehle. Sie musste ein paar mal tief durchatmen, bevor sie sich für den nächsten Schritt gewappnet fühlte.

Kaum stand sie in der Praxis, kam Alex durch die geräumige Diele lächelnd auf sie zu. Irgendwo im Hintergrund hörte sie jemanden mit Instrumenten klappern. Sofort verstärkte sich das flaue Gefühl im Magen. Die Rezeption war unbesetzt.

„Hi“, sagte Alex, nahm sie wie selbstverständlich in den Arm und küsste sie auf die Wange.

„Hi“, entgegnete sie mit beinahe versagender Stimme.

Alex trug weiße Jeans und ein moosgrünes Shirt mit offenstehendem Kragen. Sein Haar hatte er wie immer am Hinterkopf hochgebunden, auf den Wangen lag ein gut sichtbarer Bartschatten. Er sah zum Niederknien aus. Marlena wurde plötzlich bewusst, dass sie eifersüchtig war auf die Frauen, die den ganzen Tag lang um seine Aufmerksamkeit buhlen durften. Seine Mitarbeiterinnen, seine Patientinnen – ihnen allen widmete er zwangsläufig deutlich mehr Zeit als dem Zusammensein mit ihr. Ob er manchmal das Bedürfnis hatte, mit einer von ihnen etwas anzufangen?

Alex dirigierte sie in sein Sprechzimmer und schloss hinter ihr die Tür. Dann nahm er sie noch einmal in den Arm, küsste sie zärtlich auf den Mund und stupste mit seiner Nase aufmunternd gegen ihre. „Ich würde dich gern herumführen. Aber gerade heute fehlt mir die Zeit dafür“, entschuldigte er sich und wies auf eine kleine Sitzecke direkt unter dem Fenster. „Setz dich bitte. Konntest du morgens noch ein bisschen weiterschlafen?“

Marlena nickte. Sprechen funktionierte nicht mehr. Der Hals war ihr so eng, dass sie sich darüber wunderte, überhaupt noch atmen zu können. Ihre Augen flogen panisch durch das Zimmer, nahmen in einer Ecke den obligatorischen Paravent wahr, an anderer Stelle diverse Gerätschaften und relativ zentriert im Raum den verhassten Untersuchungsstuhl. Alles Dinge, die sie zur Genüge kannte und von denen sie gehofft hatte, dass sie sie so schnell nicht wiedersehen würde.

Alex setzte sich zu ihr. „Schau mich an“, verlangte er und legte seine Hand beruhigend auf ihre. Als sie nicht sofort reagierte, schnippte er mit dem Finger. „Hier, Mara. Blende den Rest einfach aus.“

Sie nickte ergeben, wandte den Blick zu ihm und atmete hörbar tief durch. Selbst als Arzt fand sie ihn extrem dominant. Was aber vielleicht ganz gut so war. Sie hätte in genau diesem Moment aufspringen und unverrichteter Dinge wieder gehen können.

„So schlimm?“

Schlimm? Schlimm war gar kein Ausdruck. Ihr Magen rebellierte. Sie hatte kaum etwas runterbekommen beim Frühstück. Und jetzt fühlte sie sich, als würde man sie zur Schlachtbank führen. Dass es Alex war, der ihr gegenüber saß, machte es um keinen Deut besser.
„Dann sollten wir gleich zur Tat schreiten, damit du schnell wieder bei Vincent im Auto sitzt."
Er wusste also, dass Vinc auf sie wartete. Egal. Sein Versprechen, es würde schnell gehen, versöhnte sie ein wenig mit der für sie überaus angespannten Situation.

Alex drehte sich um und nahm das Blutdruckmessgerät von seinem Schreibtisch.
„Du hast heute Nacht mit Age gekuschelt statt mit mir", sagte er, während er sich das Stethoskop um den Hals hing. Dann zwinkerte er ihr zu. „Er mag dich." Sanft griff er nach ihrem Arm und schob den Ärmel der Bluse hoch. „Aber im Grunde war mir das klar. Wer kann dich nicht mögen? … Leg ihn bitte hier auf den Tisch. Ja, so. Okay."
Sie sah ihm voller Unbehagen dabei zu, wie er ihren Arm in Position brachte und eine hellgrüne Manschette darum legte.
„Was hast du überhaupt in der Küche gewollt?"
Sie zuckte mit den Schultern. „Ich konnte nicht mehr schlafen und wollte mir einen Tee machen."
Alex tastete nach ihrem Puls und begann, die Manschette aufzupumpen.
„Und Age war die ganze Zeit bei dir?"
Die Manschette begann, ihr den Arm abzuschnüren. Sie schüttelte den Kopf.
„Er kam, als ich damit fertig war. Er muss mich in der Küche gehört haben."
Die Spannung um ihren Oberarm wurde noch stärker. Es tat weh. Hatte er nicht langsam genug gepumpt?
Alex lächelte. „Ja, Age hat ein feines Gehör." Er legte das Stethoskop auf ihre Armbeuge und ließ den angestauten Druck langsam entweichen. „Okay", sagte er dann und lächelte ihr nachsichtig zu. „Du bist aufgeregt, ganz offensichtlich." Er hängte sich das Stethoskop wieder um den Hals. „Möchtest du

bei der Blutentnahme lieber liegen?"
Entsetzt schüttelte sie den Kopf. Auf keinen Fall wollte sie auf die Untersuchungsliege.

Alex nickte verständnisvoll und griff erneut hinter sich. Er schien perfekt vorbereitet zu sein. Umso besser. Dann waren sie schnell fertig. Anstelle der Blutdruckmanschette legte er ihr jetzt einen Gummischlauch an, ließ sie mehrmals eine Faust machen und sprühte Desinfektion auf ihren Arm. Dann zog er sich Handschuhe über und griff nach der Kanüle. Marlena wandte den Kopf ab.

„Ich bin vorsichtig, versprochen", sagte er leise, während er sachte über ihren Arm strich und sich ihre Venen anschaute.

Gleich darauf spürte sie den Einstich. Sie kniff die Augen zusammen. Verdammt. Sie war eindeutig eine Memme bei solchen Sachen. Wie albern. Als ob er ihr ans Leben wollte.

„Deine Venen sind so fein wie deine Haut", meinte er, wechselte den Aufsatz und löste wenig später den Stauschlauch. „Entspann dich, Prinzessin. Schon fertig."

Noch immer vermied sie es, ihren Arm zu betrachten. Erst als er ihr den Tupfer in die Beuge drückte, atmete sie erleichtert auf.

„Alles okay?", wollte Alex wissen. Prüfend schaute er ihr in die Augen.

Marlena war unendlich erleichtert. Sie nickte. „Alles gut." Sie sprang förmlich von ihrem Platz auf. Im selben Moment begann sich der Boden unter ihren Füßen zu drehen. Wie vorgestern Abend, als sie nach einem Sechzehnstundentag völlig erschöpft nach Hause gekommen war. Halt suchend griff sie nach Alex, krallte sich in den Stoff seines Shirts und schloss für Sekunden die Augen.

„Hast du gefrühstückt?" Er war ebenfalls aufgestanden und hielt besorgt ihre Oberarme umfasst. „Ich meine, mehr als einen Kaffee?"

„Ich habe Tee getrunken", protestierte sie schwach. „Ist gleich wieder gut."

Er zog sie an seine Brust und angelte gleichzeitig nach dem Handy. „Vinc, kannst du hochkommen und sie abholen?"

„Ich schaff das allein“, wehrte sie ihn ab.
„Das seh ich“, gab er zurück.

Sie merkte sofort, dass sie keine Chance hatte. Er ging voll in seiner Rolle als Doc auf und erschien ihr ein wenig fremd in dieser Position. Ein anderer Alex. Allein diese weiße Jeans zu dem braven Shirt ließ ihn in einem vollkommen neuen Licht erscheinen. Sie war noch nicht sicher, ob ihr das gefiel.

Der Summer der Eingangstür war zu hören. Gleich darauf stand Vinc im Raum. Er guckte ebenso besorgt wie Alex.
„Es ist wieder gut“, versuchte Marlena, sich gegen die Dominanz der beiden Männer aufzulehnen.
Vincent nahm sie bei der Hand und zog sie an seine Seite. „Nimm es ihm nicht übel, Marlena. Er schießt manchmal über das Ziel hinaus.“
Sie sah, wie er Alex zuzwinkerte. Dann griff er nach ihrer Tasche.
„Ich bring dich jetzt nach Hause und du legst dich wieder hin. Und dann koch ich dir was Schönes.“

Marlena war genervt. „Verdammt noch mal. Jetzt lasst mich doch beide mal in Ruhe. Ich kann allein gehen.“ Sie entzog ihm ihre Hand, hängte sich die Tasche wieder über die Schulter und wollte zur Tür. Dann überlegte sie es sich noch einmal anders. Sie drehte sich zu Alex um, stellte sich auf die Zehenspitzen. Hauchte ihm einen Kuss auf die Wange. „Danke.“ Sie versuchte sich sogar in einem Lächeln. Es schien nicht wirklich gut gelungen zu sein, denn seine Erwiderung fiel halbherzig aus. Aber sie musste jetzt dringend weg von hier. Als sie hörte, wie die Praxistür in ihrem Rücken ins Schloss fiel, war sie heilfroh, dass sie es überstanden hatte.

* * *

Als Alex an diesem Abend nach Hause kam, saß Marlena auf dem Sofa vor dem Kamin in seinem Wohnraum. Vincent hatte ihr zwar angeboten, ihr Gesellschaft zu leisten, bis Alex eintraf.

Aber sie wollte lieber allein sein und musste feststellen, dass sie diesen Zustand sogar genoss. Genau genommen war sie auch gar nicht allein. Age, der Ridgeback-Rüde, der die Nacht mit ihr gemeinsam auf dem Küchensofa verbracht hatte, war ihr den ganzen Tag über hinterher geschlichen. Nun lag er zusammengerollt zu ihren Füßen und seufzte hin und wieder.

Age hatte von allen drei Hunden das dunkelste Fell. Der Aalstrich auf seinem Rücken und die Wirbel direkt hinterm Kopf waren in extrem klaren Konturen gezeichnet. Ohren und Schnauze gleichfalls sehr dunkel. Unterhalb der Augen, die dieselbe Farbe aufwiesen wie sein Fell, gab es einen hellen Bereich, der einem tief sitzenden Lidstrich ähnelte und die Augenpartie auf besondere Weise zum Leuchten brachte. Die kleinste Bewegung, die der Rüde vollführte, fand sofort Marlenas Beachtung. Sie wurde nicht müde, ihn zu beobachten und die Geräusche zu interpretieren, die er von sich gab.

Age bellte so gut wie nie. Und wenn, dann mit tiefer Stimme und markerschütternd. Doch den ganzen Tag über war er damit beschäftigt, Dinge in seiner unmittelbaren und entfernteren Umgebung aufmerksam zu beobachten. Nichts schien ihm zu entgehen. Mal blähte er nur die Nasenflügel, so dass die kurzen Haare am Maul vibrierten. Oder er stellte die Ohren auf. Dann erschienen auf seiner Stirn, die ohnehin in Falten lag, noch mehr davon. Einmal überraschte ihn eine Fliege so sehr, dass er mit ruckartigen Kopfbewegungen ihre Flugroute verfolgte. Es wirkte, als würde er jeden Moment nach ihr schnappen wollen. Fraßen Hunde Fliegen? Marlena war so angetan von Age, dass sie begann, darüber nachzudenken, ob ein solcher Hund ins BELLE EPOQUE passte.

„Sieht ja fast so aus, als wolle Age dich mir abspenstig machen", meinte Alex lachend, als der Ridgeback bei seiner Rückkehr am frühen Abend mit dem Schwanz zu wedeln begann, ohne Marlena jedoch von der Seite zu weichen.
Sie lächelte ebenfalls. Dass Age so auf sie fixiert war, gefiel ihr. Er schien zu spüren, dass sie sich in seiner Gegenwart

beschützt fühlte. Seinen Instinkt fand sie bemerkenswert.
„Wart ihr spazieren?", wollte Alex wissen.
Marlena schüttelte den Kopf. „So mutig war ich nicht. Ich wollte nicht riskieren, dass er mir wegläuft und vielleicht unter ein Auto gerät. Außerdem wäre es dem Rest der Meute gegenüber unfair gewesen."
Alex tätschelte den Rücken des Rüden. „Age rennt nicht weg. Er ist nicht so heißspornig wie die beiden anderen. Stimmt's, Age?" Dann hockte er sich vor Marlena und küsste sie kurz auf den Mund. Er zog sich wieder zurück, lächelte, musterte sie und küsste sie noch einmal. Diesmal ausgiebig.

Es war ein schöner Kuss. Marlena schloss die Augen und spürte ihm nach. Überhaupt war es ein gutes Gefühl, auf Alex zu warten und zu erleben, wie er nach Hause kam. Wie er den Raum betrat, wie sich seine Präsenz entfaltete. Er trug jetzt wie sonst schwarze Hosen und ein schwarzes Hemd dazu und ähnelte nur noch entfernt dem Arzt, den sie heute Mittag in seinem Element erlebt hatte. Dennoch war ihr Empfinden für ihn in gewisser Weise ambivalent. Von der Begierde, die sie sonst entwickelte, wenn sie beieinander waren, schien sie gerade meilenweit entfernt. Vielleicht waren sie sich in den zwei Monaten Funkstille fremd geworden. Zumindest hatten die wenigen Stunden, die sie seit gestern miteinander verbracht hatten, nicht ausgereicht, die alte Vertrautheit zwischen ihnen wiederherzustellen. Vielleicht mussten sie auch erst die Diskrepanzen, die zu dieser Funkstille geführt hatte, aus dem Weg räumen.

„Schon gegessen?", fragte Alex.
Sie nickte. Vincent hatte für sie beide frischen Spargel gekocht und ihn mit Kartoffeln und hauchdünn geschnittenem italienischem Schinken serviert. Ein Gedicht.
„Okay, dann schau ich mal in der Küche, ob für mich noch etwas übrig ist. Lauf nicht weg." Er stemmte sich übertrieben ächzend in die Höhe, klopfte sich gegen den Schenkel wohl in der nicht ganz ernst gemeinten Hoffnung, Age von Marlena weglocken zu können, musste letztlich aber allein von dannen ziehen. Der Ridgeback hatte nur gelangweilt den Kopf

gehoben, die Augen zusammengekniffen und sich wieder abgewandt.

***

Als Alex zurück ins Wohnzimmer kam, war Marlena fast eingeschlafen. Sie schreckte hoch, weil sich die Polster bewegten. Alex hatte sich zu ihr aufs Sofa gesetzt. In der Hand hielt er die grüne Blutdruckmanschette und sein Stethoskop.
„Och nee", machte sie genervt. Was sollte das nun wieder? Hatte es nicht genügt, dass sie sich von ihm in seiner Praxis hatte malträtieren lassen?
„Oh doch", gab er zurück und griff bereits nach ihrem Arm. „Du warst heute Mittag sehr aufgeregt. An einen realistischen Wert war da nicht zu denken. Mal schauen, wie es jetzt aussieht." Er schob sich das Stethoskop in die Ohren und begann zu pumpen.

Marlena schloss die Augen. Ob das jemals wieder ein Ende nahm oder ob er jetzt immer sofort in den Arztmodus schaltete, wenn es ihr mal nicht gut ging? So hatte sie ihn noch nicht erlebt. Na gut, bisher hatte sie sich in seinem Beisein auch immer überaus gut gefühlt. Und wenn es ihr mal nicht so gut gegangen war, hatte sie das Treffen mit ihm einfach verschoben.

Ein entscheidender Vorteil bei Fernbeziehungen. Man konnte nicht mal eben schnell beim anderen vorbeischauen und ihn in jeder noch so ungünstigen Situation erwischen. Sie wollte das auch gar nicht. Sex sollte Sex bleiben. Obwohl sie mit Alex inzwischen einen neuen Status erreicht hatte. Immerhin hatte er sich selbst bereits als ihren Mann bezeichnet. Und das war gerade erst zwei Monate her. Für sie war ihre Beziehung jedoch ein Zwiespalt.

Genau betrachtet hatte sie gar keine Zeit dafür. Das Hotel und jetzt die Eventagentur fraßen jede verfügbare Minute. Ihr blieb nicht einmal genügend Freiraum, um ihren Bedürfnissen nach ein wenig Bewegung, Ruhe und Entspannung nachzukommen. Dass sich das jemals wieder ändern würde, wollte sie schon gern glauben. Doch die Realität sah anders aus. Zwei Jobs brachten nun einmal mehr Arbeit. Da konnte sie optimieren, so viel sie wollte. Dennoch musste sie zugeben, dass das Zusammensein mit einem vertrauten Menschen etwas höchst Befriedigendes hatte. Es reizte sie, noch einmal einen Versuch zu unternehmen, nachdem der erste mit Erik so dramatisch gescheitert war.

Alex löste die Manschette an ihrem Arm und legte seine Utensilien auf den kleinen Tisch neben dem Sofa.

„Zufrieden?", fragte Marlena.

Er nickte. „Beinahe vorbildlich." Seine Hand legte sich angenehm warm auf ihre Hüfte.

„Und nun?", wollte sie wissen.

„Wir warten die Werte ab und dann sehen wir weiter."

„Was heißt das genau?"

Seine Finger malten irgendwelche Muster in den Stoff ihrer Hose. „Das kann ich noch nicht sagen. Du brauchst auf jeden Fall ein paar Tage Ruhe, bevor du weitermachen kannst. Am besten zwei, drei Wochen."

Ruckartig setzte sie sich auf. „Oh nein! Vergiss es!" Sie streckte die Beine unter der Decke aus und stellte sie nebeneinander auf den Boden. „Montag muss ich wieder im Hotel sein."

„Abwarten", sagte Alex nur, erhob sich und griff nach dem Blutdruckgerät. „Es sei denn, du möchtest in ein paar Monaten eine achtwöchige psychosomatische Reha machen."

„Wie bitte?"

Er blieb stehen und lächelte vielsagend auf sie hinunter. „Das ist die Alternative zu zwei Wochen Auszeit, die du dir genau jetzt gönnen solltest."

„Aber wie stellst du dir das vor?" Sie wurde immer aufgebrachter. „Ich leite ein Hotel und eine Agentur. Das eine läuft zwar fast von allein, das andere steckt dafür noch in den Kinderschuhen. Zwei Wochen Urlaub kann ich mir nicht leisten." Sie schüttelte heftig mit dem Kopf. „Auf gar keinen Fall!"

„Das ist kein Urlaub, Mara." Er zog das Wort Urlaub in die

Länge. „Das ist eine notwendige Erholungsphase, um dich vor dem Totalausfall zu bewahren.“

Sie verstummte. Totalausfall. Als wäre sie dem Tode geweiht. So ein Blödsinn. Bisher hatte sie noch immer die Kurve bekommen. Sie musste nur dafür sorgen, dass sie wieder schlafen konnte. Dann war das Problem vermutlich schnell gelöst. Aber was, wenn er recht hatte? Sie erinnerte sich zumindest an die Panik, die sie bei dem Gedanken empfand, sie könnte einen Infarkt erleiden und dabei mutterseelenallein sein. Niemand da, der einen Arzt rufen könnte. Man würde sie vielleicht erst am nächsten Morgen finden. Wer wusste schon, ob dann noch Leben in ihr stecken würde. Gedanken an einen Infarkt kamen sicher nicht von ungefähr. Und dieses schon fast manische Bedürfnis, ständig das Telefon griffbereit zu halten, selbst nachts, selbst wenn sie ins Bad musste. War das normal?

* * *

Alex sah, dass sie blass geworden war. Er hatte keine Ahnung, was ihr gerade durch den Kopf ging, aber es war ihm absolut ernst mit seiner Forderung. Hier gab es kein Mittel der Wahl. Marlena hatte einen Punkt erreicht, der an Selbstüberschätzung grenzte. Nur, dass sie sich dessen erst bewusst werden musste. Er hatte in den letzten Stunden viel darüber nachgedacht, wie er ihr helfen konnte. Seit ihrem Wiedersehen hatten sie nicht über ihren Streit im Februar gesprochen. Das war mehr als zwei Monate her. Er war trotzdem weit davon entfernt, das einfach so im Raum stehen zu lassen. Aber der Moment für dieses Gespräch musste sich ergeben. Sie war erschreckend dünnhäutig geworden. Ihre Angst vor Arztbesuchen war ihm nicht ganz geheuer. Er hoffte, dass er nichts übersehen hatte. Doch letztlich war sie es, die ihren Körper kannte und interpretieren musste. Er konnte nur einen Bruchteil tun, sich auf seine Beobachtungsgabe, Erfahrungen und auf ein paar medizinische Werte verlassen. Er seufzte leicht frustriert.

Diese Werte würden ihm ja lediglich die halbe Wahrheit verraten. Die andere Hälfte war sehr viel schwerer herauszufinden. Lange Gespräche standen ihnen bevor. Und wenn nicht Gespräche, so doch Situationen, die dafür geeignet waren, mehr übereinander zu erfahren. Er würde noch heute damit beginnen. Vielleicht ein wenig hemdsärmelig. Trotzdem. Er hatte keine Zeit zu verlieren. Marlenas offensichtlichen Schlafproblemen musste er als Erstes beikommen.

„Lass uns ins Bett gehen", schlug er vor und stocherte in der Glut des Kamins. Das Feuer war heruntergebrannt. Es gab noch ein paar glimmende Scheite, doch auch die würden bald verloschen sein. „Ich lass die Hunde noch mal raus und bin gleich bei dir."

Als er wieder nach oben kam, lag sie schon in den Kissen. Er lächelte. Offensichtlich fühlte sie sich wohl im Gästezimmer. Dass sie sich ganz selbstverständlich für eine Nacht im eigenen Bett entschieden hatte, gefiel ihm zwar. Andererseits dachte er darüber nach, ob sie ihm auf diese Weise zu verstehen geben wollte, dass sie lieber allein wäre. Na egal. Sein Vorhaben, ihren Nachtschlaf sicherzustellen, ließ sich in seinem Bett jedenfalls besser umsetzen.

„Lass uns heute in mein Zimmer gehen, okay? Ich habe etwas vorbereitet." Er setzte sich zu ihr aufs Bett und streichelte ihr Gesicht. „Komm. Steh auf. Es wird dir gefallen." In ihrem Blick lag Skepsis, hinter ihrer Stirn arbeitete es. „Ich werde dir nicht zu nahe treten. Versprochen", versicherte er. Dann schlug er die Decke zurück und wartete, dass sie sich erhob.

Marlena folgte ihm widerstandslos in sein Schlafzimmer. Es war deutlich größer als ihres. Trotzdem dominierte das Bett mit seinen mächtigen Pfosten den gesamten Raum. Vielleicht hätte dieses Teil eher zu einer arabischen Prinzessin gepasst als zu einem dunklen Prinzen, dachte Alex, weil er es plötzlich mit den Augen eines Besuchers betrachtete. Aber er legte nun einmal Wert auf gewisse nützliche Vorrichtungen. Die üblichen

Polsterbetten waren dafür denkbar schlecht geeignet.

Er schloss die Tür hinter sich. Nicht, dass ihnen einer von den Hunden folgte. Age konnte er gerade überhaupt nicht brauchen. Es wäre eher hinderlich, wenn der hier auftauchte. Zumal noch unklar war, wie Marlena auf seine Idee reagieren würde.

„Zieh dich aus“, bat er, als sie bereits im Begriff war, sich in ihrem züchtigen Pyjama hinzulegen.

Verwirrt schaute sie ihn an, fragte jedoch nicht nach, sondern stand kurz darauf nackt vor ihm.

Er sah den Schauer, der augenblicklich über ihre Haut zog, und lächelte. „Okay, ins Bett mit dir. Ich wärme dich gleich.“

Schweigend beobachtete er, wie sie sich auf der Matratze ausstreckte. Ihre Körperspannung verriet jedoch, dass sie sich nicht darüber im Klaren war, was seine Anweisung zu bedeuten hatte. Sie war unsicher. Als sie die Decke über sich ziehen wollte, schüttelte er den Kopf.

„Nein. Warte noch.“

Er öffnete die oberste Schublade seiner Kommode und holte die Ledermanschetten heraus, die er schon vor Monaten für sie gekauft hatte. Sie waren erst ein einziges Mal zum Einsatz gekommen. Daneben lag eine Augenbinde. Er zögerte einen Moment, entschied sich jedoch dagegen und schob die Schublade wieder zu..

Er setzte sich zu ihr aufs Bett und schaute ihr tief in die Augen. Sah ein Flackern darin, Unsicherheit, aber auch ein Sich-ins-Unvermeidliche-fügen. Er glaubte sogar zu erkennen, dass sie wusste, warum er sie fesseln wollte. Nur Lust, Lust konnte er in ihrem Blick nicht sehen. Das war ihm bereits gestern aufgefallen, als sie sich nach so langer Zeit wiedertrafen. Ihre Erleichterung hatte er gespürt. Aber die Lust schien ihr abhanden gekommen zu sein. Nun gut, darum ging es ihm heute auch gar nicht.

Schweigend griff er nach ihren Füßen, legte eine der weichen Manschetten erst um den einen, dann um den anderen, schloss die Riemchen. Dann angelte er nach den Ketten, die am Fußende seines Bettes arretiert waren, und fixierte Marlena

daran.
„Ich möchte, dass du heute Nacht bei mir bleibst“, sagte er, als würde sein Tun eine Erklärung benötigen. „Wenn du ins Bad musst, sagst du es mir. Ich werde auf dich aufpassen.“

Marlena bewegte die Füße und schaute ihn mit großen Augen an. Alex zog ein weiteres Paar Ledermanschetten hinter seinem Rücken hervor und legte es ihr um die Handgelenke. Diese verband er allerdings nicht mit den Ketten, die es am Kopfende natürlich ebenfalls gab. Aber er wollte sie nicht überstrapazieren. Die Handfesseln sollten nur eine Art Placeboeffekt auslösen.

„Alles okay?“, fragte er mit einem Blick auf die Ketten an ihren Fußknöcheln.
Sie bewegte die Beine erneut und demonstrierte ihren Bewegungsspielraum.
„Alles okay, glaub ich.“
„Gut“, sagte er, löschte das Licht und legte sich neben sie. Er zog sie in seine Arme und schmiegte sich an ihren Rücken. „Schlaf Prinzessin.“ Dann drapierte er die Decken so, dass sie bis zum Kinn eingepackt war. „Nicht zu viel?“, fragte er noch einmal.
Sie schüttelte den Kopf.

Ihr Körper fühlte sich gut an. Auch wenn sie abgenommen hatte, das Sinnliche war nicht verlorengegangen. Er steckte seine Nase in ihr Haar und atmete tief. Ihr Duft berauschte ihn, machte ihn hart, ohne dass er etwas dagegen tun konnte. Das Begehren fraß sich durch seine Eingeweide, brannte sich wie eine flammende Wolke in sein Hirn. Doch er gab dem nicht nach. Sie brauchte Ruhe und Schlaf. Keinen Sex. Diesmal musste das Signal dafür von ihr kommen.

Sie lagen beide auf der Seite, sie mit dem Kopf auf seinem Arm, den er unter ihren Oberkörper geschoben hatte. Während er sie mit der einen Hand hielt, ruhte die andere auf ihrer Hüfte.
„Ich hab noch nie so schlafen müssen“, flüsterte Marlena.
Er lächelte in ihr Haar hinein. „Du kannst dich drehen und wenden wie du willst. Die Ketten sind lang genug. Nur in die

Küche kommst du damit nicht.“
„Sie klirren“, warf sie ein.
„Hört sich gut an, oder?“, gab er leise zurück.

Einen Moment lang sagte sie nichts, bewegte dann erneut die Füße, als müsse sie überlegen, was sie antworten sollte.
„Ich weiß noch nicht“, meinte sie schließlich. „Ich fühle mich irgendwie … angebunden.“
Alex lachte auf. „Du bist angebunden, Prinzessin. Angebunden und ausgeliefert.“ Dass sie ihre Ironie in diesem Augenblick herausließ, beruhigte ihn.

Er begann, sie zu streicheln. Ihre Haut fühlte sich noch kühl an. Ein wenig Hitze, gern auch zwischen ihren Beinen, konnte trotz allem nicht schaden. Natürlich absolut selbstlos. Nicht, dass es ihm irgendetwas ausmachen würde, sie hier nach zwei langen Monaten so nackt bei sich zu spüren. Die Weichheit ihres Fleisches, den prallen Po, ihre Brüste. Und sie roch so gut …

Marlena genoss seine Streicheleinheiten. Die Erektion, die sich währenddessen an ihrem Po bemerkbar machte, rührte sie. Dennoch empfand sie die Situation als widersprüchlich. Er hatte sie gefesselt und schränkte sie damit nicht nur in ihrem Bewegungsdrang ein, sondern raubte ihr genaugenommen sogar die Freiheit zu entscheiden, wann sie aufstand und wohin sie ging. In einer Session mochte das in Ordnung sein. Aber jetzt? Sollte sie das wirklich kommentarlos hinnehmen?

Sie bewegte die Füße und lauschte auf das gedämpfte Klirren der Ketten. Es gab nichts, was sie einschnürte. Die Manschetten lagen so locker um ihre Gelenke, dass sie sich mit ein wenig Anstrengung vielleicht sogar daraus befreien konnte. Da waren die an ihren Händen schon fester. Aber nicht unangenehm. Im Gegenteil. Sie schmiegten sich wie breite Armreifen auf ihre Haut. Sie mochte das. Es kickte sie. Manschetten an den Handgelenken gab es sonst nur in einer Session. Und das fand sie normalerweise äußerst erregend. Dabei war sie von Lust auf Sex doch eigentlich gerade meilenweit entfernt. Wenn da nicht dieses Prickeln wäre, dass Alex' Hände auf ihrer Haut entfachten.

Sie drängte sich enger an ihn, spürte ihn härter werden. Sie seufzte. In ihrem Bauch wurde es warm. Kleine Lustwellen, eigentlich kaum der Rede wert, rannen durch ihren Unterleib. Sprach denn irgendetwas geben ein bisschen Sex? Ein bisschen an ihm reiben? Ein bisschen von dieser verschlingenden Hitze, die jeden Gedanken im Hirn auslöschte?

Während Alex sie noch immer hielt, streichelte er ihren Po intensiver. Immer genau bis zu der Stelle, an der beide Backen aufeinandertrafen. Dann rutschte seine Hand wieder zurück zu ihrer Hüfte und bewegte sich in Richtung Bauch. Verstärkte das Prickeln, bis es sie unerwartet durchzuckte. Wie in einem Reflex bog sie den Rücken durch und stöhnte leise. Alex' Hand zog sich zurück, wanderte wieder auf den Po. Dieses Mal tiefer, zwischen die Backen. Und als sie seine Finger sich ihrem Lustzentrum nähern spürte, stöhnte sie wieder und streckte sich ihm entgegen.

„Du bist nass", flüsterte er in einer tiefen, kehligen Tonlage.

„Ja", flüsterte sie zurück.

Sein Finger drückte gegen die Falten und sie schob sich ihm noch mehr entgegen. Sie wollte ihn spüren. Ein bisschen wenigstens. Als er halb in sie tauchte, schlüpfte ein tiefer Seufzer über ihre Lippen.

Alex drehte sie so in seinem Arm, dass sie auf dem Bauch zu liegen kam. Automatisch öffnete sie die Beine weiter. Ihr Atem beschleunigte sich.

„Schön", raunte er an ihrem Ohr. „Und jetzt den Arsch hoch, Prinzessin."

Bei diesen Worten rann ein heftiger Schauer über ihre Haut. Verblüffend. Ein einziger Satz und er führte sämtliche Vorbehalte, die noch irgendwo in ihrem Kopf gelauert hatten, ad absurdum. Sie hob ihm den Po entgegen. Gleichzeitig tauchte sein Finger tiefer. Dann zog er sich zurück und begann statt dessen endlich, ihren Lustpunkt zu massieren.

Marlena konzentrierte sich auf diese Bewegung, auf das

Spiel zwischen Intensität und Entzug, schraubte sich höher und höher. Aber je mehr sie sich die Erlösung herbeisehnte, um so klarer wurden ihre Gedanken. Um so intensiver strömten all die Eindrücke des Moments auf sie ein. Irgendwo im Haus hörte sie Geräusche. Dann wieder lauschte sie auf den Regen, der stärker werdend in den Abflussrohren der Dachrinne gurgelte.

Der Zauber der Lust war flüchtig. Er reichte nicht, um sie ans Ziel zu bringen. Noch ein paar Sekunden, dann senkte sie frustriert das Becken und nahm wahr, wie ihr Atem langsam aber stetig ruhiger wurde. Alex hielt kurz inne und streichelte sie dann weiter. Schließlich drehte er sie in seinem Arm, so dass er ihr wieder ins Gesicht schauen konnte.

„Alles gut, Mara", beruhigte er sie. „Alles gut. Schlaf jetzt."

Er zog die Decke wieder über sie beide und umschlang sie genüsslich knurrend.

Marlena war unzufrieden mit sich selbst. So kurz davor und sie hatte einfach nicht loslassen können. Es war zum Aus-der-Haut-fahren. Ob das jemals wieder in Ordnung kam? Trauer senkte sich in ihren Magen. Sie konnte sich des Gefühls des Verlorenseins nicht erwehren. Alles um sie herum empfand sie als fremd und sich selbst als nicht hierher gehörig. Was wusste sie schon von Alex? Hatte er ihr nicht einfach den Rücken zugekehrt, als sie aus purer Verunsicherung einen dummen Fehler begangen hatte? Durfte sie so jemandem überhaupt vertrauen? Was, wenn sich das demnächst wiederholte? Würde sie dem Druck, in einer Beziehung mit ihm alles richtig machen zu wollen, überhaupt standhalten können?

Sie löste sich aus seinem Arm und rückte ein Stück ab, um sich auf den Bauch zu legen. Sie schob das Kissen weit von sich, verschränkte die Arme unter dem Kopf und drückte ihr Gesicht in die Kuhle, die auf diese Weise entstand.

„Was ist los?", fragte Alex.

Sie blinzelte ins Dunkel hinein und konnte sehen, dass er sich halb aufgerichtet hatte.

„Nichts. Ich brauche nur ein bisschen mehr Platz. Es wird mir zu eng."
Er griff nach ihrer Hand, drückte sie leicht und legte sich wieder hin.

Das Weiße in seinen Augen glitzerte. Offensichtlich beobachtete er sie. Aber sie wollte jetzt nicht darüber nachdenken, was in ihm vorging. Schlimm genug, dass sie mit ihren eigenen Gedanken nicht klar kam. Sie hätte zuhause bleiben sollen. In ihren gewohnten vier Wänden. Hatte sie wirklich geglaubt, es sei eine gute Idee, ihm hierher zu folgen? Hatte er sie überhaupt gefragt? Sie erinnerte sich nicht daran. Nein. Er hatte einfach für sie mitentschieden. Darüber musste sie mit ihm reden. So ging das auf keinen Fall. Sie war nicht seine Sub. Wenn er das auch nur ansatzweise glaubte, wurde es Zeit, ihm diese Hoffnung zu nehmen. Vielleicht interpretierten sie beide, jeder für sich, zu viel in ihre Beziehung hinein.

Sie holte tief Luft und konzentrierte sich auf die Ledermanschetten an ihren Handgelenken. Das Gefühl ähnelte ein wenig dem, das sie hatte, wenn sie Armstulpen trug. Die liebte sie. Sie gaben ihr Geborgenheit und vor allem Wärme. Sie hatte eine ganze Schublade voller Stulpen. Selbst im Sommer mochte sie nicht darauf verzichten. Ob das vielleicht ein Zeichen war, das sie bislang immer missverstanden hatte? Über diesen Gedanken dämmerte sie langsam weg.

8

Am nächsten Morgen fühlte sich Marlena erholt und entspannt. Sie musste tief und traumlos geschlafen haben. Zumindest konnte sie sich an keine verrückte Geschichte erinnern, die ihr sonst beim Aufwachen noch eine Weile im Kopf herumgeisterte.

Verwundert stellte sie fest, dass sie die Fußfesseln nicht mehr trug. Alex hatte sie wohl in der Nacht gelöst. Nur die Ledermanschetten schmiegten sich um ihre Handgelenke.

Sie ging ins Bad und anschließend hinunter in die Küche. Sie hoffte, Alex noch anzutreffen, und war verwundert, als sie ihn, mit Jeans und Shirt bekleidet, am Tisch sitzen sah.

„Musst du gar nicht in die Praxis?“

Er schaute von seiner Zeitung auf und lächelte ihr entgegen. „Freitags hab ich erst ab Mittag Sprechstunde. Die meisten Kollegen gehen um diese Zeit schon ins Wochenende. Das nutze ich aus.“

Marlena beugte sich zu ihm hinunter, um ihn flüchtig auf die Wange zu küssen. Sein Bartschatten war inzwischen sehr ausgeprägt und kratzte an ihren Lippen. Alex betrachtete sie.

„Was?“, fragte sie irritiert.

Er schüttelte den Kopf. „Nichts. Ich versuche nur herauszu-

finden, wie es dir geht."
Sie richtete sich wieder auf. Er griff um sie herum und verhinderte, dass sie sich ihm entzog.
„Gut geschlafen?"
„Wie ein Baby, fürchte ich."
Er grinste und schob ihren Ärmel hoch. Sie errötete, als ihrer beider Blick auf die Ledermanschette fiel, und wehrte sich gegen seine Hand.
„Es gefällt dir also", konstatierte Alex, ohne sie loszulassen.

Sie schnaufte, rang einen Moment mit ihm, und wandte sich ab, als er sie losließ. „Ich hab nicht drüber nachgedacht und bin einfach nur runtergekommen", murmelte sie. Als wolle sie ihren Worten Nachdruck verleihen, begann sie, die Fesseln zu lösen, und legte sie demonstrativ vor ihn auf den Tisch. Dann stellte sie den Espressoautomaten auf einen großen Kaffee ein und griff nach einer der weißen vorgewärmten Tassen. Auf Knopfdruck sprang das Mahlwerk an. Im Gerät war ein Gurgeln zu vernehmen. Schließlich plätscherten zwei feine dunkle Strahlen ins Porzellan.

„Ich würde heute gern meine Mails checken", sagte sie wie nebenbei, nachdem sie sich zu Alex gesetzt hatte. Sie betrachtete das angerichtete Frühstück und griff nach einem Croissant. Er nickte und spielte mit den Schlaufen der Manschetten. Wenn er ärgerlich über ihre Eigeninitiative war, so ließ er es sich zumindest nicht anmerken.
„Kein Problem. Ich hab auch zu arbeiten. Wir machen einen Spaziergang und setzen uns anschließend in mein Arbeitszimmer."
Sie schaute hoch. „Was soll das heißen, wir setzen uns in dein Arbeitszimmer?"
„Wie ich es gesagt habe. Ich an meinen Laptop, du an deinen. Du hast eine Stunde."
„Eine Stunde zum Arbeiten?"
„Was dachtest du? Eigentlich solltest du gar nichts dergleichen tun. Aber da ich weiß, wie das ist, wenn man eine eigene Firma hat, gestehe ich dir ein Zeitfenster dafür zu."
„Macho", murrte sie empört.

Ihr war rätselhaft, wie sie auf diese Weise zu irgendetwas kommen sollte. Das würde ja gerade reichen, das Postfach zu öffnen. Nach den drei Tagen, die sie nicht mehr hineingeschaut hatte, erwartete sie garantiert eine Nachrichtenflut. Ein Unding, die in nur einer Stunde bewältigen zu wollen.

Alex setzte seine Tasse ab. „Du hast die Wahl. Entweder hältst du dich an unsere Abmachung oder du riskierst einen sehr viel längeren Ausfall."

Sie kaute auf dem Croissant herum und starrte ihn unentwegt an.

„Du kannst noch so eine finstere Miene aufsetzen, Mara. Das ändert nichts."

„Du spielst dich auf, als wäre ich ein kleines Kind, das man erziehen muss", giftete sie ihn an.

Er schaute unter erhobenen Augenbrauen zu ihr herüber und spielte mit den Lederfesseln. „Findest du?"

„Ja, finde ich. Und du weißt genau, dass ich das auf den Tod nicht ausstehen kann."

Na endlich. Jetzt hatte sie seine ungeteilte Aufmerksamkeit.

„Was sollte ich denn deiner Meinung nach tun?", wollte er wissen.

Sie zuckte mit den Schultern. „Mich in Ruhe lassen. Ich weiß schon, was ich mir zumuten kann."

„Das scheinst du eben nicht zu wissen. Wann bitte hast du das letzte Mal zwei Tage am Stück nichts getan? Und wenn ich sage, nichts, meine ich nichts. Gar nichts. Keine Arbeit, keine Termine, eben nichts."

Hatte sie überhaupt jemals? Nicht mal Silvester, als sie zusammen nach Hiddensee rübergefahren waren. Gleich nach ihrer Rückkehr hatte sie das Tablet hervorgeholt und mit Akribie alles gecheckt, was sie glaubte, unter Kontrolle haben zu müssen. Sie erinnerte sich daran, dass Alex ihr kopfschüttelnd dabei zugesehen hatte. Doch damals war ihm das wohl noch relativ normal erschienen. Immerhin stand sie unmittelbar vor der Eröffnung von G.o.G. In einer solchen Phase gab es nun mal Unmengen zu tun und zu bedenken. Nicht, dass es jetzt weniger geworden wäre. Aber die Sache begann sich einzuspielen. Und viel mehr als Werbung für ihre neue Eventagentur konnte sie gerade nicht tun. Alles andere erledigten die Taylors und Agnes, ihre Assistentin.

„Na bitte, du weißt es nicht einmal mehr." Triumphierend schlug Alex mit der flachen Hand auf den Tisch. Dann wurde seine Stimme wieder sanft. „Mara, es tut mir weh, wenn ich sehe, wie du dich abrackerst. Es fällt mir schwer, still zu bleiben, wenn du dich heillos überforderst. Ich verstehe durchaus, dass du momentan eine schwierige Phase durchmachst. Vielleicht war es nicht unbedingt die klügste Idee, zu einem Hotel noch ein weiteres Geschäft zu eröffnen. Aber das ist nicht mehr zu ändern. Trotzdem hilft es niemandem, wenn du ausfällst, nur weil du kein Ende findest. Und dass du eine Auszeit brauchst, haben selbst deine Eltern gesehen."

Damit hatte er recht. Als sie gestern bei ihnen vorbeigefahren waren, um noch ein paar Angelegenheiten fürs Hotel zu klären, hatte sich ihre Mutter vergeblich bemüht, das Entsetzen über den Zustand ihrer Tochter zu verbergen. Marlena wusste selbst, dass ihr Make-up kaum noch die tiefen Augenringe und ihr blasses Gesicht verdecken konnte. Warum es sie von einem auf den anderen Tag vollkommen ausgeknockt hatte, war ihr allerdings rätselhaft. Trotzdem wollte sie Alex nicht so ohne weiteres zustimmen.

„Es ist nun mal kräftezehrend, wenn man ein solches Pensum hat wie ich."

Er lächelte. „Das weiß ich, Mara. Aber jetzt drehen wir uns im Kreis. Du musst nicht denken, du wärst über den Berg, nur weil du mal eine Nacht gut geschlafen hast. Warum streitest du mir mir?"

Sie schwieg. Was sollte sie darauf auch antworten? Er wollte ihr helfen und sie hatte nichts Besseres zu tun, als ihm genau das vorzuwerfen. Wohl nicht ganz fair.

„Warum interessiert dich so plötzlich, was mit mir ist?", wollte sie wissen.

„Du meinst, nachdem wir über zwei Monate gar nichts voneinander gehört haben?"

Sie nickte.

„Wer sagt dir, dass ich nicht auf dem Laufenden war?"
„Wie bitte?"
Er grinste und hielt ihr auffordernd den Teller mit dem Obst hin. Sie lehnte ab.
„Keine Sorge. Im Gegensatz zum Absender dieser ominösen Fotos bin ich weit davon entfernt, dich zu stalken."
„Heißt das, wir tappen nach wie vor im Dunkeln über die Herkunft der Bilder?" Sie horchte auf.
Alex nickte. „Es tut mir leid, Mara. Wir haben die Gästeliste überprüft. Es gibt keinerlei Hinweise darauf, wer diese Fotos gemacht haben könnte."
„Und Adam?"
„Wenn, dann nur über einen Mittelsmann, den wir nicht kennen."
„Aber es sind doch überall Kameras installiert. Mit den Aufzeichnungen müsste es doch ein Leichtes sein herauszufinden, wer sich unberechtigt in dein Haus geschlichen hat."
Alex zuckte mit den Achseln. „Im Grunde richtig. Nur sind die Kameras ausgerechnet zu diesem Zeitpunkt ausgefallen. Von jenem Abend gibt es nicht einen Mitschnitt."

Das beunruhigte sie. Es wäre ihr weitaus lieber gewesen, Alex hätte Adam als eindeutigen Täter entlarven können, als weiter mit dieser Ungewissheit zu leben. Jetzt konnte es jeder gewesen sein, der ihr nicht wohlgesonnen war. Denn noch immer ging sie davon aus, dass man ganz konkret sie und ihre G.o.G.-Aktivitäten im Visier hatte. So gut ihre Verdrängungsmechanismen auch funktionierten, sie taten es nur temporär. Inzwischen war sie an einem Punkt angelangt, wo sie sogar spürte, dass sie mit ihrem neuen Geschäft nicht mehr so in die Offensive ging, wie sie es noch Anfang des Jahres getan hatte. Und dann war da ja noch die winzige Kleinigkeit, dass es neue Fotos gab. Sie musste Alex davon berichten … nur wann? Jedenfalls nicht jetzt. Nein, nicht jetzt.

„Wir können im Moment nichts weiter tun, als abzuwarten, ob es noch einen weiteren Erpresserbrief gibt. In jedem Fall haben wir die Sicherheitsvorkehrungen im Club verstärkt." Er trank seine Tasse leer und setzte sie hart auf dem Tisch ab.

„Was hältst du von einem Spaziergang?"
Auch Marlena lehnte sich in ihrem Stuhl zurück. Vielleicht doch jetzt? Wenn er es schon ansprach ... Aber es war schon wieder so lange her. Was würde ihre Beichte an der jetzigen Situation ändern? Neue Hinweise brachte das doch auch nicht.

„Du hast nicht viel gegessen", stellte Alex mit einem unzufriedenen Blick auf ihren Teller fest.
„Wenn du nicht damit aufhörst, mich zu belehren, kannst du deinen Spaziergang allein machen", gab sie genervt zurück. Hatte er immer noch nicht begriffen, dass sie sich erdrückt fühlte von seiner Sorge um ihr Wohlergehen?
„Du kannst von Glück sagen, dass du gerade nicht auf der Höhe bist. Sonst wär' für diese freche Bemerkung eine Strafe fällig." Er griff nach ihrer Hand, zog sie vom Stuhl hoch und biss ihr ohne Vorwarnung ins Ohrläppchen.
„Aua!", machte sie empört.
Aber er saugte schon an der malträtierten Stelle und leckte dann ganz leicht über die Ränder ihrer Ohrmuschel, so dass sie reflexhaft die Schultern hochzog, um ihn abzuwehren.
„Los jetzt. Ab ins Bad und dann zieh dir was Warmes an. Heute morgen ist es frisch draußen."

* * *

Während des Spaziergangs erfuhr Marlena, dass sie für den Abend eingeladen waren. Zu Jon und Theresa. Sie freute sich darauf, die beiden wiederzusehen. Mit Theresa hatte sie zwar gerade erst über die geplante eBook-Aktion gesprochen. Aber es konnte nicht schaden, die Sache zu vertiefen. Außerdem war es ewig her, dass sie bei Freunden zu Besuch gewesen war. Mit Alex im Grunde bisher noch nie. Was sicher vordergründig daran lag, dass sie ihre Beziehung zueinander zumindest in Marlenas Freundeskreis geheim hielten. Gemeinsame Freunde gab es noch nicht. Von Vincent und Piet und den Leuten, die sie hin und wieder im Club trafen, einmal abgesehen. Doch das war nicht dasselbe, als wenn man den Abend ganz zwanglos mit einem befreundeten Pärchen genoss. Ohne dass die sexuelle Neigung irgendeine Rolle spielte. Eine Normalität, von der sie eigentlich nur träumen konnte. Und wenn sie ehrlich war, dann hauptsächlich deshalb, weil sie sich dafür keine Zeit nahm.

Doch die Vorfreude auf den Abend war schnell dahin, als Marlena ihre Mails geöffnet hatte. Ein Großteil davon war glücklicherweise bereits durch die Hände ihrer Mitarbeiterin gegangen. Das Unwichtige herausgefiltert und das Wichtige mit Bemerkungen versehen. Darum konnte sie sich später kümmern. Worum sie sich ernsthaft Gedanken machte, waren zwei relativ unscheinbare, weil kurze Nachrichten. Eine von Mattes, der sich irritiert zu ihrer Abwesenheit im Hotel äußerte, und eine von einer G.o.G.-Kundin mit dem schlichten Betreff „Unzufrieden“. Aus der Hotellerie war sie Reklamationen gewohnt. Aber dass jemand eine Leistung bereits im Betreff knallhart mit nur einem einzigen Wort herabwürdigte, war ihr bisher noch nicht untergekommen.

Die Kundin beschrieb in wenigen Sätzen, was sie erlebt hatte und warum sie das nicht mit ihren Erwartungen vereinbaren konnte. Sie äußerte ganz direkt den Wunsch, das Honorar für ihre Grey Days zu mindern. Denn der Mann, den sie getroffen hatte, hätte ihrer Meinung nach die Erwartungen an einen Dom nur unzureichend erfüllt. Er wäre kaum auf ihre Wünsche eingegangen und der Diskussionen, die sie ihm aufgedrängt hatte, um ihn zu prüfen, nicht Herr geworden. Wie kam man eigentlich auf den Gedanken, einen Dom prüfen zu wollen? Und worauf überhaupt? Auf seine Dominanz etwa? So sehr also hatte die Kundin G.o.G. vertraut, dass sie glaubte, zu derartigen Maßnahmen greifen zu müssen. Hier gab es offensichtlich Handlungsbedarf.

Marlena setzte eine Mail an Max auf und fügte die Beschwerde der Kundin hinzu. So, wie sie ihren Münchner Taylor kannte, würde der sich der Sache umgehend annehmen. Trotzdem musste sie zugeben, dass sie über die Maßen beunruhigt war. Wenn das künftig häufiger vorkam, würde sie sehr schnell Verluste einfahren. Natürlich war das Honorar für die Grey Days hoch. Das war ihr schon bewusst. Und natürlich verhielt es sich mit dem Risiko, dass etwas nicht passte, ebenso. Doch sie bildete sich ein, dieses Risiko auf ein erträgliches Maß zu begrenzen, indem sie den Kunden mit ausführlichen Fragebögen jede Menge Informationen über Vorlieben und Eigenheiten entlockte. Das Matching erledigten sie manuell. Die Taylors trafen die Vorauswahl. Marlena die endgültige. Der Kunde selbst bekam nur Präsentationen von den Kandidaten zu sehen, die sie für ihn ermittelt hatten. Noch war diese aufwendige Prozedur machbar. Wenn die Nachfragen allerdings zunahmen, würden sie auf eine andere Lösung angewiesen sein.

Marlena klappte ihren Laptop zu. Mit Mattes musste sie wohl oder übel telefonieren. Zumindest war sie im Moment noch unschlüssig, wie sie mit seinem Vorwurf, ihn nicht über ihre Auszeit informiert zu haben, umgehen sollte. Ganz so, wie er es darstellte, war es nämlich nicht. Ihre Mutter hatte ihm sehr wohl mitgeteilt, dass sie bis auf Weiteres die Arbeit für Marlena übernahm, zumindest die im Hotel. Aber offensichtlich genügte ihm das nicht. Er wollte die Information von ihr persönlich hören. Und sie konnte ihm das nicht einmal verdenken.

So eng, wie sie normalerweise zusammenarbeiteten, gehörte es sich einfach, mit offenen Karten zu spielen, und zwar jederzeit. Aber von der Vertrautheit mit ihrem Geschäftsführer war nicht mehr viel übrig geblieben. Seitdem er sich im Februar zu seinen Hoffnungen auf ein erneutes Liebesglück mit ihr bekannt hatte, waren sie beide sprachlos geworden, was persönliche Befindlichkeiten betraf. Vorbei die Zeiten, da einer dem anderen von sich erzählte, was er in den freien Stunden tat oder warum er diese oder jene Entscheidung getroffen hatte. Genaugenommen hatten sie beide sowieso kein echtes Privatleben. Denn auch Mattes war dermaßen mit dem Hotel verbunden, dass er sich nicht einmal in der Lage sah, während seiner freien Tage dem Geschäft fern zu bleiben. In all den Jahren war es nur zwei- oder dreimal vorgekommen, dass er einen richtigen Urlaub gebucht hatte und irgendwohin geflogen war. Mehr als die Hälfte seines Jahresurlaubs ließ er sich regelmäßig von Marlena auszahlen. Sie hatte ein schlechtes Gewissen dabei. Aber wenn er es so wollte, konnte sie es nicht ändern. Er war alt genug, selbst zu entscheiden, was ihm gut tat.

„Gibt's Probleme?", wollte Alex wissen, als er sah, dass sie nachdenklich vor sich hin brütete.
Vermutlich stand ihr der Ärger über Mattes und die Kundenbeschwerde auf die Stirn geschrieben. Auf seine Frage zuckte sie nur die Schultern. Warum sollte sie davon erzählen? Es änderte nichts. Außerdem war sie es gewohnt, geschäftliche Belange mit sich selbst auszumachen. Oder eben mit Mattes.
„Alles gut", sagte sie. „Nur das Übliche. Nicht der Rede wert."
Alex lächelte. „Wusste ich's doch, dass deine Abwesenheit den Laden nicht zum Einsturz bringt."

Sie lächelte zurück. Innerlich ärgerte sie sich über seine Bemerkung. Was wusste er schon davon, was den Laden zum Einsturz brachte? Er und seine Praxis – das war doch absolut übersichtlich und ein Witz gegen das, was sie selbst zu bewältigen hatte. Gut, neben der Praxis hatte er natürlich auch im Club zu tun. Trotzdem. Sie war ziemlich sicher, dass beides zusammen nicht halb so viel Aufwand mit sich brachte, wie es allein erforderte, ein Hotel zu führen. Das sah man doch schon an der Große des Teams. Mehr als vier Mitarbeiter beschäftigte Alex in der Praxis garantiert nicht. Auch hier im Club konnte man die Leute, die für ihn und Vinc arbeiteten, an zwei Händen abzählen. Egal, wie man es drehte oder wendete, ein Hotel war ein ganz anderes Kaliber als eine Arztpraxis. Alex hatte keine Ahnung, was es bedeutete, als Chefin tagelang fortzubleiben. Und sie konnte noch von Glück sagen, dass ihre Leute an die vielen Geschäftsreisen gewöhnt waren. Ein ausgeklügeltes Managementsystem sorgte dafür, dass trotzdem alles wie am Schnürchen lief. Es hatte ewig gedauert, bis das installiert und von allen akzeptiert worden war. Nun kam ihr zugute, dass sie in ihren Forderungen niemals nachgelassen hatte. Sonst hätte sie die Eventagentur gar nicht auf die Beine stellen können. Irgendwann würde sie tatsächlich mal eine Fortbildungsreihe entwickeln. Und den Kollegen in der Branche weitergeben, was sie sich mühsam erarbeitet hatte.

* * *

Bis zum Abend kreisten Marlenas Gedanken unentwegt um Mattes und seine Mail. Sie konnte sich allerdings nicht entschließen, ihn anzurufen. Einerseits ärgerte sie sich über seine Forderungen nach direkten Informationen. Andererseits fühlte sie sich mit ihrem schlechten Gewissen ihm gegenüber konfrontiert. Das Gespräch mit ihm war längst überfällig. Aber nicht nur darüber, dass sie gerade eine Auszeit brauchte. Sondern vor allem darüber, wie es mit ihnen beiden weitergehen sollte.

„Man merkt dir an, dass du dringend ein bisschen Ruhe brauchst“, meinte Theresa.

Für einen Moment standen sie beide allein auf dem Balkon der Zahnärztin und blickten auf die von alten Alleebäumen bestandene Straße hinunter, in der Theresas Wohnhaus lag. Der Ausblick gefiel Marlena. Sie war immer davon überzeugt gewesen, dass Berlin laut und hektisch war. Aber hier musste sie sich zum wiederholten Male revidieren. Natürlich war es nicht Dahlem, wo Alex lebte. Aber deshalb nicht weniger grün und lauschig. Die Leute auf der Straße wirkten entspannt und fast träge. Von der Geschäftigkeit am Kudamm oder in Mitte war das hier wirklich weit entfernt. Dort schlossen um diese Zeit die Läden und man ging zum Finale des Tages über. Freitags hieß das Party oder Schaulaufen auf den Boulevards. Davon war hier nichts zu merken. Die wenigen Leute, die unterwegs waren, genossen den Frühlingsabend.

„Findest du?“, griff Marlena Theresas Bemerkung auf.

„Ja. Du siehst abgespannt aus. Blass. G.o.G. scheint ordentlich an deinen Kräften zu zehren."
Marlena beugte sich weit nach vorn über die Balkonbrüstung und verfolgte, wie eine etwas dickliche Frau begann, die Blumen im Vorgarten zu wässern.
„Die Hauswartsfrau", raunte Theresa, die Marlenas Blicken gefolgt war. „Frag mich nicht, warum. Aber sie hat draußen immer irgendwas zu tun. Vielleicht kommt es mir auch nur so vor, weil sie das Erdgeschoss bewohnt und ihre Terrasse straßenseitig liegt."
„Sie ist uns begegnet, als wir hier ankamen", raunte Marlena zurück, ohne die Augen abzuwenden. „Es schien, als hätte sie am liebsten gefragt, zum wem wir wollten."
Theresa kicherte leise. „Ja, so ist sie. Die Neugier in Person. Wenn du irgendwas über irgendjemanden in Erfahrung bringen willst, sie weiß Bescheid. Immer."

Amüsiert beobachteten sie, wie sich die Hauswartsfrau ein wenig behäbig durch ein Loch in der dichten Hecke schob, die den Fußweg vom Garten trennte, und minutenlang die Straße hinunter schaute.
„Jetzt wartet sie auf ihren Mann. Das tut sie jeden Abend. Immer um dieselbe Zeit", flüsterte Theresa. „Er kommt, steigt vom Rad, drückt ihr einen Einkaufsbeutel in die Hand und dann hörst du sie stundenlang auf der Terrasse quatschen."
„Na Mädels, wie wär's, wenn ihr euren Männern wieder ein bisschen Gesellschaft leistet?", rief Jon von drinnen.
Die beiden Frauen sahen einander an und prusteten los.

Marlena hatte das Gefühl, als wären Theresa wie auch die beiden Männer an diesem Abend darum bemüht, jegliche Aufregung von ihr fernzuhalten. Immer wieder gaben sie Witze und Anekdoten aus ihrem Job zum Besten und lachten viel. Bis das Gespräch auf die Sorte Patienten kam, die immer alles besser wusste. Marlena war längst klar geworden, dass sie hier mit drei Medizinern am Tisch saß. Besonders die Äußerungen der Männer waren an Sarkasmus und Ironie kaum zu überbieten. Solange es nicht auf ihre Kosten ging, störte sie das wenig. Sie hatte selbst einen Faible für schwarzen Humor. Und so fühlte sie sich motiviert, ein bisschen zum Nähkästchengeplauder beizutragen. Dabei kam sie, weil es ihr gerade im Kopf herumging, auch auf die Kundin, die der Meinung war, sie hätte den falschen Dom erwischt.

„Und – ist es so?“, wollte Alex wissen.

Sie zuckte die Schultern. „Kann ich dir nicht sagen. Sie hat ihn sich selbst ausgesucht. Und soweit ich von Max direkt im Anschluss gehört habe, lief alles nach Plan. Oder zumindest nicht aus dem Ruder. Die erste Begegnung schien aus seiner Sicht voller Harmonie gewesen zu sein. Ich habe ihn nach dem bewussten Wochenende gesprochen. Es gab keinerlei Hinweise auf Dissonanzen. Mal schauen, wie er auf die Beschwerde reagiert.“

Jon schlug die Beine übereinander und legte den Arm um Theresa, die wieder neben ihm saß. Seine blauen Augen blitzten amüsiert. „Mich würde ja mal interessieren, wie ihr Dom das sieht.“

„Mich auch“, gab Marlena zurück. Durchaus möglich, dass Max inzwischen auf ihre Mail geantwortet hatte. Doch das würde sie frühestens morgen erfahren. Dann war aber noch lange nicht klar, ob er schon mit dem Kunden gesprochen hatte.

„Du hast die Auswahl für die Dame doch zusammengestellt. Zumindest meintest du, die letzte Entscheidung darüber obliege dir. Ein bisschen was hast du sicher noch in Erinnerung von diesem angeblichen Fehlgriff“, bohrte Jon nach.

Sie überlegte. Aber bei den vielen Profilen, die sie sich in letzter Zeit angeschaut hatte, konnte sie sich beim besten Willen nicht mehr auf das des betreffenden Kandidaten besinnen. Sie schüttelte den Kopf. „Nein, nichts.“

Alex drehte das Whiskyglas zwischen den Fingern. „Da scheint dir eine verkappte Domse ins Netz gegangen zu sein. Wer kommt sonst auf die Idee, die Qualitäten eines Doms beurteilen zu wollen? Woran macht sie das überhaupt fest? Hat sie dazu was geschrieben?“

„Sie schrieb, er hätte ihr das Gespräch überlassen und wäre nicht in der Lage gewesen, bei einer Diskussion, die sie angezettelt hatte, um ihn zu prüfen, die Führung zu übernehmen."

Jon und Alex lachten fast gleichzeitig auf.

„Na, der wird das gemerkt und sich gedacht haben: Lass die mal machen", meinte Alex.

„Wär' mir nicht anders gegangen", pflichtete Jon ihm bei.

Theresa sah von einem zum anderen. „Ist es denn naheliegend, dass jemand nur so tut, als sei er dominant?"

„Quatsch." Jon schüttelte den Kopf. „Warum sollte er?"

„Aber vielleicht ist er ein Switcher."

„Ja und? Dann ist das eben so. Auch ein Switcher ist dominant, wenn er es sein will. Diese Neigung hat für die Frau sogar einen entscheidenden Vorteil: Er kann sich noch mal besser in ihre Rolle einfühlen, weil er selbst gelegentlich auf der passiven Seite steht."

„Das Problem scheint mir eher darin zu bestehen, dass sich die Dame ihre devote Ader nur eingebildet hat", meinte Alex. „Und nun ist sie enttäuscht, weil dem so ist, und will aus lauter Frust ihr Geld zurück."

Marlena nickte. „Vielleicht hast du recht. Genau das könnte passiert sein."

„Dafür kannst du aber nichts", mischte sich Theresa wieder ein. „Wenn eine denkt, sie sei devot und wolle ausprobieren, wie sich das anfühlt, und dann stellt sie fest, dass sie an der Sache keinen Spaß findet – so what? Ihr Risiko." Sie hielt einen Moment inne und fuhr dann fort: „Hast du das im Vertrag einkalkuliert?"

„Na klar. Gerade weil ich mir dieses Szenario so gut vorstellen konnte."

„Dann ist doch alles bestens", versuchte Alex, die Wogen zu glätten.

„Im Grunde schon. Ich habe trotzdem das Gefühl, es würde am Image von G.o.G. kratzen."

Jon guckte entrüstet. „Du willst ihr doch nicht etwa etwas zurückzahlen, Lena?"

Marlena wusste nicht so recht, was sie darauf antworten

sollte. Sie dachte tatsächlich darüber nach, der Kundin einen Teil des Honorars gutzuschreiben. Besser, als wenn sie damit rechnen musste, mit ihrer Agentur in Verruf zu geraten. Heute wusste man nie, aus welcher Richtung man mit Dreck beworfen wurde. Die Präsenz der Leute in den sozialen Medien war inzwischen so stark, dass sie damit rechnen musste, dass die Frau ihren Frust weitertrug. Das war wahrscheinlicher, als dass sie ihren Freunden von einem solchen Date erzählen würde. Wer tat das schon und outete sich mit seiner Lust an BDSM? Da barg die Möglichkeit, beim Lästern im Netz anonym zu bleiben, größere Gefahren für eine Agentur wie G.o.G. Und wenn sie dann auch noch an die Fotos dachte …

„Es gibt genügend Kollegen aus der Branche, die mich auf dem Kieker haben“, gab sie kleinlaut zu. „Da verzichte ich lieber auf einen Teil des Honorars, als dass ich mich sehenden Auges zusätzlich aufs Glatteis begebe.“

Die anderen schwiegen betreten.

„Ich würde nicht zahlen“, sagte Jon dann entschlossen. „Die könnte mich mal kreuzweise. Aber gut, ich verstehe deine Intention. Sicher gibt es noch andere Wege.“

Marlena verzog den Mund. „Ich werde ihr keinen Ersatzdom stellen, falls du das meinst.“

„Na gut. Das ist doch ein Wort. Dann bleibt nur das ausführliche Gespräch über ihre Beschwerde.“

„Ja, denke ich auch.“

„Glaubst du, dass dein Taylor das hinkriegt?“, wollte Jon wissen.

„Er muss“, antwortete Alex an ihrer Stelle. „Marlena hat Auszeit.“

Theresa legte die Stirn in Falten. „Wie – Auszeit?“

„Auszeit eben. Im Moment arbeitet sie nicht“, erklärte Alex. Seine Stimme hatte eine leichte Schärfe angenommen. Als wolle er Marlena warnen, in Gegenwart der Freunde zu kritisieren, was er ihr aufoktruiert hatte.

„Ihr hört es. Ich arbeite nicht“, gab sie dennoch ihren Senf dazu.

Theresa musterte Alex argwöhnisch. Offenbar wollte sie herausfinden, was das zu bedeuten hatte. Dann blickte sie zu Jon. „So hatte ich mir das aber nicht vorgestellt."
Der legte ihr lächelnd den Finger über die Lippen. „Du mischst dich da mal bitte nicht ein."
Sie drückte seine Hand weg. „Wie bitte? Und ob ich mich einmische. Wir sitzen alle vier im selben Boot. Du, du und wir beide." Sie wies der Reihe nach auf Jon, Alex, Marlena und auf sich selbst. „Jeder von uns hat es schon übertrieben mit dem Engagement fürs eigene Geschäft. Und das geht eben an die Substanz. Das Risiko des Freiberuflers." Sie sah Marlena mit einer Spur von Mitleid an. „Aber was noch viel mehr stresst, ist der Fakt, wenn einem die Kontrolle über diese Dinge zu entgleiten droht." Sie wandte sich nun doch Alex zu. „Du kannst doch Marlena nicht allen Erstes dazu verdonnern, die Hände in den Schoss zu legen. Mit dieser Kundin zu sprechen, ist ihre Aufgabe. Sie ist die Chefin. Die Beschwerde war an sie adressiert. Wie sieht das denn aus, wenn sie ihren Mitarbeiter vorschickt?"

Marlena sah, dass es um Jons Mundwinkel zuckte. Sie griff nach Theresas Hand und drückte sie dankbar, auch wenn ihr durchaus bewusst war, dass beide Männer ihre Geste bemerkten.
„Meine Schuld. Ich hab dir Alex auf den Hals gehetzt", meinte Theresa dann leise.
„Du? Warum?" Marlena war verblüfft.
„Weil ich dir am Dienstag angehört habe, dass du jemanden brauchst, der sich um dich kümmert."
„Und das Kümmern hast du dir dann anders vorgestellt, richtig?", schob Alex an Theresa gewandt ein. Dann schüttelte er den Kopf. „Frauen. Wie man's macht, ist's falsch."
„Ich wollte nur, dass du dich um sie kümmerst. Nicht, dass du ihr das Leben schwer machst", verteidigte sich Theresa.

Jon schlug sich mit beiden Händen kurz auf die Schenkel und erhob sich. „Mädels, ich glaube, das reicht für heute. Marlena hatte für heute genug Aufregung. Und du, meine Schöne, musst morgen früh raus." Er legte Theresa die Hand in den Nacken und massierte leicht über ihre Schultern.

Marlena suchte Alex' Blick. Sie sah, dass er Jon und Theresa beobachtete. Als er merkte, dass sie ihn anschaute, wandte er sich ihr zu und berührte leicht ihr Knie. Dann erhob er sich gleichfalls.

„Lassen wir uns von den beiden also rausschmeißen." Augenzwinkernd boxte er Jon gegen den Oberarm. Von Theresa verabschiedete er sich mit einem Wangenkuss. „Du hast Feuer, meine Liebe", meinte er lächelnd. „Eigentlich liegst du gar nicht so verkehrt mit deinen Worten. Ich werde darüber nachdenken."

9

„Hast du das ernst gemeint?“, wollte Marlena im Taxi von ihm wissen.
„Was?“
„Das mit dem Nachdenken. Hörte sich so an, als hätte ich nun doch eine Chance auf ein bisschen Arbeit.“
Er musterte sie von der Seite. „Fühlst du dich denn fit genug dafür?“

Sie lehnte sich in den Polstern zurück und schaute zum Fenster hinaus. Sie passierten gerade eine der Einfallstraßen ins Stadtzentrum, schwammen eine Weile mit im abendlichen Strom der Fahrzeuge und bogen dann in eine der ruhigen Nebenstraßen ein. Hier lag ein Grundstück am anderen. Sie hatten solche Ausmaße, dass sich Hundebesitzer nicht mal mehr die Mühe machen mussten, ihre Lieblinge Gassi zu führen. Sie konnten sie einfach in den hauseigenen Park schicken.

Die Genugtuung, die Marlena bei Alex’ halbem Zugeständnis verspüren sollte, stellte sich nicht ein. Natürlich beunruhigte sie der Gedanke, dass sie weit weg war von ihrem gewohnten Schreibtisch. Trotzdem musste sie zugeben, dass sie es inzwischen sogar ein klein wenig genoss, das Arbeitsumfeld und die vertrauten Gesichter für ein paar Tage los zu sein. Diese Auszeit war eine neue Erfahrung. Ungewohnt, aber auf ihre Art heilsam. Von Mattes' Mail einmal abgesehen, hatte es noch keinen Hilferuf gegeben. Was bedeutete, dass man tatsächlich ganz und gar ohne sie auskam. In Eigeninitiative regelte, was zu regeln war. Und vermutlich einfach sammelte, was unter ihre ausschließliche Befugnis fiel. Sie würde es auf ihrem Tisch vorfinden, wenn sie wieder zurück war. Statt sich Gedanken zu machen, sollte sie sich also wohl lieber beglückwünschen. Zu einer Geschäftsführung, die ihr ungeahnte Freiräume ließ. Hätte sie vielleicht längst schon mal ausprobieren sollen.

„Keine Antwort?", hakte Alex nach.

„Ich fühle mich fit, aber ich genieße es inzwischen, mal so gar nichts zu tun", räumte sie leise ein.

Seine Finger legten sich auf ihre Hand und drückten sie. Das Braun seiner Augen war voller Wärme. Für ein paar Sekunden konnte sie den Blick nicht aus seinem lösen. Sie spürte eine tiefe Verbundenheit mit dem Mann, der so sehr darum rang, ihr ein einfühlsamer Partner zu sein. Der Druck seiner Hand verwandelte sich in einen Strom Zärtlichkeit und pumpte unablässig durch ihre Venen.

Als sie an diesem Abend in sein Schlafzimmer gingen, legte Marlena sofort und ohne zu zögern ihre Kleider ab und hielt ihm schweigend die Hände hin. Alex lächelte wissend. Er nahm die ledernen Manschetten aus seiner Kommode und legte sie um ihre Gelenke. Währenddessen beobachtete er sie, studierte ihre Mimik, reagierte auf den leisesten Anflug einer Unmutsbekundung.

„Leg dich auf den Rücken", verlangte er und sah ihr dabei zu, wie sie sich auf dem Bett ausstreckte. „Die Arme über den Kopf."

Sie gehorchte.

Er griff nach den Ketten, die irgendwo unterhalb der Säulen und vom Bettzeug verdeckt angebracht worden sein mussten, und fixierte sie. Dann schob er die Hände in die Hosentaschen und betrachtete sie.

Marlena spürte, wie ihr unter seinem Blick warm wurde. Er war noch vollständig bekleidet. Das zurückgebundene Haar lag eng am Kopf an, betonte den kräftigen Schädel und seinen muskulösen Hals. Er entsprach dem klassischen Schönheitsideal, zweifelsohne. Und es musste eine Qual sein, sich von einem solchen Arzt berühren zu lassen, gleichzeitig aber zu wissen, dass er als Mann unerreichbar war. Sie lächelte in dem Bewusstsein ihres eigenen Privilegs.

Alex beugte sich zu ihr hinunter und stützte sich hinter ihrem Kopf auf der Matratze ab.

„Du bist schön", flüsterte er an ihrem Ohr. Seine Hand wanderte über ihre Flanke bis hinauf zu ihrem Hals und legte sich locker um ihre Kehle.

Sie streckte den Kopf nach hinten, spürte dieser Berührung nach und stöhnte wohlig. Wie ein Blitz schoss das Gefühl in ihren Unterleib, aktivierte alle Synapsen. Einem Schwarm Insekten gleich, die aufgescheucht herumflogen, langsamer wurden, sich aber nur vereinzelt wieder niederließen. Alex strich mit seinen Fingern sachte an ihrem Hals auf und ab. Sie schluckte hart.

Dann war die Hand fort, um ihr gleich darauf ein Tuch vors Gesicht zu halten. Sie erkannte die unausgesprochene Frage in seinen Augen und nickte. Er hob ihren Kopf vorsichtig an. Sekunden später verschwand die Welt aus ihrem Sichtfeld. Der Schwarm in ihrem Unterleib flatterte heftiger. Sie öffnete die Lippen und stieß keuchend Luft aus. Sie wand sich, atmete durch den Mund. Immer wieder presste sie die Schenkel aneinander und wimmerte leise. Dabei geschah … nichts. Sie wusste nicht einmal mehr genau, ob Alex überhaupt anwesend war.

„Öffne die Beine", hörte sie ihn in die Stille hinein sprechen. Zaghaft schob sie die Schenkel auseinander.

„Weiter."

Ihre rechte Ferse berührte das Holz der Bettkante. Die Kühle, die zwischen ihre Beine strömte, machte ihr bewusst, wie nass sie war.

Sie spürte, dass Alex sich über sie beugte. Ein Kuss auf ihr Haar, aufs Dekolleté, auf ihren leicht geöffneten Mund. Wieder musste sie schlucken. Mehrmals. Ihre Kehle war wie ausgedörrt.

Dann hörte sie ihn im Raum umhergehen, die Schubfächer der Kommode öffnen und schließen. Es raschelte, als würde er sich seiner Sachen entledigen. Bei der unerwarteten Berührung ihres Fußgelenks schrak sie zusammen. Er legte ihr auch dort lederne Manschetten an und ließ die Kette in die dafür vorgesehenen Ringe einrasten. Gleich darauf knarrte es gleichmäßig. Ihre Beine wurden in die Höhe gezogen, so lange, bis auch das Becken zur Hälfte vom Bett abhob. Sie war ihm ausgeliefert. Ihr Kopfkino bot ihr verstörend laszive Bilder.

Die Minuten zogen sich in die Länge und nichts geschah. Wobei das nicht ganz richtig war. Marlena fühlte eine merkwürdige Leere in ihren Kopf einziehen. An den Beinen zu hängen, empfand sie nicht zwangsläufig als unangenehm. Aber die Position war es. Es war demütigend, sich so zu zeigen. Zu wissen, dass man betrachtet wurde. Aber nicht zu wissen, wie der andere dieses Bild interpretierte. Erst als Alex sich vor sie auf die Matratze kniete und mit beiden Händen die Rundungen ihres Pos nachfuhr, zu den Innenseiten ihrer Schenkel wechselte und ganz sacht ihre Falten berührte, begann sie, sich zu entspannen. Inzwischen hoffte sie nicht mehr nur, sondern war sich fast sicher, was kommen würde. Und sie wollte es. Ganz unbedingt.

Während er die ersten Küsse auf ihrem knospenden Lustzentrum verteilte, strich sein Atem über ihren Schamhügel. Er legte ihr beide Hände auf den Bauch und ließ seine Zunge langsame Kreise ziehen. Immer wieder brach er ab, um sie erneut zu küssen und zärtliche kleine Bisse zu verteilen. Ihr wurde warm. Unter den wechselnden Reizen begann sie zu zappeln. Sie wand sich, während er dagegen hielt.

„Halt still“, raunte er und griff ihr fest um die Hüften, um ihren Körper zur Ruhe zu zwingen. Dann wechselten seine Hände tiefer und legten sich auf die Innenseiten ihrer

Schenkel. Ganz oben hin, dort, wo er sie mit leichtem Druck weiter öffnen konnte.

Seine Zunge streichelte erst über die äußeren, dann über die inneren Lippen, tauchte flüchtig in ihre Mitte und ließ wieder von ihr ab. Dann ein Saugen an ihrer Klitoris. Sie stöhnte tief. Und wieder die Zunge. An Stellen, die nicht vorhersehbar waren, und in sich permanent änderndem Rhythmus.

„Ich …“, stieß sie atemlos hervor. „Ich … kann nicht mehr.“

Alex lachte leise. „Was kannst du nicht mehr?“

Sie wand sich, um seinen Liebkosungen zu entgehen. „Ich halte das … ahhh … nicht aus.“

Das ständige Auf- und Abschwellen der Reizflut machte sie wahnsinnig. Mehrmals war sie kurz davor zu kommen. Sie spürte bereits die Kontraktionen ihrer inneren Muskulatur, das Pulsieren ihrer Vagina. Aber genau dann ebbten die Reize ab. Um sich komplett fallenzulassen, fehlte jedes Mal der letzte kleine Kick, der sie über die Schwelle trug.

Die Matratze bewegte sich, ihre Beine wurden noch ein Stückchen höher gezogen. Alex' Hand lag auf ihrem Schritt, seine Finger strichen immer wieder durch ihre Falten. Dann spürte sie seine Schwanzspitze zwischen ihren Schamlippen. Wenn sie von dem Winkel ausging, in dem das geschah, musste er nun auf Knien vor ihr hocken. Quälend langsam schob er sich in sie, umfasste ihre Oberschenkel und begann mit kleinen, trägen Bewegungen. Sie musste das ebenso hinnehmen wie die Tatsache, dass er sich immer wieder fast vollständig zurückzog. Sie wimmerte leise, ruckte an den Armfesseln, wollte mehr, sich an ihn drängen, den Kontakt halten. Alles, nur nicht diese quälende Langsamkeit.

„Du bist ungeduldig“, stellte er fest.

Sie konnte das Lächeln in seiner Stimme hören. Natürlich mochte sie nicht länger warten. Sie war so nah dran, dass es schmerzte. Sie wollte endlich ins Finale.

„Gib dir Mühe“, forderte er. „Lass mich deine Muskeln spüren.“

Sie spannte die Beckenmuskulatur an, immer wieder. Alex

stöhnte leise. Sie spürte, wie sein Schwanz in ihr wuchs. Doch er ließ sie weiter zappeln. Als ihre Frustrationsgrenze fast erreicht war und sie die Anspannung kaum noch ertragen konnte, änderte er endlich das Tempo. Er stieß zu. Kräftig und tief. Wartete, glitt zurück, stieß erneut zu.

Sie hielt den Atem an, fühlte dem leichten stechenden Schmerz nach, der jeden seiner Stöße begleitete, und seufzte tief, wenn die Luft wieder entwich. Auf diese Weise brachte er sie in kurzer Zeit schnell höher. Allein schon die Vorstellung, wie er gierig auf sie herunterblicken mochte, wenn er in sie stieß, bescherte ihr einen zusätzlichen Kick. Und dann, dann raste sie endlich, endlich über die Zielgerade. Die Heftigkeit des Orgasmus bescherte ihr einen sekundenlangen Blackout.

Als sie langsam wieder zu sich kam, hatte Alex sie schon von den Ketten befreit und massierte ihre Beine. Sie war vollkommen ermattet. Ihre Glieder fühlten sich wie Pudding an. Es kribbelte in den Zehen, als das Blut wieder ungehindert zirkulieren konnte.

„Alles gut?", wollte er wissen.

Sie nickte zufrieden und lächelte unter ihrer Augenbinde. Sobald sie sich, bar aller Fesseln, ungehindert bewegen konnte, rollte sie sich zusammen und zog die Knie bis unters Kinn. Als könne sie das Abfließen der Emotionen auf diese Weise verhindern.

Sie spürte, wie Alex sich hinter ihr ausstreckte. Vorsichtig zog er sie in seine Arme und nahm ihr die Augenbinde ab. Sie drehte den Kopf zu ihm, blinzelte, obwohl es dunkel war im Raum. Für einen Moment konnte sie nicht viel mehr als seine Umrisse wahrnehmen.

„Das war schön", flüsterte sie.

Er nickte. Dann streichelte er ihr Gesicht und beugte sich über sie, um sie zu küssen.

„Schlaf, Prinzessin. Wir haben morgen viel vor."

Schläfrig schob sie ihren Kopf bis fast unter seine Achsel, sog den herben Männerduft, der ihr von dort entgegen strömte, tief in sich auf, und schnaufte zufrieden. Sekunden später dämmerte sie weg.

10

Am nächsten Tag fand Marlena erst gegen Mittag aus dem Bett. Da hatte Alex mit den drei Ridgebacks bereits mehrere Runden durch die ruhigen Straßen des Viertels gedreht und sich anschließend in der Küche zu schaffen gemacht. Vincent war nach einer kräftezehrenden Clubnacht nicht ansprechbar. Sie saßen allein am Tisch, tranken ihren Kaffee und lasen sich gegenseitig aus der Zeitung vor, die Alex vom Joggen mitgebracht hatte.

„Es ist wirklich unglaublich, wie phantasiereich die Leute auf 'Shades of Grey' reagieren", murmelte Marlena verblüfft. „Könntet ihr auch machen."

„Was?"

„Eine Führung durch euren Club, mit Liveperformance." Sie lachte und wedelte mit der Kulturbeilage, die sie gerade vor sich hatte. „Das bieten sie neuerdings in Offenbach an, im 'Grande Opera'. Ich muss direkt mal Leo fragen, ob er den Club kennt."

Alex schaute nachdenklich zu ihr rüber. „Leo ist in Frankfurt, richtig?"

„Hmhm. Der Denker unter meinen Taylors."

„Warum Denker?"

„Weil seine Stirn immer in Falten liegt", antwortete Marlena. „Wie bei den Ridgebacks. Und weil er auch sonst sehr nachdenklich wirkt … Das ist echt ein Ding. Hier, hör mal: 'Wie es richtig geht, wird an diesem Abend live demonstriert: Marie lässt sich mit gespreizten Gliedmaßen an ein drehbares Wagenrad fesseln, die Brustwarzen in den Klemmen eines handelsüblichen Rock-Bügels. Jean-Christophe peitscht Sarah am Andreaskreuz aus.' Abgefahren, oder? Organisiert von den Frankfurter Stadtevents."

„Konkurrenz für G.o.G.?"

„Ach Quatsch." Marlena schüttelte den Kopf. „Wie kommst du darauf?"

„Na ja, genau genommen tun die dasselbe wie du. Sie zeigen den Leuten, wie BDSM funktioniert. Nur zu einem deutlich kleineren Preis als er bei dir anfällt."

„Das kann man nicht vergleichen. Bei mir ist es ein absolut privater Event und die Liveperformance spürt man am eigenen Leib."

„Sicher", räumte Alex ein. „Trotzdem erst mal nur sehr kleines Geld, was man hier für den Einblick in die Szene investiert. Und am Anfang auch ausreichend, finde ich. Wer mehr will, kann dann ja die Grey Days buchen." Er schmunzelte.

Marlena runzelte die Stirn. „Es ist wirklich etwas ganz und gar anderes, ob man sich in Frankfurt durch einen Club führen lässt oder seinen eigenen SM-Coach hat. Der Zeitaufwand ist doch schon ein anderer. Von der Logistik mal ganz abgesehen. Persönlicher und ungefährlicher kann die Einführung in BDSM gar nicht sein."

„Okay, okay." Alex hob beschwichtigend die Hände. „Du hast recht, in allen Punkten der Anklage. Ich will das Geniale deiner Idee keineswegs in Zweifel ziehen. Ich wollte damit im Grunde nur sagen, dass es verschiedene Ansätze gibt, sich dem Thema zu nähern. Auch in finanzieller Hinsicht. Wenn ich es recht bedenke, ist das auch gut so."

Marlena dachte darüber nach, ob sie wegen dieser ehrlichen Meinungsäußerung beleidigt sein sollte. Es hörte sich ja fast so an, als würde Alex ihre Idee belächeln. Sie mochte das nicht so ganz glauben. Immerhin hatte er ihr voller Elan zur Seite gestanden, als es darum ging, sie in die Geheimnisse seines Lifestyles einzuführen. Und er war die ganze Zeit über genau im Bilde, worum es ihr eigentlich ging. So ganz unerfahren war sie ja von Anfang an nicht gewesen. Nur, dass sie es nie BDSM genannt hatte, was sie da mit ihren Partnern im Bett getrieben hatte.

Nachdenklich faltete sie die Zeitung zusammen und konnte sich einen bissigen Kommentar irgendwie doch nicht verkneifen. „Hört sich fast so an, als würdest du G.o.G. nicht gutheißen …"

„Es ist eine Idee, die offensichtlich auf fruchtbaren Boden fällt. Wenn jemand Geld dafür zahlen möchte, soll er. Ich würde es nicht tun", kam es sehr deutlich von ihm zurück.

„Vollkommen klar. Du bist ein Mann, ein dominanter noch dazu. Du leidest garantiert nicht unter fehlender Aufmerksamkeit beim anderen Geschlecht."

Alex grinste. „Natürlich nicht. Sie begeben sich reihenweise in meine Hände."

„Eben." Sie nickte wissend. „Wenn dir so wäre, hättest du vielleicht nicht einmal Mühe, die passende Sub unter ihnen herauszufiltern." Bei den letzten Worten hob sie ein wenig die Stimme, so dass es sich anhörte, als wäre sie sich mit dieser Feststellung nicht ganz sicher.

„Ich könnte tatsächlich", bestätigte er. „Aber wie du weißt, spricht es gegen meine Ethik, mich jemandem zu nähern, der in einem Abhängigkeitsverhältnis zu mir steht. Auf eine Patientin trifft das immer zu."

Aaah, interessant.

„Du willst also behaupten, du hättest noch nie etwas mit einer Patientin gehabt?"

Auch Alex ließ die Zeitung sinken. „Nein. Bisher nicht." Seine Augen funkelten gefährlich.

„Weil deine Avancen nie erhört wurden?"

„Weil ich keine gemacht habe", entgegnete er ruhig. „Wie stellst du dir das vor? Dass ich einfach eine Frau, die mir gefällt, danach frage, ob sie Lust hat, sich von mir auspeitschen

zu lassen?“
Marlena verzog das Gesicht zu einem feinen Lächeln und wiegte den Kopf. „Na ja, etwas subtiler würdest du vermutlich schon vorgehen.“
„Das ändert nichts daran, dass du glaubst, ich würde es tun.“
Sie schürzte die Lippen. „Ja, glaube ich“, gab sie nach einem Moment des Zögerns zu.

Alex lehnte sich im Stuhl zurück und musterte sie nachdenklich. „Wie kommst du nur auf eine solche Idee, Mara? Das ist vollkommen ausgeschlossen bei einem Arzt. Erst recht bei einem Gynäkologen.“
„Warum? Ihr seid auch nur Menschen. Es wäre sicher nicht das erste Mal, dass es zwischen einem Frauenarzt und seiner Patientin funkt.“
Er stützte die Ellenbogen auf und verschränkte die Hände ineinander. „Ich will nicht abstreiten, dass es so etwas gibt. Ich will auch nicht abstreiten, dass nicht die eine oder andere Frau eindeutige Signale senden würde. Aber für mich persönlich kommt das überhaupt nicht in Betracht. Ich habe einen Ruf als seriöser Arzt. Ich will mir auch nicht den geringsten Kratzer an diesem Image leisten.“
„Du vielleicht nicht. Aber …“

Mitten im Satz biss sie sich auf die Lippen. Hatte sie diese Sache von damals etwa immer noch nicht verwunden? Es war doch ewig her. So ewig, dass sie inzwischen beinahe glaubte, sie hätte sich das alles nur eingebildet. Die Blicke, den veränderten Klang seiner Stimme, die Anspannung, die in der Luft gelegen hatte, als er sie untersucht hatte, als er mit seinen Fingern …

„Mara?“ Alex riss sie aus ihren Gedanken. „Warum habe ich das Gefühl, dass etwas ganz anderes hinter deiner Frage steckt?“ Er beugte sich zu ihr herüber, legte seine Hand auf ihre, und hielt ihren Blick gefangen. „Was ist passiert?“

Erst jetzt merkte sie, dass sie sich unbewusst am Tisch festgeklammert und den Atem angehalten hatte.
„Nichts“, stieß sie hervor, ließ die Luft entweichen und wiederholte: „Nichts.“

Alex verstärkte den Druck seiner Hand. „Merkwürdigerweise macht dich dieses Nichts gerade sehr blass um die Nasenspitze. Für den Bruchteil einer Sekunde hatte es sogar den Anschein, als stünde dieses Nichts leibhaftig vor dir.“ Er erhob sich und kam um den Tisch herum, ohne den Blick von ihr zu wenden. „Was dieses Nichts auch war, es war ganz sicher nicht okay.“ Er zog sie in seine Arme.
„Ich weiß“, flüsterte sie.

Sie fühlte sich schlecht mit der Erinnerung. Hatte sich immer schlecht gefühlt. Bisher hatte sie mit niemandem darüber gesprochen, das wurde ihr gerade klar. Sie hatte eben auch immer geglaubt, sich das alles nur eingebildet zu haben. Sie konnte doch unmöglich einem Arzt unterstellen, sie unsittlich berührt zu haben. Er hatte sie untersucht. Okay. Und sie hatte dabei etwas empfunden, was sie normalerweise nicht empfand bei einer Untersuchung. Oder zumindest nicht empfinden sollte. Ja und? Ihre Schuld. Eindeutig. Es waren ihre Gefühle. Wie sollte sie beweisen, dass er wissentlich dazu beigetragen hatte? Wenn es überhaupt so war. Vielleicht war es ihr nur so vorgekommen, weil er so merkwürdige Fragen gestellt hatte. Danach, ob sie einen Orgasmus hatte, wenn sie mit ihrem Partner schlief. Ob der klitoral oder vaginal war. Wie lange er andauerte. Und ob sie ihn durch normale Penetration erreichte oder zusätzliche Stimulation benötigte. Vielleicht hatte er das fragen müssen, um ihrer ungewollten Kinderlosigkeit auf die Spur zu kommen. Aber dass er deshalb die anschließende Untersuchung so ausführte, dass sie sich stimuliert fühlte …

Sie atmete tief durch und drückte das Gesicht an Alex’ Schulter. Er streichelte sie. Beruhigend fuhr er ihr über den Kopf, während seine andere Hand warm und fest auf ihrem Rücken lag. Er hielt sie eng an sich gedrückt. Nein, Alex hatte nichts gemein mit diesem Typen. Sie vertraute ihm, wenn er sagte, dass eine Verbindung zu einer Patientin für ihn ein absolutes Tabu war. Warum sollte sie auch daran zweifeln? Bisher hatte es nicht die kleinste Situation gegeben, in der sie sich von ihm hintergangen fühlte. Ganz im Gegenteil. Sie war es gewesen, die Probleme damit hatte, ihm zu vertrauen. Sonst wäre es zu dieser dummen Eiszeit zwischen ihnen gar nicht erst gekommen.

„Es wäre gut, wenn du irgendwann darüber reden könntest", raunte Alex in ihr Haar.

„Ja", flüsterte sie mit erstickter Stimme. „Ich weiß."

„Ich glaube, du trägst einiges von solchen Dingen mit dir herum, ohne dass du es jemals aussprichst", fuhr er fort.

Sie nickte. Was sollte sie auch dazu sagen? Ehe sie ein weiteres Wort hervorbringen würde, wäre sie bereits in Tränen aufgelöst. Heute zumindest. Jetzt. Genau jetzt war sie so dünnhäutig, dass alles nur noch schlimmer werden konnte.

„Ich möchte, dass du dich ein wenig entspannst", sprach Alex unbeirrt weiter. „Wirst du das versuchen?"

Wieder nickte sie. Alles, was er wollte. Hauptsache, sie musste nicht über den Schmerz reden, der in ihrem Inneren nistete. Wo kam der überhaupt her? Und warum ausgerechnet heute? Hatte Alex vielleicht doch recht damit, dass sie eine Auszeit brauchte, um wieder zu ihrer alten Form zu finden?

„Gut. Dann lass uns gehen." Er schob sie in Richtung Tür.

„Wohin?"

„Nach oben. Schon vergessen? Wir haben heute etwas vor."

„Und was?"

Er lächelte nachsichtig. „Überraschung." Während er sie nach draußen dirigierte und anschließend an den Esstisch zurückkehrte, um das Geschirr in den Spüler zu räumen, sprach er weiter: „Du kannst dich schon mal startklar machen. Geh ins Schlafzimmer. Auf dem Bett findest du etwas Passendes zum Anziehen."

Marlena hob die Brauen. „Du hast mir etwas zum Anziehen ausgesucht?"

„Ist das ein Problem?"

„Weiß ich noch nicht ..." Sie überlegte. „Das hast du bisher nie getan. Was hat das zu bedeuten?"

„Denk nicht so viel darüber nach", schlug er vor und nickte

mit dem Kopf Richtung Tür. „Zehn Minuten. Dann bin ich bei dir.“

* * *

Noch immer leicht konsterniert stand Marlena wenig später im Gästezimmer und wusste nicht einmal, warum es sie zuerst hierher getrieben hatte. Vielleicht, weil sie diesen Raum inzwischen als ihr Refugium betrachtete? Auf dem Bett lag etwas, das nicht zu ihrer Garderobe gehörte. Leggins und ein Top. Keine Unterwäsche.

Sekundenlang sinnierte sie darüber, ob sie das Höschen, das sie trug, nun ausziehen sollte oder nicht. Völlig unwichtige Gedanken. Sie wusste selbst nicht, warum sie ihr plötzlich relevant erschienen. Warum sie ständig glaubte, eine Entscheidung für oder gegen etwas treffen zu müssen. Zumindest war nicht zu befürchten, dass sie in diesem Aufzug das Haus verlassen musste. Sie entschied sich also für das, von dem sie glaubte, Alex würde es erwarten. Ein paar Minuten später stand er hinter ihr.

„Fertig?“

Sie nickte. Ganz unerwartet hatte sie einen Kloß im Hals. Seine Stimme war so ... Sie konnte es nicht richtig beschreiben. Seine Stimme hatte sehr bestimmt geklungen und irgendwie anders als in den letzten Tagen. Nicht distanziert. Nein, ganz und gar nicht. Aber auch nicht mehr so besorgt wie gerade eben unten in der Küche. Eine Spur Härte lag darin. Nein, vielleicht keine Härte, eher etwas wie Unduldsamkeit. Der Dom-Modus?

Alex schien ihre Irritation nicht zu bemerken oder nicht bemerken zu wollen. „Komm“, sagte er und ging voraus.

Statt die Treppe ins Erdgeschoss zu nehmen, liefen sie daran vorbei und gelangten in einen Bereich, der Marlena bislang unbekannt war. Ein langer Flur. Er wirkte wie das Pendant zur gegenüberliegenden Seite, in der sich die Wohnungen der drei Männer befanden. Am Ende des Flures blieb Alex vor einer Tür stehen, sah Marlena prüfend an und zog einen Schlüssel aus der Hosentasche. Er schob ihn ins Schloss.

Die Tür sprang auf und gab den Blick auf eine weitere Treppe frei. Eigentlich eher eine Stiege. Eine alte, hölzerne mit ausgetretenen und viel zu kurzen Stufen. Sie wirkte, als wäre sie bei der Sanierung des Hauses vergessen worden. Marlena hätte sich nicht gewundert, wenn sie über und über mit Spinnweben bedeckt gewesen wäre. Statt dessen überwog der Eindruck, sie würde gelegentlich benutzt. Sie war zumindest vom gröbsten Schmutz gereinigt. Am Lauf des einfachen Treppengeländers konnte man erkennen, dass selbst das hin und wieder geputzt wurde. Der Staub sammelte sich nur an den Stellen, an denen die Streben im Holz verankert waren. Was wollten sie hier?

Alex hatte Marlena den Vortritt gelassen. Die Treppe führte steil nach oben. Bei der Kürze der Stufen musste sie die Füße ein wenig schräg setzen. Überdeutlich spürte sie, dass er ihr auf den Hintern starrte. Obwohl sie sich zunehmend unsicherer fühlte und das Knarzen der Stufen unter ihrer beider Füße mit jedem Schritt beängstigender wurde, bemühte sie sich um Haltung. Sie wollte einfach daran glauben, dass er ihr wohlgesonnen war. Dass er ihr heute nichts abverlangen würde, wozu sie nicht bereit wäre. Und egal, welches seiner subtilen Spielchen er aus dem Sack lassen würde, sie beschloss in diesem Moment, es zu genießen. Sich darauf einzulassen und ihr Hirn abzuschalten. Wenn es ihr gelang.

Die Treppe endete im Halbdunkel. Über sich erkannte Marlena die Konstruktion eines Daches, die aus zahlreichen, regelmäßig angeordneten und untereinander verbundenen Holzstaken bestand. In längeren Abständen waren winzige Fenster in die Schrägen eingelassen. Mittagslicht fiel durch die halb blinden Scheiben, riss hier etwas aus dem Schatten und ließ an anderer Stelle etwas darin verschwinden. Je nachdem, wo auf dem Dachboden man sich gerade aufhielt.

Alex führte sie schweigend in eine Nische unter einer der Luken. Ihre Augen hatten sich inzwischen an das Zwielicht gewöhnt. Dennoch konnte sie nur wenig von dem, was sie umgab, einem eindeutigen Zweck zuordnen.

„Bleib hier stehen", befahl er leise und hielt sie an den Oberarmen fest, als sie direkt unter dem Fenster stand. Dann wandte er sich nach links und zerrte einen flachen Kasten ins Licht, direkt vor sie. Er schien schwer zu sein. Zumindest wirkte das Holz, als hätte es mehr als nur Jahrzehnte auf dem Buckel. So etwas sah Marlena sonst, wenn sie sich alte Kirchen anschaute. Das Holz des Kastens erinnerte sie an Kirchengestühl. Eiche. Poliert.

Alex wies darauf. „Leg dich hin."
Überrascht schaute sie zu ihm hoch, tat jedoch, worum er sie gebeten hatte. Der Kasten war groß genug, so dass sie sich der Länge nach darauf ausstrecken konnte. Warum sie es dennoch vorzog, sich in eine Art Embryonalstellung zu begeben, war ihr schleierhaft.

Er schaute ihr dabei zu, wie sie ihren Platz einnahm, äußerte sich jedoch nicht zu ihrer Position. Dann ging er zu einer der beiden Truhen, die in der Nische standen, öffnete sie und holte Seile heraus. Ein Bondage also, dachte Marlena. Darüber freute sie sich, wenn auch ganz unaufgeregt.

Sie mochte Seile. Alex verstand es, sie die auf angenehme Weise spüren zu lassen. Er bildete sich nichts darauf ein. Im Gegenteil. Wer ihn danach fragte, bekam zu hören, dass er nur sporadisch tüderte und das nicht einmal sonderlich gut. Die Übertreibung des Jahres, fand Marlena. Sie fühlte sich wohl, wenn er das mit ihr tat. Für sie musste es auch nicht schön aussehen. Viel wichtiger fand sie, dass die Seile ihren Zweck erfüllten. Und wenn sie fest fixiert war und Alex damit ausgeliefert, so dass er mit ihr tun konnte, was immer ihm in den Sinn kam, war es ihr recht. Ausgeliefertsein stand ganz oben auf der Liste ihrer liebsten Befindlichkeiten, wenn es um Sex ging. Obwohl sie das nie zugeben würde.

Alex legte die Seile so ab, dass sie sie sehen konnte. Sieben oder acht. Vielleicht auch mehr. Ganz sauber aufgerollt wie die Wäscheleinen, die ihre Großmutter immer benutzt hatte. Die hatten ähnlich ausgesehen. Marlena erinnerte sich nicht, aus welchem Material sie waren. Nur, dass sie bei Regenwetter schwer wurden und spröde und kratzig, wenn sie wieder trockneten. Alex' Seile waren anders. Sie hatte keine Ahnung, was er damit tat. Hatte nie danach gefragt, weil es ihr nicht wichtig erschien. Aber dass es sich anders anfühlte, als die kratzigen Wäscheleinen ihrer Großmutter, versetzte sie jedes Mal wieder in Entzücken.

Als Alex sich ihr wieder zuwandte und mit dem Kopf nickte, während eine seiner Brauen leicht nach oben schnellte, hielt sie ihm die Hände hin. Bedächtig schlang er das erste Seil um ihre Gelenke. Nicht sehr fest, aber so, dass sie sich nicht daraus befreien konnte. Dann zog er ihre gefesselten Hände zwischen die angewinkelten Oberschenkel. Mit einem zweiten Seil machte er sich an ihren Füßen zu schaffen.

„Weißt du, warum du ausgerechnet diese Position eingenommen hast, Mara?", hörte sie ihn fragen.

„Nein."

Er schnaufte leise. „Es ist die Position, in die du dich im Bett begibst. Wenn du einschlafen willst."

Das stimmte. Sie lag oft auf der Seite und schob dabei die gefalteten Hände zwischen die Knie. Sie lächelte. Er war viel aufmerksamer, als sie immer dachte.

„Möchtest du einschlafen, Mara? Ohne Gänseblümchen zu zählen?"

Als wäre ihr diese Option noch gar nicht in den Sinn gekommen, schloss sie für einen Moment die Augen. Wollte sie? „Ich weiß nicht", murmelte sie schließlich. Ihre Lider fühlten sich plötzlich unerwartet schwer an.

Alex verband ihre Hand- und Fußgelenke so miteinander, dass sie sich, selbst wenn sie es gewollt hätte, nicht mehr vollständig ausstrecken konnte. Das nächste Seil legte sich um ihre Unterschenkel und wand sich dann an ihren Beinen hinauf. Stück für Stück eroberte es ihren Körper, liebkoste ihre Haut und band sie gleichzeitig in einen schützenden Kokon, aus dem sie nicht entfliehen konnte. Nicht entfliehen wollte. Ihr Geist zog sich zurück in einen kleinen Winkel ihres Hirns. Beobachtete von dort, was mit ihr geschah. Er sprach nicht. Er blieb genauso stumm, wie jetzt Alex.

Sie spürte, dass ihr eine Haarsträhne ins Gesicht glitt und wie Alex sie sanft zurückstrich. Er flüsterte etwas, aber sie verstand ihn nicht. Bleierne Schwere zog durch ihre Glieder. Sie war froh, dass sie sie nicht bewegen musste. Ihr Gesichtsfeld veränderte sich. Was sie bis eben noch deutlich wahrgenommen hatte, entzog sich ihr mehr und mehr. Als würde sie aus dem Fenster des letzten Waggons eines Zuges auf den allmählich entschwindenden Tunnel schauen, durch den sie gerade gefahren waren.

Sie kannte diesen Zustand aus ihrer frühen Kindheit. Wenn sie kurz vor dem Einschlafen auf die weiß gestrichene Zimmertür gestarrt hatte und diese kleiner und kleiner geworden war. Bis sie sie auf die Entfernung kaum noch von der Wand unterscheiden konnte. Das war das Tor zu ihren Träumen. Die Grenze zwischen Tag und Nacht. Der Grat, auf dem sie minutenlang wanderte, ehe der Schlaf sie fest in seine Arme nahm.

Sie hatte damals so viel Gefallen an diesem Zustand gefunden, dass sie ihn nicht mehr nur Abend für Abend herbeisehnte, sondern sogar lernte, ihn aus dem Nichts entstehen zu lassen. Dafür musste sie die Lider ganz langsam schließen, auf eine besondere Weise und niemals vollständig. Und sie musste sich konzentrieren. Auf die Tür und darauf, dass sie sich entfernte. Sich auflöste und ihre Konturen verlor. Es gelang nicht immer. Manchmal war sie zu ungeduldig und zu fordernd. Manchmal war es auch die Mutter, die noch einmal ins Zimmer kam, das Wort an sie richtete und damit das zarte Gespinst ihrer Bemühungen zerstörte. Aber wenn sie es schaffte, fühlte sie sich wie auf einer Wolke. Merkwürdig leicht und abgehoben. Schwebend schön. Wie jetzt.

Alex hockte neben Marlena auf dem Holzkasten, in dem er allerlei Spielzeug für gewisse Stunden aufbewahrte. Er beobachtete sie. Ihre Augen waren geschlossen. Sie atmete tief und gleichmäßig. Ab und zu legte er seine Finger prüfend auf die

Stelle, wo unter der zarten Haut ihres Halses das Blut pulsierte.

Er hatte sie verschnürt wie eine Puppe. Fast meditativ hatte er ein Seil nach dem anderen um ihren Körper drapiert und gespürt, wie sie abdriftete. Nicht, dass es ihm auf ein ästhetisches Gesamtbild angekommen wäre. Sie sollte sich lediglich geborgen fühlen. Ihren Körper und seine Berührung spüren, jeden Gedanken, egal woran, loslassen. Das hier wirkte, wenn man es genau betrachtete, schon sehr sauber und ordentlich. Wie das verpuppte Opfer einer Riesenspinne. Nur den Kopf hatte er freigelassen. Doch die Tatsache, dass sie schlief, sprach Bände über ihr Wohlgefühl.

Er beugte sich nach hinten, griff die Wolldecke, die er bereit gelegt hatte, und breitete sie über Marlena aus. Sie würde frieren, wenn sie erwachte.

Wieder einmal hatte sich der Entschluss, sich in Hypnose ausbilden zu lassen, ausgezahlt. Er hatte lange Zweifel gehegt deswegen. Weil es in der Praxis selten Verwendung dafür gab. Aber seitdem er das Zertifikat in der Tasche hatte, hatte es einige Patientinnen gegeben, denen er auf diese Weise die Angst vor einer Behandlung oder einem operativen Eingriff hatte nehmen können. Und es war auch nicht das erste Mal, dass er die Trance bei einer Partnerin einsetzte, um sie für den Moment in eine Entspannungsphase zu befördern. Er und Marlena hatten zu Beginn ihrer Beziehung darüber gesprochen. Er hatte einen Trigger gesetzt. Vermutlich rechnete sie gar nicht damit, dass er ihn überhaupt nutzte. Er hatte es auch erst einmal getan. Dass er es heute wiederholen würde, war für sie glücklicherweise nicht vorhersehbar gewesen.

Alex streichelte Marlena übers Haar und flüsterte in ihren Traum. Zeit, sie zurückzuholen. Unmerklich begannen ihre Lider zu flattern. Er tastete nach ihrem Puls, spürte ihn sich beschleunigen, gab ihr nochmals ein paar Sekunden. Dann ein weiteres Wort und sie öffnete die Augen. Orientierungslos.

Als sie ihn endlich wahrnahm, lächelte sie. Er küsste sie auf die Nasenspitze und machte sich daran, sie aus dem Seilcocon zu befreien. Er musste schnell sein dabei. Sie sollte nicht unnötig frieren. Immer wieder musterte er sie unauffällig. Aber

trotz der Geschwindigkeit, in der er die Seile löste, konnte er nicht verhindern, dass von Zeit zu Zeit ein Schauer ihren Körper schüttelte.
„Wie fühlst du dich?“, fragte er leise nach.
Sie lächelte und schloss erneut die Augen. „Gut und müde.“
„Hast du etwas geträumt?“
„Ich kann mich nicht erinnern.“

Er half ihr, sich aufzusetzen, und begann, ihr Hände und Füße zu massieren. „Du wirst jetzt eine Runde schlafen und ich koche in der Zwischenzeit für uns.“
„Du kannst kochen?“ Ihre Stimme klang träge und ein bisschen belegt.
Er hielt ihr eine Wasserflasche unter die Nase. „Kochen ist vielleicht zu viel gesagt. Ich verstehe was vom Backen. Vincent ist in der Küche zwar deutlich besser als ich. Aber es gibt da ein paar Dinge, an die er sich nicht wagt. Hefeteig zum Beispiel … Noch ein Schluck, na komm.“
„Hefeteig …“

Man merkte ihr an, dass sie mit dieser Information nicht viel anfangen konnte. In ihrem momentanen Zustand völlig überfordert war. Sie brauchte Schlaf. In der Zwischenzeit würde er den ultimativen Beweis antreten, dass er sich zumindest aufs Pizzabacken perfekt verstand. Sie würde es mögen, ganz sicher. Bisher hatte noch jeder seiner Gäste Gefallen daran gefunden.

* * *

Marlena lehnte sich zufrieden in ihrem Stuhl zurück und faltete die Hände über dem Bauch. „Du mästest mich“, seufzte sie ergeben.

Die Pizza, die Alex für sie gebacken hatte, während sie in einem traumlosen Schlaf lag, war ein Gedicht. Daheim in ihrem Hotel wusste jeder, dass sie mit der italienischen Spezialität nicht allzu viel am Hut hatte. Das hier war allerdings auch weit davon entfernt, als schnöde Pizza durchzugehen. Allein der Teig war so lecker, dass sie sich förmlich nach den Randstücken gerissen hatte. Etwas, was sie bei Kuchen nie tat. Egal wie schmackhaft, Kuchenränder waren ihr zu trocken. Wenn sie doch einmal in die Verlegenheit kam, zum Bäcker zu müssen, achtete sie stets darauf, dass man ihr Stücken aus der Mitte des Bleches schnitt. Sie hatte auch kein Problem damit, das direkt einzufordern. Was nicht selten dazu führte, dass sie von Verkäuferin und anwesenden Kunden missbilligende Blicke kassierte. Na und? Dann war das eben so. Sie aß so selten Kuchen, dass sie, wenn, dann den vollen Genuss haben wollte.

„Eh ich dich gemästet habe, sind mir bestimmt graue Haare gewachsen", gab Alex amüsiert zurück. Die Freude darüber, dass sie gleich drei Stücken von seiner so genannten Pizza in sich hineingestopft hatte, war ihm anzumerken.

Jetzt konnte sie aber wirklich nicht mehr. Sie fürchtete sogar, dass die Verfressenheit, die sie gerade an den Tag legte, zu einem unangenehmen Bauchgrummeln führen würde. Immerhin war das hier frischer Hefeteig.

Alex schaute sie fragend an. „Dessert?"

„Auf keinen Fall, nein." Vehement schüttelte sie den Kopf. „Aber einen Espresso liebend gern."

Er erhob sich, schaltete den Automaten ein, stellte Zucker und Sahne bereit und eine kleine Schale mit Pralinen, die er aus den Tiefen des Kühlschranks zauberte.

„Wenn du schon nicht magst, bei mir passt das noch." Er grinste.

Marlena betrachtete ihn. Er trug Bluejeans und ein caramellfarbenes Shirt dazu, von dem sich sein dunkler Haarschopf auf beeindruckende Weise abhob. Wie üblich hatte er das Haar am Hinterkopf zu einem Knoten frisiert. Auf seinen Wangen lag der zwei Tage alte Schatten eines Bartes. Kräftig und gleichmäßig zog er sich über das energische Kinn bis zu den Ohren und endete oberhalb seines Kehlkopfes. Aus dem V-Ausschnitt des Shirts lugten ein paar vorwitzige Härchen. Alex gehörte nicht zu den Männern, die sich die Brust rasierten.

Auch die Achselbehaarung entfernte er nicht, was ihr ausnehmend gut gefiel. Nur in gewissen Regionen des Intimbereiches machte er eine Ausnahme. Sie fand es genau richtig so. Sie mochte die Tatsache, dass er zu seinen männlichen Attributen stand.

Der Kaffeeautomat gab ein leises Gurgeln von sich und verstummte nach Kurzem. Alex erhob sich, drückte auf einen Knopf. Gleich darauf was das Geplätscher zu hören, mit dem sich der Espresso in zwei feinen, dunklen Strahlen in die Tassen ergoss.

„Heute Abend haben wir Gäste", sagte Alex, als er den Kaffee vor sie hinstellte.

Fragend blickte sie zu ihm hoch.

„Nicht hier. Drüben im Club."

Aha. Klar. Nur weil sie vorübergehend ein paar Tage im Hause war, würden die Männer ihre üblichen Wochenendgeschäfte nicht auf Eis legen.

„Ich müsste nicht anwesend sein. Vincent ist darauf eingestellt, dass er heute Einzelkämpfer ist. Und wir haben genug Angestellte, die sich um die Gäste kümmern." Er griff nach einer der dunklen Pralinen und schob sie sich in den Mund. „Aber wenn du magst, können wir uns unters Volk mischen."

Marlena gab eine winzige Portion Rohrzucker in ihren Espresso und rührte in der Tasse. Sekundenlang war nur das aufdringliche Klirren ihres Löffels zu hören.

„Ich verspüre zwar keine Lust auf eine größere Gesellschaft. Aber es kann nicht schaden, auf diese Weise den Krankenstatus aus meinem Kopf zu vertreiben." Unentschlossen zuckte sie mit den Schultern.

„Fühlst du dich denn krank?", wollte Alex wissen.

Sie starrte ihm auf den Mund und beobachtete, wie er die Tasse ansetzte und in einem Zug leerte. Dann glitt seine Zunge in die Mundwinkel, als wolle sie sich überzeugen, dass nicht irgendwo ein kleiner Kaffeebart übriggeblieben war.

Alex räusperte sich und riss sie damit aus ihren Gedanken.

„Ich … nein, eigentlich nicht. Aber deine Fürsorge gibt mir das Gefühl, dass irgendetwas nicht in Ordnung mit mir ist." Vor allem der Fakt, dass ich diese Fürsorge klaglos über mich ergehen lasse, sie förmlich genieße, ergänzte sie im Stillen.

„Es ist etwas nicht in Ordnung, Prinzessin. Deine Arbeit hat dich erschöpft. Du bist haarscharf an einem Zusammenbruch vorbeigeschrammt. Du darfst dich also krank fühlen. Wobei …“ Er legte den Kopf schief und betrachtete sie. „Genau genommen ist es keine gute Idee, wenn du dich zu sehr in dieses Gefühl fallen lässt. Ich denke, es hilft dir mehr, dich mit deinen Schwächen auseinanderzusetzen.“

„Wo bitte ist da der Unterschied?“

Er hatte die Tasse abgestellt. Seine Hände lagen links und rechts davon auf dem Tisch.

„Sich krank fühlen, hat etwas von Aussichtslosigkeit. Es ist ein Stagnieren, ein Zustand, der einen runterzieht. Wenn du dich statt dessen mit deinen Schwächen konfrontierst, dir beispielsweise bewusst machst, dass dein Körper nicht genug Kraft hat für deine extremen Arbeitszeiten, weil du ihm selten bis nie eine Auszeit gönnst, dann ist das ein Schritt in die richtige Richtung. Du beginnst zu reflektieren und fühlst dich nicht mehr einfach nur krank. Du erkennst, warum das so ist und steuerst gezielt dagegen.“

„Dann solltest du aufhören, mich wie ein rohes Ei zu behandeln“, meinte Marlena.

Alex nickte. „Da hast du recht, Mara. Also dann …“

Er stand auf, griff nach ihrer Hand und zog sie energisch auf die Beine. „Schluss mit lustig. Ich entscheide, dass wir nachher auf eine Stunde hinübergehen und die Atmosphäre im Club genießen. Ich verspreche, ich werde auf dich achten und dich nicht überfordern.“

Sie zog die Augenbrauen hoch. „Du willst spielen?“

Er grinste. „Wenn es sich ergibt …“

11

Natürlich würde er nicht mit ihr spielen. Nicht, wenn er auch nur die leisesten Anzeichen dafür zu spüren bekäme, dass sie es nicht wollte. Sie erschien ihm nach wie vor labil, einfach nicht auf der Höhe ihrer Kraft. Da konnte eine unbedachte Handlung mehr Schaden anrichten, als dass es gut für sie war. Zumindest aber würde er sie heute Abend überraschen. Wer wusste schon, welch ungeahnte Energien er damit in Gang setzte?

Lächelnd sah er dabei zu, wie sie vor dem großen Spiegel im Salon am Saum ihres Kleides herumzupfte.

Er hatte es für sie ausgewählt. Von ihr völlig unbemerkt, hatte er das kleine Schwarze mitsamt der dazugehörigen High Heels in ihrer Tasche verstaut, als sie, vor Entkräftung völlig neben sich, im Kleiderschrank nach der passenden Garderobe für Berlin gesucht hatte. Er musste zugeben, es war ein aufregendes Teil, das er da gegriffen hatte. In seinem Beisein hatte sie es noch nie getragen. Ein Corsagenkleid mit einem kurzen engen Rock, das von vorn relativ züchtig wirkte. Die Raffinesse offenbarte sich erst, wenn der Betrachter sie von hinten sah. Denn die Rückenschnürung der Corsage war so angelegt, dass viel Haut hindurch blitzte. So viel Haut, dass es vollkommen ausgeschlossen war, unter diesem Kleid Wäsche tragen zu wollen. Was Marlena damit wohl vorgehabt hatte? Ob ihr beim Kauf überhaupt bewusst gewesen war, dass kein Slip darunter passte, ohne dass es albern wirkte?

Alex trat hinter sie und richtete seine Augen auf die Stelle, an der ihre Pobacken aufeinandertrafen und ein tiefes Tal bildeten, dass sich zur Wirbelsäule hin verjüngte. Er musste sich beherrschen, nicht die Hand auszustrecken und sie genau dort zu berühren. Als er aufschaute, begegneten sich ihre Blicke im Spiegel. Marlena lächelte amüsiert. Er legte seine Hand auf ihr Dekolleté, direkt unterhalb ihrer Kehle, sah dabei zu, wie sich ihre Pupillen überrascht weiteten, und spürte, wie sie unter seinen Fingern hart schluckte. Sie würde es sich schon abgewöhnen, ihn zu belächeln.

Ohne ein weiteres Wort griff er ihren Ellenbogen und führte sie hinaus. „Denk daran: Wenn du dich unwohl fühlst, sag es mir. Wir können uns jederzeit zurückziehen."

„Du tust ja gerade so, als würde ich dich zum ersten Mal in den Club begleiten", gab sie mit gespielter Entrüstung zurück.

„Ich möchte nur, dass du dir die Regeln noch einmal ins Gedächtnis rufst."

Sie liefen die Treppe ins Erdgeschoss hinunter, an der Küche vorbei, in der es jetzt still war, und standen gleich darauf vor der Tür, die in den langen Flur zum Club führte.

„Bereit?"

Sie nickte.

Kaum hatte er die Tür geöffnet, strömten ihnen vom anderen Ende Musik und leises Stimmengemurmel entgegen. Es wurde lauter, je näher sie dem Salon kamen. Die Gäste waren offenbar zahlreich erschienen. Marlena erinnerte sich noch gut an ihr erstes Mal hier. Damals in Begleitung von Vincent, der ihr den Club zeigen wollte. Nichts in diesem Bereich des Hauses hatte zunächst auf irgendeine Form frivoler Aktivitäten hingewiesen. Das hatte sie überrascht. Genauso wie die Tatsache, dass sie ihren Eindruck beinahe stehenden Fußes revidieren musste. Denn kaum hatten sie den Clubsalon erreicht, änderte sich das Bild. Auch heute spürte sie, dass sie von einer gewissen Fassungslosigkeit ergriffen wurde, als sie von einer Sekunde zur nächsten in das verruchte Ambiente eintauchten.

Obwohl der Salon gut gefüllt wirkte, fühlte Marlena sich nicht bedrängt. Die Gäste saßen oder standen in Gruppen beieinander, tranken, lachten und unterhielten sich. Einige von ihnen kannte sie inzwischen, nickte ihnen zu und wechselte ein paar Worte. Bei den Frauen dominierte viel nackte Haut. Trotzdem lief niemand unbekleidet herum. Das schätzte sie an diesem Club. Man hielt sich zurück, solange die anderen zusahen. Erst jenseits des Salons, in den Spielzimmern, fielen die Hüllen.

„Marlena!"

Jemand rief ihren Namen über die Köpfe der Anwesenden hinweg. Suchend drehte sie sich einmal um die eigene Achse und entdeckte den roten Lockenschopf von Theresa. Gleich daneben tauchte Jon auf und zwinkerte ihnen zu. Oder war dieses Zwinkern nur an Alex gerichtet?

Marlena schaute zu ihm auf. Eindeutig. Für die Männer war offensichtlich ein Plan aufgegangen.

„Ich musste mich schließlich für den Rausschmiss revanchieren", murmelte Alex an ihrem Ohr, nachdem er ihren Hals geküsst hatte.

„Gewiss", gab sie zurück und lächelte. Er glaubte doch nicht ernsthaft, dass sie sich so leicht in die Irre führen ließ?

Sie hob den Arm und winkte Theresa. Die bahnte sich bereits einen Weg durch die Menge.

„Puh, ist das voll bei euch", seufzte sie und küsste Marlena auf beide Wangen. Dann machte sie einen Schritt auf Alex zu und ließ sich von ihm zur Begrüßung in den Arm nehmen.

„Schön, dass es geklappt hat." Alex strahlte. Als auch Jon zu ihnen trat, legte er ihm die Hand auf die Schulter und grinste verschlagen.

„Das kannst du laut sagen. Beinahe hätte mir ein Schmerzpatient einen Strich durch die Rechnung gemacht", entgegnete Theresa.

Jon nahm Marlena in den Arm. „Geht's dir wieder besser?", wollte er wissen.
Er roch gut. Und dieser extrem kurze Haarschnitt stand ihm wirklich hervorragend.
Marlena nickte lächelnd. „Alles wieder im Lot", sagte sie.

Dass die Männer sich einen vielsagenden Blick zuwarfen, registrierte sie nur am Rande. Statt dessen betrachtete sie beinahe andächtig Theresa, die in ihrem blauen Kleid und mit dem langen roten Haar zahlreiche Blicke auf sich zog. Sie sah verdammt gut aus. Augen wie die eines Huskys, schön geschwungene Brauen darüber und die helle Haut mit den vielen Sommersprossen – zauberhaft. Die Nase, die ein wenig gen Himmel ragte, gab ihr etwas Niedliches, Mädchenhaftes. Kein Wunder, dass sich ein Mann wie Jon dazu berufen fühlte, sie zu beschützen. Selbst Alex schien ihr erlegen zu sein.

Nicht zum ersten Mal nahm Marlena wahr, dass sein Blick wohlwollend auf der Zahnärztin ruhte. Es versetzte ihr sogar ungewollt einen kleinen Stich. Gegen die strahlende Erscheinung von Theresa fühlte sie sich unscheinbar und überflüssig. Obwohl sie keinen Grund dafür hatte. Sie wusste selbst, dass sie eine attraktive Frau war, der die Männer, wenn sie es wollte, zu Füßen lagen. Und auch wenn sie momentan nicht in der besten Verfassung war, so fand sie doch, dass sie trotz allem eine gute Figur machte. Neben Theresa allerdings … das war irgendwie anders. Neben Theresa verblasste sie. Deren Frische und Leichtigkeit stand in krassem Gegensatz zu ihrer eigenen melancholischen Stimmung. Sie wurde das Gefühl nicht los, dass man ihr das ansah.

Alex legte den Arm um sie. „Entspann dich, Prinzessin. Ihr seid keine Konkurrentinnen", raunte er an ihrem Ohr. Dann küsste er sie zärtlich auf den Nacken.

So schlimm also? Sie musste unbedingt an ihrer Gemütsverfassung arbeiten.

Alex bugsierte sie alle zu einem Tisch, auf dem ein Reserviertschild stand, und winkte zur Bar hinüber. Einer der Keeper

erschien. Er nahm die Bestellung für ihre Getränke entgegen.
„Und, wie gefällt es dir?“, fragte Alex an Theresa gewandt. „Sie ist nämlich zum ersten Mal in einem Club wie unserem“, fügte er dann für Marlena hinzu und zwinkerte vergnügt.

Theresa lächelte. „Das sollte man gar nicht meinen, wenn man meine Geschichten liest, oder?“ Sie lehnte sich einen Moment lang gegen Jons Schulter und ließ sich von ihm streicheln. „Ich war den ganzen Tag lang ein Nervenbündel. Als zum Feierabend hin dann dieser Schmerzpatient auftauchte, hätte ich laut schreien können, um mir Luft zu machen.“
„Was war denn mit ihm?“ Alex gab sich fachmännisch.
Theresa seufzte. „Eine entzündete Wurzel. An einem Samstagnachmittag nicht meine Lieblingsdiagnose.“
„Und was tut ihr in einem solchen Fall?“
„Antibiotika. Gegen die Entzündung und gegen die Schmerzen. Der Zahn war schon vorbehandelt. Im Moment sieht es nach einer Revision aus. Das heißt, die ursprüngliche Behandlung muss wiederholt werden.“

Marlena verzog das Gesicht. Ein unschönes Thema. Obwohl sie Arztbesuche so gut es ging vermied, sah sie ihren Zahnarzt dann doch regelmäßig. Allerdings fürchtete sie jedes Mal, er könnte irgendein Problem entdecken, dem sie dann auf Gedeih und Verderb ausgeliefert war. Im Grunde war es nichts für sie, mit einer Zahnärztin befreundet zu sein. Genau so wenig, wie mit einem Frauenarzt.
„Themenwechsel“, schlug sie vor und griff eilig nach dem Cocktail, den der Keeper in diesem Moment servierte.

Jon, der neben ihr saß, stupste ihr grinsend in die Seite. „Bist also immer noch die Verdrängerin vor dem Herrn.“
„Was dachtest du?“, flachste sie zurück. „Ich kann es auf den Tod nicht ausstehen, die Kontrolle zu verlieren.“
„Ah ja“, machte er nur und warf Alex einen vielsagenden Blick zu.
„Das meint sie nicht wirklich“, gab der zurück.
„So? Wie meine ich es dann?“, zischte Marlena empört. Was sich diese Dominanten immer rausnahmen, war echt die Höhe.
„Entspannt, Prinzessin.“ Alex legte ihr die Hand auf den

Oberschenkel und drückte leicht zu. Dabei schaute er sie an, als hätte sie eine Strafe verdient. Er sagte nichts. Sie wusste trotzdem, dass ihm ihre Art, einen Einwand vorzubringen, gegen den Strich ging.

„Möchtet ihr euch umschauen? Die Spielzimmer sehen?“, bot Alex seinen Gästen an.

Jon und Theresa sahen sich an und nickten fast gleichzeitig. Theresa stand sogar so etwas wie Begeisterung ins Gesicht geschrieben. Wenn sie wüsste.

Mit einem wohligen Schauer dachte Marlena an jenen Tag, da sie zum ersten Mal eines der Spielzimmer betreten hatte. Mit Alex. Der sich dann sehr schnell seiner Klamotten entledigt hatte. Na gut, nicht komplett. Aber immerhin. Er hatte ihr anschaulich demonstrieren wollen, worauf sie sich mit ihrer Agentur einließ. Er meinte, sie müsse praktische Erfahrungen sammeln. Deshalb hatte er ihr angeboten, sich mit ein paar der Instrumente zu beschäftigen. Um ein Gefühl dafür zu bekommen, wie sich Paddle und Gerte anfühlten. Er hatte sie aufgefordert, ihn zu schlagen. Sie. Einen Dom. Allerdings hatte er das nur deshalb getan, weil er es im Anschluss auch mit ihr tun wollte. Hatte er dann auch. Und wie. Sie errötete heute noch bei dem Gedanken, wie peinlich ihr die Situation gewesen war. An jenem Abend waren auch die Fotos entstanden, die sie mit dem zweiten Erpresserbrief bekommen hatte. Oh Gott, sie drückte sich noch immer darum, Alex davon zu erzählen.

Während Jon und Theresa bereits Fragen zum Club stellten, leerten sie alle ihre Gläser und erhoben sich schließlich, um in den angrenzenden Spielbereich zu wechseln. Marlena war unentschlossen, ob sie folgen sollte. Alex, dem ihr Zögern nicht entging, legte einen Arm um ihre Mitte.

„Begleitest du uns?“

„Ich weiß nicht“, murmelte sie.

„Komm Prinzessin. Lass uns ein bisschen Spaß mit unseren Gästen haben. Das wird deine düsteren Gedanken vertreiben.“

Sie schaute ihn nachdenklich an. Spaß haben? Wie meinte er das denn? Es ging doch nur um eine Führung. Er nickte ihr zu und verstärkte den Druck seines Armes um ihren Körper. „Ich weiß, dass du nicht in Spiellaune bist. Ich werde dich schonen, versprochen“, flüsterte er.

Ohne, dass sie es beeinflussen konnte, schwappte bei diesen Worten dann doch eine kleine Welle der Erregung durch ihre Venen. Seine Ankündigung konnte alles und nichts bedeuten. Was sie aber eigentlich anfixte, war der plötzliche Gedanke, hier könne sich eine neue Spielkonstellation ergeben. Sie wollte nicht glauben, dass Alex es ernsthaft in Erwägung zog, aus der Besichtigung mehr werden zu lassen. Wenn es allerdings so weit kam, würde es spannend werden. Selbst für sie.

* * *

Sie verließen die Bar, durchquerten den Bereich mit den von Marlena so gehassten Käfigen, bei deren Anblick auch Theresa unwillkürlich die Brauen zusammenzog, und folgten Alex hinunter in die wahrhaft spannende Zone, in den Keller. Erneut drängte sich Marlena der Gedanke an die ominösen Fotos auf, die hier irgendwo entstanden waren.

Während sie von Raum zu Raum gingen und Alex erklärte, was es im Einzelnen damit auf sich hatte, schweifte ihr Blick mehrfach zur Decke. Sie erkannte die kleinen Kameras, von denen sie wusste, dass sie Teil eines Überwachungssystems waren, das strengsten Sicherheitsbestimmungen unterlag. Die Videoaufnahmen waren nur einem engen Kreis von Mitarbeitern zugänglich. Sie sollten allenthalben dazu dienen, den Clubmitgliedern die nötige Sicherheit für ihre frivolen Spiele zu geben, nicht aber, sie aus ihrer Anonymität zu reißen.

Marlena war völlig unklar, ob man diesen Spagat überhaupt bewerkstelligen konnte. Die Aufnahmen mussten nur in falsche Hände geraten. Schon würde es vorbei sein mit der vielgepriesenen Anonymität. In ihrer Agentur dienten Videoaufnahmen dazu, die Kontaktaufnahme zwischen zwei Interessenten zu erleichtern. Die Agierenden waren maskiert, so dass selbst dann, wenn es einem Außenstehenden gelingen sollte, an das Material zu kommen, deren Anonymität gewahrt blieb.

Von den Grey Days selbst gab es niemals Aufnahmen. Weder aus den Hotelkorridoren, noch aus den Zimmern. Natürlich hatte sie keinen Einfluss darauf, wenn das Hotel irgendwo Überwachungskameras installiert hatte. Aber bislang war von den Taylors nichts dergleichen verlautet. Wenn allerdings am nächsten Wochenende die ersten Grey Days in Hamburg starteten, würde es sehr wohl ein Video geben. Im Interesse der Kunden. Doch sicher keines, das einen der Beteiligten kompromittieren konnte. Dafür würde Adam hoffentlich sorgen.

Da war er wieder. Der Gedanke an den Mann, den sie für den undurchsichtigsten unter ihren Mitarbeitern hielt. Trotz ihres Besuches in Hamburg war es ihr nicht gelungen, ihrer beider Problem endgültig aus der Welt zu schaffen. Das Misstrauen gegen Adam war geblieben. Zumal er noch immer derjenige war, von dem sie glaubte, dass sie ihm die Geschichte mit den Fotos zu verdanken hatte. Aus Ärger darüber, dass er sie nicht für sich gewinnen konnte. Da konnte er sich noch so sehr darum bemühen, ihren Fokus auf andere Dinge zu lenken. Ihre Bedenken gegen ihn hatten sich auch beim Treffen am Dienstag nicht zerstreuen lassen.

Eine Hand legte sich schwer auf ihren Rücken.

„Wo bist du mit deinen Gedanken, Mara?"

Sie schüttelte sich ein wenig, als wolle sie Ballast abwerfen, und erwiderte den Blick von Alex ohne zu zögern. Er hatte versprochen, nachsichtig mit ihr zu sein.

„Bei der Arbeit", gab sie leise zu.

Während seine Augen langsam über ihr Gesicht und ihren Körper wanderten, nickte er, sagte aber nichts. Die Hand in ihrem Rücken übte mehr Druck aus. Er schob sie in eines der Spielzimmer. Das mit den Strafböcken und der Peitschensammlung. Erst jetzt nahm sie wahr, dass Jon und Theresa vorausgegangen waren. Sie standen vor der Wand mit den Schlaginstrumenten und waren offensichtlich in einen kleinen Disput vertieft. Theresas Gesicht war gerötet. Sie bemühte sich darum, leise zu sprechen. Als Alex und Marlena den Raum betraten, verstummte sie und wandte sich um.

Was folgte, war ein Blickwechsel zwischen den Männern. Marlena erinnerte sich an Jons Mimik gut genug, um die Überraschung in seinem Gesicht zu erkennen. Theresa musste ihn mit etwas konfrontiert haben, das er nicht vorausgesehen hatte. Alex' Augen wiederum hatte sie im entscheidenden Moment nicht sehen können. Sie hörte nur, dass er die Tür hinter sich zuzog. Dann ging sein Blick zur Decke, sie schaute ebenfalls hinauf. Und merkte im selben Moment, dass es ein Täuschungsmanöver gewesen war. Sie spürte, wie er nach ihren Händen griff und sie ihr im Rücken zusammen hielt. Jon hatte Theresa auf ähnliche Weise überrumpelt und fixiert.

„Na toll", seufzte sie ergeben und ließ sich ohne Gegenwehr Handmanschetten umlegen, die Alex sofort ineinander hakte.

Als er fertig war, nahm er ein zweites Paar und trat zu Jon und Theresa.

Theresa hatte den Überraschungsangriff nicht so gelassen hingenommen, wie Marlena. Sie bog sich unter Jons Griff leicht vornüber und atmete heftig. Die rote Mähne fiel ihr ins Gesicht.

„Deine Idee oder seine?", wollte Alex wissen, als er vor ihr stand.

„Meine", hauchte sie aufgeregt.

Er legte zwei Finger unter ihr Kinn und hob es an, so dass auch Marlena ihre Augen gut sehen konnte. Sie schimmerten dunkler, als vorhin in der Bar, und waren weit aufgerissen.

Während Jon Theresa festhielt, legte Alex ihr ebenfalls Manschetten um und hakte sie ineinander. Dann sah er wieder zur Decke, von der ein großer eiserner Ring herunterhing. Ein Blickwechsel mit Jon. Gleich darauf rasselte eine Kette, während sich der Ring in Bewegung setzte.

Marlena dachte noch darüber nach, welches Szenario die beiden Männer wohl gerade im Kopf hatten, als das runde

Eisen bereits auf Augenhöhe war.
„Arme hoch“, befahl Alex, und sowohl sie als auch Theresa fügten sich seiner Anweisung. Sie, weil ihr gar nichts anderes übrig blieb und weil sie wusste, welche Konsequenzen eine Weigerung hatte. Theresa wohl immer noch vor lauter Überraschung. Wobei sie sich nicht sicher war, ob da nicht doch sogar eine ganz bewusste Provokation im Raum stand, die ihr irgendwie entgangen war.

Mit geübten Griffen befestigte Alex ihre Hände an den beiden Enden einer Kette, die er durch den Ring zog. Jon machte dasselbe mit Theresa. Vollkommen unerwartet standen sie einander dicht gegenüber. Sie und die Frau, von der sie inzwischen wusste, dass Jon sie über alles liebte.

Marlena horchte in sich hinein. Aber Eifersucht auf die andere konnte sie nicht entdecken. Nicht, solange es um Jon ging. Doch das stand ihr ohnehin nicht mehr zu. Was Alex betraf, verhielt sich die Sache komplizierter. Theresa gefiel ihm. Das war nicht zu übersehen. Ihre mädchenhafte Zartheit war prädestiniert dafür, den Beschützerinstinkt im Manne zu wecken. Mit dieser Zartheit und vor allem der offensichtlichen Unerfahrenheit konnte sie nun wirklich nicht mithalten. Das schrie also förmlich nach einer Herausforderung, wie Alex sie liebte.

Diesen Gedanken bekam Marlena einfach nicht aus ihrem Kopf. Und Alex schien das sehr genau zu wissen.
„Erinnere dich an meine Worte“, flüsterte er. Dann begann er, sich an der Schnürung ihrer Corsage zu schaffen zu machen.

Sie spürte Röte in ihr Gesicht schießen. Das war doch nicht sein Ernst, oder? Er würde sie jetzt nicht entblößen. Nicht vor Theresa und Jon. Sie versuchte, sich wegzudrehen, und erntete einen beherzten Klaps auf den Po.
„Steh still“, sagte Alex mit gefährlich leiser Stimme.

Marlena schloss für eine Sekunde die Augen. Als sie sie wieder öffnete, schaute sie direkt in die von Theresa. Die kämpfte noch immer mit ihrer Verunsicherung, wobei auch Mitleid und Bewunderung in ihrem Blick standen. Offensichtlich erlag Theresa einem Cocktail aus den verschiedensten

Emotionen.
Wart ab, dich wird es genau so ereilen, dachte sie bitter und bemühte sich vergeblich um ein aufmunterndes Lächeln.

Währenddessen zog Alex in ihrem Rücken die Bänder, die die Corsage zusammenhielten. Sie spürte, wie sie lockerer und lockerer wurde. Zu spät sickerte in ihr Bewusstsein, dass sein Tun nicht nur dafür sorgen würde, dass sie gleich mit entblößtem Oberkörper dastand, sondern dass das Kleid im Ganzen auf ihre Füße segeln würde. Denn der einzige Halt, den der Rock hatte, war der enge Sitz der Corsage. Und der war jeden Moment Geschichte.

Alex hatte den letzten Griff getan. Wie erwartet raschelte der Stoff in einer flattrigen Bewegung zu Boden. Toll, ganz toll, dachte sie wütend. Sie sah von dem Bündel zu ihren Füßen auf und warf ihm über die Schulter einen Blick zu, der ihr einen erneuten Hieb auf den Po eintrug. Und ein gemeines Grinsen.
„Immer hübsch entspannt bleiben“, sagte Alex leichthin. Dann drängte er sein Knie von hinten zwischen ihre Beine.

Eine heiße Flamme züngelte über ihre Haut. Sie stellte die Füße auseinander. Aber es war ihm nicht genug.
„Weiter.“
Sie machte einen Schritt nach rechts, wo er inzwischen in der Hocke saß. Er griff nach ihrem Fuß, legte eine lederne Manschette darum und fixierte sie in einem dafür vorgesehenen kleinen Eisenring am Boden. Auf dieselbe Weise verfuhr er mit dem zweiten.

Marlena wagte kaum, den Blick zu heben. Sie schämte sich für ihre Nacktheit. Auch wenn sie wusste, dass Theresa dasselbe blühte. Als sie doch aufschaute, versuchte sie ein kleines Lächeln. Die Frage war nur noch, wer sich um die Rothaarige kümmern würde? Alex oder Jon?

Sie schaute sich um, weil Jon sich nicht in ihrem Sichtbereich aufhielt, sondern vor der Wand mit den Schlaginstrumenten. Aus den Augenwinkeln sah sie, dass er die Arme vor der Brust verschränkt hatte. Mit scheinbar unbewegtem Gesicht beobachtete er die Szene. Würde er es tatsächlich Alex überlassen, Theresa vorzubereiten?

Alex amüsierte sich im Stillen über die Scham, die Marlena in Wellen überrollte. Er sah es an ihren sich immer wieder verfärbenden Wangen. Ihre Eifersucht auf Theresa war natürlich vollkommen unbegründet. Keine Frage, die Zahnärztin war attraktiv. Besonders mit dieser Porzellanhaut und den vielen kleinen Sonnenpünktchen darauf. Er mochte Rothaarige. Und ihm waren weiß Gott noch nicht allzu häufig echte untergekommen. Er musste es wissen. Schließlich zogen sie sich bei ihm aus. Mit der Zeit hatte er allerdings auch so einen Blick dafür entwickelt. Es sollte ihn also sehr wundern, wenn er sich bei Theresa irrte. Entschlossen trat er auf sie zu.

Der Blickwechsel mit Jon war eindeutig. Der andere überließ ihm die Führung. Alex ahnte, dass das Schmiermittel zwischen ihm und Theresa Devotion hieß, dass es ihnen weniger um Schmerz ging, als um ein subtiles Machtgefälle. Jon schien wenig Erfahrung darin zu haben, seine Frau physisch zu quälen. Wenn er den kurzen Disput vorhin richtig interpretiert hatte, und Theresas Antwort auf seine Frage, wer die Idee gehabt hatte, sprach dafür, dann ging diese Aktion hier von ihr aus. Sie wollte offenbar etwas Neues probieren. Sie hatte Gefallen an dem Interieur in diesem Raum gefunden und an den Spielzeugen, die es gab. Vermutlich ganz intuitiv. Denn eigentlich hatten sie lediglich einen Blick hier herein werfen wollen. Aber egal. Wer auch immer wen nun überrumpelt hatte, er würde sich der Sache annehmen. Und Jon notfalls das passende Equipment für die ersten Schritte in diesem Metier in die Hand drücken.

Er schaute zu ihm hinüber. Der Mann, der ebenso wie er komplett in Schwarz gekleidet war, stand unbeweglich vor der Wand mit den Schlaginstrumenten und betrachtete seine Frau. Genauer gesagt ging sein Blick hin und her zwischen beiden Mädels. Es war ihm offensichtlich wichtig, in Theresas Blickfeld zu bleiben. Vermutlich wollte er ihr Sicherheit geben. Gut so.

Alex wandte er sich wieder den beiden Frauen zu. Mara, die in Stay ups und High Heels wirklich zum Anbeißen aussah. Und Theresa, die irgendwie noch nicht ahnte, dass er gleich auch an sie Hand anlegen würde. Er trat zu ihnen und streichelte Marlena mit den Fingerspitzen über den entblößten Nacken. Ein Schauer rann über ihre Haut, die feinen Härchen stellten sich sofort auf.
„Hilf ihr", raunte er nur für sie bestimmt in ihr Haar.
Dann baute er sich vor Theresa auf, darum bemüht, deren Blick einzufangen.

Er merkte der Rothaarigen an, wie irritiert sie war. Sie hatte wohl erwartet, Jon würde sich um sie kümmern. Dass er es bisher nicht getan hatte, jagte ihr vielleicht ein wenig Angst ein. Unnötigerweise. Schließlich war er kein Monster.

Sanft strich Alex über ihre Arme, die ebenso wie die von Mara an einem Eisenring fixiert waren. Währenddessen schaute er beiläufig auf ihre Schulter hinab. Er wollte herausfinden, wie viel Gewalt er dem Stoff an ihrem Körper antun musste. Sie trug ein kurzes nachtblaues Kleid. An den Hüften gerafft, so dass ihr flacher Bauch gut zur Geltung kam. Seitlich gab es einen Reißverschluss und ansonsten war es der Träger über ihrer rechten Schulter, der das Teil hielt. Erleichtert stellte er fest, dass er geknotet war. Das Messer, das er sich in Gedanken schon hatte ziehen sehen, konnte er also stecken lassen.

Er schob seine Hand über ihren Arm zur Schulter hinauf und machte sich an dem Knoten zu schaffen. Hörte, wie sie entsetzt die Luft anhielt. Ihr Gesicht, das bereits von zarter Röte überzogen war, nahm eine dunkle Farbe an. Wie schön. So schamhaft. Das mochte er.

Er schaute ihr eindringlich in die Augen, weidete sich an der sichtbaren Pein, von der sie ergriffen wurde, und zupfte weiter an dem Stoff. Endlich fielen die Enden zu beiden Seiten der Schulter herab und entblößten den Ansatz ihrer Brüste. Er hätte wetten wollen, dass ihre Nippel blaßrosa waren. Gleich würde er es wissen.

Marlena beobachtete ihre Leidensgefährtin, während Alex den Träger ihres Kleides aufknotete und sich anschließend an ihrem Reißverschluss zu schaffen machte. Theresa wirkte starr vor Entsetzen angesichts der Tatsache, dass sie jeden Moment nackt sein würde. Damit schien sie nicht gerechnet zu haben. Ihr Mund war leicht geöffnet, ihre Atmung hektisch. Vielleicht turnte es sie aber sogar an, dass Alex sie berührte? Ein fremder Mann, ein wirklich attraktiver und einfühlsamer noch dazu. Wenn Theresa Letzteres auch eigentlich nicht wissen konnte.

Alex' Finger strichen über ihre Flanke. Ihre Mimik ließ darauf schließen, dass sie nicht wusste, ob sie lustvoll stöhnen oder hysterisch kichern sollte. Mühsam versuchte sie, beides zu unterdrücken, und stieß schließlich doch einen merkwürdig gepressten Laut aus. Verrückt, das Ganze. Da hingen sie beide hier in Ketten, beobachteten sich gegenseitig, hielten sich am Blick der anderen fest und hatten keine Ahnung, was ihnen eigentlich bevorstand.

Alex hatte ein wenig nachgeholfen und schaute nun dabei zu, wie Theresas Kleid an ihren Hüften hinabglitt und sie vollständig entblößte. Der Rotschopf schloss vor Scham die Augen, holte tief Luft. Was hatte sie wohl geglaubt, wie es in einem SM-Club zuging? Interessanterweise trug sie weder einen BH noch ein Höschen. Ob Jon das von ihr verlangt hatte? Das würde ihm ähnlich sehen.

Als Theresa die Lider wieder hob, lächelte Marlena sie an. Sie verspürte ein warmes Gefühl der Zuneigung für die andere. Auch wenn ganz hinten in ihrem Verstand nach wie vor die Eifersucht nagte.

Sie sprachen beide nicht. Intuitiv war ihnen klar, dass es unerwünscht war. Obwohl weder Jon noch Alex etwas dergleichen gefordert hatten. Sie schwiegen also und vermieden, den Körper der anderen auf dieselbe unverhohlene Art zu mustern, wie es die Männer gerade taten.

Zu gern hätte Marlena gewusst, was Jon bei ihrem Anblick spürte. Ob da überhaupt noch irgendein Gefühl war, das er für sie empfand? Zu gern hätte sie jetzt sein Gesicht betrachtet. Aber er stand noch immer außerhalb ihres Sichtfeldes. Ob er sich an die gemeinsame Zeit erinnerte? Und wenn, woran? Daran, wie er mit ihr geschlafen hatte? Wie sie geschrien hatte, wenn sie kam? Ob Theresa auch schrie?

Sie versuchte, Alex mit den Augen zu folgen. Er umkreiste sie. In den komplett schwarzen Klamotten und mit dem hochgebundenen dunklen Haar wirkte er durchaus gefährlich. Wie ein Raubtier, das nach Beute gierte.

Er blieb hinter ihr stehen. Griff ihr ins Haar und befestigte eine Spange darin, so dass keine einzige Strähne mehr über Schultern und Rücken fiel. Sie holte hörbar Luft und warf Theresa einen vielsagenden Blick zu. Alex ließ vor deren Nase gerade ein Gummi baumeln, trat hinter sie und band auch ihr die Mähne hoch. Er nickte zufrieden und verschwand erneut außer Sichtweite. Was, zum Teufel, hatte er vor? Hinter ihr war die Wand mit den Schlagwerkzeugen.

Sie zog die Brauen zusammen und starrte Theresa mit einer winzigen Kopfbewegung fragend an. Deren Augen weiteten sich. Ihr Blick schnellte zwischen ihr und besagter Wand hin und her.

Es war still im Raum. Als befänden sie sich in einer Art Gummizelle. Selbst von draußen drang nicht das kleinste Geräusch bis zu ihnen. Nur gelegentlich war ein leises Klirren der Ketten zu hören und natürlich das Atmen der Frauen. Noch relativ ruhig. Als sie sich jetzt gut sichtbar für die beiden aufbauten, sowohl Jon als auch er selbst mit einem Flogger bewaffnet, war es mit der Ruhe vorbei. Marlena sog zischend Luft ein. Theresa konnte ein erschrockenes Aufstöhnen nicht unterdrücken. Genau so hatte er es geplant. Es ging ihm nicht darum, Schmerz auszuteilen. Aber sie sollten schon das Gefühl haben, dass alles möglich sei. Auch die Qual.

Zufrieden ging Alex hinüber zur Tür und dimmte das Licht. Jetzt konnte ihn nur Theresa sehen. Marlena stand mit dem Rücken zu ihm. Er trat hinter sie, klemmte sich den Flogger unter die Achsel und ging in die Hocke. Dabei strichen seine Hände über ihre Hüften abwärts. Er hörte, wie sie die

Luft anhielt. Er kitzelte sie ein klein wenig in den Kniekehlen. Sie wehrte sich, versuchte, das Bein zu bewegen, seiner Berührung zu entgehen. Zur Strafe ließ er seine Hand auf ihren Po sausen, nicht scharf, aber spürbar.

Doch der erste Aufschrei kam von Theresa, erst ein zweiter, unterdrückter, von Mara. Er schaute den Rotschopf an, legte sich einen Finger auf die Lippen und bedeutete ihr, still zu sein. Sie starrte ihn entsetzt an.

Marlena beruhigte sich wieder. Ihre gespreizten Beine zitterten, als er sich zu ihrem Po hinaufarbeitete. Er hielt inne und betrachtete sie. Sog den Duft ihrer Lust ein. Es würde der einzige feste Schlag für sie bleiben. Das konnte sie natürlich nicht wissen. Er sah dabei zu, wie sich die Stelle, an der seine Hand getroffen hatte, leicht rötete. Nein, heute hatte er anderes mit ihr vor. Er würde sie zur Voyeurin machen. Sie mit Scham fluten. Sie hasste es, dabei zuschauen zu müssen, wie andere leiden mussten.

Er schaute hinauf zur Decke, wo die Frauen an dem eisernen Ring fixiert waren. Er musste zugeben, es machte ihn an, wie sie beide in den Fesseln hingen. Weitgehend bewegungsunfähig, wunderbar ausgeliefert. Der Ring, an den ihre Handgelenke gekettet waren, blieb dadurch in Balance, dass jede von ihnen mit ihrem Körper dagegen hielt. Sollte eine das Gleichgewicht verlieren, würde er heftig ins Schaukeln geraten und die Standhaftigkeit der anderen gefährden. Eine hinterlistige Konstruktion, wie er fand.

Alex strich gedankenverloren über Marlenas Hintern, drückte mit beiden Händen gegen ihre Backen und spreizte sie. Ließ sie los, spreizte noch einmal. Ihr Po war schön fest. Dennoch bebte er unter diesen Berührungen leise nach. Er konnte bereits das Glitzern zwischen ihren Schamlippen erkennen. Sie war eindeutig erregt.

Er lehnte sich ein wenig zur Seite und warf Theresa aus dieser Position heraus einen langen intensiven Blick zu. Jons Frau wusste nicht, wohin mit den Augen, und lief sofort wieder herrlich an. Ohne den Blick auch nur eine Sekunde von ihr abzuwenden, ließ er seine Hand zwischen Marlenas Beine gleiten. Mit der rechten hielt er sie in Position, während er die Finger der linken entschlossen auf ihre Scham presste.

Marlenas Intimrasur ähnelte der von Theresa. Die Lippen blank, darüber ein schmaler Streifen des zarten, zurechtgestutzten Flaums. Hübsch. So gefiel es ihm. Sie hätte sich allerdings auch komplett rasieren können. Er bevorzugte weder das eine noch das andere. Er wollte es einfach nur reizvoll finden können.

Als er jetzt mit zwei Fingern tief durch die Furche zwischen Marlenas Beinen fuhr, den Blick noch immer auf Theresa gerichtet, schloss diese verschämt die Augen. Er sah, wie sich ihre Brust in einem heftigen Atemzug hob und leicht ins Zittern geriet, als sie die Luft wieder ausstieß. Es machte sie scharf, eindeutig. Vielleicht wusste sie bislang gar nicht, dass auch in ihr ein Voyeur steckte.

Er drückte Marlena einen zärtlichen Kuss auf die Leiste, schob die linke Hand noch ein wenig weiter nach vorn und berührte für einen kurzen Moment ihren bereits geschwollenen Lustpunkt. Wer hatte doch gleich die Idee für dieses wundervolle Szenario gehabt? Entschlossen richtete er sich wieder auf und griff nach dem Flogger.

Der erste Schlag war nicht viel mehr als ein lautes Klatschen und für Marlena gedacht. Theresa musste gesehen haben, wie Alex plötzlich ausgeholt hatte. Denn noch bevor er traf, hatte die Rothaarige entsetzt die Augen aufgerissen. Marlena gab keinen Laut von sich und lächelte der anderen nur zu. Der Ring über ihren Köpfen schaukelte, die Ketten klirrten leise. Sie spürte den Luftzug, als Alex den Flogger erneut schwang. Wieder ein Klatschen. Auch dieses Mal zuckte Theresa zusammen.

Für Marlena gab es schon etwas Neues an dieser Situation. Sie hatten bislang immer allein gespielt. Eine andere Frau an ihrer Seite zu wissen, in derselben Situation, gefesselt, ausgeliefert und vielleicht, so nahm sie an, ebenso wenig hardcore, wie sie selbst sich sah. In gewisser Weise war ja auch sie noch eine Anfängerin. Es war längst nicht so, dass sie die Sessions mit Alex von Anfang bis Ende als Spaziergang empfand. Nein, wirklich nicht.

„Aaahhhh." Theresa entfuhr ein erschreckter Ausruf. Der Flogger hatte unerwartet ihren eigenen Rücken getroffen. Sie war wohl so von Marlenas Reaktion auf den zweiten Schlag abgelenkt gewesen, dass sie gar nicht bemerkt hatte, wie Alex sich ihr zuwandte. Es blieb auch nicht bei diesem einen Hieb. Er lief jetzt um sie beide herum und schlug mal mit der Vorhand und dann wieder mit der Rückhand. Ganz gemächlich, als würde er sich warm machen. In regelmäßigen Abständen hörte man lautes Klatschen.

Die breiten, schweren Lederstreifen hinterließen ein prikkelndes Gefühl auf Marlenas Haut. Als echten Schmerz hätte sie es nicht bezeichnen wollen. Dazu war es zu flüchtig, nicht tiefgehend genug. Ein kurzes Brennen, mehr nicht. Aber es reichte, um ihre Haut zu erwärmen. Wie eine Massage, die nicht ganz schmerzfrei war, aber im Wesentlichen dazu diente, die Muskeln zu lockern.

Sie konzentrierte sich auf Theresas Gesicht. Es veränderte sich unter den Schlägen. Nachdem sie die anfängliche Überraschung verwunden hatte, trat etwas Weiches in ihre Züge. Die Augen leuchteten. Das hatten sie auch vorher. Jetzt allerdings war ein besonderes Licht darin, ein Funkeln, eine unglaubliche Tiefe. Sie lächelte ihr zu, als die andere im selben Moment gierig die Luft einsog. Die Lederzungen hatten erneut und jetzt wohl intensiver über ihre Haut geleckt.

Marlena folgte Alex aus den Augenwinkeln, so gut es ging. Er lief um sie beide herum und zog den Flogger wieder und wieder über ihre Körper. Das war von einer merkwürdigen Eleganz. Wie ein Dompteur, der seine Löwen mit gekonnten Peitschenschwüngen in Schach hielt.

Als Alex wohl mehr als einen Schritt tun musste, um zwischen ihr und Theresa zu wechseln, griff Jon ebenfalls ins Geschehen ein. Sein Rhythmus passte sich problemlos dem von Alex an. Theresas Körper begann, Farbe zu zeigen. Schenkel, Bauch und Brüste waren mit zartrosa Striemen übersät. Sie schwitzten beide. Marlena sah die kleinen Schweißtröpfchen zwischen Theresas Brüsten hinabrinnen.

Dann hörte das Klatschen auf. Sie löste sich aus der Starre, mit der sie den Körper der anderen wahrgenommen hatte, und schaute irritiert auf Alex. Er beobachtete sie. Seine dunklen Augen waren fast schwarz, die gespiegelten Lichter der Lampen im Raum tanzten als helle Fünkchen darin. Er trat auf sie zu.

„Alles gut?“, raunte er an ihrem Ohr und leckte gleich darauf über die Haut an ihrem Hals. Sein Atem fächelte über ihren Nacken und trocknete den Schweiß, der sich dort gesammelt hatte.

Sie nickte und ergab sich der Liebkosung. Ihr ganzer Körper fühlte sich an, als hätte sie zu lange in der Sonne gelegen. Gleichzeitig genoss sie den entspannenden Effekt, den der Flogger regelmäßig auf sie hatte. Ihre Muskeln schienen geschmeidiger geworden zu sein. Wenn es ihr auch zunehmend schwerer fiel, die gefesselten Hände in die Höhe zu halten. Die Schultern schmerzten leicht.

Aus den Augenwinkeln nahm sie wahr, dass auch Jon zu Theresa getreten war. Er umfing sie mit beiden Armen, während sie den Kopf weit nach hinten geworfen hatte und mit geschlossenen Lidern leise seufzte.

Jons Blick und ihrer kreuzten sich. Eine unbestimmte Wärme flutete ihre Venen. Er war ihr Freund. Vor sehr langer Zeit und jetzt wieder. Obwohl viele Jahre seitdem vergangen waren, hatte sich offensichtlich nichts an ihrer Zuneigung füreinander geändert. Oder doch. Natürlich. Sie waren erwachsener geworden. Es kam ihnen nicht mehr darauf an, alles mitzunehmen, was sie kriegen konnten. Jetzt gaben sie sich damit zufrieden, das Glück des anderen zu betrachten. Sie konnten es sogar genießen, einander in diesem intimen Moment in die Augen zu schauen. Ohne Eifersucht und doch mit einem tiefen Gefühl.

Marlena seufzte und versank in Alex' leidenschaftlichem Kuss. Eigentlich hatte sie sich geschworen, sauer auf ihn zu sein. Vor aller Augen hatte er sie gedemütigt, war hart an ihre Grenzen gegangen. Das Einzige, was sie tröstete, war die Tatsache, dass auch Theresa völlig entblößt in diesem Eisenring hing und das Ausgeliefertsein mit ihr teilte. Vielleicht war es ja auch so, dass sie sich an der Gegenwart von Jon weniger störte, als Theresa an der Anwesenheit von dem ihr fast gänzlich fremden Alex. Die Art ihrer Pein war damit sozusagen ausgewogen.

Alex löste sich von ihr, trat einen Schritt zurück. Das teuflische Grinsen in seinem Gesicht verhieß nichts Gutes. War ihm die Aktion mit dem Flogger noch nicht genug? Er hatte doch versprochen, sie zu schonen. Sie sah, wie er sich wieder zur Wand drehte und mit einer Gerte zurückkehrte. Eine zweite hielt er Jon hin. Dessen Miene blieb vollkommen undurchsichtig, als er sie entgegennahm.

Marlena wusste in diesem Moment nicht, welcher der beiden Männer seine Dominanz stärker zur Schau trug. Jon wirkte zwar zurückhaltend. Doch sie hegte den stillen Verdacht, dass er durchaus wusste, was er tat, seine Freude am Spiel allerdings aus Gründen, die ihr unbekannt waren, im Zaum halten wollte.

Mittlerweile mochte eine gute Stunde vergangen sein, seit sie sich in diesen Raum zurückgezogen hatten. Alex wechselte einen Blick mit Jon und trat zu Theresa. Die Überraschung darüber war ihr anzusehen. Vermutlich glaubte sie, mit einem Schlaginstrument wie der Gerte würde er sich ihr gegenüber zurückhalten. Aber weit gefehlt. Er hatte Marlena versprochen, sie zu schonen. Auch wenn sie selbst es vielleicht abgestritten hätte, er sah, dass ihre Kraftreserven fast erschöpft waren. Theresa dagegen hatte es herausgefordert. Sie würde die Gerte zu spüren bekommen. Zumindest solange, wie er brauchte, um Jon zu zeigen, wie damit umzugehen war.

Er umkreiste die beiden Frauen und berührte sie abwechselnd mit der breiten Schlaufe, die am Ende der Gerte saß. Es freute ihn, wenn er einen Schauer auslöste, sich die Härchen aufstellten oder ein entrüstetes Schnaufen zu vernehmen war.

Solange wie möglich wollte er sie darüber im Unklaren lassen, wer den ersten Streich kassieren würde. Selbst Jon schien noch nicht hinter seine Absicht gekommen zu sein. Er trieb das Spiel einige Minuten so weiter. Dann schlug er zu.

Theresa stieß einen überraschten Schrei aus. Er hatte sie seitlich am Schenkel getroffen und ließ sofort einen zweiten Schlag folgen. Auf ihren Bauch. Sie stöhnte. Er sah, dass Marlena ihn irritiert beobachtete und wohl erwartete, die Nächste zu sein. Unmerklich schüttelte er den Kopf. Nicht nur für sie, auch für Jon. Sie würden sich auf Theresa konzentrieren, alle drei.

Wieder strich er mit der Schlaufe über die helle Haut der Rothaarigen, umkreiste ihre Brüste. Er würde in Kauf nehmen, wenig Platz zum Ausholen zu haben. Das Szenario war es ihm wert.

Seine linke Hand legte sich besitzergreifend über Marlenas Hüfte, mit der rechten schlug er unerwartet zu. Theresa hielt entsetzt die Luft an und senkte ihren Kopf, um die malträtierte Stelle zu betrachten. Im nächsten Moment ereilte sie ein Hieb von Jon. Er schlug quer über ihren Po. Er machte seine Sache erstaunlich gut. Wehgetan hatte es ihr wohl nicht. Aber wie und dass er überhaupt zugeschlagen hatte, war durchaus dazu geeignet, ihre Angst vor dem Kommenden zu schüren. Alex sah es in ihren weit aufgerissenen Augen.

Marlena wusste, warum Alex sie verschonte, auch wenn sie im Vergleich zu Theresa wohl die stärkere Neigung zum Masochismus hatte. Es ging ihr mental nicht so gut. Er wollte ihr nicht zu viel zumuten. Das hatte er versprochen. Der Flogger war nur eine Aufwärmübung gewesen. Erst jetzt kamen sie wirklich zur Sache. Arme Theresa. Sie beobachtete sie. Vor allem fühlte sie mit ihr.

Der Schmerz, den der zweite Hieb auf ihre Brust ausgelöst hatte, musste gebrannt haben, begann aber vermutlich bereits, sich zu verflüchtigen. Ein Rohrstock fühlte sich dagegen definitiv unangenehmer an. Ob sie das wusste?

Der nächste Schlag traf Theresas Bauch, so dass sie sich ein wenig krümmte und den Po dabei zwangsläufig nach hinten streckte. Mitten hinein in den Hieb von Jon. Sie stöhnte auf. Dabei bewegte sie sich so heftig, dass sich das Klirren der Ketten verstärkte und sie den Ring auf ihre Seite zog.

Marlena, mit einem kleinen Ruck nach vorn gerissen, stemmte sich mit aller Kraft in den Boden, um nicht das Gleichgewicht zu verlieren. Dann öffnete sie die Hände, streckte Theresa ihre Finger entgegen und verschränkte sie mit ihren. Sie hoffte, das würde ihr Halt geben. Tatsächlich klammerte sich der Rotschopf an die dargebotenen Hände und zog die Luft scharf durch die Nase, als die Gerte sie erneut küsste.

Von nun an folgte in rhythmischem Wechsel ein Schlag dem nächsten. Alex zielte auf die Vorderseite, auf ihre Brüste und den Bauch. Jon hatte ihre Kehrseite ins Visier genommen. Seine Schläge trafen sie auf Po und Oberschenkeln.

Inzwischen würde sie den Schmerz wohl intensiv empfinden, dumpf unter der Haut, in tieferen Regionen. Und irgendwann würde sie die Richtung, aus der er kam, gar nicht mehr ausmachen können. Ihr ganzer Körper würde sich anfühlen wie ein Flammenmeer. Sie würde darin untergehen, sich auflösen, zu kleinen Funken werden, die im Sturm nach allen Richtungen zerstoben. Noch ein paar Sekunden in der Luft herumwirbelten und dann verglühten. So jedenfalls war es für Marlena, wenn Alex sie mit der Gerte schlug. Wenn er sie immer weiter trieb, immer weiter auf den Punkt zu, da alles eins wurde. Schmerz, Angst, Lust, Gier.

Irgendwann merkte sie, wie Theresa die Finger so sehr in ihre krallte, dass es wehtat. Offensichtlich war sie jenseits von Gut und Böse angelangt. Ihr Blick flackerte, wirkte entrückt. Die Männer ließen die Gerten sinken. Jon legte seine Hand über die Stelle, auf der das Leder Theresa zuletzt getroffen hatte, und streichelte sie. Marlena spürte Alex hinter sich. Als seine Arme sie umfingen, lehnte sie sich gegen seine Brust. Achtete aber darauf, dass die Kette nicht zu viel Zug bekam, um die andere nicht aus ihrer Trance zu reißen.

Es war faszinierend, Theresa in ihrem Schmerz zu

beobachten. Die Augen weit aufgerissen, den Kopf nach hinten gelegt, wand sie sich und stöhnte leise. Ihre Lippen waren leicht geöffnet, so dass die hellen, regelmäßigen Zähne hindurchschimmerten. Ihr Gesicht war erhitzt. Schweißnasse Strähnen klebten auf der Stirn. In den Augenwinkeln saßen Spuren von verlaufener Schminke. Aber ihr Gesichtsausdruck steckte keineswegs voller Qual. Ganz im Gegenteil. Ihre Züge wirkten weich und hingebungsvoll. Auf irritierende Weise schön.

Marlena bemerkte noch, dass Jons Finger auf Wanderschaft gingen und sich zwischen Theresas Beine gruben. Im nächsten Moment war sie auf sich selbst konzentriert.

Alex liebkoste sie. Er streichelte ihren Bauch und rutschte mit seinen Händen stetig tiefer. Bis er die kleine Lustperle berührte. Erst jetzt merkte sie, wie sehr das Blut darin pochte, wie sehr sie selbst unter Anspannung stand und dass sie ganz nass war zwischen den Beinen. Sie ließ den Kopf in den Nacken sinken und schloss die Augen. Lauschte ihrem erregten Atem, während sie das Stöhnen und Seufzen von Theresa vernahm.

Alex' Finger rieben quälend langsam durch ihren Spalt, zupften an dem Häubchen, unter dem sich die Perle zu verstecken suchte. Lust pulsierte an allen ihren Synapsen. Nicht eine Zelle war ausgenommen davon. Bis in die Zehenspitzen spürte sie ein Ziehen, Flattern und Vibrieren, das ihren gesamten Körper ergriff.

Völlig unerwartet zogen sich die Finger zurück. Die Perle büßte ihren Schutz ein. Prall und bloß war sie jetzt jedem noch so kleinen Luftzug ausgesetzt. Einen Moment lang geschah nichts. Dann schnippte Alex plötzlich gegen ihre Scham, mitten hinein ins Zentrum der Lust. Ein Funkenregen prasselte auf Marlena herab. Gleich einer Sternschnuppe begann sie zu verglühen.

* * *

„Warum sie?“, fragte Marlena ins Dunkel hinein. Sie lag bäuchlings in Alex’ Bett und genoss die sanften Griffe, mit denen er ihre Schultern massierte.
„Sie hat es herausgefordert.“
„Woher willst du das wissen?“

Er strich ein paar Mal über ihre Haut und übte dann seitlich entlang der Wirbelsäule leichten Druck mit den Fingerspitzen aus. Unten angekommen wechselte er auf die andere Seite und verfuhr hier ebenso.
„Der Disput, als sie den Raum betraten, ihr merkwürdiger Blick auf die Peitschensammlung – sie hat es gewollt, keine Frage.“
Sie schnurrte unter seinen Berührungen. „Und Jon?“
„Du kennst ihn besser als ich.“
„Ich glaube, er mochte es.“

Alex brummte zustimmend. „Ich glaube es auch. Seine Zurückhaltung war wohl eher darauf zurückzuführen, dass er im Umgang mit der Peitsche wenig Erfahrung hat.“ Er strich erneut über ihre Schultern, rutschte tiefer, so dass er fast auf ihren Füßen saß, und begann, ihren Hintern zu kneten. „Wie war das damals mit euch? Habt ihr es getan?“
„Du willst wissen, ob er mich geschlagen hat?“
„Hmhm.“
„Ja. Manchmal.“ Sie räusperte sich. „Mit der Hand.“
„Und hast du damals … Gefallen daran gefunden?“

Und ob sie das hatte. Sehr sogar. Schon damals hatte jeder Schlag von ihm eine Vibration ausgelöst, die immer ganz direkt in ihrem Lustzentrum gelandet war. Wenn sie Glück hatte, war sie bereits nach dem ersten Hieb ausreichend feucht. Je nach Stimmung. Aber nie hatte es länger als ein paar Schläge mit der flachen Hand bedurft, bis sie bereit war, sich kampflos auszuliefern.

„Mara?“
Sie zuckte zusammen. Erinnerungen an das eben Erlebte und ihr stärker werdendes Bedürfnis nach Schlaf sorgten zunehmend dafür, dass sie in einen traumwandlerischen Zustand geriet.

„Ja, es hat mir gefallen“, murmelte sie. Warum nur war sie so müde? Seit vier Tagen war sie nun ausschließlich damit beschäftigt, zu essen und zu schlafen, und konnte dennoch vor Müdigkeit kaum aus den Augen gucken.

„Meinst du, wir werden in Zukunft häufiger zusammen spielen?“, wollte sie wissen.

„Möchtest du das denn?“

„Ich weiß nicht.“

Sie wusste es wirklich nicht. Die Situation vorhin im Club hatte sie erregt. Keine Frage. Aber die Intimität, die sie sonst mit Alex genoss, war ihr dann wohl doch lieber. Zumindest hatte sie im Moment nicht das Bedürfnis, die erotische Begegnung mit Jon und Theresa zu vertiefen. Es war ihr genug gewesen zu sehen, wie Theresa von dem Gefühlscocktail aus Schmerz und Lust überwältigt wurde und Jon sich fürsorglich darum bemühte, sie zurückzuholen.

Diese Session hatte beiden einiges abverlangt. Physisch wie auch psychisch. Marlena war hautnah bei Theresa gewesen, hatte alle Phasen der Erregung gemeinsam mit ihr durchgestanden. Das Entsetzen in ihren Augen gesehen, Qual, Erstaunen und Lust. Die ganze breite Palette der Emotionen, die man eben in solchen Situationen durchmachte. Selbst als sie zum Flug ansetzte, hatte sie noch ihre Hände gehalten. Das musste zunächst genügen. Sie brauchte erst einmal Klarheit über ihre eigenen Gefühle.

12

Sonntagnachmittag. Ungeduldig hatte Marlena darauf gewartet, dass Alex endlich hinüber ging in den Club, um Vincent beim Aufräumen unter die Arme zu greifen. Jetzt war er weg. Age, der zu ihrem ständigen Begleiter im Haus geworden war, wenn sie es denn zuließ, lag zusammengerollt vor dem Kamin. Hin und wieder stellte er die Ohren auf und hob schläfrig die Lider. Vielleicht wollte er sich vergewissern, dass sie noch anwesend war. Dabei sie schwören können, dass Age nichts entging. Wenn man dem, was sie inzwischen über Ridgebacks gelesen hatte, glauben durfte, besaßen sie einen sechsten Sinn für Gefahr. Die Sensoren des Rüden mussten so immens ausgeprägt sein, dass sie vermutlich tun konnte, was sie wollte – er würde es zumindest registrieren. Selbst wenn es so etwas Lautloses war wie das Tippen einer SMS.

Marlena hockte auf dem Sofa und starrte auf das Display ihres Smartphones. Sie hatte keine Nachricht geschrieben. Auch wenn sie das liebend gern getan hätte. Doch Mattes war der Letzte, den sie mit einem nichtssagenden Text abspeisen konnte. Er hatte ihr bereits zu verstehen gegeben, dass er ihr plötzliches Verschwinden unpassend fand. Zumal sie ihn nicht in ihre spontanen Pläne eingeweiht hatte. Ihr blieb nichts anderes übrig, als mit ihm zu telefonieren. Selbst wenn sie morgen wieder nach Hause fahren sollte. Und Zeit für die Rückkehr war es längst.

Unschlüssig drückte sie immer wieder auf die Powertaste, wenn der Bildschirm in den Schlafmodus zu fallen drohte. Was, um Himmels Willen, sollte sie ihm sagen? Sie sprachen doch schon lange nicht mehr über ihre Befindlichkeiten. Wie sollte er also wissen, dass es um ihre Emotionen gerade nicht zum Besten bestellt war? Dass sie wegen der vielen Arbeit unter enormem Druck stand, musste ihm so klar sein, wie niemandem sonst. In ihrer Branche im Übrigen etwas völlig Normales. Selbst er, der kein Hotelinhaber war, sondern der Geschäftsführer, befand sich in einer ähnlichen Position. Er musste präsent sein. Und er war tatsächlich immer da.

Marlena rechnete ihm das hoch an. Sie war dankbar für seine permanente Bereitschaft, die Zügel straff zu halten, damit das BELLE EPOQUE reibungslos funktionierte. Wenn sie ihn nicht hätte, dürfte sie sich diese tagelange Auszeit jetzt gar nicht gönnen.

Genau, das war es. Das würde sie ihm sagen. Er musste wissen, dass er für den Erfolg ihrer Unternehmungen eine Schlüsselrolle spielte. Sie konnte es gar nicht oft genug betonen. Aber das tat sie sonst ja auch regelmäßig. Nur in den letzten Wochen hatte sie sich mit diesbezüglichen Kommentaren zurückgehalten. Nach der heftigen Auseinandersetzung im Februar fiel es ihr schwer, ihm zu sagen, dass sie auf ihn angewiesen war. Sie wurde einfach den Gedanken nicht los, er könnte es ausnutzen.

So weit war es also bereits mit ihrem Misstrauen ihm gegenüber. Sie hielt Anerkennung zurück, um sich nicht erpressbar zu machen. Und das ausgerechnet bei dem einzigen Mitarbeiter, mit dem sie eine tiefe Freundschaft verband. Der in fast allen Belangen ihres Lebens, egal, ob privat oder geschäftlich, ihr Vertrauter war. Außer, wenn es um ihre Affären ging. Die behielt sie für sich. Immer. Weil sie wusste, dass es ihm nicht recht sein würde. Weil sie ahnte, dass die Eifersucht in ihm bohren musste, wenn er erfuhr, auf welche Abenteuer sie sich einließ.

Frustriert dachte sie daran, wie es überhaupt zu diesem blöden Streit zwischen ihnen gekommen war. Im Grunde genau aus einer solchen Eifersucht heraus. Weil er, Mattes, geglaubt hatte, dass sie, Marlena, irgendwann an seine Seite zurückkehren würde. Statt dessen aber war ihm bei der Launchparty ein Licht aufgegangen. Er hatte entdeckt, dass sie mitnichten gedachte, die alte Liebschaft mit ihm aufzuwärmen. Dass Alex, dieser dunkelhaarige Typ mit dem Zopf, wie er ihn nannte, berechtigte Aussichten hatte, ihr Herz für sich zu gewinnen. Allerdings war Mattes so geschickt, ihr nicht genau das vorzuwerfen. Nein. Er kritisierte, dass sie ihn nicht ins Vertrauen gezogen hatte. Wo sie doch schon so lange und so eng befreundet waren. Er fühlte sich hintergangen, ausgenutzt und aufs Abstellgleis befördert. Und … Ach, egal. Es lief einfach schlecht zwischen ihnen. Sie hatte keine Ahnung, wie sie diesen Zustand ändern sollte.

Wieder verdunkelte sich das Display ihres Smartphones. Wenn sie noch lange so unschlüssig herumsaß, würde die Zeit gleich vorbei sein, die ihr für diesen Anruf zur Verfügung stand. Auf keinen Fall wollte sie riskieren, dass Alex Zeuge des Gesprächs wurde. So viel Loyalität war sie Mattes immerhin schuldig.

Sie drückte die Powertaste erneut, vergewisserte sich, dass sie die richtige Nummer anwählen würde, und schickte den Ruf raus.

Nach dem zweiten Klingeln war Mattes in der Leitung.

„Hi Mattes“, sagte sie leise, aber bestimmt. In keinem Fall wollte sie unsicher wirken.

Kurzes Schweigen. „Schön, dass du dich auch mal meldest“, gab er kühl zurück. Der Vorwurf in seiner Stimme unüberhörbar.

Sie vergaß sofort, womit sie beginnen wollte, und kam unumwunden zur Sache. „Es tut mir leid. Ich hatte keine Gelegenheit mehr, dich vor meiner Abreise zu sprechen. Es

ging mir nicht gut."
„Hmhm", kam es zurück.
Er erwartete wohl eine ausführliche Erklärung.
„Ich hatte so etwas wie einen Zusammenbruch", ergänzte sie. „Alex hat mich abgeholt und mit nach Berlin genommen. Damit ich mich ein paar Tage ausruhe." Warum, verdammt noch mal, hatte sie das Bedürfnis, sich zu rechtfertigen?

„Seit wann kannst du dich in Berlin ausruhen?"
Natürlich. Ihr eigentlicher Rückzugsort war immer die Insel gewesen. Nicht eine Stadt wie Berlin. Viel zu laut, viel zu hektisch. Dass sie das nicht mochte, wusste er.
„Das geht ganz gut", gab sie lapidar zurück.

Sie wollte nicht noch mehr ins Detail gehen. Sie hätte sagen können, dass sie sich bei Alex gut aufgehoben fühlte, weil er schon aufgrund seines Jobs mit ihrem Zustand umgehen konnte. Aber dann? Mattes wusste nicht, was Alex beruflich tat. Er ging davon aus, dass er einer ihrer BDSM-Berater war. Sie hatte ihm von seinem Club erzählt. Irgendwann, bevor sie begann, ihn regelmäßig in Berlin zu besuchen. Dass er noch einen normalen Job hatte, einen im Verhältnis dazu ziemlich brisanten sogar, tat jetzt nichts zur Sache. Die Information würde Mattes mehr aufregen, als dass sie ihn besänftigen konnte.

„Und wann gedenkst du zurückzukommen?"
„Ich weiß noch nicht genau. Vermutlich morgen. Spätestens am Dienstag." Sie machte eine angemessene Pause, wollte ihm aber nicht zu viel Raum für weitere Fragen geben. „Alles okay bei euch?", lenkte sie ab.

Mattes gab einen Laut von sich, den sie nicht einordnen konnte. Vor ihrem geistigen Auge sah sie ihn verächtlich mit den Schultern zucken. „Soweit ja. Wir hatten heute viele Abreisen. Weißt ja, Sonntag eben. Ab morgen ist dann so ziemlich die Hölle los."
Ja, das wusste sie. Er spielte auf die Osterfeiertage an. „Gibt es Personalausfall?"
„Im Service nicht, aber im Hauskeeping. Zwei der Mädels haben die Grippe."

Okay, das war im Rahmen, Nina, die Hausdame, hatte schon schlimmere Situationen in den Griff bekommen.
„Aber es gibt Probleme mit der Geschirrlieferung. Vor Ostern wird das nichts mehr."
„Sondern?", wollte sie wissen.

Auf das neue Geschirr warteten sie schon eine Weile. Sie hatten es bestellt, weil in letzter Zeit einiges zu Bruch gegangen oder angeschlagen war. Aus ihrer Sicht wirkte nichts peinlicher für das Image eines Hauses, als Teller mit Sprung oder angeschlagenem Rand auf den Tisch zu bringen. Nach und nach würden sie den aktuellen Bestand auswechseln. Das Zeug war längst abgeschrieben. Außerdem wurde es Zeit, auch das Dekor an das Thema des Hauses anzupassen. Nach langem Suchen waren sie kürzlich fündig geworden. Sogar bei einer deutschen Marke. Darüber war sie besonders glücklich. Schade nur, dass es diese Lieferengpässe gab. Eigentlich war sie davon ausgegangen, die Sache nun endlich vom Tisch zu kriegen.

„Soweit ich weiß, verzögert es sich um zwei Wochen. Das wäre dann Ende des Monats."
„Was sagt die Küche?"
„Sie haben eine Lösung gefunden. Wir haben gemietet. Trotzdem ärgerlich. Ein Kostenfaktor, den ich gern vermieden hätte."

Mattes und die Kosten. Marlena kannte niemanden, der dermaßen pingelig mit fremdem Geld umging wie er. Manchmal strapazierte seine Sparsamkeit ihre Nerven. Aber spätestens dann, wenn sie sich über die Entwicklung der monatlichen Umsatzzahlen freute, musste sie zugeben, dass er gut daran tat, das Einsparpotential im Auge zu behalten und die Bereichsleiter regelmäßig dafür zu sensibilisieren. Vor Jahren hatten sie gemeinsam ein interessantes Seminar besucht. In einem Hotel am Rande von Nürnberg. Sie kannte kein anderes inhabergeführtes Haus, das eine so extreme Kreativität entwickelt hatte, um am Markt zu bestehen. Alles war bis aufs i-Tüpfelchen strukturiert. Aber wirklich alles. Was sie in diesen drei Tagen vom Chef des Hauses zu hören bekamen und an Service und Dienstleistung in derselben Zeit erlebten, war kaum zu toppen. Nicht nur Marlena war von den Geschäften des charismatischen Kollegen beeindruckt gewesen. Auf dem Rückweg hatten sie und Mattes stundenlang darüber sinniert, welche der Ideen sie im BELLE EPOQUE umsetzen konnten und was sie künftig unternehmen wollten, um auf lange Sicht gesehen gutes Personal zum Bleiben zu bewegen. Auf manche ihrer Mitarbeiter hatte sie ja schon immer große Stücke gehalten, weil sie in der Lage waren, unternehmerisch zu denken. Das wollten sie unbedingt ausbauen.

„Marlena", unterbrach Mattes ihre Gedankengänge. „Wenn du zurück bist, müssen wir reden."

„Ja, müssen wir", gab sie zurück.

„Nicht, was du denkst", sagte er. „Es geht mir nicht darum, dass zwischen uns alles so wird, wie bisher. Wir haben ein ernsthaftes Problem."

Die Distanziertheit seiner Worte ließ ihr das Blut in den Adern gefrieren. Was für ein Problem? Was konnte schwerwiegender sein, als die zunehmende Fremdheit, mit der sie jetzt zwei Monate lang nebeneinander her gearbeitet hatten?

„Was meinst du?", wollte sie wissen. Ihre Stimme klang belegt. Sie spürte, wie sich ihr Herzschlag beschleunigte. Im selben Moment ahnte sie, was es war, das er ihr sagen würde. Sie erschrak.

Dass er auf ihre Frage hin schwieg, gab ihr fast Gewissheit darüber, wie berechtigt ihre Befürchtungen waren. Aber sie weigerte sich, es zu glauben. Das würde er nicht tun. Das würde er, verdammt noch mal, nicht tun.

Fieberhaft überlegte sie, was sie sagen sollte. Womit sie ihn beschwichtigen, wie sie die Situation retten konnte. Das BELLE EPOQUE ohne ihn – undenkbar. Er hatte dem Haus so sehr seinen Stempel aufgedrückt. Es stand zu befürchten, dass es dann nicht mehr dasselbe sein würde. Mattes war nicht einfach nur Mitarbeiter oder Geschäftsführer. Mattes hatte eine Inventarnummer, wie die Alten es nannten. Mit ihm stand oder fiel das Geschäft. All die Stammgäste, die teilweise schon über Jahrzehnte kamen, würden ihn schmerzlich vermissen. Mattes war eine Größe im Haus. Sein Wort hatte Gewicht. Manchmal mehr als ihres. So jemanden konnte man nicht einfach gehen lassen.

Das Schweigen am anderen Ende der Leitung dauerte an. Er schien zu überlegen, ob das hier der richtige Zeitpunkt war für eine Offenbarung von so ungeheurer Tragweite. Aber eigentlich brauchte sie seine Antwort gar nicht mehr. Was da langsam in ihr Bewusstsein sickerte, war Drama genug.

„Lass uns reden, wenn du zurück bist", wich er aus. Offensichtlich brachte er es nicht übers Herz, ihr seine Kündigung am Telefon mitzuteilen.

„Okay, dann sehen wir uns", hörte sie sich sagen.

Sie hatte keine Kraft mehr dafür, weiter in ihn zu dringen. Und sie sehnte sich auch nicht danach, ihren Masochismus zur Schau zu tragen, indem sie sich von ihm kurz und schmerzlos abservieren ließ. Dann blitzte plötzlich der Gedanke auf, es gäbe noch Hoffnung. Sie könne ihn umstimmen und zum Bleiben bewegen. Mit mehr Gehalt oder was er sich sonst wünschte. Außer Beziehung. Er wäre auch nicht Mattes, nicht ihr Freund, wenn er sie damit erpressen würde.

* * *

Marlena zog sich ihre Jacke über, schlüpfte in die dicken Boots und machte sich auf den Weg in den Park. Der Tag war eine Mischung aus Sonne, dichten Wolken und Regen. Aprilwetter eben. Blieb zu hoffen, dass sich das bis Ostern geben würde. Sie hatten die Eiersuche am Strand geplant. In der Nähe des Cliffs. Es sah hübsch aus, wenn sich zwischen all den grauen Steinen bunte Ostereier fanden und die Verpackung der Schokoladenhasen in der Sonne glänzte. Gar nicht auszudenken, sollte das Spektakel, das nicht nur bei den Kindern beliebt war, wegen des Wetters ins Wasser fallen müssen.

Sie lauschte auf das Knirschen ihrer Schritte, während sie an der Giebelseite des Hauses die abgestellten Fahrzeuge passierte. Age war ihr nach draußen gefolgt. In leichtem, gleichmäßigem Trab lief der Ridgeback voraus. Hin und wieder blieb er stehen, um die Nase in den Wind zu halten. Marlena wandte sich nach links, hinein in den dicht bewachsenen Bereich des parkartigen Gartens. Es war schattig hier. Die Wege hatte man mit Kantensteinen gesäumt und Rindenmulch darauf gestreut. Es machte die Schritte weich, fast federnd. Und wirkte naturbelassen. Ganz anders als ein gepflasterter Pfad, der in Gärten wie diesem durchaus üblich war.

Zwischen unzähligen Gehölzen und bodendeckenden Pflanzen, deren Bezeichnung ihr nicht geläufig war, blühten noch immer Winterlinge und Krokusse. Am schönsten fand sie die weißen Anemonen, die sich weiter hinten, dort, wo sich die Bäume lichteten, flächig hinzogen wie ein dichter Teppich. Dass es so etwas noch gab, verwunderte sie. Sie kannte diesen Anblick aus ihrer Kindheit. Wenn sie mit den Eltern im Frühjahr die ersten Waldspaziergänge gemacht hatte. Später war stets eine Sehnsucht damit verbunden gewesen, etwas Märchenhaftes, Anheimelndes. Und obwohl sie sich fast jedes Frühjahr, wenn sich die ersten grünen Triebe zeigten, an diese Zeit erinnert fühlte, hatte sie die Orte ihrer Kindheit nie mehr aufgesucht. Dass sie ausgerechnet hier darauf traf, berührte sie.

Marlena setzte seufzend ihren Weg fort. Aus der Ferne vernahm sie einen hellen Klang, eine Melodie. Das Windspiel. Es hing in den Zweigen eines alten Apfelbaums, der demnächst in voller Blüte stehen würde. Die ersten zartrosa Knospen waren schon zu sehen. Der Klang des Windspiels hatte etwas Meditatives. Sie hätte sich auf die Bank daneben setzen können, aber sie wollte nicht. Ziellos lief sie weiter.

Was würde geschehen, wenn Mattes aus dem Geschäft ausstieg? Wäre das nicht so ähnlich wie ein plötzlicher Todesfall? Eine Situation, die jeder Berater als echtes Worst-Case-Szenario darstellte? Bisher hatte sie so etwas konsequent verdrängt. Den Eltern ging es nach wie vor gut. Außerdem hatten sie die Nachfolge fürs Hotel ja bereits durch ihren eigenen Einstieg gesichert. Und sie führte die Geschäfte inzwischen ja ohnehin allein. Nur gelegentlich brauchte sie Unterstützung, wie beispielsweise jetzt gerade. Sollte ihr selbst irgendwann einmal etwas passieren, blieb den Eltern immer noch, das Haus zu verkaufen.

Mattes ersetzen zu müssen, war dagegen ein ganz anderes Kaliber. Er war der Dreh- und Angelpunkt im BELLE EPOQUE. Der gute Geist des Hauses, sozusagen. Nach einem Nachfolger für ihn würde man sehr sehr lange suchen müssen. Vielleicht würde man ihn nie finden oder zumindest ewig nicht. Jedenfalls keinen, der ihm auch nur ansatzweise das Wasser reichen konnte. Wie auch. Niemand anderes war so mit ihr und diesem Geschäft vertraut, wie er. Niemand anderes kannte sich so hervorragend bei der unmittelbaren Konkurrenz aus. Er hatte überall seine Zuträger. Da er seine Quellen konsequent geheim hielt, auch vor ihr, konnte er sich der Loyalität der Leute ihm gegenüber auch stets sicher sein. Wie sollte man so jemanden ersetzen? Es würde Jahre dauern, um sich einen ähnlichen Stand aufzubauen. Wenn das überhaupt jemals möglich war.

Die Arbeitsbereiche, die Mattes jetzt ausfüllte, konnte sie nur bedingt auf andere Mitarbeiter verteilen. Selbst wenn die Eltern vorübergehend in die Bresche springen würden. Der Großteil blieb garantiert an ihr selbst hängen. Allein diese Vorstellung trieb ihr den Schweiß auf die Stirn. Da half selbst die Gewissheit wenig, dass sie viele der Abläufe peinlich genau analysiert, strukturiert und dokumentiert hatten. So, wie sie es bei ihrer Fortbildung in diesem Vorzeigehotel gelernt hatten. Mattes war nicht einfach nur ein Mitarbeiter, der sie entlastete. Sie würde einen engen Vertrauten verlieren, einen Freund, einen Weggefährten, auch wenn es ihr widerstrebte, ihn als solchen zu bezeichnen. Die Formulierung zumindest traf es ziemlich genau.

Marlena war mittlerweile am Teich angelangt. Age sondierte das Gelände, beobachtete das einzige Entenpaar, das hier brütete, im Moment träge auf der Wasseroberfläche dümpelte und ihn seinerseits mit Nichtachtung strafte. So ein Hund hatte es doch gut. Er konnte nach Herzenslust herumtoben, bekam den Fressnapf vor die Nase gestellt und ließ sich den Kopf kraulen, wenn ihm danach war. Na ja, vielleicht eher eintönig.

Aber Age wirkte keinesfalls unzufrieden.

Sie schlug sich mit der Hand auf den Schenkel, wie sie es bei Alex und Vincent gesehen hatte, und wartete, dass der Rüde an ihre Seite zurückkehrte. Als er gehorsam neben ihr stand, tätschelte sie ihm den Kopf. Kaum jedoch ließ sie von ihm ab, schaute er zu ihr hoch, legte die Stirn in Falten und guckte äußerst bekümmert drein. Als würde er ihre düsteren Gedankengänge durchschauen.

Sie lachte. „Du kannst wohl auch nicht genug bekommen von den Streicheleinheiten, was?"

Seine Schwanzspitze wippte hin und her, während er sie mit seinem Blick zu hypnotisieren versuchte, schließlich den Kopf wegdrehte und sich dann erneut abwartend in ihren Blick versenkte. Sie legte ihm die Hand wieder auf den Kopf. Daraufhin fiepte er wie ein Welpe und drängte seinen muskulösen Körper gegen ihr Bein.

„Age hat einen Narren an dir gefressen", hörte sie hinter sich eine dunkle Stimme.

Sie wandte sich um und sah Alex auf sich zukommen. Noch ehe er sie erreicht hatte, sprang Age dazwischen und begrüßte ihn freudig.

„Na, alter Junge, wir werden sie ganz schön vermissen, wenn sie wieder fort ist, oder?" Er klopfte ihm die Flanke und jagte ihn mit einem Klaps auf den schmalen Pfad um den See. Drei lange Sätze sprang Age voraus. Dann erkannte er, dass das nur ein Ablenkungsmanöver war. Er blieb stehen und beobachtete Alex.

„Vielleicht nehme ich ihn mit zu mir", sagte Marlena leichthin und lächelte. Sie hatte tatsächlich darüber nachgedacht, dass es schön wäre, so einen großen, eleganten Hund an ihrer Seite zu haben. Er passte hervorragend ins BELLE EPOQUE, fand sie.

Alex schloss die Arme um sie und zog sie an sich. „Du meinst das ernst."

„Natürlich."

„Und was ist mit mir?"
Sie kicherte. „Du bist kein Hund."
„Ach nee …"
„Bei mir gibt's nur für Kerle mit Hundeblick Asyl."

Er ließ seine Hand zu ihrem Po rutschen und kniff zu. „Also erstens braucht Age kein Asyl. Vincent wird ihn schwerlich hergeben wollen. Und zweitens, und das wiegt viel schwerer, stehst du gar nicht auf Dackelaugen."
Marlena legte den Kopf schief und sah von unten zu ihm hoch. „Stimmt. Woher weißt du?"
„Das sagt mir der kleine Teufel, der auf deiner Schulter sitzt." Er kniff ihr erneut in den Hintern.

Laut lachend entzog sie sich ihm, rannte ein paar Meter, bevor er ihren Jackenärmel zu fassen bekam, und ließ sich nach einer kleinen Rangelei gefangen nehmen. Wieder zog er ihre Hände in die Zange, zwang sie dicht an seinen Körper und raubte ihr einen langen Kuss. Währenddessen tobte Age um sie herum, bellte ein paar Mal und signalisierte, wie sehr ihm das neue Spiel gefiel.

„Ich muss morgen wieder nach Hause", sagte Marlena schließlich, als sie sich alle drei beruhigt hatten und gemeinsam auf dem Weg um den Teich herum waren. Die Rhododendren in der Uferregion trugen dicke Knospen. Bis zur Blüte konnte es nicht mehr lange dauern.
„Ich hatte von zwei oder drei Wochen gesprochen, nicht von fünf Tagen", erwiderte Alex und musterte sie. „Du bist noch nicht so weit, dass du dich erneut ins Geschäft stürzen kannst."
„Ich weiß." Sie nickte ergeben. Es schien ihr hilfreicher, ihn positiv zu stimmen, als selbst gleich wieder auf Krawall gebürstet zu sein. „Aber es gibt ein Problem, um das ich mich kümmern muss."
„Es wird immer irgendein Problem geben, um das du dich kümmern musst", gab er unwillig zurück.
„Das jetzt ist ein echtes. Ich habe keine Lösung dafür." Resigniert wandte sie sich ab und lief weiter.
Alex folgte ihr. „Dann hat es wohl auch noch ein paar Tage

Zeit."
„Alex!"
Marlena blieb stehen und funkelte ihn nun doch an. „Mach es nicht schlimmer als es ist. Die Tage hier bei dir haben mir gutgetan. Jetzt muss ich zurück. Dringend. Mattes wird kündigen."
Alex ließ sich nicht anmerken, ob ihm klar war, was diese Tatsache für sie bedeutete. „Dann suchst du dir einen neuen Geschäftsführer. Niemand ist unersetzbar."

Sie lachte laut auf. Es klang hysterisch. „Einen neuen. Und wo soll ich den deiner Meinung nach hernehmen?" Sie drehte sich weg und beschleunigte ihre Schritte. „Mit Mattes arbeite ich zusammen, seit ich denken kann. Er kennt das Hotel wie seine Hosentasche. Er hat jeden einzelnen Mitarbeiter eingestellt. Er wacht über die Buchungszahlen und steuert gegen, wenn wir Engpässe haben, welcher Art auch immer. Es ist völlig undenkbar, Ersatz für ihn zu bekommen." Ihre Schritte waren energisch geworden. Mit der Schuhspitze stieß sie einen Zweig an, der im Weg lag, bückte sich und hob ihn auf. Es war ein frischer Trieb von einer Buche. Sie bog und knetete ihn in den Händen. „Wenn er wirklich geht, kann ich meine Agentur vergessen. Meine Eltern können im Hotel zwar temporär aushelfen, aber auf Dauer ist das nichts mehr für sie. Sie sind den Stress nicht mehr gewohnt. Das kann ich ihnen nicht zumuten."

Alex griff nach ihren Händen. „Aber dir, oder wie?"
„Ja, natürlich. Es ist schließlich meine Verantwortung."
„Richtig", stimmte er zu. „Aber die besteht auch darin, Arbeitsplätze zu sichern. An deinem Hotel hängen wie viele Familien? Fünf, zehn, mehr?" Er nahm ihr den Zweig aus der Hand und warf ihn im hohen Bogen in die Büsche. „Wer wird für sie sorgen, wenn du kraftlos in die Knie gehst?"

Sie schwieg.
„Mara, du kannst die Dinge nicht losgelöst voneinander betrachten. Ich verstehe dich ja. Mir ist vollkommen klar, dass in seiner solchen Situation dein Engagement und deine Besonnenheit gefragt sind. Aber eben auch Weitsicht. Wenn du heute

nicht an dich denkst, wirst du nie lernen, es zu tun. Wohin das führen kann, muss ich dir nicht erzählen. Du kennst sicher selbst genügend Beispiele von Kollegen, die es nicht bis zur Rente geschafft haben."

„Willst du mir Angst machen?"

„Wenn ich muss ..."

Sie standen voreinander wie zwei Kampfhähne. So wollte sie nicht gehen. Nicht schon wieder. Gerade hatte sie begonnen, sich mit ihm wohlzufühlen. Seine ständige Anwesenheit zu genießen. Dass sie jetzt fort musste, gefiel ihr selbst nicht. Aber sie hatte keine Wahl. Sie musste wissen, worüber Mattes mit ihr reden wollte. Ob es das war, was sie befürchtete. Oder ob etwas anderes dahinter steckte. Außerdem hing sie jetzt schon fünf Tage hier fest. Langsam war es genug.

Alex machte einen Schritt auf sie zu und griff wieder nach ihren Armen. „Vorschlag zur Güte: Du bleibst noch bis Donnerstag und dann fahren wir gemeinsam hoch. Ich bin über Ostern frei."

Sie schüttelte den Kopf. „Negativ. Ich fahre morgen und du kommst nach. Schön, wenn du am Wochenende da bist." Zaghaft lächelnd schaute sie zu ihm hoch.

Er ließ seine Hände zu ihren Gelenken rutschen und verstärkte dort seinen Griff. „Okay. Aber ich entscheide, wo und wie lange du schläfst." Sein Mund näherte sich dem ihren. Er feixte.

„Solange du mich vor niemandem bloßstellst ..."

„Ich glaube, ich hör nicht richtig." Ehe sie sich's versah, hatte er zugebissen und hing an ihrer Lippe fest.

„Aua!"

„Wenn du mir noch einmal mangelnde Integrität unterstellst, gibt's mehr davon. Versprochen." Er leckte über die winzige Bisswunde, riss ihre Hände mit einem Ruck auf den Rücken und presste sie an sich. „Du fährst auf keinen Fall Auto. Ich bring dich zum Zug. Auf dein Gepäck wirst du bis Donnerstag warten müssen."

„Aber ich brauche meine Arbeitstasche."

„Natürlich, Prinzessin. Die gestehe ich dir zu."

Sie betrachtete ihn. „Von TPE oder 24/7 sind wir aber weit entfernt, oder?“
Er grinste. „Selbstredend.“

Das wollte sie aber auch gehofft haben. Das kam für sie in keinem Fall in Frage. Konnte er sich sofort wieder abschminken, sollte er irgendwas in dieser Richtung im Sinn haben.

13

Die Zugfahrt zwang Marlena zu ungewohntem Müßiggang. Eine Weile versuchte sie, auf dem Tablet zu arbeiten. Aber die WLAN-Verbindung war dermaßen schlecht, dass sie nicht dazu kam, auch nur eine einzige Mail zu lesen. Am Vorabend hatte sie einen langen Text von Max erhalten. Er schilderte ihr aus seiner Sicht die Umstände, die zu der Kundenbeschwerde in München geführt haben konnten. Erst jetzt erfuhr sie, dass er das Hotel wohl nicht optimal gewählt hatte. Die Kundin war dort bekannt gewesen. Es hatte sie brüskiert, sich unter den gebotenen Umständen in diesem Haus aufzuhalten. Warum war eine Münchnerin in einem ortsansässigen Luxushotel bekannt? Weil sie sich dort regelmäßig mit ihren Liebschaften traf? Oder weil sie geschäftlich mit denen zu tun hatte? Und warum, zum Teufel, hatte sie nicht rechtzeitig darauf hingewiesen? Die Location wurde doch im Voraus bekannt gegeben.

Ursprünglich hatte Marlena Max sofort eine Rückmail schicken wollen. Aber wegen der Sache mit Mattes war sie unkonzentriert gewesen und hatte gefürchtet, nicht den richtigen Ton zu treffen. Am liebsten würde sie jetzt mit ihm telefonieren. Bis sie wieder im Hotel war, würde sie allerdings warten müssen. Es reichte, dass weiter vorn jemand saß, der die übrigen Reisenden ständig mit seinen Anrufen nervte. Die meiste Zeit hörte es sich so an, als kommandierte er seine Mitarbeiter herum. Ein unfreundlicher Typ. So einen Macho würde sie in ihrem Laden auf keinen Fall dulden.

Am frühen Nachmittag kam sie endlich in Sellin an. So bequem eine Zugfahrt auch sein mochte, eine Wiederholung würde sie sich vorläufig schenken. Der Zeitverlust war einfach zu groß, weil es keine schnelle Verbindung gab. Vier Stunden war sie allein bis Bergen unterwegs gewesen. Von dort hatte sie ein Taxi genommen. Sie wollte niemandem ihrer Mitarbeiter zumuten, sich in den inseltypischen Verkehr zu begeben. Der bestand mehr aus Stau als aus allem anderen.

„Gott sei Dank bist du zurück, Lena“, seufzte Agnes erleichtert, als Marlena in ihrer Bürotür erschien. Normalerweise führte ihr Weg nach längerer Abwesenheit zuerst zu Mattes. Aber seit dem Streit vermied sie das und traf ihn nur, wenn es gar nicht mehr anders ging, zu den obligatorischen Vier-Augen-Gesprächen.

„Warum Gott sei Dank? Mattes meinte, ihr hättet alles im Griff.“

Sie stellte sich hinter den Stuhl ihrer Assistentin und schielte auf deren Bildschirm. Agnes war gerade dabei, eine Neuzuordnung der Zimmer vorzunehmen. Es hatte Stornierungen für Ostern gegeben. Sie versuchte nun, den Wünschen der Stammgäste nach einem bestimmten Quartier zu entsprechen.

„Wie sieht’s aus?“, wollte Marlena wissen und betrachtete das übersichtlich wirkende Muster, das sich auf dem Flatscreen aufgebaut hatte.

Die Frau mit dem hüftlangen blonden Haar lächelte, während sie damit beschäftigt war, Namen von einem Fenster zum nächsten zu schieben. Die Prozedur erinnerte an ein Geduldsspiel, das sie als Kind mit Ausdauer praktiziert hatte. „Ich hab sie fast alle untergebracht. Nur bei zweien ist noch was offen. Aber die beschweren sich nicht. Ich habe eine passende Alternative für sie."

Marlena nickte. „Super. Du bist ein Schatz, Agnes." Sie wandte den Kopf und schaute sich mit hochgezogenen Brauen im Zimmer um. So hervorragend Agnes mit der Software umgehen konnte, so unordentlich war sie, was ihren real existierenden Schreibtisch betraf. Es grenzte immer wieder an ein Wunder, dass sie auf spontane Nachfragen dennoch sofort fand, was sie suchte. Nur deshalb hielt sich Marlena mit Kritik zurück und verbuchte das Ganze unter dem Stichwort 'kreatives Chaos'. Ein Mitarbeiter, der seine Arbeit mit Leidenschaft und Erfolg verrichtete, war ihr lieber, als ein Raum, in dem jedes Ding zu jeder Zeit seinen vorgegebenen Platz hatte. Agnes würde eines Tages schon dahinter kommen, wie sie sich ihre Arbeit noch effizienter und vor allem stressfreier gestalten konnte. Hoffte sie zumindest. Denn obwohl sie sofort fand, was sie suchte, durfte man sie damit nicht zu häufig belästigen. Dann war sie schnell auf Hundertachtzig und kam lange nicht runter.

„Mattes hat schlechte Laune, seit du fort bist", raunte Agnes, als sie ihr Büro schon wieder verlassen wollte. Sie blieb stehen und drehte sich noch einmal ins Zimmer zurück.

Die Assistentin verzog den Mund und nickte. „Er hat sich rar gemacht die Tage. Samstag hab ich ihn gar nicht gesehen."

Aha, das war ja interessant. Seit wann nahm Mattes sich Auszeiten?

„Vielleicht ging es ihm nicht gut", murmelte sie und wandte sich wieder zum Gehen.

„Das glaub ich nicht", antwortete Agnes. „In der Küche meinten sie, sein Auto hätte mittags nicht mehr im Hof gestanden. Und als Jorg morgens zum Dienst erschien, wäre er noch nicht zurück gewesen."

Das war allerdings merkwürdig. Sie konnte sich nicht daran erinnern, dass Mattes jemals an einem Samstag nicht im Hotel gewesen wäre. Unter der Woche konnte es schon mal vorkommen, dass er einen Tag frei nahm. Aber am Wochenende? Und dann noch an einem, wo die ersten Feiertagsgäste eintrafen?

„Er wird seine Gründe haben, Agnes", versuchte sie, der Information die Brisanz zu nehmen. Die Mitarbeiter hatten bisher nichts von der Eiszeit zwischen ihr und dem Geschäftsführer zu spüren bekommen. Sie waren beide gut darin, ein perfektes Schauspiel für die anderen abzugeben. Dass Mattes' Abwesenheit allerdings Gesprächsthema im Team war, verhieß nichts Gutes.

Marlena verließ das Backoffice. Die Lust, ihrem Geschäftsführer doch noch einen Besuch abzustatten, war auf den Nullpunkt gesunken. Sie zog sich in ihr eigenes Büro im obersten Stockwerk zurück. Als sie die Tür hinter sich schloss, atmete sie tief durch. Endlich wieder hier. So schön die freien Tage in Berlin gewesen waren, mindestens die Aussicht hatte sie vermisst.

Sie stellte sich vor die bodentiefe breite Glasfront und blickte über die Ostsee. Es war stürmisch heute. Die Wellen trugen Schaumkämme, sobald sie in Strandnähe kamen, und schlugen wuchtig an Land. Ein stummes Schauspiel. Als hätte jemand den Ton zu einem dramatischen Film abgestellt. Wenn sie später ein paar Minuten Zeit finden würde, musste sie unbedingt noch mal raus an den Strand. Kopf durchpusten. Irgendwie hatte sie das Gefühl, das wäre dringend erforderlich. Schon im Zug hatte sie gemerkt, dass sich ihre Gedanken kaum in geordnete Bahnen lenken ließen, obwohl sie ihre ganze Konzentration aufbot. Ein Urlaubseffekt, den sie nicht mochte. Es war wirklich was dran an dem Spruch, dass Ferien die Denkfähigkeit negativ beeinflussten. Ob das ihren Gästen eigentlich bewusst war? Kein Wunder, dass sich viele Unternehmer lieber niemals ganz von ihren Geschäften trennen wollten. Die meisten waren ausgesprochen glücklich darüber, wenn sie im BELLE EPOQUE ein gut funktionierendes WLAN vorfanden. So einfach war es, ihren Gäste ein Lächeln ins Gesicht zu zaubern.

Sie wandte sich ab und setzte sich hinter ihren

Schreibtisch. Agnes hatte einen Stapel ungeöffneter Post für sie hinterlassen. Auf einem zweiten lagen irgendwelche Anschreiben, Rechnungen und Zeitschriften. Das mit dem Lesen der Fachmagazine funktionierte noch nicht so richtig. Sie hatten besprochen, dass die sofort in Umlauf gebracht wurden, sobald sie eintrafen. Dafür gab es einen Aufkleber mit den Namen derjenigen, die die Dinger lesen sollten. Wer damit durch war, vermerkte sein Kürzel und reichte die Zeitschrift weiter. Diese hier war allerdings wieder zuerst bei ihr gelandet. Sie musste Agnes unbedingt noch mal an das Handling des Systems erinnern.

Lustlos schob Marlena den Stapel mit den Zeitungen zur Seite und begann, die noch ungeöffnete Post zu bearbeiten.

* * *

Zwei Stunden später hatte sie sich eine Übersicht über all das gemacht, was in ihrer Abwesenheit liegen geblieben war. Erstaunlicherweise weniger, als sie befürchtet hatte. Sie hatte mit ihrer Mutter telefoniert und sich über Neuigkeiten im Hotel informieren lassen. Jetzt war endlich Zeit, sich G.o.G. zuzuwenden. Sie musste dringend mit Max telefonieren. Und mit der Kundin, die sich beschwert hatte.

Es klopfte. Mattes erschien in der Tür.

„Stör ich?"

Sie legte das Smartphone zur Seite, in dem sie gerade nach der Nummer von Max suchen wollte.

„Nein. Komm bitte rein."

Er kam quer durch den Raum auf sie zu und ließ sich in einem der Sessel vor ihrem Schreibtisch nieder. Früher hatten sie sich bei solchen Gelegenheiten umarmt. Küsschen links, Küsschen rechts. Wie Freunde das eben taten. Aber während der Eiszeit hatten sie nach und nach all diese intimen Gesten abgeschafft. Sozusagen in stillem Einvernehmen.

„Geht es dir wieder gut?", wollte ihr Geschäftsführer wissen.

„Ich denke schon." Sie nickte.

Mattes trug wie sonst einen seiner perfekt sitzenden dunklen Anzüge und ein weißes Hemd dazu. Der Kragen stand offen. Auch seine Schuhe waren auf Hochglanz gewienert. Seine Erscheinung war das perfekte Aushängeschild fürs BELLE EPOQUE. Sie erinnerte sich daran, dass sie beide bei einem gemeinsamen Essen darüber nachgedacht hatten, ob es gut wäre, sich mit Kostümen aus der Jahrhundertwende einzudecken. Für den Service und für die Rezeption. Mattes hatte sie davon überzeugt, dass das unnötig war. Er bevorzugte wie sie einen eleganten Stil. Der musste aber nicht zwangsläufig altmodisch sein. Er hatte ihr versprochen, Jeans und Turnschuhe im Kontaktbereich niemals zuzulassen. Über alles andere sollten die Mitarbeiter selbst entscheiden können. Dafür mussten sie sich einer Stilberatung unterziehen und bekamen ein Bekleidungsbudget. Nur im Servicebereich gab es noch einen Dresscode. Sie überlegten aber schon lange, wie sie den weiter lockern konnten.

Marlena kam hinter ihrem Schreibtisch hervor, schob sich den zweiten Sessel zurecht und setzte sich zu Mattes. Aus einer Intuition heraus. Wenn er ihr das zu sagen hatte, was sie befürchtete, fühlte sie sich in diesem Sessel weniger verlassen als auf ihrem Schreibtischstuhl. Mattes beobachtete sie, überlegte wohl einen Moment lang, ihr behilflich zu sein, ließ es dann aber. Als sie saß, eröffnete er ohne Umschweife das Gespräch.

„Ich habe über unsere Zusammenarbeit nachgedacht." Er schaute sie mit versteinerter Miene an, stützte die Ellenbogen auf die Sessellehnen und legte die Fingerspitzen aneinander. „In den letzten zwei Monaten war sie, sagen wir, unerfreulich. Ich würde das gern ändern."

„Verständlicherweise", gab sie zurück. „Mir liegt es auch schwer im Magen, dass wir nur noch über das Nötigste sprechen." Sie schlug die Beine übereinander. Ihre Hände lagen locker im Schoß.

Mattes nickte. „Eben. Offensichtlich haben wir uns nicht mehr viel zu sagen." Er machte eine Pause, als wolle er sich erneut ihre Zustimmung einholen. Als die ausblieb, sprach er weiter. Der Ton noch eine Spur kühler. „Ich werde meinen Platz räumen."

Na bitte. Sie hatte es erwartet. Sprich ruhig weiter, dachte sie pikiert. Du wolltest dich erklären.

Dass sie nicht die von ihm erhoffte Reaktion zeigte, schien ihn zu verunsichern. Er räusperte sich und legte die Hände auf die Armlehnen. Mit einem kleinen Schlag seiner Fingerspitzen, so, als wolle er seine Entscheidung bekräftigen. „Das heißt im Klartext: Ich kündige."

„Okay", bestätigte sie, dass sie ihm zugehört hatte. Dann wartete sie erneut.

„Du sagst nichts?" Er war mehr als irritiert.

Sie schaute ihm direkt in die Augen. „Was soll ich sagen? Ich hab es geahnt."

„Und?", wollte er wissen.

Sie blieb stumm, wartete ein paar Sekunden und erhob sich dann. Aus dem Kühlschrank im Beratungsbereich holte sie eine Wasserflasche, stellte zwei Gläser auf den Schreibtisch und schenkte ein.

„Du weißt, dass ich nicht auf dich verzichten kann." Sie setzte sich wieder. „Und ehrlich gesagt, habe ich die Hoffnung, dass ich es auch nicht muss. Ich würde die Missstimmung zwischen uns gern aus der Welt schaffen. Und ich bin bereit, Zugeständnisse zu machen. Bis auf eines. Das sollte dir klar sein." Er ahnte hoffentlich, was sie meinte. Wenn die einzige Option, ihn zu halten, in einer Beziehung mit ihm bestand, war sie definitiv raus.

Mattes schaute sie abschätzig an. „Du willst allen Ernstes, dass ich bleibe?"

„Ja. Wir sind Partner, du und ich. Geschäftspartner. Wir haben eine gemeinsame Verantwortung. Nämlich die, das BELLE EPOQUE als eines der bekanntesten Hotels der Küste auf Kurs zu halten. Du bist der Käptn. Du kannst nicht so einfach von Bord gehen."

Sie hatte im Zug darüber nachgedacht, was sie ihm sagen sollte. Sie wollte ihm klar machen, wie sehr sie ihn brauchte, und gleichzeitig, wie sehr sie ihn schätzte. Ihre Zusammenarbeit mit dem Verhältnis zwischen Kapitän und Eigner eines Schiffes zu vergleichen, erschien ihr passend. Außerdem gab es da diesen dummen Spruch, den sie eigentlich nicht mochte, aber der eine tiefe Wahrheit enthielt. Was sie gerade gesagt hatte, ging ihrer Meinung nach als perfekte Abwandlung davon durch.

„Auch ein Kapitän kann den Dienst quittieren", warf Mattes ungerührt ein. „Wenn sein Kurs nicht mehr zu dem des Schiffes passt, muss er das wohl zwangsläufig."

„Alles eine Frage der Heuer, würde ich sagen."

Er stellte die Beine leicht auseinander und schaute sie an. Auf seinem Gesicht bildete sich ein spöttischer Zug. „Ich bin nicht käuflich, Marlena."

So schnell wollte sie nicht aufgeben. Aber sie wollte auch nicht betteln. Und schon gar nicht mit einem Angebot locken, das ihr selbst ein wenig lächerlich vorkam. Nicht zweimal. Mattes verdiente genug. Er brauchte keine Gehaltserhöhung.

„Dann sag mir, welche Chance ich habe, dich zu halten", versuchte sie es auf andere Weise.

Mattes grinste vielsagend. Noch ehe er den Mund aufmachte, ahnte sie, was kommen würde.

„Du hattest eine Chance. Aber du hast sie vertan."

„Ist es das, was ich denke?", wollte sie wissen.

Er sah sie an und nickte.

Marlena erhob sich und ging hinüber zum Fenster. Das Meer war noch immer aufgewühlt. Hoffentlich legte sich der Sturm bis zum Wochenende.

Sie wandte sich ins Zimmer zurück, ihm zu. „Dann gibt es nichts mehr, was ich tun kann."

Nachdenklich blieb ihr Blick am Revers seines Sakkos haften. „Schade. Du weißt, du warst für mich mehr, als nur ein Mitarbeiter. Wir waren Freunde. Im Grunde verstehe ich nicht, was eigentlich passiert ist, dass wir uns plötzlich gegenseitig das Leben schwer machen." Sie löste sich aus ihrer Starre und schaute ihn an.

Mattes in seinem Sessel blieb so entspannt, als sprächen

sie über die Zimmerauslastung der Osterferien. „Er ist passiert", gab er zurück. Und nach einer Pause: „Warum er, Marlena? Warum ausgerechnet ein Mann, der gar nicht zu dir passt?"
Erstaunt hob sie die Brauen. „Wie kommst du darauf? Du kennst ihn doch gar nicht."
„Ich muss ihn nicht kennen, um zu wissen, dass er dir nicht gut tut."

Sie spürte, wie Ärger in ihr hochkam. Was maßte er sich an? „Und ob Alex mir gut tut. Aber das kannst du nicht wissen. Du lebst immer noch in der Erinnerung an unsere kurze Liaison. Hast gar nicht bemerkt, wie wir uns verändert haben."
„Du hast dich verändert, Marlena. Nicht ich."
„Du auch! Du lebst nur noch fürs Hotel. Nenne mir einen Tag, an dem du nicht im Hause oder zumindest im Dienst des Hauses unterwegs warst. Einen Tag. Ich schätze, du musst dafür in deinen Timer schauen und weit zurückblättern. Du merkst gar nicht, wie das Leben an dir vorüber zieht, Mattes. Hast du jemals wieder Sex gehabt nach mir?"

Auweia. Das hätte sie nicht sagen sollen. Sie beobachtete, wie sein Gesicht aschfahl wurde.
„Und warum? Warum hänge ich tagtäglich hier herum? Weil du deinen Arsch durch die Weltgeschichte trägst. Immer auf der Suche nach dem ultimativen Kick. Wenn ich nicht darauf achten würde, dass in deiner Abwesenheit hier alles seinen Gang geht, wär' das BELLE EPOQUE lange nicht dort, wo es inzwischen ist."
„Das stimmt", gab sie zu. „Aber das gibt dir noch lange nicht das Recht, dich in meine persönlichen Angelegenheiten einzumischen."
„So?" Er funkelte sie mit seinen braunen Augen an. „Aber wenn du jemanden zum Quatschen brauchst, bin ich gut genug, oder wie? Ab wann setzt denn bei dir persönlich ein, Lena? Wenn's um's Hotel geht und um die Nachfolge – ich meine, wir sind schließlich alle mal dran – oder erst, wenn es darum geht, wer dir seinen Schwanz reinstecken darf?"

Sie schluckte entsetzt. „Das geht zu weit, Mattes."
„Ha", lachte er hart auf. „Du gehst zu weit, würde ich sagen. Du glaubst doch wohl nicht im Ernst, dass deine Eltern einen solchen Schwiegersohn akzeptieren werden. Einen Typen, der Frauen schlägt. Lässt du das auch mit dir machen? Hältst du ihm den Arsch erst zum Ficken hin, wenn er vorher die Peitsche für dich geschwungen hat?"

Sie sprang auf. „Verschwinde", zischte sie.

„Ja klar, das willst du nicht hören. Vor allem nicht zugeben." Er erhob sich ebenfalls. „Die Leute sind nicht dumm, Marlena. Jeder hier weiß, dass Alex dein Berater für G.o.G. ist. Was glaubst du, wie lange es dauert, bis sie mitkriegen, dass da mehr läuft neben dieser so genannten Beratung?" Er überzog die Betonung dieses Wortes absichtlich. Dann machte er eine wohldosierte Pause, während der er sie herablassend musterte, und fuhr fort: „Bisher hat es fast jeder für eine kluge Idee gehalten, auf diesen Scheiß-Shades-Zug aufzuspringen. Aber wenn ihnen klar wird, dass du auch so eine bist … Wart's ab. Ich hab dich gewarnt."

Marlena verspürte ein Ziehen in der Magengegend. Nie im Leben hatte sie damit gerechnet, dass Mattes so darüber dachte, wie er es jetzt herausposaunte. Es war doch noch gar nicht lange her, da hatte er sie damit aufgezogen, den Sommer-Event des Hotels ganz im Zeichen von BDSM zelebrieren zu wollen. Sie war diejenige gewesen, der damals die Luft weggeblieben war und die ihn ausbremsen musste. Die befürchtet hatte, dass diese Idee die Gäste des BELLE EPOQUE über alle Maßen brüskieren könnte. Und jetzt schob er ihr den Schwarzen Peter zu? Wie man sich doch in einem Menschen irren konnte.

„Ich glaube, wir sollten unser Gespräch vertagen", brach sie das entstandene Schweigen. „Lass uns darüber nachdenken, wie wir dein Ausscheiden vernünftig über die Bühne bringen. Jeder für sich." Sie trat hinter ihren Schreibtisch und begann, die Stapel darauf ziellos hin und her zu schieben. „Im Moment wäre mir lieb, du könntest so lange bleiben, bis ich einen …" Sie suchte nach der passenden Formulierung. „adäquaten

Nachfolger für dich gefunden habe. Wenn das überhaupt möglich ist", murmelte sie. „Vielleicht kannst du ihn zumindest in das Wesentliche einarbeiten. Für alles Weitere werden wir einen Weg suchen." Sie schaute wieder zu ihm hinüber. „Ist das okay für dich?"

Mattes nickte. Er fuhr sich über das blonde, zurückgekämmte Haar und stand unschlüssig im Raum. „Es tut mir leid", sagte er dann. „Ich wollte nicht ausfallend werden."
Marlena winkte ab. „Schon gut. Wir sind beide angespannt. Da rutscht einem schon mal ein dummes Wort raus."

Er nickte. Es war Bestätigung und Abschied zugleich. Keine Minute später schloss er leise hinter sich die Tür.

14

Als sie hinunter an den Strand kam, hatte sich der Sturm gelegt. Die Schaumkämme auf den Wellen waren verschwunden. Nur wenn sie sich im seichten Wasser überschlugen, spritzte die Gischt nach allen Seiten. Das, was an Wind noch vorhanden war, reichte immerhin, die Drachenflieger steil in die Luft zu treiben. Marlena beobachtete, wie sich vorwiegend Familienväter darum bemühten, ihren Sprößlingen ein Schauspiel zu bieten. Manche rannten im wilden Zickzack durch den Sand, zogen die Strippe hinter sich her, an der etwas hing, was mit einem klassischen Drachen, wie sie ihn aus ihrer Kindheit kannte, nicht mehr das Geringste zu tun hatte, und rissen immer wieder den Arm in die Luft, damit besagtes Ding Auftrieb bekam. Andere standen lässig in den Wind gelehnt und dirigierten mit sparsamen Bewegungen das bunte Etwas am Himmel. Von den Kindern für Minuten enthusiastisch beobachtet. Aber das Interesse am Erfolg verlor sich schnell. Die wahre Show boten die, die rannten.

Marlena wurde auf einen Mann in einem dunkelgrünen Windbreaker aufmerksam. Er hielt einen kleinen Jungen an der einen Hand und versuchte mit der anderen vergeblich, seinen Drachen in die Lüfte zu kriegen. Beide rannten. Aber was konnte das Tempo eines vielleicht Fünfjährigen ausrichten, wenn es um den Start eines Flugobjektes ging? Dabei war dieses hier ein ganz Besonderes. Ein echter Drachen. So, wie sie ihn früher mit ihrem Vater gebastelt hatte. Mit lustigen Trotteln an den Seiten und einem langen bunten Schwanz aus Papierschleifen. Dass es so etwas noch gab?

Einer plötzlichen Eingebung folgend, ging sie auf den Mann zu und beugte sich zu dem Jungen an seiner Seite hinunter.

„Wollen wir beide mal zuschauen, wie dein Papa ein bisschen schneller rennt, damit der Drachen steigen kann?" Sie hielt ihm die Hand hin. Der Kleine schaute zu ihr hoch. Blondes strubbeliges Haar und große grüne Augen mit braunen Fünkchen darin. Sie nickte ihm zu und hob fragend die Brauen.

„Lena", sagte eine überraschte Stimme. Der Tonfall, der leichte norddeutsche Akzent, wie ihn die Einheimischen hier oben sprachen – sie kannte diese Stimme. Sie hatte sie jahrelang in- und auswendig gekannt. Und sie hörte sich sofort wieder vertraut an.

Marlena hielt in der Bewegung inne, drehte den Kopf, blickte sich an langen Beinen in Jeans entlang bis hoch zum Gesicht des Mannes, der den Drachen hielt.

„Erik", flüsterte sie.

Ihr Blick flog zurück zu dem Jungen. Jetzt sah sie es. Dasselbe blonde Haar und dieselben grünen Augen. Ohne Zweifel sein jüngeres Abbild. Sie lächelte, ließ die Hand sinken und erhob sich.

„Der einzige vernünftige Drachen weit und breit gehört also ausgerechnet dir", sagte sie und schüttelte den Kopf. „Was macht ihr hier?" Kaum zu glauben, dass sie sich nach Jahren auf diese Weise wiedertrafen. Sie hatte von gemeinsamen Freunden gehört, dass Erik nach der Trennung von ihr geheiratet und zwei Söhne bekommen hatte. Ihn hier zu sehen, mit einem seiner Kinder, hätte sie glücklich machen sollen. Stattdessen verspürte sie Trauer.

„Meine Frau hat Ferien. Wir besuchen ihre Eltern drüben

in Binz. Aber zum Drachensteigen sind wir hierher. Ist schöner hier, nicht so touristisch."
Sie nickte. „Und deine Frau?"
Er drehte sich in Richtung Dünen und zeigte auf eine Dunkelhaarige, die mit einem sehr viel jüngeren Kind im Sand spielte. Sie winkte zu ihnen herüber, als sie sie bemerkte.

„Ich freue mich, dass alles so geworden ist, wie du es dir immer gewünscht hast", sagte Marlena und schaute wieder auf den Jungen an Eriks Seite. Der trommelte seinem Vater mit der flachen Hand unentwegt gegen das Bein. Als er seine Aufmerksamkeit endlich hatte, wollte er wissen, wer die Frau sei.
„Das ist Lena - eine gute Freundin", antwortete Erik seinem Sohn und fuhr ihm über den Kopf. „Wir haben uns sehr lange nicht gesehen." Er machte eine Pause und beugte sich ein wenig zu ihm hinunter. „Magst du einen Moment zu Mama und Niklas gehen, Benny?"
Benny schüttelte den Kopf. Er wollte den Drachen steigen lassen. Die Freundin seines Vaters störte ihn dabei.

„Alles gut", sagte Marlena. „Vielleicht telefonieren wir irgendwann mal? Meine Nummer ist noch dieselbe."
Erik nickte und wurde für einen Moment ernst. „Geht es dir gut, Lena?" Sein Blick glitt prüfend über ihren Körper und blieb dann in ihren Augen hängen. Er suchte ganz offensichtlich nach irgendeinem Anzeichen dafür, dass auch sie nach der Trennung von ihm ihr Glück gefunden hatte. Sie spürte förmlich, wie sehr es ihn erleichtert hätte, wenn er eine kleine Wölbung an ihrem Bauch oder dieses gewisse Glitzern in ihren Augen entdeckt hätte, das Frauen mit einem süßen Geheimnis umschwebte.

„Ja", antwortete sie kurz angebunden. Es fühlte sich falsch an, dieses Ja weiter auszuführen. Was sollte sie ihm auch sagen? Dass sie gerade einen Mann in der Pipeline hatte, von dem sie glaubte, er könnte sein Nachfolger werden? Oder wollte er allen ernstes hören, dass die Ärzte sich damals geirrt hatten und sie doch schwanger werden konnte? Irgendwann einmal? Wenn der Richtige für die Vaterschaft auftauchte?

„Und euer Hotel? Ich hab gehört, dass du inzwischen übernommen hast."
Sie nickte. „Es läuft gut."
„War ja mit zu rechnen", entgegnete er. Dann reckte er sein Kinn in die Richtung, aus der sie gekommen war. „Machst deine Pausen immer noch am Strand, oder? Durchpusten, Kopf freikriegen. Wie früher."

Sie lächelte ihn an. Er kannte sie eben gut. Theoretisch müsste er sich auch daran erinnern, dass sie diese Pausen am Strand eigentlich nur machte, wenn sie ein Problem zu wälzen hatte. Aber vielleicht war es ein wenig viel verlangt, dass er selbst das noch auf dem Schirm haben sollte.

„Also dann." Sie wandte sich zum Gehen. „Mach's gut."
„Du auch", entgegnete er und winkte mit einem schnellen Seitenblick noch einmal zu seiner Frau hinüber. „Schön, dich zu treffen", fügte er dann wieder zu ihr gewandt hinzu. Seine Augen leuchteten kurz auf dabei.
„Ja, finde ich auch. Bis dann."

Sie wollte dringend weg. Sie hasste diesen blöden Floskeln. Und sie hasste es, ihn hier so glücklich mit seiner Frau und den Jungs zu sehen. Musste er ausgerechnet an ihrem Strand einen Drachen steigen lassen? Hätte er nicht damit rechnen müssen, dass sie ihm über den Weg lief? War das nicht pietätlos? Nach allem, was sie zusammen durchgemacht hatten? Und vor dem Hintergrund, dass er wusste, wie gern sie das hier mit ihm gehabt hätte? Eine Familie? Kinder? Ja, von ihr aus sogar diesen bescheuerten Drachen?

Ehe er noch irgendetwas sagen konnte, hob sie die Hand, drehte sich um und ging in Richtung Brücke zurück. So ein blöder Nachmittag. Erst das Ding mit Mattes. Obwohl sie ja zugeben musste, dass sie damit gerechnet hatte. Jetzt die Begegnung mit dem heiteren, offenbar gänzlich unbeschwerten Erik. Und diese dumme Reklamation in München war auch noch nicht erledigt. Die ganze Welt schien sich gegen sie verschworen zu haben.

Ohne, dass sie es so richtig gewahr wurde, beschleunigte sie ihre Schritte und nahm die Treppe zur Promenade nach oben in einer Eile, die in keinem Verhältnis zu dem stand, was sie heute noch beabsichtigte zu tun. Als sie oben angekommen war, blieb sie kurz stehen und verschnaufte. Sie drehte sich um und schaute nach rechts über den Strand. Erik und sein Sohn rannten nicht mehr. Sie standen und starrten in die Luft, wo der Drache im Wind hin und her zuckelte.

* * *

Als Marlena nach dem Abendessen bei ihren Eltern, die sie unbedingt hatten sehen und sich davon überzeugen wollen, dass es ihr wieder besser ging, zuhause angekommen war, ging es beinahe auf Mitternacht zu. Dabei hatte sie Alex versprechen müssen, dass sie es nicht schon am ersten Arbeitstag wieder übertrieb. Sie waren gegen zehn zu einem Telefonat verabredet gewesen. Doch sie hatte ihm lediglich eine SMS geschickt und gefragt, ob sie nicht auch später, wenn sie von ihren Eltern zurück sei, sprechen könnten. Sie solle sich einfach melden, hatte er gemeint. Aber so spät? Ob er überhaupt noch wach war?

Sie kickte die Schuhe von ihren Füßen und trug die Tasche mit dem Tablet hinüber in ihr Arbeitszimmer. Wozu sie das eigentlich hatte? Dieser Schreibtisch sah sie im Grunde nur den Staubwedel schwingen. Ansonsten erledigte sie alles, was zu tun war, im Hotel. Ihr Blick fiel auf einen braunen Zipfel Papier, der aus einer der Schubladen hervorlugte. Sie wusste sofort, was das war. Sie hätte dieses Ding unter Hunderten wiedererkannt.

Marlena trat an den Schreibtisch, zog die Schublade auf und beförderte den großen braunen Briefumschlag mit den Fotos zutage, die sie und Alex im Club zeigten. Sie öffnete ihn, hielt einen Moment unentschlossen inne und legte ihn dann zurück. Nein. Sie würde sich das jetzt nicht antun. Nicht um diese Zeit. Sie wusste gar nicht, warum sie ihn eigentlich nicht längst in der Versenkung hatte verschwinden lassen. So, wie den anderen. Der lag in ihrem Kleiderschrank ganz unten. Dort, wo ihn selbst ihre Mutter, die hier hin und wieder nach dem Rechten sah, sobald Marlena zu einer ihrer Kurzreisen unterwegs war, niemals entdecken würde. Direkt unter dem Schubfachteil, in einem geheimen Zwischenraum sozusagen.

Sie zog die Schublade noch einmal auf, nahm den Briefumschlag und trug ihn hinüber ins Schlafzimmer. Irgendwie schien ihr das Risiko jetzt doch zu groß. Am Wochenende würde Alex hier sein. Und wenn ihre Mutter das nächste Mal zum Blumengießen vorbeikam … Sie schob den Umschlag zu dem ersten und schloss die Schranktüren mit Nachdruck. Sie wollte nicht, dass irgendwer das, was zwischen ihr und Alex war, in den falschen Hals bekam. Schon gar nicht ihre Eltern. Und wenn sie zehnmal ahnten, dass ihr Interesse an einer etwas härteren Gangart beim Sex nicht nur rein geschäftlicher Natur war. Was Alex mit ihr tat, ging sie überhaupt nichts an.

Sie kramte in ihrer Tasche nach dem Smartphone, stöpselte das Headset an und scrollte durch das Telefonbuch. Sie würde ihn jetzt anrufen. Versprochen war versprochen. Gesprächsstoff gab es ja nun wahrlich genug.

Alex' Stimme hörte sich an, als hätte er schon geschlafen.

„Du hattest versprochen, es nicht gleich wieder zu übertreiben, Mara", rügte er sie wie erwartet.

„Ich weiß." Sie streckte sich auf dem Sofa aus und legte die Beine hoch. „Es war einfach so viel zu erledigen. Außerdem wollte ich meinen Eltern zum Abendessen nicht absagen. Schließlich haben sie sich ja ums Geschäft gekümmert, solange ich nicht da war."

„Schon klar. Ist ja auch in Ordnung." Seine Stimme nahm einen versöhnlichen Klang an. „Hast du mit deinem Geschäftsführer gesprochen?"

„Hmhm. Es ist genau so, wie ich vermutet habe. Er hat gekündigt."

Kurzes Schweigen am anderen Ende. „Und? Irgendeine Chance, ihn zurückzuhalten?"

„Keine. Er ist total darauf fixiert zu gehen."
„Warum eigentlich?", wollte Alex wissen.

Sie druckste herum. Als sie gestern ihm gegenüber erstmals angedeutet hatte, das es Probleme mit Mattes gab, hatte er darauf verzichtet, genauer nachzufragen. Er wusste ja noch nicht einmal, dass zwischen ihnen beiden seit der Launchparty Eiszeit herrschte. Und zwar seinetwegen. Wenn man es genau betrachtete, jedenfalls. Was er wusste, war, dass sie und Mattes ein besonders vertrautes Verhältnis zueinander hatten. Mit Sicherheit war ihm klar, dass der Geschäftsführer eines Unternehmens wie dem ihren nicht das Handtuch warf, wenn er keine guten Gründe dafür hatte. Früher oder später hätte er sie also sowieso danach gefragt. Nun eben früher.

„Wir haben seit der Launchparty Probleme miteinander", gestand sie.
„Aber warum? Es lief doch alles perfekt. Soweit ich weiß, war Mattes nicht unwesentlich daran beteiligt."
„Stimmt. Aber nachdem du wieder weg warst, hat er mir offenbart, welchen Grund sein enormes Engagement all die Jahre hatte."
Alex zog hörbar Luft durch die Nase. „Nämlich?"

Marlena schwieg. Es fiel ihr schwer, mit ihm darüber zu sprechen. Sie wollte nicht, dass er die falschen Schlüsse daraus zog. Jetzt, wo doch alles danach aussah, als hätten sich wenigstens zwischen ihm und ihr die Wogen wieder geglättet. Allerdings hatten sie noch immer nicht wirklich diskutiert, was an jenem Tag auf dem Baumwipfelpfad geschehen war. Was ihn dazu bewogen hatte, so überstürzt abzureisen. Warum er seine Emotionen nicht unter Kontrolle halten konnte. Und jetzt fürchtete sie, er könnte erneut …
„Mara! Lass dir nicht jedes Wort aus der Nase ziehen. Ich will, dass du ehrlich zu mir bist. Ehrlich und offen. Lass uns nicht immer wieder von vorn anfangen."

Ehrlich und offen, er hatte gut reden. Ehrlich war sie. Mit der Offenheit hatte sie so ihre Probleme. Aus gutem Grund. Das hatte sie ja nun an Mattes' Reaktion auf den neuen Mann in ihrem Leben gesehen. Er hätte nie gekündigt, wenn es ihr

gelungen wäre, ihre Beziehung zu Alex geheim zu halten.
„Mara?"

Okay, wenn er es unbedingt so wollte, würde sie offen sein. „Mattes hat geglaubt, ich würde mich irgendwann dazu überreden lassen, ihn zu heiraten."

„Was?"

„Ja. Er dachte, die Vertrauensposition, die er sich bei mir erarbeitet hat, wäre so etwas wie eine Garantie darauf, dass sein Plan aufgeht. Er hat wohl all die Jahre gewartet. Als er dich und mich bei der Launchparty sah, war ihm sofort klar, dass er umsonst gewartet hatte." Was nicht so ganz stimmte. Er wusste ja sogar, dass sie zusammen den Jahreswechsel verbracht hatten.

Alex schnaufte. „Was ist denn das für eine blöde Geschichte? Hört sich ja an wie ein Groschenroman. Nur dass es sonst die kleine Angestellte ist, die darauf wartet, dass der Chef sie als potentielle Partnerin wahrnimmt." Er machte eine kurze Pause und fuhr dann fort. „Hatte er denn einen Anlass für seine Hoffnungen?"

„Wir hatten mal was miteinander", gab Marlena kleinlaut zu. „Lichtjahre her. Seitdem hat er wohl geglaubt, es könnte noch einmal klappen."

Alex schwieg für einen Moment. „Das erklärt natürlich einiges", sagte er dann.

„Das erklärt gar nichts", widersprach sie. „Nur weil ich mit ihm ins Bett gegangen bin, heißt das noch lange nicht, dass er für mich als Partner in Frage kommt."

„Hmhm", machte Alex. „Warum eigentlich nicht?"

„Warum nicht? … Es passte eben nicht zwischen uns." Sie stöhnte. Jetzt musste sie doch allen Ernstes erklären, warum sie sich für ihn statt für Mattes entschieden hatte. Ging's noch? „Er ist lieb und nett und tut alles, worum ich ihn bitte. Er ist gebildet, sieht gut aus, macht seinen Job mehr als perfekt und meine Eltern mögen ihn." Sie brach ab.

„Und das reicht dir nicht, Prinzessin?"

Ob er sie absichtlich provozierte? „Nein. Das reicht mir nicht. Ich will keinen Mann, der immer nach meiner Pfeife

tanzt."
„Sondern?"
„Ich will ... ich ..." Sie geriet ins Stocken. „Ich will nicht immer stark sein müssen. Den Impuls geben. Diejenige sein, die die Strippen zieht. Das muss ich jeden Tag im Job. Dann will ich es nicht auch noch zuhause. Ein bisschen Anlehnungsbedürfnis steht doch jedem zu, oder?" Wieder stockte sie, um schließlich leise weiterzusprechen. „Außerdem will ich hier oben nicht versauern. Geschäft, Familie, Kinder, nicht mehr weg können deswegen – das hielte ich nicht aus."

Unwillkürlich musste sie an Erik denken, an seinen Sohn und den altmodischen Drachen, den sie am Strand hatten steigen lassen wollen. Wie versunken seine dunkelhaarige Frau mit dem Jüngsten im Sand gespielt hatte. Was war daran so falsch? Hatte es ihr nicht einen Stich versetzt bei diesem Anblick? Und war das nicht so etwas wie Neid oder Eifersucht gewesen, was sie empfunden hatte? Auf Erik und auf das, was sie nie haben konnte? Kinder? Eine richtig komplette Familie?

„Aber Kinder willst du doch immer noch. Oder hat sich deine Meinung geändert?"
Alex hörte sich nachdenklich an, ein bisschen unsicher. Natürlich wollte sie Kinder. Aber darauf hatte weder sie noch er irgendeinen Einfluss. Das Thema konnte sie abhaken. Egal, wie gern sie auf die Erfüllung ihres Wunsches hoffen würde. Die Diagnosen der Ärzte waren eindeutig. Zumindest, was ihre Empfängnisfähigkeit betraf. Worauf sich das begründete, hatte ihr allerdings niemand jemals zweifelsfrei erklären können.

„Ich glaube, darüber müssen wir uns keine Gedanken mehr machen", gab sie widerwillig zur Antwort.
„Warum nicht? Für mich ist das Thema noch nicht beendet."
„Aber ich habe dir doch gesagt, dass ..."
„Ich weiß", unterbrach er sie. „Aber ich habe fast täglich damit zu tun. Was meinst du, wie viele Frauen nach einem Partnerwechsel plötzlich doch schwanger werden? Obwohl das angeblich gar nicht möglich sein soll."

Sie schwieg betroffen. Sie hatte gewechselt. Nach Erik allerdings niemals auf ein Kondom verzichtet. Das Risiko, sich mit irgendeinem Mist zu infizieren, war ihr zu hoch. Wenn sie schon nicht mehr zum Frauenarzt ging, wollte sie wenigstens clean bleiben. Alex war der erste, mit dem sie seit Erik Sex hatte, ohne zu verhüten. Aber war das dann nicht trotzdem riskant? Und war es ihm etwa egal, wenn sie plötzlich schwanger werden sollte?

Sie schnaufte abfällig. Quatsch. So viele Ärzte, die sie unabhängig voneinander untersucht hatten, konnten sich nicht irren. Natürlich hatten sie alle gesagt, man solle die Hoffnung niemals aufgeben. Aber was hatte dieser Spruch schon für einen Wert? Die Hoffnung niemals aufgeben. Als sie den Satz zum fünften oder sechsten Mal gehört hatte, hatte sie laut losgelacht. Wie schizophren das klang angesichts der Fakten. Genau so schizophren war sie sich auch vorgekommen. Mit dieser ganzen Apparatemedizin, die man aufbot, um letztlich doch nur in der Lage zu sein, das Normalste dieser Welt, ihre Fortpflanzungsfähigkeit, mit einem Prozentsatz zu belegen. Der dann sogar so gering war, dass man im Grunde überhaupt nicht mehr von einer Chance sprechen konnte.

„Okay. Können wir wieder auf unser Thema zurückkommen?“, bat sie. „Ich wollte eigentlich mit dir darüber reden, dass Mattes gekündigt hat. Nicht darüber, warum er als Lebenspartner für mich nicht in Betracht kommt. … Hört sich ja fast so an, als würdest du mich nicht mehr wollen“, schob sie nach einer kleinen Pause hinterher.

Alex lachte. „Typisch, Prinzessin. Sobald du dich in die Enge getrieben fühlst, ziehst du dich in dein Schneckenhaus zurück. Was soll ich bloß mit dir machen?“ Er gab ein Geräusch von sich, als wisse er allerdings sehr genau, was er mit ihr anstellen würde, wenn er jetzt da wäre. „Los jetzt, ab ins Bett mit dir. Dein Tag war schon viel zu lang. Du musst schlafen.“

„Und wenn ich nicht kann?“, murrte sie.

„Okay, du kriegst eine Einschlafhilfe“, versprach er. „Wo bist du?“

„Auf dem Sofa.“

„Dann heb deinen entzückenden Hintern und geh in die

Diele."
„Was soll ich da?"
„Wirst du gleich sehen."

Marlena erhob sich theatralisch ächzend und verließ den Wohnraum. „Okay. Bin da."

„Stell dich vor die Kommode." Er wartete einen Moment, bevor er weitersprach. „Und zieh die zweite Schublade von oben auf."

„Hab ich. Und nun?" Sie starrte auf die Handstulpen, die sie hier ordentlich sortiert verwahrte.

„Nimmst du die heraus, die dir für heute Nacht schön kuschelig erscheinen."

Ungläubig schüttelte sie den Kopf. „Du weißt, was da drin ist?"

„Natürlich", gab er amüsiert zurück.
„Was?"
„Stulpen, eine ziemliche Sammlung sogar."
„Du spionierst mir nach", empörte sie sich.
„Nein. Ich bin nur aufmerksam, Mara", entgegnete er. „Nimm dir ein paar heraus", forderte er sie auf. „Hast du?"

Sie schaute in die Schublade hinein. Langsam dämmerte ihr, was er bezweckte. Sie sollte sich ähnlich angebunden fühlen, wie mit den Ledermanschetten, die er ihr in seinem Schlafzimmer angelegt hatte. Vielleicht gar keine so schlechte Idee.

Sie griff nach einem schwarzen Paar, das ihr theoretisch bis über die Ellenbogen reichte. Aber die langen Teile waren aus sehr dünnem Garn gearbeitet, so dass sie sie beliebig zusammenschieben konnte.

„Also, hast du?", wiederholte er seine Frage.
Sie nickte, auch wenn er das nicht sehen konnte. „Ja."
„Zieh sie erst über, wenn du im Bett liegst", verlangte er. „Und dann denk an mich."

Das Schmunzeln in seiner Stimme war so deutlich herauszuhören, dass sie sein Gesicht vor ihrem geistigen Auge sah.

Auf dem Weg ins Bad lauschte sie seinen Liebkosungen, die jetzt nur noch leise, fast schon geflüstert an ihr Ohr drangen. Sie entledigte sich nebenher ihrer Kleider, putzte sich die Zähne und schlüpfte im Dunkeln ins Bett. Erst dann zog sie die Stulpen über ihre Handgelenke. Es fühlte sich gut an, tatsächlich ein bisschen, als trüge sie Fesseln.

„Schön“, flüsterte sie in das Mikro. Diese kleinen Headsets waren eine geniale Erfindung. Egal, was man gerade tat, wenn man nicht wollte, musste man den anderen selbst bei den banalsten Verrichtungen nicht loslassen. Sie jedenfalls genoss es, dass Alex die ganze Zeit über bei ihr war. Wenn auch nur akustisch.

„Leg dich auf den Bauch, Mara“, befahl er.

Sie drehte sich, knüllte das Kissen zwischen die Arme und lag schließlich in der von ihm gewünschten Position.

„Und jetzt hoch mit deinem süßen Arsch.“ Seine Stimme klang spürbar dunkler und irgendwie rau.

Sie zog die Knie unter den Bauch und seufzte. Wenn er jetzt hier wäre …

„Ich bin hinter dir“, sagte er leise, als wüsste er, was sie gerade dachte. „Ich bin hinter dir und ganz hart. Spürst du es?“

Sie seufzte lustvoll und reckte ihren Po noch ein wenig weiter in die Höhe. Die Decke behinderte sie und sie schüttelte sie einfach ab.

„Nimm die Knie auseinander.“ Alex klang noch immer sehr beherrscht. Seine Forderungen kamen deutlich, ließen keinen Widerspruch zu. „Noch weiter. Aber der Arsch bleibt oben.“

Marlena spürte, wie sich Lust in ihrem Bauch einnistete. In den schlafenden Insektenschwarm kam Bewegung.

„Wo sind deine Hände?“, wollte er wissen.

Sie setzte zum Sprechen an, merkte, dass ihre Kehle ganz trocken war, und räusperte sich. „Ich halte das Kissen fest.“

„Schieb es unter deine Brust und streck den rechten Arm nach oben. Leg ihn über den Kopf.“

Sie tat es.

„Shit, wir hätten skypen sollen“, kam es bedauernd vom anderen Ende der Leitung. „Die linke Hand nach hinten. Auf den Po.“

Sie legte den Kopf auf die Seite und griff nach hinten. Ihr

Hintern fühlte sich gut an. Glatt und fest und schön gerundet, wo er sich runden sollte.
„Und jetzt zieh die Pobacken auseinander."
Sie tat es. Ein leises Ploppen zeigte an, dass sich ihre Mitte geöffnet hatte.

Alex am anderen Ende lächelte. Er konnte das Geräusch nicht gehört haben. Aber er lächelte. Sie spürte das.
„Und jetzt atmen, Mara. Ganz tief ein und so lange du kannst ausatmen. Schön rhythmisch."
Marlena folgte seiner Anweisung und spürte, wie sie sich im Gleichklang ihrer Atmung öffnete und wieder schloss. Wieder öffnete und schloss. Öffnen, schließen, öffnen, schließen.
„Streichle dich", raunte Alex mit belegter Stimme. „Mit zwei Fingern um die kleine Perle herum. Aber berühr sie nicht. … Ja, gut so. Und ans Atmen denken. Ein und gaaanz lange aus. Spürst du, wie nass du schon bist?"
„Hmhmm."

Sie konnte nicht mehr sprechen. Sie mochte nicht mehr. Sie lauschte einfach nur auf seine Stimme und tat, was er sagte. Eine Sekunde lang fragte sie sich, was ihm der Telefonsex eigentlich gab. Ob die Sache nicht auf Gegenseitigkeit beruhen musste, um Sinn zu machen. Ob ihr immer wieder einsetzendes Schweigen ihn nicht irritierte, die Dynamik rausnahm. Aber dann konzentrierte sie sich wieder auf seine Stimme und die leise ausgesprochenen Anweisungen.

Sie hatte kaum die Hand zwischen ihre Beine gelegt, da fühlte sie die Feuchtigkeit aus sich heraussickern. Je länger sie mit dem Finger um ihr Lustzentrum kreiste, um so mehr wurde es. In ihrem Bauch tobte der Insektenschwarm, sie hörte sich schneller atmen, öffnete den Mund. Alex musste es auch hören.
„Jetzt reib die Perle", forderte er. „Reib sie mit zwei Fingern."

Und sie rieb. Sie nahm erst zwei Finger zur Hilfe, dann drei. Es dauerte nicht lange, und sie war kurz davor abzuheben. Es war ihr egal, ob sie das schon durfte. Sie entschied sich dafür. Mit welchem Ziel sollte er sie sonst so in Erregung versetzt haben?

Sie kam mit einem verhaltenen Stöhnen.
„Ich will dich hören, Mara", vernahm sie seine Stimme. „Lauter. Lass dich gehen." Durch ihren Höhepunkt hindurch sprach er mit ihr, stöhnte selbst leise und ließ sie nicht zur Ruhe kommen. „Weiter, Mara. Nicht aufhören. Reib dich weiter."

Als wollte sie einen Geschwindigkeitsrekord aufstellen, malträtierte sie ihre Spalte in einem wilden Rhythmus, spürte den zweiten Höhepunkt heranrollen, stöhnte vor Verlangen nach Alex immer lauter und visierte, kaum dass dieser zweite Orgasmus abgeklungen war, einen dritten an.

Alex trieb sie höher und höher. Er flüsterte ihr weiter schmutzige Worte ins Ohr, stöhnte mit ihr gemeinsam, lauschte ihrem keuchenden Atem und den Lauten, die sie von sich gab. Und endlich, endlich, als ihr Mund schon vollkommen ausgedörrt war, gab er Ruhe, streichelte ihr verbal übers Haar, gab ihr einen Kuss und wünschte ihr süße Träume. Mit einer wunderbaren Schwere in den Gliedern und einem Kopf, der wie leergefegt war, schlief Marlena erschöpft ein.

15

„Max, ich brauche genaue Informationen darüber, was passiert ist. Wenn ich mit der Kundin spreche, will ich vorbereitet sein. Auf möglichst alles.“

Marlena ging in ihrem Büro auf und ab und lauschte ihrem Münchner Taylor bei seinen Ausführungen. Sie zweifelte nicht im Mindesten daran, dass er alles getan hatte, um die Grey Days für die Kundin und deren Partner optimal zu gestalten. Es war die siebente oder achte Veranstaltung dieser Art in München. Man konnte guten Gewissens sagen: Der Standort hatte Potenzial. Max war ein hervorragender Organisator, besaß extremes Verhandlungsgeschick und konnte mit seinem jugendlichen Charme vermutlich jede Frau um den Finger wickeln. Dass die Kundin nicht rechtzeitig darauf hingewiesen hatte, dass ihr das gewählte Hotel nicht passte, ging nun wahrhaft nicht auf seine Kappe. Doch es musste mehr dahinter stecken. Die Beschwerde bezog sich ja eigentlich auf den Partner, der ihr angeblich nicht dominant genug gewesen war.

Marlena trat an ihren Schreibtisch, fuhr mit dem Finger über das Pad ihres Laptops und ließ den Bildschirm zum Leben erwachen. Darauf ein Foto der Kundin. Anfang vierzig, gutaussehend, elegant, dunkelblondes glattes Haar und feine

Gesichtszüge. Hübsch, fand Marlena und konnte sich nicht erklären, woher dieses Püppchen, denn irgendwie wirkte sie ein bisschen so, die Courage nahm, die Dominanz ihres Partners anzuzweifeln. Irgendetwas war da ganz gründlich schief gelaufen.

„Was kannst du mir über den Grey sagen?“ Sie tippte ein anderes Fenster an und hatte gleich darauf das Foto des dazugehörigen Mannes auf dem Bildschirm. Er nannte sich Gregor. Seine braunen Augen und das kurzgeschnittene, leicht graumelierte Haar machten auf den ersten Blick tatsächlich nicht unbedingt einen dominanten Eindruck. Das hätte die Kundin doch bemerken können, oder? Okay, das Foto, das sie gesehen hatte, war ein klein wenig abgewandelt. Weil er darauf eine Augenbinde getragen hatte. Wie sie auf ihrem. Aber sollte dieses Detail so sehr die falsche Richtung betont haben? Marlena mochte das nicht glauben.

Max berichtete von seiner Begegnung mit Gregor. Die lag bereits einige Wochen zurück. Er sprach von einem bescheiden wirkenden Unternehmer, erwähnte dessen enorme Zugewandtheit, die selbst ihm aufgefallen war, und seine Fähigkeit, sich auch unbedeutendste Beobachtungen zunutze zu machen. Was er sagte, sprach für einen geeigneten Kandidaten. Wo also sollte der Fehler gelegen haben?

„Vielleicht hat es zwischen den beiden einfach nicht gefunkt“, mutmaßte Max.

„Na gut, das kann passieren. Aber das wäre dir doch gleich zu Beginn der Days aufgefallen. Ist es nicht, oder?“

„Im Gegenteil“, bestätigte er. „Ich hatte den Eindruck, die beiden harmonierten gut miteinander. Gerade sie schien sehr angetan von ihm und hing während des Essens förmlich an seinen Lippen. Er unterhielt sie mit einigen witzigen Anekdoten aus seinem Leben. Sie lachten viel.“

Wie üblich war es seine Aufgabe gewesen, die Kunden beim ersten gemeinsamen Abendessen aus der Distanz heraus zu beobachten. Er hatte also nichts Ungewöhnliches bemerkt.

„Und am Morgen danach?“

Sie hörte, wie der Mann am anderen Ende der Leitung einen

kleinen Seufzer ausstieß. „Nichts, Marlena. Absolut kein Hinweis darauf, dass es Probleme gab zwischen den beiden."

Sie überlegte. „Ich glaube, ich sollte zunächst mit ihm telefonieren, bevor ich sie zurückrufe", sinnierte sie laut. „Die Reklamation kam ja von ihr. Er weiß vermutlich gar nichts davon. Was ist mit den Aftercare-Bögen?"

„Noch nicht bei mir. Weder von ihm, noch von ihr. Tut mir leid, Marlena. Manche lassen sich damit einfach viel Zeit."

Ja, sie wusste, wie das mit Feedback-Bögen war. Man betrachtete sie gern als überflüssig und drückte sich davor, sie auszufüllen. Wenn sie das bei ihren Kunden nicht immer wieder mit Geduld und Engelszungen anmahnen würden, kämen sie vermutlich nie auf die aktuelle Response von über siebzig Prozent. Und ohne das Engagement der Taylors war das sowieso ganz und gar undenkbar.

„Okay, Max, ich kümmere mich darum. Sobald ich mit ihm gesprochen habe, gebe ich dir Bescheid. Wir sollten dieses Beispiel übrigens für die Präsentation einer Fehleranalyse nutzen. Schaffst du das bis Ende des Monats?" Anfang Mai hatte sie die nächste Zusammenkunft mit den Taylors anberaumt. Es wurde Zeit für den Neunzig-Tage-Check.

„Das krieg ich hin, ja. Bis dahin liegen dann hoffentlich auch die ausstehenden Feedback-Bögen vor."

„Okay, dann hören wir uns vielleicht heute noch. Mal schauen, wie schnell ich diesen Gregor erwische."

* * *

Mittwochnachmittag vor Ostern. Marlena hätte erwartet, ihrem Kunden bestenfalls auf die Mailbox sprechen zu können. Kurz vor Feiertagen machte sie meistens die Erfahrung, dass alle Welt bereits in den Urlaub unterwegs war. Nur auf sie traf das nie zu. Sie hielt die Stellung. Denn sie war diejenige, bei der man den Urlaub verbrachte. In letzter Zeit dachte sie allerdings häufig darüber nach, was ihr das eigentlich gab. Warum sie ausgerechnet dort arbeitete, wo andere Ferien machten. Deshalb gefiel es ihr, dass Gregor offensichtlich nicht zu denen gehörte, die bereits zwei Tage vor dem eigentlichen Fest den Stift fallen ließen. Wenn er sie auch auf den Abend vertröstete. Er hatte noch ein Meeting zu absolvieren und steckte gerade in den Vorbereitungen dafür.

Kurz nach zwanzig Uhr rief er sie dann zurück. Seine Stimme mochte sie auf Anhieb. Oder besser gesagt mochte sie die Art, wie er sprach. Sehr gewählt, freundlich und zugewandt, dennoch die Worte mit einem feinen Humor gewürzt.

„Ich will offen zu Ihnen sein", meinte er auf ihre Frage, wie ihm die Grey Days gefallen hätten. „Aber zunächst würde ich gern wissen: Teilen Sie unseren Lifestyle?"

Bisher hatte Marlena sich, sobald es um ihre eigene Neigung ging, bedeckt gehalten. Keiner ihrer Kunden musste wissen, dass sie in der Szene aktiv war. Das war Privatsache, fand sie. Nicht einmal die Taylors wussten Bescheid darüber. Allerdings war sie, von Adam mal abgesehen, auch niemals direkt danach gefragt worden. Sie war froh über diesen Umstand. Man konnte schließlich nie wissen, was andere mit solchen Informationen anfingen.

Als Gregor ihr jetzt diese Frage stellte, musste sie unwillkürlich wieder an die Fotos von diesem Unbekannten denken, mit denen sie sich erpresst fühlte. Der wusste offensichtlich, wie sie tickte. Und dennoch glaubte sie, Gregor gegenüber offen sprechen zu können.

„Ja", sagte sie deshalb schlicht, ohne jede Erklärung.

„Gut", entgegnete er. „Dann gestatten Sie mir, dass ich ein wenig aushole. Ich bin seit fast zwanzig Jahren glücklich verheiratet. Wir haben drei gemeinsame Kinder, die jetzt langsam groß werden und aus dem Haus drängen. Um meine Firma ist es bestens bestellt, der Markt floriert. Aber in einer Hinsicht bin ich unzufrieden, ja geradezu frustriert. Meine Frau teilt meine Neigungen nicht." Er machte eine kleine Pause und fuhr dann fort. „Ich habe natürlich mehrfach versucht, sie sanft in diese Richtung zu lenken. Aber was ich auch tat, es missfiel ihr. Sie mochte weder härter angefasst werden, noch zeigte sie devote Neigungen, wie das in unserem Alltag in bestimmten Bereichen allerdings schon der Fall ist. Doch für unser Sexualleben konnte sie keinerlei Vorteil darin erkennen. Ich hatte also all die Jahre ganz klassischen Vanilla-Sex mit ihr. Dann kam das Buch von dieser E.L. James heraus. Ich habe es meiner Frau zum Geburtstag geschenkt. Alle drei Bände. Ich witterte Morgenluft. Ich dachte, wenn BDSM jetzt gesellschaftsfähig wird, ist deine Frau eine der ersten, die plötzlich Lust darauf hat. Schließlich sitzt sie an der Quelle. Aber weit gefehlt."

An dieser Stelle brach er ab. Marlena hörte ein Feuerzeug klicken und dann nahm er einen tiefen Zug, vermutlich von einer Zigarette.

„Sie hat die Augen verdreht, als sie den Titel las. Hat die Bücher weit weg gelegt. Dahin, wo sie selbst unsere Haushaltshilfe niemals finden würde. Sie hat nicht eine Seite gelesen. Es störte sie auch nicht, dass ihre Freundinnen ständig auf dieses Thema kamen. Sie sprach sogar mit mir darüber. Aber es war eher ein Echauffieren über die Tatsache, dass Millionen Frauen plötzlich diesem Schmöker verfielen. Sie hatte Null Verständnis dafür. Und mir wurde schlagartig bewusst, dass ich auf dem falschen Dampfer saß."

Wieder eine Pause. Marlena hatte das Gefühl, eine gänzlich neue Erfahrung zu machen. Bisher hatte sie immer geglaubt, dieser Trend zum hart-zarten Sex ging von den Frauen aus. Von jenen vornehmlich, die „Fifty Shades of Grey" gelesen hatten. Jetzt war hier ein Mann, der das ganz anders darstellte. Einer, der seiner eigenen Frau gern ein Dom wäre. Genau das, was sich zahlreiche andere von Herzen wünschten. Nur ließ sie ihn nicht. Sie konnte der Sache einfach nichts abgewinnen. Er war darüber wohl an einen Punkt geraten, wo er sich nicht länger in Enthaltsamkeit üben wollte.

Gregor bestätigte ihre Überlegungen, als er weitererzählte. „Ich begann, in den Städten, in die mich meine Geschäftsreisen führten, nach entsprechenden Clubs zu suchen. Dem Netz sei Dank wird man da schnell fündig. Auch was geeignete Damen betrifft. Man sollte nicht glauben, wie viele Frauen sich als Sub anbieten und einen Top suchen. Da ich normalerweise viel unterwegs bin, fand sich also überraschend viel Gelegenheit, meinen Neigungen nachzugehen. Nach ein paar Monaten fragte ich mich, warum ich das eigentlich nicht schon vorher getan hatte. Ich hätte mir viele Selbstzweifel erspart. Allerdings muss ich gestehen, dass es mich in gewisser Weise auch beschämte, meine Frau zu betrügen. Vielleicht können Sie das nachvollziehen."

Er fragte nicht danach, ob es ihr ähnlich ging. Er wusste einfach, dass es in der Szene die abstrusesten Konstellationen von Beziehung gab. Und da sie seinen Lifestyle teilte, musste er annehmen, dass sie wusste, wovon er sprach. Marlena ließ ein bestätigendes „Hmhm" hören und wartete auf die Fortsetzung der Geschichte.

„Tja, und nach SoG und meinem Eintauchen in die Szene kamen dann Sie mit Ihrem G.o.G. Was für eine passende Formulierung für diese Dienstleistung – Graft of Grey. Genau das wollte ich sein. Eine veredelte, oder wenn Sie so wollen, anspruchsvolle Form von diesem Möchtegern-Dom, der mir eigentlich ganz und gar unsympathisch ist. Vielleicht liegt es am Alter. Christian Grey könnte beinahe mein Sohn sein. Und dann diese Idee, einem Mittzwanziger die Position eines Multimillionärs unterzuschieben. Was für ein Schwachsinn!"

„Milliardär", korrigierte Marlena vorsichtig.

„Was?"

„Christian Grey ist Milliardär."

Gregor lachte ein sympathisches dunkles Lachen, das für den Bruchteil einer Millisekunde den Insektenschwarm in ihrem Bauch zum Leben erweckte. „Noch verrückter. Na, jedenfalls ist mir Ihre Idee total sympathisch, Verehrteste."

Sie stimmte in sein Lachen ein, wurde dann aber wieder ernst. „Wenn Sie regelmäßig in diese Clubs gehen und daheim Ihre Frau haben, was hat Sie dann an G.o.G. gereizt?"

„Der Rahmen. Ich bin mal hier und mal da unterwegs und niemals nach kürzerer Zeit wieder am selben Ort. Für eine Spielbeziehung, wenn wir uns auf diese Formulierung einigen wollen, ist das aus meiner Sicht zu wenig. Außerdem trifft man in den Clubs immer auf dieselben Frauen, auf mehr oder weniger erfahrene Subs, aber eben so gut wie nie auf Anfängerinnen. Und wenn, sind sie nicht allein dort. Ich hab in den vergangenen Jahren viel gelernt und ausprobiert. Ich wollte einmal eine Novizin ganz für mich. Und ich wollte mich dabei auf nichts anderes konzentrieren, als auf das Zusammensein mit ihr. Es ist so ermüdend, immer wieder zu überlegen, wie man Clubbesuche geschickt koordiniert. Irgendwie ist es auch ständig dasselbe. Ich glaube, ich bin nicht der Typ dafür. Ich mag es gern weniger öffentlich. Zumal ich mir nicht leisten kann, von Geschäftspartnern sozusagen in flagranti ertappt zu werden.“ Gregor lachte erneut. „So, wie Sie das anbieten, mit diesem komplett durchorganisierten Wochenende, mit dem ich selbst überhaupt keine Arbeit habe, und das dennoch vielversprechende Erlebnisse bietet – einfach genial.“

„Und es stört Sie nicht, dass sie dafür zahlen müssen?“, fragte sie interessiert.

„Nicht im Geringsten. Ich finde Ihre Honorare zwar reichlich hoch. Aber so habe ich wenigstens die Gewissheit, an eine Dame zu geraten, die sich das wie ich bewusst leisten möchte. Das ist etwas ganz anderes als diese unverbindlichen Spielchen auf Zeit.“

Wieder eine Pause. Es hörte sich an, als liefe er in einem größeren Raum umher.

„Haben Sie bei den Grey Days gefunden, was Sie suchten?“, wollte Marlena wissen.

„Ja und nein.“

Ach so? Es gab also auch von seiner Seite ein Aber?

Als sie abwartend schwieg, setzte er zu einer Erklärung an. „Der Rahmen war, wie ich ihn mir gewünscht hatte, perfekt. Ich konnte mich ausnahmslos auf meine Begleiterin einlassen. Allerdings war die nicht immer so ganz bei der Sache, sondern häufig damit beschäftigt, ihre Umgebung zu beobachten. Ich erfuhr dann schnell, dass sie das Hotel kannte, weil sie hier wohl gelegentlich Geschäftstermine wahrnahm. Aber sie konnte mir nicht sagen, warum sie dann nicht um eine Änderung der Location gebeten hatte. Wie auch immer. Irgendwann gelang es mir, ihre Aufmerksamkeit komplett auf mich zu ziehen.

Und ab diesem Moment war es sehr schön. ... Ich möchte jetzt ungern ins Detail gehen. Die Nacht auf der Zugspitze jedenfalls ..." Er unterbrach sich für eine Sekunde und fuhr dann mit hörbarer Begeisterung in der Stimme fort: „Sie war so einmalig, dass ich allein diese Gelegenheit, unbehelligt von jeglichem Tourismus dort oben zu sein, unbedingt gern noch einmal hätte." Er senkte die Stimme. „Bei Gelegenheit bin ich neugierig darauf zu erfahren, wie Sie das geschafft haben, Marlena."

Marlena lächelte vor sich hin in dem Wissen, dass Max wieder einmal ganze Arbeit geleistet hatte. Seine Kontakte waren unbezahlbar. Wenn sie sich recht erinnerte, hatte in diesem Fall ein Studienkollege assistiert, der in einer Forschungsstation arbeitete. Sie musste ihn unbedingt noch einmal danach befragen. Gerade, weil Gregor jetzt so schwärmte.

„Ich würde fast denken, dass die Nacht auf der Zugspitze sogar den Ausschlag dafür gab, was dann geschah", fuhr Gregor fort. „Kristin, also meine Begleiterin, muss ob der Gegebenheiten sehr ins Grübeln gekommen sein. Sonntag früh offenbarte sie mir, sie hätte sich verliebt."

Ach, du Schande. Marlena presste die Lippen aufeinander. Auf einen Schlag wurde ihr bewusst, was die Kundin zu ihrer Beschwerde bewogen hatte. Sie hatte sich einfach mehr erhofft und sich am Ende ihres Ausflugs in die Welt der dunklen Lüste um das Finale betrogen gefühlt.

„Und das ging Ihnen zu weit", zog sie an Gregors Stelle das Resümeé der Münchner Grey Days. „Sie wollten das Spiel, aber nicht die Gefühle. Und schon gar nicht eine Frau, die Ihnen mit Haut und Haar verfiel."

Gregor räusperte sich. „Verstehen Sie mich bitte nicht falsch, Marlena. Gefühle sind immer dabei. Temporär. Ich behaupte auch nicht, ich würde mich hinterher nicht gern an die eine oder andere Frau zurückerinnern. Aber es gibt für mich eine deutliche Grenze zwischen meiner Neigung und meinem normalen Privatleben. Die Neigung hat in Letzterem nichts zu suchen. Ich habe sie sozusagen ausgelagert. Denn die Beziehung zu meiner Frau, auch wenn sie in sexueller Hinsicht genaugenommen unerfüllt bleibt, ist mir wichtig. Vielleicht hört es sich für Sie komisch an nach all dem. Aber ich liebe meine Frau. Immer noch. Ich habe nie daran gedacht, sie zu verlassen."

„Und eine Spielbeziehung parallel zu Ihrer Ehe kommt für Sie nicht in Betracht?"

„Wie gesagt: Ich bin zu viel unterwegs."

„Aber wenn Sie doch beide in München leben", insistierte Marlena.

„Ich lebe nicht in München", warf er ein.

„Nicht?"

Die ganze Zeit über hatte sie am Fenster gestanden und aufs Wasser hinausgeschaut. Ihr war gar nicht bewusst gewesen, wie tief sie in seine Erzählung eingetaucht war. In ihrer Vorstellung hatte sich die Ostsee in ein Meer aus Wolken verwandelt, aus dem schroffe Gipfel herausragten. So jedenfalls hatte sie die Alpen erlebt, als sie selbst auf der Zugspitze gestanden hatte. Lange her.

Aus diesem Tagtraum erwacht, ging sie nun hinüber zum Schreibtisch und überflog die Kartei von Gregor auf der Suche nach seinem Wohnort.

„Nürnberg", sagte er, als könne er ahnen, was sie tat.

„Verstehe."

„Kristin wohnt in München. Aber selbst wenn ich mich dazu entschließen könnte, eine Spielbeziehung aufzunehmen, sie wäre nicht die geeignete Kandidaten dafür."

„Warum nicht?"

Der Mann mit der samtigen Stimme schwieg. Er hatte ihr erstaunlich viel über sich selbst offenbart. Ungewöhnlich, fand sie. Andererseits, er war Geschäftsmann. Er wusste, dass sie einen Ruf zu verlieren hatte, wenn sie seine Informationen missbrauchen würde. Und dann war da ja noch der kleine aber feine Fakt, dass sie ihm gegenüber zugegeben hatte, was sie vor aller Welt geheim zu halten versuchte. Sie waren also quitt miteinander. Fast jedenfalls.

„Die Frauen, die Ihre Grey Days buchen, sind nicht alle darauf aus, echte BDSMler zu werden", sagte Gregor.

Marlena pflichtete ihm bei. „Das vermute ich auch.“
„Hmhm“, machte er. „Kristin gehört auch in diese Kategorie. Sie findet es aufregend. Sie macht auch das eine oder andere mit. Allerdings habe ich immer wieder Grenzen gespürt, wo ich keine erwartet hätte. Samt der Unfähigkeit, sich darüber hinaus zu wagen.“
„Aber ist das nicht am Anfang immer so?“
„War es bei Ihnen so? Als Sie damit anfingen?“ fragte er amüsiert.
Auch wenn er es nicht sehen konnte, sie schüttelte den Kopf. „Nein. Ganz und gar nicht. Aber wir waren jung und haben einfach probiert, was uns lustvoll erschien.“

„Das hat nicht zwangsläufig mit dem Alter zu tun“, warf Gregor ein. „Ich bin ein Spätberufener. Doch das Ausprobieren, das Testen und Verschieben von Grenzen war mir immer wichtig. Ich verstehe, wenn jemand Ängste hat. Wenn er nicht wagt, seine geheimsten Wünsche oder Gedanken zu äußern, geschweige denn auszuleben. Aber wohin soll das führen, wenn man zu allem, wirklich allem, was der Partner beginnt, misstrauisch guckt? Die Nase rümpft? Oder eine Ausrede findet, um es zu verhindern?“ Er schwieg einen Moment und sprach dann weiter. „Ich bin es leid, andere überzeugen zu müssen. Gut, ich weiß, ich hatte mir eine Novizin gewünscht. Es war schön, ich mochte sie, wir hatten Spaß miteinander. Wenn auch auf einem Niveau, das ich nicht durchhalten kann. Nicht dauerhaft. Ich bereue diese Erfahrung nicht. Kristin ist andererseits eine Frau, die versuchen würde, mich zu ändern. Die mich einengen würde in meinen Wünschen und Vorstellungen. Letztlich in meiner Freiheit. Warum sollte ich mit so einer Frau eine Spielbeziehung eingehen?“

Marlena ließ sich nachdenklich in der Besprechungsecke nieder und legte die Füße auf die Armstütze des ihr am nächsten stehenden Sessels.
„Absolut nachvollziehbar, Ihre Sichtweise“, sagte sie nachdenklich. „Auch für mich ist Freiheit ein hohes Gut. Ich würde sie selbst in einer Partnerschaft nicht aufgeben wollen.“

„Schön, dass Sie so denken. Es käme jetzt natürlich noch darauf an, wie wir Freiheit definieren. Da hat ja jeder so seine Vorstellungen. Aber einer Unternehmerin wie Ihnen, die gleich zwei so verschiedene Geschäfte händeln muss, nehme ich stehenden Fußes ab, dass Ihr Freiheitsbegriff Schnittmengen hat mit dem meinen."

Sie hörte sein Feuerzeug klicken. Er zündete sich eine neue Zigarette an.

„Bei Kristin ist das anders. Ihre Freiheit besteht darin, sich diese Abenteuer, welcher Art auch immer, gönnen zu können. Doch es geht nicht in die Tiefe. Ist eher auf eine schnelle Nummer ausgerichtet. Vielleicht wird man irgendwann so, wenn man den Blick für die wahren Werte im Leben verloren hat."

Die wahren Werte im Leben. Selbst wenn sie es ungern zugab, Gregors Satz stimmte sie nachdenklich. War sie nicht ähnlich wie ihre Kundin Kristin bisher immer auf der Suche nach dem ultimativen Kick gewesen? Hatte sie nicht auch all die Dinge naserümpfend betrachtet, die dazu geeignet gewesen wären, an ihrem selbst auferlegten Eispanzer zu kratzen? Und hatte nicht auch sie sich schon in Männer verliebt, derer sie nicht habhaft werden konnte? Die den Sex mit ihr genossen und sich Zärtlichkeiten erlaubt hatten, die sie wiederum gänzlich falsch interpretiert hatte? Für eine beginnende Vertrautheit hielt? Und die sich dann lediglich als die Fähigkeit, den Moment zu genießen, entpuppten?

„Das war jetzt aber ein langes Gespräch über Ihre Eingangsfrage", machte Gregor sich bemerkbar. „Ich hoffe, ich habe Sie mit meinen geistigen Ergüssen nicht gelangweilt."

„Keineswegs", beeilte sie sich zu versichern. „Es ist äußerst aufschlussreich, einmal so ausführlich die Seite des männlichen Parts zu hören. Normalerweise sind es die Frauen, die von den Grey Days schwärmen oder uns ihr Herz ausschütten, weil sie glauben, in dem von uns vermittelten Partner einen Mann fürs Leben getroffen und gleich wieder verloren zu haben."

„Kommt es denn vor, wenn ich das fragen darf, dass sich über Ihre Events tatsächlich Paare finden?"

„Erfreulicherweise ja. Allerdings nicht allzu häufig."
„Nun, Sie werden es nicht in jedem Fall erfahren."
„Vermutlich. Wir haben trotzdem kein Problem damit. Im Gegenteil: Wenn wir auf diese Weise zwei Menschen mit ähnlichen Neigungen miteinander verbandeln, freue ich mich. Sie und ich, wir wissen beide, dass es bei unserem Lifestyle nicht so einfach ist, dem passenden Partner zu begegnen." Und frag jetzt nicht, wie es in meiner Beziehung damit aussieht, dachte sie im selben Moment. Entsetzt darüber, welche Vorlage sie ihm gerade geliefert hatte.

Gregor fragte nicht. Er hätte es vielleicht gern getan, irgendwie glaubte sie zumindest, das zu spüren. Aber er war Gentleman genug, sie nicht in Erklärungsnot zu bringen. Innerlich bedachte sie sie ihn dafür mit einem dankbaren Lächeln.
„Wenn Sie einmal in unserer Gegend sein sollten, würde ich mich freuen, Sie persönlich zu treffen, Marlena", sagte er dann doch noch.

Sie ließ ihn in dem Glauben, dass das durchaus denkbar sei. Aber sie wusste, dass sie ihm lieber nicht begegnen wollte. Mehr Chaos in ihren Emotionen, als sie ohnehin schon hatte, konnte sie wahrlich nicht brauchen. Und diese samtige Stimme war dazu angetan, Chaos auszulösen. Irgendwie konnte sie Kristin ein kleines bisschen verstehen.

Am nächsten Tag telefonierte sie mit ihr. Sie hätte natürlich auch eine E-Mail schreiben können. Aber nachdem sie von Gregor wusste, was vermutlich den Ausschlag für die Kundenbeschwerde gegeben hatte, hielt sie es für angebrachter, Kristin direkt zu sprechen.

Die Frau mit den zarten Gesichtszügen – ihr Foto hatte sie die ganze Zeit über vor sich – war offenbar vollkommen überrascht, dass Marlena sich tatsächlich bei ihr meldete. Es schien eine gute Idee gewesen zu sein, die Sache erst einmal reifen zu lassen und auf die Reklamation nicht sofort zu reagieren. Eigentlich schärfte Marlena ihren Mitarbeitern ständig ein, dass eine Beschwerde, egal welcher Art, innerhalb von vierundzwanzig Stunden zu bearbeiten war. Sie wusste auch, dass Mattes das regelmäßig kontrollierte. Dass er sich fast täglich viel Zeit dafür nahm, diesen sensiblen Bereich im Auge zu behalten. Jetzt hatte sie sozusagen gegen ihre eigene Regel verstoßen. Aber hier lag die Sache auch eindeutig anders. Es waren Gefühle im Spiel. Die Forderung der Kundin auf Preisnachlass war keinem echten Fehlverhalten geschuldet, sondern ungerechtfertigten Erwartungen.

Marlena bedankte sich bei Kristin für das Feedback zu den Grey Days und gestand ihr, sie sei ein wenig überrascht von der Beschwerde. Wenn es ihr nichts ausmachte, solle sie ihr doch genauer schildern, was Anlass dazu gegeben hatte zu glauben, sie sei an den falschen Mann geraten.

Kristin druckste wie erwartet herum. Es schien ihr ungeheuer peinlich zu sein, so direkt nach ihren Einwänden befragt zu werden.

Marlena hörte geduldig zu. Sie wollte den Moment abpassen, der ihr geeignet erschien, die Sache richtigzustellen, ohne die Frau zu brüskieren. Sie machte ihr weder Vorwürfe, noch sprach sie von ihrem Telefonat mit Gregor. Aber sie dirigierte sie ganz sachte in die Richtung, die ihr in diesem Fall geeignet erschient. Schließlich einigten sie sich darauf, die endgültige Entscheidung über eine Honorarminderung erst nach Ostern zu treffen, wenn Kristin den Aftercare-Bogen ausgefüllt zurückgesendet haben würde.

„Wenn Sie dann immer noch darauf bestehen, dass Ihre Forderungen gerechtfertigt sind, werde ich ihnen nachkommen“, versicherte Marlena. Bereits zu diesem Zeitpunkt wäre sie allerdings jede Wette eingegangen, dass Kristin ihre Forderungen zurücknehmen würde.

16

Während Marlena am Donnerstagabend ihren Mitarbeitern an der Rezeption unter die Arme griff, um die zahlreichen Anreisen zügig abzuwickeln, war Alex zu ihr nach Rügen unterwegs. Er hatte eine kurze Nachricht geschickt, dass er wohl erst gegen Mitternacht auftauchen würde. Aber da sie beim anschließenden Dinner ohnehin ihren Pflichten als Chefin des Hauses gerecht werden musste, störte sie das wenig.

Sie ging durchs Restaurant, blieb hier und da an den Tischen stehen, begrüßte Stammgäste und hielt den einen oder anderen Plausch. Dabei schweifte ihr Blick unentwegt durch den Raum, um zu prüfen, ob irgendwo ihre Hilfe benötigt wurde. Am Vorspeisenbuffet war das Küchenteam damit beschäftigt, nachzulegen und aufzufüllen oder den Gästen die einzelnen Gerichte zu erklären. Sie hatte schon vor langem darauf bestanden, kleine Kärtchen zu beschriften, damit jeder nachlesen konnte, was ihn bei einer bestimmten Speise erwartete. Dennoch gab es an solchen Abenden wie heute häufig Erklärungsbedarf. Manche Leute schienen allerdings auch einfach nur ihrem Aufmerksamkeitsdefizit frönen zu wollen.

Marlenas Augen blieben am Eingang haften. Ein älteres Paar betrat das Restaurant und schaute sich aufmerksam um.

Marlena sah, wie Agnes, heute Abend für den Empfang zuständig, die beiden begrüßte, lächelnd nickte und Caro vom Service einen Wink gab, die Gäste zu ihrem Tisch zu begleiten. Noch hatten sie sie nicht entdeckt. Sie wartete ab, bis die beiden sich gesetzt hatten, und trat dann auf sie zu, um ein paar Worte mit ihnen zu wechseln.
„Familie Götting, wie schön, sie wieder bei uns zu haben."

Die kleine, rundliche Frau mit den leuchtend blauen Augen, die von dem hellen Kostüm, das sie trug, zusätzlich betont wurden, strahlte über das ganze Gesicht. Sie hielt Marlenas Hand lange in ihrer.
„Wir freuen uns auch, liebe Frau Moths, wir freuen uns auch. Wir hatten schon befürchtet, dass wir absagen müssten. Das Frühjahr erinnert uns regelmäßig an das eine oder andere Zipperlein. Aber um nichts in der Welt wollten wir das Osterfest bei Ihnen versäumen."

Ihr Mann, ein großer kräftiger Kerl mit weißblondem Haar, nickte enthusiastisch und lächelte ihr zu. „Sie sehen wie immer bezaubernd aus, liebe Frau Moths."
Marlena deutete eine Verbeugung an und lächelte.
„Sie sind wieder gut gebucht, oder?", wollte Frau Götting wissen.
Marlena nickte und wies in den Saal. „Gut gebucht ist beinahe noch untertrieben. Sie sehen ja selbst, wir platzen aus allen Nähten. Wir werden ab morgen, wenn die letzten Gäste angereist sind, auch in der Kaisersuite Abendessen servieren. Wenn Sie mögen, reservieren wir Ihnen gern einen Tisch."

Sie wusste, dass die Göttings es liebten, in den Genuss eines persönlichen Services zu kommen. Sie hielten dem Haus seit mehr als zehn Jahren die Treue, verhandelten niemals über den Zimmerpreis, egal, wie lange sie blieben oder wie häufig im Jahr sie kamen. Selbst wenn sie ihre Kinder und deren Familien mitbrachten, taten sie das nicht. Also, warum sollte sie ihnen nicht den einen oder anderen Vorteil gewähren?
„Sehr gern, Frau Moths. Sie wissen ja, wir lieben Ihre Kaisersuite. Wenn Sie einen Tisch am Fenster für uns hätten, wäre das perfekt."

Caro brachte die Menükarten, Marlena nutzte die Gelegenheit, sich dem Smalltalk mit den Göttings wieder zu entziehen. „Ihr Wunsch ist notiert.“ Sie lächelte. „Genießen Sie den Abend. Und ich empfehle Ihnen den Wildlachs. Der ist wirklich vorzüglich.“

Frau Götting strahlte sie an und nickte dankbar. „Das werden wir, vielen Dank.“ Dann beeilte sie sich, Marlenas Empfehlung nachzukommen, und ließ sich von Caro über den passenden Wein zum Fisch beraten.

Marlena wandte sich anderen Gästen zu, plauderte über das Wetter, gab Prognosen ab zu den zu erwartenden Temperaturen am Ostersonntag und zog sich gleichzeitig in sich selbst zurück. Irgendetwas war anders als sonst. Genauer gesagt war es das, seit sie aus Berlin zurückgekehrt war. Sie wusste nicht, ob es daran lag, dass Mattes gekündigt hatte und sie sich die Hoffnung, ihn zurückhalten zu können, wohl aus dem Kopf schlagen musste. Ob es das Unbehagen war, das mit diesem gravierenden Einschnitt in ihrem Leben einherging. Sie wusste auch nicht, ob die freien Tage am letzten Wochenende etwas mit ihrer Stimmung zu tun hatten. Ihr Geschäftseifer ließ jedenfalls zu wünschen übrig. Die Arbeit ging ihr bei weitem nicht so leicht von der Hand wie sonst. In der Teambesprechung am Mittag hatte sie Mühe gehabt, sich nichts anmerken zu lassen. Ein volles Haus und die zweitwichtigsten Feiertage des Jahres waren der denkbar schlechteste Zeitpunkt für persönliche Kalamitäten. Sollte ihr so etwas bei einem Mitarbeiter auffallen, wäre sie die erste, die sich ihn vorknöpfen würde. Wenn das in weiser Voraussicht nicht bereits Mattes getan hatte. Ihr selbst jedoch rückte niemand den Kopf zurecht. Nicht einmal mehr ihre Eltern. Sie musste Selbstdisziplin aufbringen. Und das kostete sie diesmal enorme Kraft.

***

„Du bist einfach zu früh wieder eingestiegen“, meinte Alex, als sie spät am Abend auf ihrem Sofa lümmelten. Er tief in die Polster gerutscht und sie mit den Füßen auf seinem Schoß und dem Kopf auf einem Stapel bunter Kissen.

Alex war doch früher als erwartet, nämlich gegen halb elf angekommen, wenige Minuten, nachdem sie selbst das Hotel verlassen hatte. Sie hatte es gerade geschafft, sich ihres Kostüms zu entledigen, und trug jetzt einen langen weichen Pullover über bequemen Leggins. Auf seine Worte hin schwieg sie. Statt dessen war sie damit beschäftigt, Age, der vor dem Sofa lag, den Kopf zu kraulen.

„Und Vinc war nicht sauer darüber, dass du ihn mitgenommen hast?“ Sie konnte gar nicht glauben, dass sie jetzt einen Hund im Haus hatte. Sofort kam der Gedanken auf, ihn mit ins Hotel hinüber zu nehmen. Wenigstens testweise. Und selbst auf die Gefahr hin, dass die imposante Erscheinung des Ridgebackrüden bei dem einen oder anderen Gast Irritationen auslösen könnte.

„Nein. Überhaupt nicht.“ Alex schaute dabei zu, wie sie Age streichelte, und drückte währenddessen seine Fingerspitzen in ihre Fußsohlen. „Ich glaube, er ist ganz froh darüber, dass er sich mal nur um zwei der Rabauken kümmern muss. Und ich habe Gesellschaft, wenn du nicht da bist.“

Natürlich, sie würde die Feiertage über im Hotel präsent sein müssen. Man erwartete, dass sie jederzeit greifbar war, und wenn sie nur Smalltalk mit den Gästen trieb. Hauptsache, sie wurde wahrgenommen.

„Es tut mir leid, dass ich so wenig Zeit für dich haben werde“, sagte sie leise. Dann seufzte sie auf. Er hatte einen Druckpunkt erwischt, der ihr ganz unerwartet wohlige Wärme durch die Venen trieb. „Aber zumindest kann ich mir mittags ein, zwei Stunden frei nehmen.“

„Kein Problem. Wir werden uns schon arrangieren.“ Er lächelte ihr aufmunternd zu.

„Du meinst, wie ein Ehepaar?“

Er nickte betont ernst. „Wie ein Ehepaar.“

Noch immer lag ihre Hand auf dem Kopf des Rüden.

Dort, wo sie ihn gekrault hatte, zwischen den Ohren, war sein Fell weich und warm. Sie spürte mit den Fingerspitzen den Formen seines Schädels nach.
„Wenn ihr am Strand laufen geht, dann haltet euch rechts. Links ist es zwar einsamer, aber ihr kommt nicht weit."
„Ich dachte, man könnte von hier bis Binz am Wasser entlang", warf Alex ein. „Age liebt das Meer. Wenn es ihm momentan wohl auch noch ein bisschen kalt zum Baden ist. Aber für einen kurzen Abstecher kann ich ihn sicher motivieren."
„Ihr wollt baden?" Sie wurde hellhörig.
„Na klar."
„Wir haben Anfang April."
Alex schaute sie amüsiert an. „Einem echten Kerl macht das nichts aus."
Marlena schüttelte sich. „Mich kriegen vor Juni keine zehn Pferde da rein."
„Eine Prinzessin eben", murmelte Alex und fuhr mit den Händen an ihren nackten Beinen hinauf. „Es muss schon ordentlich kalt sein, dass ich aufs Baden verzichte. Was schätzt du, wie viel Grad hat die Ostsee?"
„Keine Ahnung. Ein bisschen über Null?" Fröstelnd zog sie bei diesem Gedanken die Schultern zusammen.
Er lachte. „Quatsch. So um die fünf, sechs Grad, schätze ich. Perfekt zum Anbaden."
Sie hob die Hände. „Tu, was du nicht lassen kannst. Ich geh da nicht rein."
„Und ob. Du kriegst von mir eine Wasserkur verordnet. Die können wir auch dann machen, wenn du arbeiten muss."
„Wasserkur?"

Alex richtete sich auf und schob die Hände weiter an ihren Beinen hinauf. „Wie kommt ihr nur immer auf diese blöde Idee, so enge Hosen anzuziehen?", schimpfte er leise und griff nach dem Bund ihrer Leggins.
Sie legte die Finger auf seine Hände und warf ihm einen schockierten Blick zu. „Wasserkur?"
„Yeap. Und jetzt nimm die Finger weg!"
„Age liegt hier direkt vor mir."

„Und? Was soll mir das sagen?"
Marlena merkte, dass ihr die Scham ins Gesicht schoss.
„Jetzt sei nicht albern, Mara. Age ist es völlig egal, ob du nackt oder angezogen bist."
„Aber mir nicht", protestierte sie.

Unnachgiebig verstärkte er seine Bemühungen und zerrte den engen Stoff von ihren Beinen.
Sie kniff die Schenkel zusammen. „Was ist jetzt mit dieser Wasserkur?", versuchte sie abzulenken.
Alex drängte seine Hände zwischen ihre Beine und legte die Stirn in Falten, weil sie sich noch immer widerspenstig zeigte. Ihr Zögern dauerte dann auch eine Sekunde zu lange. Er ließ seine Hand auf ihren Po klatschen.
„Aua", rief sie empört.
Age hob den Kopf.
„Nix aua. Die Beine auseinander. Sofort", knurrte Alex und drängte erneut zwischen ihre Schenkel. Während seine Finger auf Entdeckung gingen und sein Blick immer wieder amüsiert grinsend in ihrem Gesicht landete, begann er, ihr die Wasserkur zu erklären.

Marlena wurde bewusst, dass die keine spontane Idee war, sondern dass er sich ausgiebig Gedanken darüber gemacht haben musste, wie er sie heilsam quälen konnte. Irgendwie fand sie es rührend und auch ein bisschen lustig. Andererseits würde ihr der Spaß wohl spätestens morgen früh vergehen, wenn er mit dieser Prozedur begann.

„So, und jetzt hoch mit dir und ab ins Bad." Alex gab ihr einen Klaps auf den Schenkel und erhob sich selbst auch. „Wir fangen gleich damit an."
„Was?" Entsetzt riss sie die Augen auf.
„Ja, was denkst du? So was hilft wunderbar beim Einschlafen." Er schob sie Richtung Bad.
Wie? Keine Handschellen, keine Fesseln? Sie protestierte. „Ich bin aber müde. Da fährt ja mein Kreislauf gleich wieder hoch."

Er grinste, während er bereits checkte, welche ihrer Badutensilien er nutzen konnte. „Bin ich hier der Arzt oder du?" Dann griff er nach einer kleinen eckigen Wanne, mit der sie

normalerweise ihre Wäsche zum Trocknen hinaus in den Garten trug. „Stell dich in die Dusche."
„So etwa?" Marlena schaute an sich hinunter. Ihre Beine waren nackt. Aber sie trug noch den Pullover, der ihr bis auf die Schenkel reichte.
„Ja, genau so." Alex ließ Wasser in die Schüssel laufen und nahm ein kleines Handtuch aus dem Regal neben der Dusche. Er hockte sich vor sie und blickte zu ihr hoch. „Und jetzt den Pullover anheben, damit er nicht nass wird."
Mit beiden Händen griff sie nach dem Saum, so dass ihre Beine vollständig entblößt waren.
„Weiter", forderte er.
Sie hob ihn noch ein Stück höher.
„Der Po muss frei sein", erklärte Alex und tauchte das Handtuch ins Wasser.

Er begann bei ihrem rechten Fuß. Als sie die Kälte des Tuches spürte, zuckte sie zusammen und kassierte dafür einen spöttischen Blick. Er fuhr an den Außenseite ihres Beines entlang, machte in Höhe des Pos Halt und rieb vorn über die Beinmitte wieder zurück zum Fuß. Nach einer kurzen Unterbrechung ging es an der Innenseite des Beines nach oben bis zur Leiste. „Dreh dich", sagte er. Er rieb ein paar Mal kreisend über ihre Pobacke und wusch dann die Rückseite des Beines bis hinunter zum Fuß. Anschließend unterzog er das linke Bein derselben Prozedur.

Es war ausgesprochen sinnlich, wie er das tat. Noch niemals zuvor hatte sich jemand mit dieser Aufmerksamkeit an ihrem Körper zu schaffen gemacht. Marlena schloss die Augen und spürte der Berührung des kalten rauen Frottéstoffes nach. Während er sie mit einer Hand wusch, hielt er sie mit der anderen im Gleichgewicht.
„Den Pullover höher, bis zur Brust", raunte er, als er mit dem zweiten Bein fertig war.

Sie hielt die Lider noch immer geschlossen, hörte das Plätschern des Wassers, als er das Handtuch erneut in die Schüssel tauchte, und fuhr zusammen. Er war im Begriff, sich ihrem Bauch zu widmen.

„Schscht, gleich gut. Das muss." Alex rieb das kalte Tuch ein paar Mal über ihren Bauch. Sie wand sich ein bisschen. Zumal es kitzelte. Es war nicht leicht, das Kichern zu unterdrücken, das in ihrer Kehle hing. „Heb den Fuß."
Ihre Sohlen waren noch empfindsamer. So sehr sie sich auch mühte, sie hatte keine Chance. Sie lachte los. Ihr Fuß zuckte. Aber Alex setzte sein Tun unbeeindruckt fort und hielt sie fest im Griff.
„Okay", sagte er schließlich. „Das war's für heute." Er legte ihr ein Badetuch um die Hüften. „Zähne putzen und dann sofort ins Bett."

Die Art, wie er mit ihr umsprang, ließ sie erschauern. Seine zärtlichen Berührungen und dieser Kommandoton waren eine explosive Mischung. Bestens dazu angetan, dem Schwarm in ihrem Bauch ein wenig Leben einzuhauchen. Mit einem leisen Surren setzte er sich in Bewegung. Doch als sie kurz darauf im Bett lag, stopfte Alex unmissverständlich die Decke um sie herum.
„Wann musst du aufstehen?" Er hantierte mit seinem Smartphone und wollte offensichtlich die Weckfunktion einstellen.
„Brauchst du nicht", entgegnete sie und wies auf den Wecker neben ihrem Bett.
Doch Alex war unerbittlich. „Wann?"
„Um sechs."
„So früh?" Fragend zog er die Brauen hoch.

Marlena nickte. „In Ruhe duschen, anziehen, stylen – das dauert. Und einen Kaffee brauche ich auch, bevor ich zum Hotel rüberlaufe. Halb acht geht mein Dienst los."
„Dein Dienst? Du hältst dich an feste Arbeitszeiten?"
„Nicht grundsätzlich. Aber an Feiertagen möchte ich pünktlich zum Frühstück da sein."
„Mein Gott", stöhnte er, tippte dann auf dem Display seines Telefons herum und ignorierte ihren Hinweis auf den Wecker geflissentlich. „Du schläfst heute auch ohne Fesseln gleich ein", versprach er mit einem leisen Lächeln, als er sich schließlich über sie beugte und ihr einen Kuss auf die Stirn gab. Dann legte er den Arm um sie und zog sie fest an seine Brust.

* * *

Der Karfreitag begann für Marlena, bevor der Wecker überhaupt auch nur das geringste Geräusch von sich gegeben hatte. Im Traum hörte sie jemanden ihren Namen sagen. Dann spürte sie Berührungen. Irgendwie bewegte sich ihr Bett. Es dauerte, ehe ihr klar wurde, dass es Alex war, unter dessen Gewicht sich die Matratze bog. Er saß an ihrem Bett und war absolut real. Er sprach mit ihr, obwohl sie überhaupt noch keinen klaren Gedanken fassen konnte.

„Ist es schon sechs?“, murmelte sie.

„Kurz vor halb“, gab er zurück. Seine Stimme hörte sich frisch und hellwach an.

„Dann hab ich noch Zeit“, protestierte sie und wollte sich auf die andere Seite drehen, um weiterzuschlafen.

„Nichts da.“ Alex klang entschlossen. „Wir kuscheln gleich noch ein bisschen. Aber jetzt setzt du dich erst mal hin.“ Er fasste sie an den Schultern und zog sie hoch. Im nächsten Moment hatte er ihr das Schlafshirt über den Kopf geschoben.

„Was wird das?“, wollte sie wissen. Verständnislos sah sie ihm dabei zu, wie er ein Badelaken hinter ihr ausbreitete.

„Ich wasche dich.“

„Wie bitte? Das kann ich ganz gut allein. Ich bin doch nicht schwerkrank.“

„Das bist du nicht. Es gehört zu der verordneten Wasserkur. Po hoch.“

Gehorsam stütze sie sich ab, hob den Hintern und ließ sich, als er mit seinen Vorbereitungen fertig war, seufzend wieder in die Waagerechte fallen. Er quittierte das mit einem Knurren, störte sich aber nicht weiter daran und griff nach ihrem Arm. Gleich darauf spürte sie etwas Kaltes, Nasses über ihre Haut gleiten.

„Hey, das ist kalt!“ Sie riss die Augen auf und wollte ihn abwehren.

Alex grinste und rieb ungerührt weiter ihren Arm. Während sie schniefte und keuchte vor Kälte, wusch er ihr Brust und Dekolleté. Dann unterzog er ihren Rücken, den anderen Arm und die Beine derselben Prozedur.

„So, und jetzt eine halbe Stunde kuscheln. Dann kannst du starten.“ Er breitete ein zweites Badelaken über ihrem noch feuchten Körper aus, bevor er das Deckbett über sie zog und wieder zu ihr ins Bett kroch.

„Geht das jetzt jeden Morgen so?“, wollte sie wissen. Interessanterweise spürte sie bereits, dass sie allmählich klar im Kopf wurde. Sie wollte sich doch nicht etwa mit dieser Behandlung anfreunden?

Alex schaute amüsiert auf sie herunter. „Ja und nein. Wir werden das Programm jedes Mal leicht abändern.“

Was immer er darunter verstehen mochte, sie hätte schwören können, dass es nicht jeden Morgen so glimpflich abgehen würde wie heute.

„Wie bist du überhaupt auf diese Wasserkur gekommen?“

Er stopfte sich ein weiteres Kissen in den Rücken und lehnte sich gegen das Kopfende.

„Eine meiner Mitarbeiterinnen hat sich dafür interessiert. Sie meinte, es wäre schön, unseren Schwangeren Tipps für die diversen Wehwehchen geben zu können, die sie in dieser Lebensphase ereilen. Sie hat eine Fortbildung besucht und uns anschließend in die Geheimnisse der Therapie eingeweiht. Eine sinnvolle Geschichte. Wir bekommen viel positives Feedback dafür.“

„Dann hast du es selbst noch gar nicht probiert?“, fragte sie verwundert.

Alex schüttelte den Kopf. „Nein. Du bist mein erstes Opfer. Mir reicht es, regelmäßig schwimmen zu gehen.“

Marlena kuschelte sich tiefer in die Decke und schloss die Augen.

„Es ist sehr, sehr schön, so umsorgt zu werden“, sagte sie leise. „Ich mag es eigentlich kaum zugeben, aber ich genieße es.“

Er streichelte ihr übers Haar. „Dann ist es genau richtig, Prinzessin. Wirst sehen, wenn ich wieder weg bin, willst du gar nicht mehr darauf verzichten.“

Überzeugt von seiner Behauptung nickte sie. Obwohl er

offen gelassen hatte, ob er sich oder die Wasserkur meinte.

* * *

Als Marlena gegen halb acht im Hotel erschien, wurden an der Rezeption gerade die ersten Nachzügler unter den Feiertagsgästen abgefertigt. Sie kannte sie nicht. Dennoch ging sie ohne zu zögern auf sie zu, begrüßte sie mit Handschlag und wünschte ihnen ein wunderbares Osterfest an der Ostsee. Sie sah das Erstaunen in den Augen des Paares, das mit seinen beiden völlig übermüdeten Kindern offensichtlich die halbe Nacht unterwegs gewesen war. Sie hatten den langen Weg aus Bayern hierher auf sich genommen.
„Schön, dass Sie die weite Anreise zu uns nicht gescheut haben“, sagte sie und zwinkerte den Kids zu. „Habt ihr euch schon den WLAN-Code geben lassen?“
Der dunkelhaarige Junge und seine etwas jüngere Schwester guckten leicht irritiert und zuckten planlos mit den Schultern.

Marlena nickte Dennis zu, der heute morgen Dienst an der Rezeption machte, und überreichte dem Jungen einen schmalen Ausdruck, den Dennis sofort aus dem Printer gezogen hatte. „Damit loggt ihr euch ein. Bis zu drei Geräte. Wenn das nicht reichen sollte, einfach einen zweiten Code bei uns anfordern, okay?“
Die beiden nickten verdattert. Im Weggehen hörte sie, wie sie ihren Eltern unisono ein begeistertes 'Cool' über die unverhoffte Möglichkeit, online zu gehen, zuraunten. Kinder waren so leicht zu begeistern.

Marlena fühlte sich erstaunlich gut. Offenbar bewirkte die Wasserkur von Alex wahre Wunder. Wenn sie nur daran dachte, wie melancholisch sie gestern noch durchs Haus geschlichen war. Kaum zu glauben, dass ein bisschen kaltes Wasser einen solchen Effekt haben sollte.

Sie ging hinunter ins Restaurant, warf einen prüfenden Blick über die Tische, die schon gestern Abend eingedeckt worden waren, und inspizierte anschließend das Buffet. Sie wusste aus eigener Erfahrung, welchen Einfluss ein tolles Frühstück auf die Zufriedenheit der Gäste hatte. Sie aß selbst nicht allzu viel. Gerade deshalb ärgerte sie sich immer darüber, wenn sie auf einem einfallslos, mitunter auch billig gestalteten Frühstücksbuffet nach irgendeiner Speise suchen musste, die wenigstens halbwegs ihren Geschmack traf.

Den Vogel hatte ein angebliches Designhotel im Ruhrpott abgeschossen. Sie war dort gegen neun zum Frühstück erschienen. Wenn man bedachte, dass sie lediglich einen Kaffee und ein Croissant oder einen Joghurt zu sich nehmen wollte, mit zwölf Euro völlig überteuert. In Ermangelung von Alternativen hatte sie es mitbuchen müssen. Als sie vor dem lieblos arrangierten langen Tisch mit Wurst und Käse aus dem Supermarkt, abgepacktem Joghurt und Thermoskannen voll Kaffee stand, verging ihr der Appetit. Kein frisches Gebäck. Die Croissants sahen aus wie Deko aus einem undefinierbaren Material. Und das Rührei im Wärmebehälter war matschig. Selbst die Batterie von so genannten Frühstückscerealien konnte nicht darüber hinwegtäuschen, dass es hier lediglich darum ging, die Gäste abzuspeisen. Im wahrsten Wortsinn. In ihre Überlegungen, was sie nun wohl essen sollte, war eine Dame vom Service geplatzt, ausgesprochen nett und zugewandt. Einen frisch gebrühten Kaffee dürfe sie ihr nur gegen Aufpreis servieren, aber ein Rührei mit Tomaten und Schinken wäre kein Problem, meinte sie. Letztlich brachte sie Marlena eine Riesenportion davon,. Davon hätten locker zehn Gäste satt werden können. Kopfschüttelnd hatte sie sich gefragt, wie man so wirtschaften konnte, und das Hotel in Gedanken auf ihre Liste der schlechtesten ever gesetzt.

Erlebnisse dieser Art hatten sie für ihr eigenes Haus sensibilisiert. Und auch wenn sie wusste, dass Mattes alles unter Kontrolle hatte, ließ sie es sich nicht nehmen, regelmäßig aufzutauchen und Stichproben zu machen. Heute war sie zufrieden. Wenn man es genau bedachte, war sie das immer. Aber genau so musste es auch sein. An den Feiertagen, wenn die Leute ohnehin mehr für den Aufenthalt zahlten, wollte sie alles perfekt haben.

Sie stellte sich zu ihrem Koch, der selbst auch noch einmal seinen kritischen Blick über die angerichteten Speisen schweifen ließ, und stieß ihn mit der Schulter an.

„Sieht wieder gut aus", sagte sie.

Franz grinste. Er war Deutscher, kam mit seinem dunklen Haar und dem Bronzeton der Haut aber rüber wie ein Italiener. Nach ihrem Sternekoch war er die zweite Wahl, doch deshalb nicht weniger gut. Das wurde sie nie müde zu betonen. Konkurrenz untereinander fand sie nicht grundsätzlich falsch. Aber deshalb war der eine nicht weniger wert als der andere, nur weil ihm der Stern fehlte.

Sterne waren für Marlena ein Aushängeschild. Mehr nicht. Einen Sternträger in den Himmel heben? Nicht bei ihr. Was sie schätzte, war Qualität. Sie wusste sehr genau, dass die auch von jedem anderen kommen konnte, der mit Leidenschaft kochte. Von einem wie Franz also unbedingt. Wenn sie allein an seine Kuchen dachte, schmolz sie dahin.

Unauffällig schielte sie nach der Etagere mit den süßen Leckereien. Franz folgte ihrem Blick.

„Hat wohl wieder nur für einen Kaffee gereicht?"

Sie nickte ertappt.

Er schob sie in Richtung Küche. „Komm mit Mädel. So geht das natürlich nicht."

Das hatte er schon früher gern getan. Wenn sie noch vor der Schule ins Hotel gekommen war, um mit den Eltern zu frühstücken, die um diese Zeit meistens schon arbeiteten. Dann hatte Franz ihr immer eines von diesen wunderbaren Gebäckstücken in die Hand gedrückt. Damit sie was für den Weg hatte, wie er meinte. Er war einfach ein Schatz.

Mit dem Geschmack von frischem Hefeteig auf der Zunge beendete sie ihren Kontrollgang, nickte von weitem Mattes zu, der inzwischen auch an der Rezeption zu tun hatte, und verschwand nach oben in ihr Büro.

* * *

Das Thema Mattes lag ihr schwer im Magen. Obwohl sie wusste, das er gehen würde, hatte sie sich noch nicht dazu entschließen können, ganz offiziell nach einem Nachfolger zu suchen. Immerhin hatten sie sich beide inzwischen darauf geeinigt, dass er mit dem Ausscheiden bis Jahresende warten würde. Eine Galgenfrist. Aber wie schnell waren acht Monate vorüber? Es war schwerlich abzusehen, dass sie bis dahin Ersatz für ihn gefunden haben würde. Der Fachkräftemarkt war leer.

„Und wenn du einen deiner Taylor zum Geschäftsführer machst?“, schlug Alex vor.

Sie hatten sich in der Mittagspause am Strand verabredet und liefen nun Richtung Baabe. Die Sonne schien. Age konnte nicht genug davon bekommen, den Möwen nachzujagen. Sie lungerten in Scharen am Strand herum und stritten um die Brocken, die ihnen die Urlauber zuwarfen.

„Einen Taylor?“

Nachdenklich beobachtete Marlena eine Familie mit vier Kindern, von denen jeweils zwei dieselben Jacken trugen. Sie hatten mehrere bunte Drachen dabei.

„Aber die Taylors habe ich doch unter ganz anderen Voraussetzungen rekrutiert.“

„Sicher. Doch nach dem, was du mir über deine Männer erzählt hast, sind echte Organisationstalente dabei.“

„Organisationstalente … Alex, wir reden hier nicht über das Beschaffen eines Luxuswagens oder über die Belegung eines Nobelappartements. Es geht um die Führung eines alteingesessenen, renommierten Hotels. Ich brauche einen Stellvertreter.“ Sie blieb stehen und warf ihm einen verständnislosen Blick zu. „Mal abgesehen davon, dass das eine absolute Vertrauensposition ist.“

Eine Weile standen sie schweigend beieinander und beobachteten, wie die Familie versuchte, die Drachen in die Luft zu befördern. Warum das wohl immer so problematisch war?

„Ach komm“, sagte Alex. „Bei euch wird auch nur mit Wasser gekocht. Vielleicht solltest du lieber mit deinem analytischen Verstand an die Sache herangehen.“ Er hielt sie an den

Schultern zurück, als sie sich stumm abwandte und weitergehen wollte, und drehte sie zu sich herum. „Im Grunde die Gelegenheit. Du könntest dir deinen Geschäftsführer eigenhändig heranziehen. Backen, wenn du so willst.“ Er lächelte zuversichtlich.

„Im Backen war ich noch nie gut“, gab sie zurück. Dann folgte sie Age, der dicht an der Wasserlinie entlang trabte.

Alex schloss zu ihr auf. „Also ich habe gelernt, dass Menschen mit ihren Aufgaben wachsen. Ich bin sicher, dass unter deinen Leuten mindestens einer das Zeug für diesen Job hat.“

Marlena strich sich das Haar aus dem Gesicht. Immer wieder zerrte der Wind an ihrer Frisur. Die war kaum noch zu retten, hatte sich fast vollständig aufgelöst.

„Selbst wenn einer der Taylors in Frage käme – er müsste sich entschließen, auf die Insel umzusiedeln. Wer tut so etwas? Schau dich doch um!“ Sie wies auf die Leute, denen sie begegneten. „Hier laufen nur Urlauber herum. Rügen ist ein Saisongeschäft. Da können wir noch so tolle Kunst und Wellness bieten. Diese Routine lässt sich nicht einfach aushebeln. Wer hier arbeitet, verzichtet auf vieles. Ob das nun Freizeitaktivitäten betrifft, das Nachtleben, Einkaufsmöglichkeiten oder die Partnerwahl. Selbst einen Kinobesuch musst du vorher gut planen. Wie fühlt sich da wohl ein Mann in den besten Jahren, der Großstadtfeeling gewöhnt ist?“

Age war stehengeblieben und hatte begonnen, im Sand zu buddeln. Wie ein wildgewordenes Kaninchen trommelte er mit den Pfoten auf den Boden und schleuderte Sandfontänen zwischen seine Hinterbeine.

„Also Mäuse gibt's hier nicht“, meinte Marlena lachend und sah interessiert dabei zu, wie das Loch tiefer und tiefer wurde.

Als Age den Kopf wieder hob, war seine Schnauze voll Sand. Er schüttelte sich und nieste. Mit aufgestellten Ohren drehte er den Kopf ruckartig von Alex zu Marlena und dann wieder zu Alex und buddelte weiter.

„Okay, Age hat hier noch eine Weile zu tun. Die Schuhe aus.“ Alex zeigte auf die absatzlosen Stiefel, die Marlena zu ihrem Hosenanzug trug.

Sie schüttelte den Kopf und wich zurück. „Oh nein. Das ist mir zu kalt." Ohne auf seine Reaktion zu warten, rannte sie los. Sie kam keine zwanzig Meter weit. Alex umschlang sie von hinten und fixierte ihre Arme, als wäre sie seine Gefangene.
„Hiergeblieben. Das gehört zu deiner Wasserkur. Du wirst jetzt brav den Anweisungen deines Arztes Folge leisten. Außerdem mache ich natürlich mit." Er lockerte seine Umklammerung und guckte ihr über die Schulter in die Augen. „Kann ich dich loslassen, ohne dass du wegrennst?"
Sie nickte.
„Marlena?" Noch ein prüfender Blick. Und in der Stimme eine deutliche Warnung. „Du weißt: Unehrlichkeit ist ein No-go."
Sie nickte noch einmal. Er gab sie frei. Sofort stürmte sie lachend davon. Als er sie nun einholte, warf er sie in den Sand und bog ihr die Arme auf den Rücken.
„Ich sagte No-go."
„Das war nicht unehrlich", schnaubte sie und rang kichernd nach Luft. „Ich wehre mich nur gegen Freiheitsberaubung und Erpressung."

Alex lachte laut, hielt ihre Handgelenke in der einen und zerrte mit den Fingern der anderen Hand an den Reißverschlüssen ihrer Stiefel. Age sprang um sie beide herum und stieß kurze tiefe Beller aus. Ein paar Leute waren stehengeblieben und beobachteten sie.

„Wenn mich ein Gast erkennt", stieß sie voller Entsetzen hervor.
Aber er ließ sich davon nicht beirren. „Der wird denken, wir haben Spaß."
„Na, ich weiß ja nicht. Spaß sieht anders aus." Sie krallte die Zehen zusammen, als er ihr auch die Strümpfe von den Füßen gezogen hatte. „Das Wasser ist wie Eis. Das kann unmöglich gut sein."
Alex erhob sich. „Keine Widerrede. Wir machen jetzt Wassertreten. Weißt du, wie das geht?"
„In jedem Fall sieht es voll peinlich aus." Widerwillig ließ sie sich von ihm zum Wasser ziehen.
„Wir gehen so weit rein, dass die Knie noch rausgucken. Und

dann machst du einfach nach, was ich dir zeige. Und zwar genau so."

Sie schrie schon auf, als ihre Füße nur den nassen, kalten Sand berührten. Aber sein Griff war unnachgiebig. Er hatte sich selbst und ihr die Hosen bis über die Knie hochgekrempelt. Jetzt musste sie darauf achten, dass der glatte Stoff nicht nachgab und wieder hinunterrutschte. Mit beiden Händen umklammerte sie die Hosenbeine.

„Los jetzt, rein. Zwei Schritte, dann sind wir weit genug." Alex schob sie vor sich her.

Sie kreischte, lachte und schrie, alles gleichzeitig. Sie konnte gar nichts dagegen tun. Das Wasser war so fürchterlich kalt, dass ihr der Atem stockte und die Emotionen einfach aus ihr heraussprudelten.

„Nicht stehenbleiben. Bewegen. Sieh her." Alex hob seinen Fuß komplett aus dem Wasser und tauchte ihn wieder ein. „Storchengang", befahl er. „Ein paar Sekunden nur. Du darfst gleich wieder raus." Er lief vor ihr auf und ab und beobachtete aufmerksam, was sie tat.

Das Wasser war so kalt, dass Marlena schon nach wenigen Sekunden das Gefühl hatte, man würde ihre Füße mit Messern attackieren. Die schneidende Kälte breitete sich auch in ihren Waden aus.

„Das tut weh", wimmerte sie leise. Und es tat weh. Trotz dieses bescheuerten Storchengangs oder genau deswegen. Sie verfluchte Alex und seine dämliche Wasserkur. Sie würde sich den Tod holen und eine ordentliche Blasenentzündung dazu. Aber vorher würden ihr bei lebendigem Leib die Beine absterben.

„Reicht für heute", entschied Alex schließlich und entließ sie mit einem gnädigen Wink an den Strand.

Von irgendwoher zauberte er ein Handtuch und begann, ihre Füße trocken zu rubbeln. Sie litt. Unter dem Kribbeln, dass sich anfühlte wie tausend Nadelstiche. Und unter dem Reiben, das es keinen Deut besser machte. Ihre Füße und Waden waren krebsrot. Als sie die Stiefel wieder an hatte, setzte das Brennen ein. Als stünde sie auf glühenden Kohlen. Am liebsten hätte sie alles wieder ausgezogen.

Alex schlüpfte in seine Sachen und grinste sie spitzbübisch an. Die Prozedur schien ihm nicht halb so viel ausgemacht zu haben wie ihr. Während sie ihm zuschaute, fiel es ihr schwer, ruhig stehenzubleiben.

„Ich kann mir nicht helfen“, meinte sie. „Mir scheint, dein Sadismus ist mit dir durchgegangen, als du die Idee mit der Wasserkur ausgebrütet hast.“

„Ich habe nicht gesagt, dass ich derartige Überlegungen ausgeschlossen hätte.“

„Ha, hab ich's doch geahnt. Dein Gedankengang war garantiert alles andere als medizinisch motiviert.“

Er stand auf, klopfte den Sand von der Hose und legte den Arm um sie. „Oh, oh, oh, was für böse Gedanken. Du gehst jetzt brav wieder in dein Büro, während Age und ich unseren gemütlichen Spaziergang fortsetzen.“ Er schaute dem Ridgeback hinterher, der eine Krähe jagte. „Wir hätten dich am liebsten dabei. Aber ich weiß, dass ich dich nicht dazu bewegen kann, deine Mittagspause zu verlängern. Oder?“ Er beugte sich zu ihr herunter und küsste sie ganz vorsichtig auf den Mund. Eine kaum wahrnehmbare Berührung. Sehnsüchtig öffnete sie die Lippen in dem Bedürfnis nach mehr.

Alex zog sich zurück und schüttelte den Kopf. „Später. Nicht, dass deinen Gästen noch ein Licht aufgeht, was wirklich hinter dieser äußerst brutalen Aktion steht.“ Mit einem spöttischen Zug um die Mundwinkel nickte er noch einmal Richtung Wasser, wo sie eben umherstolziert waren, und schaute sich dann nach den Gaffern um. „Keiner mehr da. War wohl doch nicht brutal genug.“

Sie zuckte mit den Schultern. „Dann sehen wir uns heute Abend?“

„Yeap. Zum Abendessen.“

„Abendessen?“ Sie stutzte kurz, bevor ihr einfiel, was sie für das erste Feiertagsdinner verabredet hatten. „Ja, richtig. Super. Ich bin gespannt, wie du Frau Bading gefällst.“

„Frau Bading also.“ Er guckte, als würde er sich den Namen sofort einprägen wollen, und schob die Hände in die Taschen.

„Na mal schauen, was sie mir alles so erzählt."

17

„Ich bringe Ihnen Ihren Tischherrn."
Marlena hatte Alex zu einer Nische geführt, in der eine ältere Dame allein an ihrem Tisch saß und das Treiben im Restaurant beobachtete. Das Karfreitagdinner schien sich keiner der Gäste entgehen lassen zu wollen. Stimmengewirr lag in der Luft. Für seine Begriffe hatte die Lautstärke im Saal bereits jetzt einen gerade noch erträglichen Pegel erreicht. Er reichte der Frau, die ihn mit einem strahlenden Lächeln begrüßte, die Hand, deutete eine Verbeugung an und nannte seinen Namen.

Frau Bading war gar nicht so alt, wie er sie sich vorgestellt hatte. Sie hatte freundliche braune Augen, die durch ihren Kurzhaarschnitt gut zur Geltung kamen. Die Brauen darüber waren sorgfältig in Form gebracht, und sie trug ein professionell wirkendes Make-up. Auch ihre Lippen waren geschminkt.
„Schön, dass ich nicht allein essen muss", gestand er ihr und lächelte verbindlich.

Eigentlich hätte er damit kein Problem gehabt. Er wollte lediglich in Marlenas Nähe sein, sie ungestört ein wenig bei der Arbeit beobachten. An Abenden wie diesem hatte sie es sich zur Regel gemacht, präsent zu sein. Das wusste er inzwischen.

Sie gab nicht nur Empfehlungen zum Menü, sondern auch Tipps für den passenden Wein und verweilte schon einmal länger, um sich anzuhören, womit ihre Gäste den Tag verbracht hatten. Bei Stammgästen kam es sogar vor, dass sie sich zu ihnen setzte. So jedenfalls hatte sie ihm die Pflichtveranstaltungen, wie sie es nannte, geschildert.

Alex kam nicht allzu viel in Hotels herum. Aber wenn ein Inhaber sich auf diese Weise fürs Geschäft engagierte, schien ihm das bemerkenswert und auch ein bisschen außergewöhnlich. Er selbst hatte das noch nie erlebt. Das mochte daran liegen, dass die Hotels, die er bei Fortbildungen buchte, meistens zu großen Ketten gehörten. Da kam kein Hotelier an den Tisch des Gastes, um nach dem Rechten zu schauen. Marlenas Interpretation von Meet and Greet schien das BELLE EPOQUE jedenfalls zu etwas Besonderem auf der Insel gemacht zu haben.

„Waren Sie schon einmal hier?", wollte Frau Bading wissen.

Er schüttelte den Kopf. „Mein erstes Mal."

Sie schürzte die Lippen. „Sie Armer. Und dann auch noch allein."

„Meine Partnerin hat heute Abend zu tun. Ich treffe sie erst später." Er hatte darüber nachgedacht, wie er sich aus der Affäre ziehen konnte, wenn das Gespräch zu persönlich wurde, und sich für eine Variante entschieden, die das Wesentliche offen ließ.

„Sie sind gar nicht verheiratet?"

Ach je, die ging aber gleich ran. „Nein."

Frau Bading legte ihm ihre Hand auf den Arm und beugte sich zu ihm herüber, als spräche sie im Vertrauen. „Das muss man heute auch nicht mehr, mein Lieber. Solange Sie niemanden absichern müssen. Aber auch das hat sich in den vergangenen Jahren sehr gewandelt. Wenn ich mir nur allein meine Tochter anschaue. Sie lebt vom Vater ihres Kindes getrennt und kommt trotzdem gut durchs Leben. Die jungen Leute setzen heute andere Prioritäten, als wir damals. Wir Mädels konnten gar nicht schnell genug unter die Haube kommen."

Alex überlegte, wie alt sie wohl sein mochte. Sechzig, fünfundsechzig? Auf jeden Fall in einem Alter, in dem sie ihm eine Mutter hätte sein zu können.
„Haben Sie Kinder?“, wollte sie dann auch gleich wissen.
„Nein, noch nicht.“
„Aber Sie haben ja auch noch Zeit dafür. Bei uns Frauen tickt irgendwann die Uhr. Aber ihr Männer könnt das ganz gelassen angehen.“ Sie seufzte. „Ich hab auch nicht gedacht, dass ich so schnell Großmutter werden würde.“

Sie waren beide inzwischen in ihre Menükarten vertieft. Über die große schwere Mappe hinweg schaute er sie an. „Wie alt war denn Ihre Tochter bei der Entbindung?“
„Achtundzwanzig.“
„Aber das ist doch das perfekte Alter für ein Kind.“
Frau Bading wiegte den Kopf, während sie weiter in der Karte las. „Von mir aus hätte sie sich gern noch zwei, drei Jahre Zeit lassen können.“
Alex entschied sich für das Lamm und klappte seine Menükarte zu. „Natürlich ist es auch mit dreißig noch nicht zu spät. Aber je länger man es hinauszögert, umso größer wird das Risiko, dass es dann nicht mehr klappt.“
Die alte Dame schaute auf. „Sie meinen, wie bei Frau Moths?“
Alex war irritiert. „Frau Moths?“
„Ja, die Chefin. Sie hat sie doch eben hierher begleitet.“
Sie guckte amüsiert und hielt ihn nun wohl für einen richtigen Einfaltspinsel, dass ihm nicht einmal bewusst war, wen er vor sich gehabt hatte. Dabei war er lediglich überrascht darüber, dass sie im Zusammenhang mit Kinderlosigkeit sofort an Marlena dachte.

Frau Bading jedenfalls schien sein Schweigen falsch zu deuten. Sie fühlte sich genötigt, ihn aufzuklären. „Frau Moths kann keine Kinder bekommen“, raunte sie und verzog besorgt den Mund, während sie den Kopf schüttelte.
„Woher wissen Sie das?“, gab er ebenso leise zurück und hob fragend eine Braue.
„Der Buschfunk.“
„Der Buschfunk?“

Sie nickte stumm und machte ihm plötzlich verlegen Zeichen, dass sie ihr vertrauliches Gespräch unterbrechen müsse. Gleich darauf trat eine Kellnerin an ihren Tisch, fragte nach der Menüwahl und nach den Getränkewünschen. Auch Frau Bading hatte sich für das Lamm entschieden. Im Gegensatz zu ihm orderte sie allerdings Mineralwasser dazu. Als die Kellnerin von dannen zog, nahm sie das Gespräch wieder auf.

„Wir leben hier auf einer Insel, lieber Herr Bakowsky. Hier kennt jeder jeden. Und manchen kennt man ein wenig besser."
Alex lächelte. „Ich wusste nicht, dass Sie auf Rügen leben."
„Ja", meinte sie leichthin. „Es ist unüblich, Rüganer zu sein und trotzdem in ein Hotel zu gehen an Ostern. Aber wissen Sie," Sie senkte den Blick und drapierte die Serviette auf ihrem Schoß. „Mein Mann und ich, wir haben das immer getan. Uns etwas gegönnt zu den Feiertagen. Wir mochten nie weit weg fahren. Das Hotel von Familie Moths hat uns an die gute alte Zeit erinnert. Deshalb sind wir all die Jahre immer hierher gekommen. Und wir nehmen auch immer dasselbe Zimmer." Erneut richtete sie ihr Augenmerk auf den Sitz der Serviette und seufzte leise. „Nun ja, ich nehme noch dasselbe Zimmer. Obwohl es jetzt eigentlich viel zu groß für mich ist."

Alex wusste von Marlena, dass Frau Badings Mann vor zwei Jahren verstorben war. Aber er hatte keine Lust, sich eine Geschichte über Krankheit und Tod anzuhören, und fragte deshalb nicht nach. Das Thema Inselbuschfunk über Marlena fand er viel interessanter.

„Und wenn man sein ganzes Leben hier auf der Insel verbringt, kennt man sich untereinander, richtig?", hakte er nach, um auf den eigentlichen Inhalt ihres Gesprächs zurückzukommen.
Frau Bading nickte. „So ist es. Was glauben Sie, was ich Ihnen alles erzählen könnte."
Das Mineralwasser für Frau Bading wurde serviert und der Wein für ihn.
„Nur zu", sagte Alex. „Ich mag Geschichten." Er hob sein Glas und prostete Frau Bading zu.
„Die von der jungen Frau Moths ist eher traurig", sagte seine

Tischnachbarin. An ihrem Wasser nippte sie nur. „Sie war mit dem Inhaber von diesem Seglerladen zusammen. Drüben am Jasmunder Bodden. Kennen Sie vielleicht." Sie hob fragend die Brauen, woraufhin er den Kopf schüttelte. „Sie konnten keine Kinder kriegen. Deshalb sind sie auseinander."

„Aha", machte Alex und nahm einen tiefen Schluck von seinem Rotwein. Erstaunlich, was der Buschfunk auf einer Insel alles so hergab. Hier blieb offensichtlich nichts geheim. Erst jetzt begann sich ihm das ganze Ausmaß des neuen Projekts zu erschließen, das Marlena mit ihrer Eventagentur angestoßen hatte. Ein extremes Risiko für ihr Image, das sie da eingegangen war.

„Seitdem sieht man sie eigentlich nur noch arbeiten", fuhr Frau Bading fort. „Obwohl ja behauptet wird, sie hätte einen Neuen."

„So?" Beinahe hätte er sich an seinem Wein verschluckt. Mühsam unterdrückte er einen Hustenanfall.

„Ja. Sie hat doch jetzt noch eine Agentur eröffnet. Etwas anrüchig, würde ich sagen." Sie verdrehte die Augen und schnaufte leise. „Der Neue soll ein Mitarbeiter sein." Sie winkte ab. „Jedenfalls so ähnlich."

So ähnlich. Hieß das, man wusste es noch gar nicht genau? Dann wäre ja zu überlegen, ihre Beziehung nach wie vor nicht an die große Glocke zu hängen. Marlena hatte so was gesagt wie, sie wolle sich nicht länger mit ihm verstecken. Das sollte sie sich vielleicht noch einmal überlegen, bei dem Geschwätz über sie.

„Kennen Sie die Agentur von Frau Moths?", wollte Frau Bading wissen.

Er nickte. „Ich habe davon gehört."

„Ja, natürlich. Es hat ja auch groß und breit in der Zeitung gestanden. Eine Partnervermittlung für so merkwürdige Vorlieben, die sich mir leider nicht erschlossen haben. Dabei hätte sie das doch gar nicht nötig." Sie schüttelte den Kopf und ließ den Blick durch das Restaurant schweifen, als suche sie jemanden. „Da ist sie", sagte sie dann und nickte mit dem Kopf in Marlenas Richtung. „Wenn Sie mich fragen, will sie

sich damit nur von ihren Sorgen ablenken."
Ja, das sah er ähnlich.
„Sie sollte sich lieber um ihre Partnersuche kümmern."
Alex guckte amüsiert. „Aber ich denke, sie hat jemanden."
Frau Bading fuhr mit der Hand durch die Luft, als wolle sie diesen Jemand einfach so wegwischen. „Das ist doch kein Mann für sie."

Die Erklärung, wie sie darauf kam, blieb sie schuldig. Nicht zuletzt wohl deshalb, weil die Vorspeise serviert wurde. Spargelsalat mit hauchdünn geschnittenem Schinken vom einheimischen Wollschwein. Der Duft dieser geräucherten Delikatesse stieg Alex angenehm in die Nase.

* * *

Dass Alex sie beobachtete, spürte Marlena die ganze Zeit. Und auch eine innere Freude darüber, wie unkompliziert, ja souverän, er sich unters Volk gemischt hatte. Auf diese Weise hatte sie der alten Frau Bading einen netten Gesprächspartner an die Seite geben können.

Sie mochte sie. Sie bedauerte den Tod ihres Mannes. Er war gestorben, kurz nachdem er sich in den Ruhestand verabschiedet hatte und die Badings endlich ihre Zweisamkeit hätten genießen können. Knapp zwei Jahre war das jetzt her. Wenn man über sechzig war, vermutlich eine kurze Zeitspanne. Obwohl Frau Bading nicht zu denen gehörte, die über ihr eigenes Schicksal lamentierten. Das der anderen hatte sie schon immer viel mehr interessiert. Sie würde wohl selbst davor nicht zurückschrecken, Alex über die Chefin vom BELLE EPOQUE aufzuklären. Sie konnte ja nicht ahnen, dass er und sie … Marlena blickte zu ihm hinüber und lächelte ihm zu, als sich ihre Blicke begegneten.

Inzwischen waren sämtliche Tische besetzt. Selbst die in der Kaisersuite. Küche und Serviceteam hatten alle Hände voll zu tun. Es würde Mitternacht werden, ehe ein wenig Ruhe einzog. Das war schon abzusehen. Am späten Nachmittag hatte sie noch eine kurze Besprechung mit Mattes über die Bühne gebracht. Wegen des Osterfeuers morgen Abend unten am Strand. Sie war etwas skeptisch. Der Wind sollte ordentlich auffrischen. Sie fürchtete, der Funkenflug könnte zu stark ausfallen und der schmale Strandabschnitt im Notfall nicht genügend Fluchtmöglichkeiten bieten. Aber die Feuerwehr hatte die Veranstaltung bereits freigegeben. Sie solle sich keine Gedanken machen, hatte Mattes gesagt. Sie wären auf alles vorbereitet.

Marlena verabschiedete sich von den Gästen aus Bonn, mit denen sie gerade ein paar Minuten geplaudert hatte, und ging hinaus auf die Gartenterrasse. Der krasse Unterschied zwischen den Essengerüchen im Restaurant und der frischen kühlen Aprilluft traf sie unvorbereitet. Sie atmete tief durch, drückte den Rücken durch. Zum ersten Mal seit langem ärgerte sie sich darüber, dass sie feiertags Abend für Abend dazu verdonnert war, in ihrem Hotel zu stehen und Gäste zu unterhalten. Sie hätte sonst was dafür gegeben, die Zeit mit Alex verbringen zu dürfen. Das war genau der Moment, in dem sie sich ein stinknormales Leben wünschte. So eines, wie es die meisten ihrer Freunde und Bekannten genossen. Stattdessen saß Alex bei Frau Bading am Tisch, ließ sich vermutlich von ihr zutexten, wie es alte Leute doch meistens taten, und hoffte darauf, hin und wieder einen Blick von ihr zu erhaschen. Was für eine Farce.

Sie nahm das Vibrieren ihres Smartphones wahr und zog es aus der Tasche. Adam. Besprochen war, dass er sich heute Abend noch einmal melden sollte. Morgen würden die ersten Grey Days in Hamburg starten. Sie wollte sicher gehen, dass alles wie geplant über die Bühne gehen konnte. Jetzt gerade allerdings war ihr das herzlich egal. Sie verspürte große Lust, den Anruf einfach ins Leere laufen zu lassen. Wie unprofessionell. Aber sie musste ja nicht länger als nötig mit ihm reden. Kurz angebunden nahm sie das Gespräch entgegen.

„Bist du okay, Marlena?“, wollte Adam wissen. Leichte Besorgnis klang aus seinen Worten. Ihre abweisende Stimmung

irritierte ihn wohl.
„Wenn du mir sagst, dass für deine Grey Days alles perfekt läuft, geht es mir gut, ja."
Adam gab ein zustimmendes Brummen von sich. „Es läuft. Sogar bestens. Ich habe im Grunde nur noch eine Frage: Willst du den Video-Mitschnitt in der Rohfassung oder bearbeitet?"
„Für die Kunden bearbeitet, für mich Rohfassung. Und mich interessiert vom ganzen Drumherum jedes noch so kleine Detail. Deine Grey Days werden die erste Geschichte, die wir als eBook-Story herausgeben."
„Ernsthaft? Aber Moment – eBook-Story?"

Sie nickte vor sich hin. „Erklär ich euch, wenn wir uns Anfang Mai treffen. Ein neues Marketingprojekt." Ach du Schreck, ausgerechnet ihrem Stalker servierte sie eine Idee, die noch nicht spruchreif war. Sie biss sich auf die Lippe. „Ich brauche die Infos für die Autorin. Um ihr die Arbeit zu erleichtern. Jedes Detail, das wir bekommen können. Schau also genau hin, beobachte die Kunden, notiere dir ihre Reaktionen."
Kurzes Schweigen in der Leitung. „Aber spricht das nicht gegen den Datenschutz?", wandte er ein.

Natürlich. Gerade Adam sprach von Datenschutz. Das war so was von lächerlich.
„Wir nehmen den Datenschutz nach wie vor sehr ernst, das kannst du mir glauben. Sämtliche Infos sind nur für die Recherche gedacht. Als Inspiration, nicht, weil die Autorin sie eins zu eins umsetzen will."
Adam gab nicht so schnell nach. „Habt ihr denn mit den Kunden schon gesprochen? Ist das für die okay?"
„Machen wir hinterher. Deshalb kommt es ja gerade auf dich an. Darauf, dass die Sache der absolute Knüller wird. Wenn die Kunden rundum begeistert sind, werden sie sicher kein Problem damit haben, dass wir ihre Geschichte für unsere PR-Arbeit nutzen." Noch mehr Input für ihn. Prima. Marlena schüttelte ärgerlich den Kopf.

Sie war selbst gespannt darauf, ob die Idee, die Grey Days als eBook-Romane unter die Leute zu bringen und dem Geschäft von G.o.G. auf diese Weise mehr Leben einzuhauchen, wirklich eine gute war. Ihr Bauch sagte ja. Ihr Kopf wehrte sich noch dagegen, etwas sehr Persönliches und Intimes derartig auszuschlachten. Aber sie hatte die erotischen Geschichten von Theresa gelesen. Die konnte schreiben. Daran bestand kein Zweifel. Die Sache war einen Versuch wert. Wenn es daneben ging, nun gut. Damit würde sie leben müssen. Wenn nicht, dann war es einfach der genialste Marketing-Schachzug seit ihrer Idee zu G.o.G. überhaupt.

Adam versprach, sich gleich nach dem Event hinzusetzen und einen ausführlichen Bericht über seine Beobachtungen zu schreiben. Ein paar Minuten lang diskutierten sie den SM-Aspekt eines Tangos. Als Marlena dann hörte, dass es bei den Filmaufnahmen, die sein Kontaktmann geplant hatte, auch um einen Tanzfilm ging, geriet sie fast aus dem Häuschen. Er solle alles darüber notieren, bat sie Adam. Je mehr Hintergrundinformationen, um so eher konnte man daraus wirklich eine gute Story machen. Theresa würde begeistert sein von dem Material, das sie ihr zur Verfügung stellen konnte. Vielleicht gelang es ihr sogar, ein Interview mit den Kunden zu arrangieren. Schön. Ließ man mal die Umstände außer Betracht, war die Nachricht von Adam doch dazu angetan, ihre Stimmung zu heben.

* * *

„Ich hab das Gefühl, du bist zufrieden mit dem Abend", meinte Alex, als sie gegen elf mit Age noch einen kurzen Spaziergang durch die inzwischen verlassen liegenden Straßen machten.

Marlena nickte. „Ja. Der Abend war gut, die Gäste zufrieden. Außerdem hatte ich noch ein interessantes Gespräch mit Hamburg." Sie vermied es, Adams Namen zu erwähnen, um Alex nicht unnötig mit der Nase auf das ungelöste Stalking-Problem zu stoßen. „Dort, wo ein Teil der Grey Days stattfindet – ich glaube, ich hatte dir von diesem alten Herrenhaus kurz vor der Grenze erzählt – dort wird ein Tanzfilm gedreht. Ich werde also jede Menge Input bekommen, damit der erste eBook-Roman für G.o.G. ein echtes Highlight wird."

Alex blieb stehen und zog sie fest an sich. Im Licht der Straßenlaternen sah sie seine Augen funkeln.

„Du bist einfach ein Marketinggenie, Prinzessin. Da lässt du einen Roman schreiben, um damit für das Angebot deiner Agentur zu werben. Das ist schon ziemlich verrückt." Er küsste sie heftig auf den Mund. „Wie macht ihr das eigentlich mit dem Honorar? Bezahlst du Theresa dafür, dass sie diese Geschichte entwirft?"

„Nein. Wir haben sozusagen ein Gentlemen's Agreement. Das Material kommt von mir, sie schreibt die Story. Ich kriege Werbung, sie das Honorar."

„Kann man denn mit einem eBook-Roman Geld verdienen?"

Sie zuckte mit den Schultern. „Keine Ahnung. Als Zahnärztin ist sie ja nicht darauf angewiesen. Aber ich glaube schon, dass sie sich auf längere Sicht gesehen als Autorin etablieren möchte. Das würde sie sicher nicht in Erwägung ziehen, wenn man nicht davon leben könnte. Ich werde sie fragen. Erinnere mich noch mal daran."

Sie zog die Gartentür zu ihrem Grundstück auf. Age drängte sich an ihnen vorbei und preschte zum Hauseingang vor. Drüben bei Tornovs brannte noch Licht.

„Du solltest dir übrigens gut überlegen, ob du unsere Beziehung publik machst, Mara", sagte Alex plötzlich. Er war ihrem Blick zum Nachbarhaus gefolgt.

„Wie kommst du darauf?"

„Sie reden über dich."

„Denkt das Frau Bading?"

Er lächelte. „Frau Bading ist dir wohlgesonnen. Was aber nicht heißt, dass sie sich nicht an eurem Inseltratsch beteiligen würde."

Marlena schob gedankenversunken den Schlüssel ins Schloss. „Was sagt sie denn?"

„Alles mögliche. Wenn ich nicht gewusst hätte, dass du schon mal eine sehr innige Beziehung zu einem Mann gehabt hast, den du vermutlich sogar geheiratet hättest, wüsste ich es jetzt." Er schmunzelte.

„Ach ja."

Frau Bading hatte ihm also von Erik erzählt. Das war zu erwarten gewesen. Schließlich lebte sie in der Gegend, in der ihr Ex seinen Laden hatte. Rappin oder Lebbin, irgendwo da auf der Ecke. Dass ihre Beziehung in die Brüche gegangen war, war natürlich nicht unbemerkt geblieben. Selbst über den Grund hatte es Gerüchte gegeben, die teilweise sogar den Tatsachen entsprachen. Auf der Insel fand sich eben immer jemand, der so etwas weitertrug. Wenn man wollte und die nötigen Beziehungen aktivierte oder wusste, wie sich mit vorgetäuschtem Insiderwissen die Zunge eines Beteiligten lockern ließ, konnte man die unglaublichsten Dinge über andere erfahren. Dann schien es selbst so etwas wie die ärztliche Schweigepflicht nicht zu geben.

„Hat sie auch erzählt, dass ich keine Kinder bekommen kann?", fragte sie beiläufig, während sie sich ihrer Stiefel entledigte.

„Hat sie", bestätigte Alex.

„Und ich dachte, die Gemüter hätten sich wieder beruhigt."

Alex legte von hinten die Arme um sie, so dass sie seinen muskulösen Bauch zu spüren bekam. „Das haben sie sicher auch. Ich war für die alte Dame unbekannt und du hattest mich an ihren Tisch gebracht. Da glaubte sie vermutlich, mir etwas über dich erzählen zu müssen."

Marlena versuchte, sich aus seiner Umarmung zu befreien. „Es hätte durchaus auch anderes zu berichten gegeben."

„Zum Beispiel?"

„Zum Beispiel …" Sie überlegte. „Zum Beispiel, was für wundervolle Veranstaltungen es im BELLE EPOQUE gibt. Dass wir die beste Küche weit und breit haben, immerhin auch einen Sternekoch. Und dass unsere Azubis jedes Jahr zu den besten der Region gehören."

Alex lachte laut. „DAS ist nun wirklich nichts, was sich auch nur ansatzweise skandalträchtig anhört."

„Ich weiß." Sie kicherte, während sie ihre Anstrengungen, sich aus seinen Armen zu lösen, verdoppelte. „Das ist spießig und langweilig. Mit Herz-Schmerz-Geschichten kann man die Leute eher hinterm Ofen hervorlocken."
Er nickte. „Im Kleinen wie im Großen, Prinzessin. Besonders mit Schmerz." Er machte eine kleine Pause und setzte dann eine ernste Miene auf. „By the way, deine Wasserkur wartet."
In ebenso gespieltem Entsetzen riss sie die Augen auf. „Und ich dachte, ich hätte mein heutiges Pensum schon erfüllt."
„Oh nein. Das war mittags. Jetzt kommen wir zu Part zwei des Tages." Er begann, an ihren Sachen zu zupfen. „Zieh dich schon mal aus." Dann rief er leise nach Age und dirigierte ihn ins Wohnzimmer, wo sie auf einer Matratze Decken für ihn ausgebreitet hatten.

Obwohl ihr die mittägliche Prozedur noch immer einen Schauer über den Rücken jagte, wenn sie nur daran dachte, war Marlena von Alex im Fürsorge-Modus sehr angetan. Sie wollte gar nicht wissen, ob die Frauen vor ihr auch in den Genuss dieser Art Zuwendung gekommen waren. Dass er sich so selbstlos um sie kümmerte und dabei sichtlich Freude empfand, gab der Beziehung zwischen ihnen eine neue Dimension. Die Intensität und Vertrautheit gingen ihr unter die Haut. Nicht einmal Erik gegenüber hatte sie sich so verletzlich gezeigt, wie sie es vor Alex tat. Sicher war das in gewisser Weise der Neigung geschuldet, mit der sie beide spielten. Aber genau so hatte es wohl auch damit zu tun, dass Alex neue Saiten in ihr zum Klingen brachte. Oder ihr vielmehr Dinge ins Bewusstsein holte, denen sie sich bislang nicht hatte stellen wollen. Noch brodelte das alles nur unter der Oberfläche. Trotzdem spürte sie, dass eine Veränderung in ihr vorging, die etwas Grundlegendes mit sich brachte. Sie konnte es nicht benennen. Aber es war da.

„Ich warte, Mara", hörte sie ihn rufen.
Sie beeilte sich, die restlichen Sachen auszuziehen, und ging nackt zu ihm ins Bad. Als er sie sah, veränderte sich sein Blick.

Sie konnte genau sehen, wie das Feuer in den dunklen Augen aufflammte und seine Gesichtszüge einen begehrlichen Ausdruck annahmen.
„Du bist ja bestens vorbereitet“, raunte er mit belegter Stimme.
Sie nickte.
„Komm her“, befahl er leise. „Stell dich in die Wanne.“
Sie kletterte hinein und schrie auf, als der kalte Wasserstrahl sie berührte. „Das ist wirklich so was von grausam“, wimmerte sie.

Ungerührt ließ Alex kaltes Wasser über ihr Bein bis hoch zum Knie laufen, während seine Hand dem Strahl folgte. Sie stützte sich auf seinen Schultern ab.
„Frau Bading meinte, du hättest einen neuen“, setzte er ihr Gespräch fort.
„Einen neuen was? … Ahhh!“, machte sie. Der Wasserstrahl hatte die Kniekehle des anderen Beines erreicht.
Alex grinste. „Einen neuen Freund.“
„Hmhm.“
„Es soll einer deiner Mitarbeiter sein.“
„Das hat sie gesagt?“
„Wörtlich meinte sie: Oder so ähnlich … Okay, heb den Fuß.“

Der Schwall traf ihre Fußsohlen. Alex stellte das Wasser ab, erhob sich und angelte nach dem Badetuch.
„Sie wissen es also gar nicht genau“, murmelte Marlena und ließ sich von ihm abtrocknen.
„Richtig“, bestätigte er. „Vielleicht besser, wenn es so bleibt?“ Er hob sie kurzerhand auf seine Arme und trug sie hinüber ins Schlafzimmer.
„Du meinst, ich soll dich weiter verstecken?“ Als sie sah, dass er begann, sich auszuziehen, rückte sie zur Seite und kroch gleichzeitig tiefer in die Decken hinein. Ihre Beine waren noch nicht wieder warm geworden.
„Zumindest solltest du dir überlegen, ob du die Gerüchteküche befeuern möchtest.“ Während er das Hemd aufknöpfte, beobachtete er ihren Versuch, sich aufzuwärmen. „Ich heize dir gleich ein, Prinzessin.“ Er lächelte verführerisch und wackelte mit den Augenbrauen.
„Dann komm endlich“, flüsterte sie.

Alex streifte Schuhe und Socken ab und öffnete den Gürtel seiner Hose. Die Beule im Schritt wurde sichtbar größer. „Drängelst du etwa?"
„Ja", gab sie seufzend zu. Ihr Blick ruhte auf der Erektion, die ihm förmlich aus der Hose sprang, als er die Shorts abstreifte.
„Das muss ich dann wohl sofort ahnden", meinte er und schob die Decke zur Seite.

Er betrachtete sie. Ihre Haut hatte einen Farbton, als hätte sie trotz der Jahreszeit bereits stundenlang in der Sonne gelegen. Ihre schön gerundeten Brüste schrien förmlich danach, von ihm berührt zu werden. Auf den Knien hockend strich er mit den Fingerspitzen über ihre Haut. An den Seiten entlang zur Hüfte, kreiste um den Bauchnabel herum und folgte dem schmalen Pfad, der über ihren Venushügel abwärts führte. Als er den Spalt erreichte, stöhnte sie leise und schloss die Augen.
„Sind deine Füße jetzt warm?", fragte er flüsternd.
Sie nickte, ohne die Augen zu öffnen.
„Leg die Arme über den Kopf."
Gehorsam hob sie die Arme und streckte sie nach oben.

Alex rutschte rückwärts und zog ihr das Deckbett ein wenig mehr von den Beinen. Ihr Bauch bebte unmerklich. Behutsam legte er die Hände darauf und spürte ihrem hektisch werdenden Atem nach. Dann ließ er sie tiefer wandern auf die Schenkel, spreizte sie leicht. Da lag sie, ihre noch schlafende Schöne. Verschlossen wie eine Auster. Die Lippen von einer Zartheit, die ihn immer wieder berührte. Er spreizte ihre Schenkel weiter und sah dabei zu, wie sie sich öffnete, wie das Blut die Lippen füllte, sie dunkler färbte. Er beugte sich über sie, pustete in das weiche schmale Flies, das oberhalb der Klitoris aufhörte.

Marlena zuckte zusammen und stöhnte. Ihr Mund öffnete sich. Er sah, wie sie sich mit der Zunge über die Lippen fuhr. Küsste sich zu ihr nach oben, während er sich gleichzeitig zwischen ihre Beine schob. Ihre Haut war seidenweich. Ihre Brüste gaben unter seinem Angriff nach. Genüsslich grub er seine Finger in das bebende Fleisch.

Marlenas Seufzer wurden lauter. Die Spitzen ihrer Brüste hart, als er seine Hände darauf legte und sie zwischen Zeige- und Mittelfinger klemmte. Sein Penis touchierte ihre Vagina. Im selben Moment bäumte sie sich unter ihm auf. Er nahm sie bei den Schultern und drückte sie zurück in die Kissen.

„Sieh mich an", raunte er.

Sie hob die Lider. Ihr Blick war verhangen. Sein Schwanz benahm sich, als könne er es nicht abwarten. Dabei wollte er sie genießen. Ganz langsam, ganz tief, ganz intensiv. Er hatte sich lange nicht mehr so wohl gefühlt mit einer Frau, Pläne geschmiedet und Vertrautheit empfunden. Marlena war so anders. Es reizte ihn, all die Facetten zu ergründen, die sie noch immer vor ihm verbarg. Und egal, was er dabei zu tage fördern würde, sie würden sich auf die Zukunft konzentrieren und die Vergangenheit ruhen lassen.

Das einzige, was er wirklich vermissen würde, wären Kinder. Für ihn, der dem größten Glück dieser Welt so oft am Tag zum Greifen nahe war, ein schwerwiegender Verzicht. Aber für sie würde er es aushalten. Hoffte er. Sie war es wert. Er würde es nicht übers Herz bringen, ihnen beiden genau das zum Verhängnis werden zu lassen, was bei ihr für ihren schlimmsten Schmerz gesorgt hatte. Sie würden diesen Verzicht zusammen ertragen. Und vielleicht, vielleicht konnte er sie ja doch dazu bewegen, sich noch einmal ein paar Tests zu unterziehen. Möglicherweise war noch nicht alles verloren. Er kannte Spezialisten, die selbst aussichtslose Fälle erfolgreich behandelt hatten.

Alex senkte den Kopf und glitt mit seiner Zunge über ihre geöffneten Lippen.

Natürlich wusste Marlena, dass er beim Sex ausgesprochen zärtlich sein konnte. Aber diese sinnliche Langsamkeit, mit der er sie heute eroberte, wobei ihr schon die Formulierung nicht ganz angemessen erschien, war neu. Alex liebkoste jeden Zentimeter ihres Körpers, ließ seine Finger über ihre Haut gleiten, während seine Zunge sie streichelte wie ein sanfter Sommerregen. Nicht genug und doch zu viel. Ja, genau so empfand sie es. Sie befand sich in einem Zustand permanenter Erregung. Immer am Limit, immer kurz davor. Beinahe wäre sie gekommen, als er sich schließlich in sie schob. Aber er hatte es wohl geahnt und stieß sofort so tief vor, dass sie zurückzuckte.

Liebevoll strich er ihr eine Strähne aus dem Gesicht. Er sprach nicht. Sie ahnte dennoch seine stummen Worte. In seinen Zügen spiegelte sich ein Gefühl, das dem ihren ähnelte. Und doch war sie vom Gleichklang ihrer Emotionen überrascht. Konnte das sein? Konnte man sich einem anderen auf diese Weise verbunden fühlen? Jemandem, den man noch gar nicht lange kannte? Konnte man einander so vertraut erscheinen, als hätte man schon Jahre zusammen verbracht?

Alex begann, sich zu bewegen. Er betrachtete sie noch immer. Seine Augen griffen nach ihrer Seele und hüllten sie in einen Kokon aus Wärme und Leichtigkeit. Ein Schwebezustand, der sie immer weiter weg brachte aus dem Hier und Jetzt. Er schob seine Hände unter ihren Rücken, hielt sie an den Schultern, während er abwechselnd lange tiefe Stöße machte und dann wieder kurze flache.

Sie seufzte und stöhnte und wimmerte. Sie wusste nicht, wohin mit ihren Gefühlen. Die Tränen liefen bereits, bevor ihr Orgasmus einsetzte. Nicht hochexplosiv und hart wie sonst, sondern wie eine kleine Ewigkeit auf einer Welle aus Euphorie, die jegliches Zeitgefühl aus ihren Adern spülte.

18

Marlena spürte, dass man ihr nachschaute. Nicht nur die Mädels an der Rezeption, sondern auch die Gäste. Natürlich war nicht sie es, die Aufmerksamkeit erregte. Neben ihr lief einer der beiden Kerle, an die sie ihr Herz verloren hatte. Sechs Jahre alt, elegant, muskulös und so was von selbstbewusst, dass er niemanden zu beachten schien. Höchstens aus den Augenwinkeln. Sie sah es an der Stellung der Ohren. Age war einfach der geborene Undercoveragent.

Sie hatte sich schon bei Alex' Ankunft am Donnerstagabend, als er so unvorbereitet den Ridgebackrüden mitgebracht hatte, dazu entschlossen, einen Vorsprung im Hotel zu wagen. Sie hatte weder Familie noch Kinder. Warum sollte man ihr verwehren, dann wenigstens einen Hund bei sich aufzunehmen?

Age war das Paradebeispiel eines angemessenen Begleiters. Er ging ohne Leine bei Fuß, gab kaum einen Laut von sich und wenn sie sich unterhielt, setzte er sich auf die Hinterbeine und wartete geduldig. Gerade hatte sie es genau so erlebt. Sie hatte mit Agnes wegen der Abreisen noch etwas zu klären gehabt und Age machte trotz der Tatsache, dass das dauerte, keinerlei Anstalten, sich auf Abwege zu begeben. Erst hockte er still neben ihr. Dann streckte er sich mit einem tiefen Seufzer am Boden aus und legte den Kopf über einen ihrer Füße. Als wolle er seinen Besitzanspruch demonstrieren. Ja, Age achtete auf sie. Er benahm sich, als wäre sie ein fester Bestandteil seines Lebens, den es zu beschützen galt. Wenn sie daran dachte, dass er und Alex heute Abend zurück nach Berlin fahren würden, schlich fast so etwas wie Wehmut in ihr Herz.

„Na, wie lief es?", fragte Alex, der oben im Büro auf sie wartete.

Sie lachte erleichtert und fühlte sich wie ein kleines Kind, dem man einen lang gehegten Wunsch erfüllt hatte. „Super. Und völlig problemlos. Age ist perfekt für das BELLE EPOQUE." Sie tätschelte ihm die Flanke und ging zu Alex, um ihn zu umarmen. „Danke", murmelte sie. Dabei waren es nur ein paar Minuten, die sie Age ihrem Test unterzogen hatte. Alex würde ihn nachher wieder mitnehmen. Sonst hätte der arme Kerl einen langen Bürotag vor sich. Das war etwas, was ihm sicher gar nicht behagen würde.

„Ich hätte ihn wahnsinnig gern bei mir, aber er käme nur raus, wenn ich Pause mache", sagte sie ein wenig niedergeschlagen.

Alex strich ihr über den Rücken. „So ein Hund will eben gut überlegt sein. Du kannst ihn auf keinen Fall stundenlang zuhause lassen."

„Und wenn meine Eltern ihn tagsüber nähmen? Sie könnten ein bisschen mit ihm spazieren gehen und ihn am Strand laufen lassen."

„Laufen lassen?" Alex feixte. „Hast du Age schon mal laufen sehen, wenn man ihn dazu ermuntert? Den kannst du nicht zum Laufen an den Strand schicken. Vergiss es, Mara. Ein Ridgeback will bei seinem Herrn sein, ihn begleiten, egal, wohin. Er ist sehr anhänglich, rastet nicht gleich aus, wenn es mal einen Aufreger gibt. Bei Stress hat er eine extrem hohe Hemmschwelle. Aber eines tut er ganz sicher nicht: Laufen auf Befehl. Da musst du schon mit." Er legte ihr die Finger unters Kinn und hob es an. „Was dir, nebenbei gesagt, ganz gut täte."

Mit gespielter Empörung schlug sie seine Hand weg. „Was

soll das heißen? Findest du mich fett?“
Alex lachte laut auf. „Sei nicht albern, Mara. Darum geht es doch nun wirklich nicht. Du sollst nicht laufen, weil du fett bist, sondern als Ausgleich. Damit es dich entspannt. Damit du nach einem langen Tag im Büro den Kopf frei kriegst.“
„Ich hasse Laufen“, murrte sie und wollte sich wegdrehen.
Alex ließ es nicht zu. „Aber du musst etwas tun als körperlichen Ausgleich.“

Körperlicher Ausgleich? Na, da fiel ihr Besseres ein. Sie verzog den Mund und merkte selbst, wie es um ihren rechten Mundwinkel verräterisch zu zucken begann.
Alex verstand. „Das reicht aber nicht, Prinzessin. Ein- maximal zweimal im Monat ist deutlich zu wenig Bewegung.“ Er gab dem Wort eine süffisante Betonung. „Du könntest auch zum Walken an den Strand gehen. Jeden Morgen.“

Verärgert machte sie sich von ihm los. „Meine Mutter geht walken und …“
„Dann schließ dich ihr an“, unterbrach er sie.
„Nein!“ Wie kam er nur auf eine so blöde Idee? DAS war doch kein Sport für sie.
Alex zuckte mit den Schultern. „Auf irgendeine Weise müsstest du Age jedenfalls Bewegung verschaffen. Dann eben ein täglicher Strandspaziergang. Sagen wir, eine Stunde mindestens. Dabei wird er sich zwar nicht auspowern können. Aber das kann dann ja ich übernehmen, wenn wir zusammen sind.“

„Echt?“ Aufgeregt wandte sie sich zu ihm um. „Heißt das, du lässt ihn hier?“
„Nein. Nicht heute. Aber wir können es irgendwann probieren. Für ein paar Tage. So ein Hund ist schließlich auch nur ein Mensch.“ Er grinste. „Den reicht man nicht einfach hin und her. Du musst dir schon sicher sein.“
„Das bin ich“, gab sie zurück. „Sehr sogar. Ich hab ja sonst niemanden, um den ich mich kümmern muss.“

Alex trat dicht an sie heran und sah ihr prüfend in die Augen. „Mara, Age eignet sich nicht als Kinderersatz. Das sollte dir klar sein.“
„Und wenn, was wäre so verwerflich daran?“

Er schüttelte den Kopf, wandte sich ab und ließ sich in ihrer Besprechungsecke auf einem Sessel nieder. „Du hast das Thema echt abgehakt", sagte er leise.
„Ja, hab ich. Überleg doch mal!" Sie ging zu ihm hinüber und setzte sich auf seine Armlehne. „Ich gehe demnächst auf die Vierzig zu." Er hob die Hand, aber sie ließ sich nicht unterbrechen. „Doch, in ein paar Jahren ist es soweit. Du weißt selbst am allerbesten, was das für eine Frau bedeutet. Wir haben nur ein verhältnismäßig kleines Zeitfenster, in dem wir Kinder kriegen können."

„Gerade hat eine Fünfundsechzigjährige Zwillinge zur Welt gebracht", warf er ein.
Sie starrte ihn an. „Du willst ja wohl nicht behaupten, das sei eine gute Idee."
„Darum geht es nicht. Ich wollte nur sagen: Es ist möglich, auch mit vierzig noch ein Kind zu bekommen. Oder mit fünfzig. Viele Frauen, deren Kinderwunsch nie in Erfüllung gegangen ist, hoffen bis zuletzt darauf, dass ein Wunder geschieht."
„Aber ich nicht", sagte sie lauter, als sie gewollte hatte. Sie sprang auf und ging hinüber zur Fensterfront. „Du sagst es selbst: Ein Wunder. Ich glaube nicht an Wunder."

Alex erhob sich und trat hinter sie. „Lass uns nicht streiten, Mara. Du hast noch einen langen Tag vor dir. Wir reden ein andermal darüber. Wenn du Age als Kindersatz betrachten willst, ist das deine Sache. Aber behandle ihn nicht so. Versprich es mir. Er ist ein Tier." Er drehte sie zu sich um. „Okay?"

Ihre Augen hatten sich mit Tränen gefüllt. Sie verspürte einen tiefen Schmerz bei dem Gedanken, dass Alex ein Kind mit ihr haben wollte und sie ihm diesen Wunsch nicht erfüllen konnte. Nie. Er würde damit leben müssen. So, wie sie damit leben musste. Ob er sich dessen bewusst war?

Er zog sie besänftigend in seine Arme. „Komm, nicht weinen. Ich weiß, wie dir zumute ist." Sanft strich er über ihr Haar und verteilte unzählige Küsse über ihr Gesicht. „Hast du schon was aus Hamburg gehört?", versuchte er abzulenken.

Sie rieb in ihren feuchten Augenwinkeln und schüttelte den Kopf. Adam hatte sich noch nicht wieder gemeldet. Ein gutes Zeichen, hoffte sie.
„Wir sehen uns in der Mittagspause, Prinzessin. Unten am Strand. Und ich verspreche, wir lassen das Wassertreten heute weg."

Er hatte sie tatsächlich auch die letzten beiden Tage dazu genötigt, ihm für ein paar Sekunden in die kalte Ostsee zu folgen. Welchen Effekt das haben sollte, erschloss sich ihr noch immer nicht ganz vollständig. Aber sie musste zugeben, dass zumindest die kalten Güsse am Morgen dafür sorgten, dass sie viel beschwingter als sonst in den Tag startete. Vielleicht würde sie sich sogar dazu überwinden können, diese Wasserkur fortzusetzen, wenn er wieder weg war. Zumindest einen Teil davon.

* * *

Kurz vor der Mittagspause lief sie Mattes über den Weg.
„Es scheint hausinterne Neuigkeiten zu geben, die ich noch nicht kenne", meinte er und blieb stehen, als erwarte er eine Erklärung von ihr. „Kommen wir jetzt auf den Hund?"
Marlena lächelte beschwichtigend. „Das war nur ein kurzer Test. Ich denke darüber nach."
„Hältst du es für eine gute Idee, einen Hund von dieser Größe und diesem Aussehen ins Haus zu holen?"
Wie bitte? „Ich finde, ein Ridgeback passt sehr gut hierher." Sie blitzte ihn an.
Er grinste. „Ein Ridgeback also. Er sieht wie ein Kampfhund aus."
„Ridgebacks sind keine Kampfhunde."
„Sicher?"
„Ganz sicher. Überhaupt," Sie schaute ihn herausfordernd an. „Warum interessiert dich das? In einem halben Jahr bist du nicht mehr hier. Aller Wahrscheinlichkeit nach wirst du es

sowieso nicht erleben."

Mattes hob die Hand und machte eine unbestimmte Geste. „Wer weiß."

„Soll heißen?" Sie spürte die plötzliche Anspannung, die in ihr hochkam. Ihr Puls beschleunigte sich. Hatte er es sich etwa anders überlegt? Jetzt, wo sie gerade begonnen hatte, sich damit abzufinden, einen neuen Geschäftsführer suchen zu müssen?

„Vielleicht bleibe ich doch."

„Mattes!" Ohne, dass sie es wollte, hatte sie die Stimme erhoben. Sie wusste nicht, was sie davon halten sollte. Erschrocken über ihre eigene Lautstärke schaute sie sich nach allen Seiten um und machte einen Schritt rückwärts in eine Nische hinein. „Du kannst nicht kündigen und das Ganze dann wieder rückgängig machen", sagte sie mit gedämpfter Stimme.

„Warum nicht?" Er guckte erstaunt. „Wenn ich es richtig in Erinnerung habe, hast du mich erst vor ein paar Tagen gefragt, ob ich es mir nicht noch einmal überlegen wolle."

„Du hast sehr deutlich Nein gesagt", ergänzte sie.

„Stimmt. Hab ich. Aber jetzt gerate ich eben doch ins Sinnieren."

„Warum jetzt?" Sie betrachtete ihn, als hätte er ihr eröffnet, die gesamte Belegschaft mitnehmen zu wollen. Gleichzeitig war sie von sich selbst überrascht. War das nicht genau das, was sie gewollt hatte? Dass er seine Absicht überdachte, sich ein zweites Mal für das BELLE EPOQUE entschied und damit alles beim Alten beließ? „Ich versteh's nicht", hörte sie sich sagen.

Mattes war ihr in die Nische gefolgt, stand dicht vor ihr.

„Das BELLE EPOQUE ist mein Leben", sagte er leise. „Das lasse ich mir nicht einfach so wegnehmen."

„Mal langsam." Sie drückte den Rücken durch und stellte die Füße ein wenig auseinander. „Du hast mir gekündigt. Nicht ich dir. Ich hatte nie die Absicht, dir deine Position streitig zu machen. Ganz im Gegenteil. Ich fühlte mich immer sehr wohl mit dem Wissen, dass du mir den Rücken stärkst."

„Na, das tut ja jetzt wohl ein anderer." Spöttisch hob er die

Brauen.
Marlena verschränkte die Arme vor der Brust. „Und wenn, das geht dich nun wirklich nichts an.“
„Das sehe ich etwas anders.“
Sie hob ebenfalls die Brauen und wartete, dass er fortfuhr.
„Wenn die Art seiner Zuneigung dich außer Gefecht setzt und du nicht arbeiten kannst, ist das schon etwas, was mich angeht.“

Was hatte denn das zu bedeuten? Natürlich hatte er nur eins und eins addieren brauchen, um sich darüber klar zu werden, unter welchem Stern die Beziehung zwischen ihr und Alex stand. Aber ihr in diesem Zusammenhang Arbeitsunfähigkeit vorzuwerfen, war ja wohl das Letzte.
„Ich war in Berlin, weil es mir nicht gut ging“, verteidigte sie sich.
„Schon klar.“ Mattes verschränkte ebenfalls die Hände vor der Brust. In seiner Mimik hatte sich nun endgültig ein herablassender Zug eingenistet. „Was sagen deine Eltern dazu, dass er dich schlägt?“

Marlena stockte der Atem. Sie spürte, wie sie blass wurde. Einen Moment lang überkam sie leichter Schwindel. Aber sie fing sich schnell wieder.
„Du gehst zu weit, Mattes. Eindeutig zu weit.“ Sie holte tief Luft. „Ich denke, es ist keine gute Idee, die Kündigung zurückzunehmen. Mein Privatleben geht niemanden etwas an. Und wenn du glaubst, du …“
„Du bist eine Person des öffentlichen Lebens, meine Liebe. Schon vergessen? Da bleibt selbst so etwas nicht lange privat“, unterbrach er sie mit einem süffisanten Unterton.

Sie löste sich aus ihrer Starre und machte einen Schritt von ihm weg. „Das ist mir egal. Ich diskutiere jedenfalls mit niemandem, was sich in meinem Schlafzimmer tut. Auch mit dir nicht. Und ich rate dir, gut zu überlegen, was du künftig diesbezüglich von dir gibst.“
„Drohst du mir, Marlena?“
„Keineswegs. Aber wenn du vor hast, meinen Ruf zu ruinieren, weiß ich, an wen ich mich wenden muss.“

Er lachte auf. „Klar, du hast ja deine Anwälte. Am besten, du lässt dich von diesem Sven beraten. Der ist doch auch Jurist. Und in der Szene, wie du es nennst. Rufschädigung ist sicher eines seiner bevorzugten Spielfelder. Sollte in der Szene“ – er zog das Wort jetzt extrem in die Länge – „nicht so selten sein.“

Sie drängte sich wutentbrannt an ihm vorbei. „Und du willst ein Freund sein.“

„Das bin ich, Lena. Das bin ich immer noch. Du kannst es nur leider nicht erkennen vor lauter Verliebtheit“, hörte sie ihn in ihrem Rücken lauter werden.

Aufgelöst eilte sie die Treppen hinauf. Verdammter Mist. Sie war im Begriff, sich ausgerechnet den Mann zum Feind zu machen, der jahrelang ihre wichtigste Vertrauensperson gewesen war. Was für ein verdammter Mist! Sie war so dumm! Sie hielt die Schlüsselkarte vor den Scanner ihres Büros und stürmte hinein.

„So eine gottverdammte Scheiße!“, schlüpfte es ihr frustriert über die Lippen. Das konnte doch alles nicht wahr sein. Was hatte sie ihm denn nur getan, dass er plötzlich so mit ihr umging? Im höchsten Maße beunruhigt stellte sie sich an die Glasfront und starrte hinaus.

Das war doch eine eindeutige Drohung, die er da ausgesprochen hatte, oder? Er wollte sie damit unter Druck setzen, dass ihre Eltern erfahren könnten, welcher Art ihre Beziehung zu Alex war. Marlena versuchte, das Gedankenchaos in ihrem Kopf zu entwirren.

Warum tat er das? Er hatte sich doch entschieden, zu gehen. Und er hatte ihr nicht einen Moment lang das Gefühl gegeben, sie für seine Entscheidung verantwortlich machen zu wollen. Obwohl es genau so war. Wenn er nicht wüsste, wie aussichtslos seine neuerlichen Bemühungen um sie waren, gäbe es keinen Kündigungsgrund. Trotzdem war er bisher fair geblieben. Sie hatte nicht den Eindruck gewonnen, dass er ihr schaden wollte, sobald er aus der Schusslinie war. Das tat man doch auch nicht unter Freunden. Oder wenn einem das Wohlergehen des anderen auch nur ein klitzekleines bisschen am Herzen lag. Doch vielleicht irrte sie sich. Vielleicht was es gar nicht an dem und er wartete nur auf einen günstigen Moment, ihre Beziehung zu Alex zu unterwandern? Überhaupt, was wusste er darüber?

Marlena dachte fieberhaft darüber nach, was sie Mattes über Alex erzählt hatte. Sie war sich nicht einmal sicher, dass sie irgendetwas über seine Neigung hatte verlauten lassen. Demnach konnte er eigentlich nur wissen, dass Alex mit einem Freund zusammen einen BDSM-Club betrieb. Ja, und warum war nicht auch Vincent zur Launchparty erschienen?

Nein, so wurde das nichts. Sie durfte Mattes nicht unterschätzen. Natürlich war ihm klar, dass ein BDSM-Berater auch ein BDSMler war. Das einzige, was er nicht wissen konnte, war, ob sie ebenso aktiv diesem Lifestyle frönte. Das hätte er bestenfalls ahnen können, als sie die Idee für G.o.G. hatte. Aber wer eine Partnervermittlung betrieb, musste nicht selbst auf der Suche sein. Insofern … Sie ging zum Schreibtisch hinüber, griff nach der Wasserflasche und nahm einen großen Schluck.

Die Vibration ihres Smartphones verkündete den Eingang einer neuen Nachricht. Sie schaute zur Uhr. Toll. Jetzt verspätete sie sich auch noch bei Alex.

Wo bleibst du, Prinzessin?, wollte er wissen.

Sorry, bin aufgehalten worden. Zehn Minuten, simste sie zurück. Dann schleuderte sie ihre Pumps unter den Schreibtisch, schlüpfte in die flachen Langschäfter, die ihr selbst Anfang April für die vorherrschende Witterung am besten geeignet erschienen, und zog die Tür hinter sich ins Schloss.

Bin auf dem Weg, schrieb sie.

Tief Luft holen und entspannen, Mara, schrieb er zurück und setzte einen Zwinkersmiley hinter seine Nachricht.

Alex hatte gut Reden. Überhaupt fühlte sie sich gerade wie ein Spielball zwischen beiden Männern. Dabei hatte sie noch vor nicht allzu langer Zeit gehofft, Alex und Mattes könnten Freunde werden. Jetzt allerdings schien das Lichtjahre her zu sein.

Er sah schon von weitem, dass irgendetwas nicht in Ordnung mit ihr war. Sie stapfte durch den Sand auf ihn zu, ohne wie üblich nach rechts oder links zu schauen. Sie schien vollkommen in Gedanken. Selbst als Age auf sie zu preschte und begeistert um sie herum sprang, änderte sich ihre Mimik nur unwesentlich.

Das hatte er sich definitiv anders vorgestellt. In zwei Stunden würde er wieder unterwegs sein. Er hatte gehofft, dass sie die Zeit bis dahin noch ein wenig genießen konnten.

„Tut mir leid“, sagte sie, vollkommen außer Atem, stellte sich auf die Zehenspitzen und hauchte ihm einen Kuss auf die unrasierte Wange.

Alex zog sie eng an sich, hielt sie einen Moment. Selbst durch die dicken Jacken hindurch konnte er ihre Aufregung spüren. Ihr Herz pochte.

„Was ist los?“, fragte er.

Sie schüttelte den Kopf. „Lass uns über was anderes reden. Wie war euer Vormittag?“

„Vergiss es, Mara. Wir waren uns einig darüber, dass es so nicht mit uns läuft.“

Schuldbewusst senkte sie den Kopf und stocherte mit der Stiefelspitze im Sand. Als sie wieder aufschaute, lag Wut in ihrem Blick.

„Mattes zieht seine Kündigung zurück.“

Und das war der Grund für ihren Ärger? „Na wunderbar“, freute er sich.

„Daran ist rein gar nichts wunderbar. Er erpresst mich.“

„Blödsinn.“

„Leider nicht. Oder wie würdest du seine Frage interpretieren, ob meine Eltern wüssten, dass du mich schlägst?“

„Das hat er behauptet?“ Alex war irritiert. Im nächsten Moment schlug dieses Gefühl auch bei ihm in Verärgerung um. Woher wollte dieser arrogante Arsch das wissen?

Marlena nickte. „Hat er. Es kann zwar durchaus sein, dass er ahnungslos ist, sich das alles zusammenreimt und nur eine Vermutung ausgesprochen hat. Aber wissen wir das? Ich hatte den Eindruck, dass ihm ziemlich klar war, wie das auf mich wirken

muss."
„Eine Erpressung ist nichts, womit man mal eben hausieren geht. Das ist eine strafbare Handlung."
Sie stieß die Stiefelspitze so heftig in den Sand, dass sich eine hohe Fontäne löste und in Richtung Wasser rieselte. Age, eindeutig in Spiellaune, guckte zwischen ihnen beiden hin und her.
Sie zuckte die Schultern. „Scheint Mattes egal zu sein. Ich glaube, er setzt mich bewusst unter Druck."

Alex sah ihr dabei zu, wie sie der ersten Sandfontäne weitere folgen ließ, und stellte schließlich seinen Fuß auf ihren. „Jetzt mal langsam, Mara. Lass uns ein Stück laufen und erzähl von Anfang an. Und das Atmen nicht vergessen." Er nahm ihre Hand in seine, lächelte sie aufmunternd an und zog sie mit sich.

Zehn Minuten später kannte er jedes Detail des Gesprächs zwischen ihr und diesem Oberfatzke. Er hatte ja immer geahnt, dass Marlena reihenweise Verehrer hatte. Aber wozu die bereit waren, fand er schon mehr als merkwürdig. Gab es das tatsächlich noch? Den Versuch, eine vermeintliche reiche Erbin an Land zu ziehen, um das eigene Auskommen zu sichern? Genau so jedenfalls interpretierte er Mattes' Versuch, Marlena für sich zu gewinnen.

„Wenn er die Kündigung zurückzieht, sprichst eben du ihm eine aus", schlug er vor.
Sie blieb stehen und sah ihn entsetzt an. „Weißt du, was du da sagst? Ich soll ihm kündigen? Mal abgesehen davon, dass das bei der Zahl meiner Angestellten und seiner langen Zugehörigkeit zur Firma schwierig sein dürfte, stellt es ein ungeheures Risiko dar. Ich mag gar nicht darüber nachdenken, was er in seinem plötzlichen Hass auf mich alles tun würde."

Ihm lag eine Entgegnung auf der Zunge. Doch er wusste aus eigener Erfahrung, wie schnell einstige Freundschaft in tiefe Feindschaft umschlagen konnte. Er schwieg.
„Mattes kennt das Hotel und alle Vorgänge, die damit verbunden sind, aus dem FF. Er hat Einblick in alles, was die Geschäftsfähigkeit unseres Hauses betrifft. Er hat über die Jahre

ein Insiderwissen angesammelt, wie niemand sonst. Wenn er wollte, könnte er mich komplett ruinieren." Sie bückte sich nach einem Stein und schleuderte ihn ins Wasser, dass es laut platschte. „Selbst die Agentur könnte ich mir abschminken. Sobald er mit dem Hotel fertig ist, wird er sich G.o.G. vornehmen."

Was sie sagte, hörte sich nach einer verdammten Endgültigkeit an. So fatalistisch kannte er sie gar nicht. Offensichtlich fühlte sie sich Mattes' Willkür vollkommen ausgeliefert.

„Meinst du nicht, dass deine Befürchtungen ein klein wenig übertrieben sind?", versuchte er, sie zu beschwichtigen. „Es ist immer ein Risiko, wenn langjährige Mitarbeiter gehen. Gegen das Horrorszenario, das du dir gerade ausmalst, spricht einiges. Unter anderem der Vertrag, den ihr habt. Seine Pflicht zur Verschwiegenheit. Und letztlich der gesunde Menschenverstand." Er hielt sie an den Schultern zurück, weil sie immer weiter rannte. „Schau mal, wenn er sich tatsächlich so illoyal verhalten sollte, wer wird ihm dann noch einen Job in eurer Branche geben? Vor allem einen so verantwortungsvollen? Kein Arbeitgeber ist so dumm, sich eine intrigante Laus in den Pelz zu setzen." Er hob die Hand und rieb einen kleinen Schatten unter ihrem Auge fort. Hatte sie etwa geweint wegen dieser Geschichte?

„Komm mal her!" Er zog sie in eine Umarmung. „Wir Männer sind manchmal fiese Säcke." Ich natürlich ausgenommen, dachte er ironisch. „Wenn einer nicht tut, was wir wollen, lassen wir uns schon mal zu dummen Sprüchen hinreißen. Da kommt dann vielleicht der gewiefte Geschäftsmann durch, der immer irgendeinen schwarzen Fleck auf der weißen Weste des anderen zu kennen glaubt und behauptet, das gnadenlos ausnutzen zu wollen. Aber die wenigsten machen das tatsächlich."

Marlena hatte ihre Arme um ihn gelegt, sehr fest, als wolle sie ihn nicht mehr loslassen. Sie hielt ganz still. Er spürte, dass sie sich langsam ein wenig beruhigte.

„Er wollte dir Angst machen. Hat ja wohl auch

funktioniert. Er scheint deine schwachen Seiten gut zu kennen, Prinzessin. Aber er ist nicht dumm. Er weiß, dass er dich nicht zurückbekommt. Vielleicht will er sich einfach nur einen Abgang mit Pauken und Trompeten verschaffen. Allerdings bin ich sicher, dass er seinen Erpressungsversuch nicht durchzieht." Er löste sich aus der Umarmung und brachte sie ein wenig auf Abstand. „Deine Großmutter hätte dafür doch sicher auch einen Spruch parat gehabt, oder?"

Sie nickte. Um ihre Mundwinkel zuckte ein kleines Lächeln. „Es wird nichts so heiß gegessen, wie's gekocht wird."

„Mein Reden." Er grinste und wackelte mit den Augenbrauen. „Ich hätte sie wirklich gern kennengelernt."

19

Drei Tage später saß Marlena abends daheim vor ihrem Laptop und schmolz dahin. Das Telefon hatte sie auf Lautsprecher geschaltet. Adam war in der Leitung.

„Und, was meinst du?", wollte er wissen.

„Wunderschön", sagte sie leise. Fast hatte sie Angst, mit ihren Worten den Zauber zu zerstören, der sich gerade vor ihren Augen entfaltete.

Adam hatte ihr das Video geschickt, das am Osterwochenende bei den Grey Days entstanden war. Sie kannte die Profile der Kunden. Aber wie sehr die beiden bei diesem Tango harmonierten, sprengte dann doch ihre Vorstellungskraft. Dass man so tiefe Gefühle bei einer spontanen Begegnung entwickeln konnte. Unfassbar. Lisa und Paul erschienen ihr wie ein echtes Liebespaar.

„Wow", flüsterte sie, als der dunkelhaarige, attraktive Mann seine ebenso gut aussehende Partnerin in eine schnelle Drehung schickte, sie gleich darauf wieder an sich zog, leicht in die Knie ging und dabei ihren Körper nach hinten bog. „Ist das heiß." Der Schlitz des Kleides war so weit auseinander gefallen, dass sie deutlich erkennen konnte: Lisa trug keinen Slip.

Das waren sie also, ihre viel beschworenen Grey Days. Zum ersten Mal wurde sie sozusagen Augenzeuge eines solchen Events. Ihre Taylors waren ja immer dabei. Die bekamen diese Situationen regelmäßig zu Gesicht. Aber für sie war das neu und richtiggehend aufregend, viel mehr, als sie erwartet hatte. Dieser Tanz und der morbide Charme der Location waren die perfekte Wahl für das ultimative Shades-Feeling. Für das, was ihre Kunden erleben sollten. Dominanz und Hingabe, Lust und ein kleines bisschen Qual.

„Wie haben sie das gemacht?", fragte sie, als die Musik verklungen war. Sie drückte den Stoppbutton und ergötzte sich an den Gesichtszügen der beiden Tänzer, die gerade noch im Glücksmoment der letzten Bewegung schwelgten.

„Was meinst du?"

„Den Tango. Wie haben sie diesen Tango hingekriegt? Sieht aus, als hätten sie wochenlang geübt."

Sie hörte Adam leise lachen. „Paul hat es eben drauf. Sie haben intensiv trainiert, bevor es auf die Bühne ging. Und er war sehr erfinderisch dabei."

„Du hast zugeschaut?"

„Sagen wir: Es ergab sich so. Ich war ja für das Catering zuständig. Da blieb es nicht aus, dass ich ein bisschen davon mitbekam, wie er mit ihr geprobt hat."

Marlena seufzte still vor sich hin. Um so besser. Dann konnte er ja einen ausführlichen Bericht für Theresa schreiben. „Bitte notier mir das alles. Sämtliche Beobachtungen. Selbst, wenn sie dir unwichtig erscheinen sollten. Schlichtweg alles, woran du dich erinnerst." Sie machte eine kleine Pause, betrachtete währenddessen das Standbild des Videos und sprach schließlich weiter. „Meinst du, die beiden haben ein Problem damit, wenn wir ihren Event als Romanidee nutzen?"

„Kann ich dir nicht sagen", wich Adam aus. „Sie wirkten sehr intim miteinander. Zumindest wird ihnen klar sein, dass sie nicht die einzigen sind, die dieses Video zu sehen bekommen. Da wir die Produktion bezahlen, haben wir auch das Weiterverwertungsrecht."

„Was ja nicht heißt, dass wir es online stellen wollen", führte

Marlena seinen Gedanken weiter. „Aber der Autorin wird es helfen, die Geschichte zu schreiben. Ich würde sonst was drauf verwetten, dass die Story gut wird."
„Na, wenn du dir so sicher bist …"
„Ich würde meine Hand für sie ins Feuer legen."
„Oh, lieber nicht." Adam lachte erneut. „Du weißt, wie schnell man sich die Finger verbrennt."

Wie recht du hast, dachte sie sarkastisch. Trotzdem musste sie zugeben, dass die Schönheit der Aufnahmen, die sie gerade gesehen hatte, sie mit ihm und seiner Art ein wenig versöhnte. Wenn da nicht noch diese Fotos gewesen wären. Ein Wermutstropfen, dessen bitterer Nachgeschmack sich einfach nicht vertreiben lassen wollte. Selbst wenn es seit der Launchparty nichts mehr dergleichen gegeben hatte. Aber die Absicht war eindeutig: Man wollte sie damit erpressen. Warum sonst sollte wer auch immer so etwas tun? …

Moment mal. Diese Fotos, die konnten doch auch … Ihr stockte der Atem. Wenn es nicht Adam gewesen war, dann vielleicht jemand, der ihr noch näher stand. Vielleicht … Oh Gott. Wenn das stimmte … Sie wagte nicht, den Gedanken zu Ende zu bringen. Statt dessen holte sie tief Luft und schlug sich entsetzt die Hand vor den Mund.

* * *

Das dritte Meeting mit den Taylors war längst überfällig. Neunzig Tage, hatte Marlena sich vorgenommen. Neunzig Tage, dann sei es Zeit, ein erstes Fazit über den Erfolg von G.o.G. zu ziehen. Nachdem auch Adam seine Premiere der Grey Days überstanden hatte, konnte jeder der Taylors aus Erfahrung sprechen. Sie wollte, dass sie sich austauschten. Über die besten Strategien, was die Logistik betraf. Über No-gos und Dinge, die man grundsätzlich berücksichtigen musste. Über die Kunden, ihre Erwartungen, Zielgruppen und kreative Events.

Sie hatte niemandem die weite Anreise nach Rügen zumuten wollen. Dazu gab es einfach zu viel zu tun. Die Taylors waren nicht mehr so frei in ihrer Zeiteinteilung, wie noch zu Jahresbeginn. Also hatte Nick sich um eine Location in Berlin bemüht. Jetzt saßen sie in dem gediegenen Clubraum eines Hotels an der Torstraße in Mitte und waren in den Anblick von Paul und Lisa, der Tangotänzer, versunken.

Marlena hatte das Video, das beim Hamburger G.o.G.-Event entstanden war, bewusst für den Beginn des Meetings eingeplant. Abgesehen davon, dass es auch das einzige war, das von einem solchen Event überhaupt existierte, schien es ihr geeignet, die Stimmung bei den Grey Days zu demonstrieren. Die Gefühle, mit denen die Kunden konfrontiert waren. Und sie hielt es für einen perfekten Opener, um das Gespräch mit den Taylors in Gang zu bringen.

Als die letzten Takte des Tangos verklungen waren, wandte sie sich ihren Mitarbeitern zu, schaute sie reihum an. Sie saßen auf mit rotem Leder bezogenen Armlehnstühlen an einem langen schweren Holztisch. Die polierte Platte war mit schlichten Intarsien versehen. Rundherum hohe getäfelte Wände in Kassettenoptik, offensichtlich aus demselben Holz wie der Tisch. Vor den Fenstern schwere Vorhänge, die an Goldbrokat erinnerten. Die Farben des Raumes, rot und braun, verliehen ihm etwas Schwülstiges, Luxuriöses, ja sogar ein wenig Verruchtes. Absolut passend zu G.o.G.

Thorben brach als erster das Schweigen. Der Kölner Taylor mit seinen blitzblauen Augen und dem sorgfältig zurückgelegten dunklen Haar zwinkerte Marlena zu. „Ein sinnliches Video. Um dieses Erlebnis sind sie in jedem Fall zu beneiden, die beiden.“

Zustimmendes Nicken und Gemurmel. Die Männer schienen sich einig zu sein, aber nicht groß darüber debattieren zu wollen. Marlena merkte ihnen an, dass sie weitaus mehr Input als diesen Stimmungszauber erwarteten. Wahrscheinlich war das in ihren Augen sowieso eher was für Mädchen.

„Ich habe diesen Film bewusst für unseren Einstieg gewählt. Er ist nämlich mit einer Marketingidee verknüpft, auf die wir im Laufe des Tages noch zurückkommen werden." Sie blickte zu Adam, der sich neben Nick gesetzt hatte. „Vielleicht kannst du uns kurz den Hintergrund der Tanzsequenz erläutern, Adam. Im ersten Teil des Meetings soll es nämlich um kreative Ideen für die Grey Days gehen."

Während der Hamburger darüber sprach, wie der Event zustande gekommen war, welche Rolle die Kundenwünsche dabei spielten und wie er die Veranstaltung letztlich konzipiert hatte, beobachtete sie ihn. Noch heute wollte sie ihn auf die Fotos ansprechen. Die letzten beiden Wochen hatte sie damit verbracht, ihre Theorie, dass nicht er, sondern jemand anderes dahinter steckte, mit Fakten zu belegen. Im Grunde nur noch reine Formsache, ihn zu befragen. Aber tun musste sie es trotzdem. Sie wollte nicht ein zweites Mal einem Verdacht erliegen, der nicht haltbar war.

„Widerspricht diese Aufzeichnung nicht unseren Datenschutzrichtlinien?", wollte Leo wissen. Auf der Stirn des Frankfurters, der auch sonst stets nachdenklich wirkte, wuchs eine tiefe Sorgenfalte.

„Grundsätzlich sind Filmaufnahmen bei den Grey Days untersagt", bestätigte Marlena. „Aber jede Regel hat ihre Ausnahme. Das hier ist eine. Dem Kunden kam es darauf an, seine Novizin über den eigenen Schatten springen zu lassen. Er wollte ihr nur nicht zu viel zumuten. Tanzen ist etwas relativ Unspektakuläres. Vielleicht versteht sich nicht jeder auf jeden Stil, aber zumindest betrachten die wenigsten Frauen Tanzen als echte Herausforderung. Das kann einfach jede." Sie schwieg einen Moment, lächelte und sprach dann weiter. „Dieser Tango war eine Herausforderung. Schon wegen der anwesenden Filmcrew. Die Tatsache, dass sie plötzlich auf einer Bühne stand, wird Lisa genau das Gefühl beschert haben, von dem Paul wollte, dass sie es bekam."

„Und der Fakt, dass sie kein Höschen trug", warf Steve grinsend ein.

Die anderen lachten. Sie hatten es also gesehen. Natürlich. Dominant, wie sie waren, hatten sie einen Blick dafür, was andere Dominante ihren Frauen auferlegten.

„Was ich sagen will", fuhr sie fort. „Die Filmaufnahmen gehörten in diesem Fall zum Konzept der Grey Days. Wie bei dir" – sie schaute zu Thorben – „die Fotos beim Bondage-shooting."
Thorben nickte. „Das läuft übrigens hervorragend. Der Typ von Visage_deux hat ein Händchen dafür. Von seinen Seilen und den Fotos war bisher jede Kundin begeistert."
„Hört sich an, als hieltest du ihnen währenddessen das Händchen ", warf Adam ein und feixte. „Sind sie nackt dabei, deine Frauen?"
„Wie wär's, wenn wir Höschen grundsätzlich zum No-go bei den Grey Days erheben?", platzte Nick dazwischen.
„Okay, Männer, Details heben wir uns für später auf," rief Marlena in das Gelächter hinein.
„Hey, Marlena, sei nicht so prüde!"
„Warum später? Thorben kann doch gleich mal ein bisschen aus dem Nähkästchen plaudern. Sicher lernen wir was dabei."

Marlena lehnte sich zurück und lauschte einen Moment lang dem Wortwechsel der Taylors, der wie erwartet in eher chauvinistisches Geschwafel mündete, als dass er sinnvollen Input enthielt.
„Können wir dann?", unterbrach sie ungeduldig.
Die Gemüter der Männer beruhigten sich ein wenig, so dass sie ihre Ausführungen fortsetzte. „Bei allem, was fotografiert oder, wie in diesem Fall, gefilmt wird, holen wir vorher oder nachher die Zustimmung der Beteiligten ein. Und da bewegen wir uns dann wieder im Bereich unserer Richtlinien."

Sie überlegte kurz, ob sie jetzt sofort auch das eBook-Projekt vorstellen sollte. Aber sie entschied sich dagegen. Das hatte Zeit.
„Wir haben hier übrigens eine besondere Situation. Der Kunde lebt in Frankfurt und gehört eigentlich zum" – sie hob die Hand und setzte Luftgänsefüßchen – „Einzugsbereich von Leo. In diesem Fall haben die beiden kooperiert, weil sich in Frankfurt nicht die geeignete Partnerin für Paul gefunden hatte."
„Und wie läuft das dann mit den Anreisekosten?", wollte

Thorben wissen.
„Die übernimmt G.o.G. Schließlich kann der Kunde nichts dafür, wenn wir ihm an seinem Standort nicht die passende Novizin vermitteln können."

Einige nickten. Es entspann sich eine Debatte darüber, wie das Budget, das für alle Events gleich groß war, optimal einzusetzen war.

„Letztlich ist es doch sowieso egal, ob bei dem einen mehr oder weniger Kosten entstehen", meinte Thorben. „G.o.G. arbeitet doch mit Querfinanzierungen, oder?"

„Stimmt", bestätigte Marlena. „Allerdings nur in der Anfangsphase. Das darf nicht überhand nehmen. Ich möchte auf gar keinen Fall, dass einer von euch sein Budget regelmäßig überreizt. Im Gegenteil. Wir reden hier über Geschäfte. Wir sind nur dann erfolgreich, wenn die Buchungszahlen kontinuierlich steigen. Wir müssen aus den roten Zahlen kommen."

„Apropos", meinte Thorben. „Ich hab mir mal die Buchungsübersicht angeschaut. Da gibt's ziemliche Unterschiede zwischen den einzelnen Standorten." Er schaute rundum. „In Köln sind wir fast ausgebucht. In Hamburg war der erste Event zu Ostern." Bei diesen Worten guckte er Adam an. „Woran liegt das? Ehrlich gesagt, hab ich keine Lust, die Arbeit für andere zu tun."

Marlena schluckte. Das musste ja so kommen. Wie sollten die Männer auch ahnen, dass sie das bewusst gesteuert hatte?

„Hat sich so ergeben", meinte sie lapidar.

„Wie? So ergeben?" Thorben gab nicht nach. „Während Steve und ich ein Ding nach dem anderen durchziehen, schaukelt er sich die Eier, oder wie?" Sein Kopf ruckte in Richtung Adam.

Hilfesuchend schielte Marlena zu Steve, für den Thorben gleich mit gesprochen hatte. Aber der schien ihr dieses Mal nicht beispringen zu wollen.

Adam ging in die Offensive. „Ihr könnt mir gern schicken, was ihr nicht schafft." Angriffslustig grinste er seine Kollegen an.

„Alter, darum geht's doch gar nicht. Wir wollen nur wissen, warum das bei dir nicht läuft." Nick zog abwartend die Brauen

nach oben. „Vergraulst du die Kunden oder was?"
„Also, wenn er mit denen umgeht, wie mit Marlena, wette ich glatt meinen Arsch darauf", warf Steve ein.

Der Hamburger beugte sich über den Tisch zu ihm rüber. Seine Mimik war vollkommen unbewegt. Aber in den Augen begann es zu lodern. „Was willst du damit sagen?"
Steve zuckte die Schultern. „Du wirst am besten wissen, was zwischen dir und Marlena nicht in Ordnung ist. Glaub nur nicht, dass ich das nicht gemerkt habe."

Die Augen der Taylors waren schlagartig auf Marlena gerichtet. Unter der geballten Ladung an Testosteron, die ihr entgegen schlug, hatte sie plötzlich Mühe, ihre Souveränität zu wahren.
„Niemand von euch hat Einfluss darauf, wie sich die Zahlen am eigenen Standort entwickeln", sagte sie. „Die Kontrolle darüber obliegt ausschließlich mir."
„Heißt zu gut Deutsch: Du kannst es steuern?", wollte Nick wissen.
Sie spürte, wie ihr die Hitze verräterisch ins Gesicht stieg.
„Ja. Kann ich."
„Und? Steuerst du?", ließ er nicht locker.
Max, der sich bisher zurückgehalten hatte, schlug mit der flachen Hand auf den Tisch. „Das würde ich jetzt allerdings auch gern wissen."

Marlena dachte fieberhaft darüber nach, was sie sagen sollte. Es wäre nicht fair, Adam die Sache allein ausbaden zu lassen. Schließlich hatte sie selbst dafür gesorgt, dass er das Schlusslicht bildete. Andererseits verspürte sie wenig Lust darauf, ihr Verhältnis zu ihm in dieser Runde zu diskutieren.

„Meine Schuld", sagte Adam da in die Stille hinein.
Sofort war die Aufmerksamkeit der anderen wieder bei ihm.
„Rückst du also endlich raus mit der Sprache", murmelte Steve. Offensichtlich hatte er seit der Filmpremiere auf diesen Moment gewartet.
„Was heißt rausrücken", verteidigte sich Adam. „Sie vertraut mir einfach nicht."
Steve lachte laut auf. „Sie wird gute Gründe dafür haben."

„Hast du?“ Thorben sah sie an und nickte ihr aufmunternd zu.

Marlena schaute zu Adam und entschloss sich für die halbe Wahrheit.

„Wir hatten da einen Punkt, in dem wir uns gründlich missverstanden haben“, bestätigte sie. „Und weil mir das schwer im Magen lag, …“ Sie brach ab, während sie den Blickkontakt mit Adam hielt. „Ja, er hat recht. Ich vertraue ihm nicht zu hundert Prozent.“

Ein kollektives Aufstöhnen ging durch die Männer. Thorben verschränkte die Arme vor der Brust.

„Toll, ganz toll, ihr zwei. Wir sind ein Rie-sen-team von genau acht Leuten. Und ein Viertel dieser gigantisch großen Belegschaft kann nicht miteinander. Alle Achtung.“ Er lehnte sich zurück und gab einen missbilligenden Ton von sich.

Marlena wandte den Blick ab und schaute zum Fenster hinaus, ohne dass da draußen irgendetwas zu sehen gewesen wäre. Dann stützte sie die Ellenbogen auf den Tisch und verschränkte die Finger ineinander.

„Okay. Können wir weitermachen?“

„Nix da“, warf Steve ein. „Von wegen weitermachen. Ich will wissen, was der Grund für diese Situation ist.“

„Und ich will nicht darüber reden, okay?“, hob sie aufgebracht die Stimme. „Ich hatte sowieso vor, mit Adam zu sprechen. Allein.“ Innerlich begann sie zu kochen. „Und jetzt kriegt euch wieder ein. Wir sind im Meeting. Es geht hier nicht um persönliche Befindlichkeiten, sondern ums Geschäft.“

„Das läuft aber nicht, wenn wir nicht offen miteinander umgehen“, warf Thorben ein.

Damit hatte er zweifelsohne recht. Das wusste sie selbst. Doch sie hatte keine Lust darauf, sich das Heft aus der Hand nehmen zu lassen. Sie war hier die Chefin. Wem das nicht augenblicklich klar wurde, den würde sie zur Räson rufen. Und wenn sie in einer gewissen Situation zehnmal vor ihnen knien könnte.

Mit einer Reihe von Zahlen und Fakten gelang es ihr irgendwie, die Gespräche wieder in einigermaßen geregelte Bahnen zu lenken. Erst als sie in die Mittagspause gingen und das

Schlachtfeld verließen, spürte sie, wie spannungsgeladen die Luft im Konferenzraum tatsächlich gewesen war.

* * *

„Können wir gleich sprechen?“ Adam suchte den Kontakt zu ihr, kaum dass sie die Terrasse betreten hatte, auf der das Catering angerichtet war.
Sie nickte, füllte einen kleinen Teller mit süßem Gebäck, ließ sich einen Kaffee einschenken und folgte ihm in den Garten. Neben einem Rhododendron mit zartroten Blüten, der von leise summenden Insekten umlagert war, setzten sie sich auf eine Bank.
„Es tut mir leid, dass ich dich in diese Situation gebracht habe“, meinte Adam.
Er zog Zigaretten aus seinem Sakko, suchte nach einem Feuerzeug und hielt stumme Zwiesprache mit ihr, ob das okay sei. Wieder nickte sie.
„Mir war nicht klar, dass ich die ganze Zeit über absichtlich auf dem Trockenen saß.“
„Das hätte ich auch gern für mich behalten.“
Er musterte sie von der Seite her. „Warum schmeißt du mich nicht raus?“

Gute Frage. Wenn es nach Mattes oder Alex gegangen wäre, hätte sie das längst getan.
„Ich werde erpresst“, hörte sie sich sagen. Das war natürlich keine Antwort auf seine Frage. Doch was sollte sie drumherum reden. Sie wollte endlich wissen, ob er seine Finger im Spiel hatte. Scheinbar gelassen nippte sie an ihrem Kaffee und schob sich den Rest des ersten Gebäckstücks in den Mund.

Adam hielt die Luft an und stieß sie gleich darauf geräuschvoll durch die Nase aus. Der Zigarettenqualm zog rüber zum Rhododendron. „Und da hast du gedacht, ich wäre … Marlena!“ Mit einer heftigen Bewegung schnippte er die Asche weg. „Nicht dein Ernst, oder? Warum, um Gottes Willen,

sollte ich dich erpressen?“ Er starrte sie an.
„Aus demselben Grund, aus dem du mir deinen Willen aufdrängen wolltest?“, fragte sie zurück. Dann biss sie ungerührt in das nächste Gebäckstück. Zucker. Sie brauchte dringend sehr viel Zucker.

Adam wandte sich ab und rauchte schweigend weiter.
„Ich hätte nicht gedacht, dass ein einmaliger Ausraster eine solche Wirkung haben könnte“, meinte er schließlich. Seine Stimme klang ehrlich überrascht.
Marlena stellte den leeren Teller neben sich auf die Bank und wandte sich ihm zu. „Bist du der Erpresser?“
Sein Kopf ruckte zu ihr herum. „Nein. Natürlich bin ich es nicht. Ich wusste nicht einmal, dass, geschweige denn, wie du erpresst wirst.“
Sie nickte. Genau das hatte sie sich gedacht. Sicher blieb immer noch die Möglichkeit, dass er log. Dass sein Schauspieltalent so gnadenlos gut war, dass sie gerade auf ihn reinfiel. Aber sie konnte nicht ihr halbes Leben damit verbringen, ihn zu verdächtigen.

„Okay“, sagte sie. In gewisser Weise war sie jetzt erleichtert. „Dann haben wir das geklärt.“
Adam zertrat die Kippe, hob sie auf und beförderte sie in hohem Bogen in den Abfallbehälter neben der Bank. „Und wegen dieser Erpressung habe ich in Hamburg keine Arbeit bekommen, richtig?“
In einem Anfall von peinlichem Berührtsein verzog sie den Mund. „Genaugenommen – ja.“
„Du hättest mich früher drauf ansprechen können“, warf er ein.
„Ich wollte sicher sein.“
„Sicher?“
„Ich wollte irgendeinen Anhaltspunkt dafür haben, dass ich mich irre.“
„Und jetzt hast du ihn?“

Schweigend senkte sie den Blick und starrte auf ihre Schuhspitzen. Ja, hatte sie. Die Erleichterung darüber war schon wieder verschwunden. Eigentlich gefiel ihr die Tatsache,

dass er es nicht war, viel weniger, als wenn er es gewesen wäre. Denn …
„Womit erpresst er dich?"
„Egal. Du bist es nicht. Das zählt."

Adam erhob sich abrupt, baute sich vor ihr auf und schob die Hände in die Hosentaschen. „Aber immerhin habe ich den Schaden davongetragen." Er tippte leicht gegen ihre Schuhe. Sie hob den Blick. „Womit erpresst er dich, Marlena?" Wieder eine winzige Berührung mit der Schuhspitze. „Mit deiner Neigung? Damit, dass er sie öffentlich macht?" In seine blauen Augen war ein Anflug von Verärgerung getreten.
„Wie kommst du darauf?", fragte sie. Ihre Stimme klang kratzig. Wie bitte? Doch ein Schauspieler?

Er beantwortete ihre Frage nicht. Statt dessen hielt er ihr die Hand hin. Bereitwillig ließ sie sich von der Bank hochhelfen. Sie fühlte sich gerade ein wenig wacklig auf den Heels.
„Unser Lifestyle ist prädestiniert für Erpressungen", meinte Adam und gab ihr mit einer knappen Geste zu verstehen, dass sie vorausgehen sollte.
Er wollte sich jetzt doch wohl nicht als weißer Ritter aufspielen? Von einem Extrem ins andere fallen?
„Ich krieg das schon gebacken", antwortete sie unbestimmt.
Von der Terrasse war das Klappern von Geschirr zu vernehmen. Gemeinsam gingen sie zurück zu den anderen.
„Wenn du Hilfe brauchst, …", raunte Adam ihr noch zu, ließ den Rest des Satzes aber ungesagt.

Sie saßen wieder im Konferenzraum und diskutierten über Zielgruppen. Marlena hatte ein paar Diagramme vorbereitet, erläuterte jetzt, welche Kundinnen sich bislang gemeldet hatten.
„Am Anfang hätte ich fast schwören können, dass es eher Frauen jenseits der vierzig sind, die sich für die Grey Days interessieren", meinte sie, als sie gemeinsam die Zahlen betrachteten. „Aber die Anmeldungen zeichnen ein anderes Bild. Anfragen gibt es aus allen Altersgruppen."

„Und die Männer? Wo liegen ihre Präferenzen, was das Alter der Novizinnen betrifft?"

Marlena zuckte die Schultern und klickte zu einer nächsten Folie. „Die Tendenz geht schon eher zu jüngeren. Aber im konkreten Fall haben auch ältere Frauen eine Chance." Sie hielt kurz inne, um dann weiterzusprechen. „Ich glaube allerdings, dass es gar nicht immer auf das Alter ankommt, sondern auf die Erwartungen." Sie wandte sich vom Flatscreen weg und wieder den Männern zu. „In München hatten wir gerade eine Reklamation. Die Dame wollte das Honorar mindern." Sie schaute zu Max. „Willst du oder soll ich?"

Er nickte ihr zu zum Zeichen, dass er ihr den Vortritt lasse.

„Nach Aussage aller Beteiligten lief der Event hervorragend. Max hatte eine Location auf der Zugspitze gebucht."

Anerkennendes Raunen bei den Männern.

„Das perfekte Ambiente also", bestätigte Marlena. „Nur die Kundin war im Endeffekt nicht zufrieden. Sie hatte sich verliebt. In einen Mann, der nicht offen ist für eine neue Beziehung."

Nick machte eine wegwerfende Handbewegung. „Künstlerpech."

„Wir wussten, dass so was passieren könnte", fuhr Marlena fort. „Wir haben vertraglich nicht ausgeschlossen, dass sich die Kunden außerhalb der Grey Days wiedertreffen können."

„Was soll das auch. Sind doch erwachsene Leute", warf Chris ein. „Die werden froh sein, wenn sie auf diese Weise einen Partner finden, um ihr BDSM zu leben." Er schaute rüber zu Nick und beide zwinkerten sich zu.

Marlena sah das und konnte sich eine Bemerkung nicht verkneifen. „Ja ja, ihr zwei, ihr seid längst aufgeflogen. Judith hat mir erzählt, wie toll sie dich findet."

Chris guckte ungläubig. „Sie hat dir das erzählt?"

Marlena nickte. „Ja, klar, bei der Befragung hinterher."

„Du hast dir also echt eine Kundin aufgerissen?", wollte Adam wissen.

Chris verzog den Mund zu einem schiefen Lächeln und zuckte mit den Schultern. „Hat sich so ergeben."

„Ausnutzen eines Abhängigkeitsverhältnisses“, kam es unvermittelt von Max, der am anderen Ende des Tisches saß und mit dem Kugelschreiber in seiner Hand spielte.
„Quatsch! Das war doch kein Abhängigkeitsverhältnis“, verteidigte sich Chris.
„Ja, was denn dann?“
Chris schaute ungläubig zwischen Max und Marlena hin und her. „Judith war keine echte Kundin“, sagte er dann.

Schweigen. Marlena seufzte. Heut war echt nicht ihr Tag. Ein Fettnäpfchen jagte das nächste. „Judith ist meine Freundin“, räumte sie ein.
„Deine Freundin?“
Ein trotziger Zug schlich sich um ihren Mund. „Ja. Ihr habt richtig gehört, eine Freundin.“
„Du hast uns eine Freundin als Kundin verkauft?“, wollte Leo wissen. Die Falten auf seiner Stirn hatten sich vertieft, die kräftigen Augenbrauen wirkten bedrohlich.
„Ja, hab ich. Nicht nur einmal.“ Sie schwieg einen Moment. „Wir brauchten Testevents. Also hab ich meine Freundinnen mobilisiert.“ Sie blickte von einem zum anderen. „Was dachtet ihr, wie das läuft? Dabei ging es keineswegs um mein Vertrauen zu euch, sondern um die Grey Days selbst. Ich musste wissen, ob es funktioniert. Was gut ist, was wir besser machen müssen. Und zwar, bevor der echte Startschuss fiel.“
„War meine erste Kundin echt oder gefaked?“ Leo starrte sie an.
„Nina war ein Fake“, räumte Marlena ein. Sie schaute zu Steve. „Und Victoria auch.“

Wieder Schweigen. Offensichtlich hatten die Männer sich nie Gedanken darüber gemacht, woher sie immer so genau wusste, was während des Events geschehen war. Warum sie ihnen so konkrete Hinweise geben konnte, was aus ihrer Sicht Veränderungspotenzial hatte, was gar nicht ging oder womit sie bereits hochzufrieden war.

„Jetzt macht kein Drama draus“, meinte sie. „Ich hätte euch auch anonyme Tester auf den Hals schicken können. Das wäre dasselbe gewesen. Aber diese Probephase hat mich so schon genug Geld gekostet. Und weiß ich, ob die Tester unserem Thema offen gegenübergestanden hätten?" Sie schwieg einen Moment. „Ich muss zugeben, dass ich noch nicht mal auf mein Hotel einen 'Mystery Man' losgelassen habe. Bei meinen Freundinnen konnte ich mir zumindest sicher sein, dass sie nichts in den falschen Hals bekommen. Von den Hinweisen, die ich nach den ersten Grey Days in die Runde geschickt habe, habt ihr schließlich alle profitiert."

Keiner der Taylors sagte etwas.

„Hey, Männer, die Chefin hat recht. Schließlich trägt sie die Verantwortung dafür, dass alles läuft", verteidigte Thorben sie ganz unerwartet.

„Sie hätte es uns sagen können", entgegnete Leo. Sein Blick war noch immer finster.

„Hätte sie", stimmte Thorben zu. „Aber dann wär' es kein echter Test gewesen. Ich versteh das schon irgendwie. Wenn was ist, muss sie allein den Kopf hinhalten."

Marlena warf ihm einen dankbaren Blick zu und tippte auf ihrem Tablet herum. „So, und jetzt lasst euch noch etwas Nettes mitteilen. Damit sich niemand mehr über mangelnde Arbeit beschweren muss, haben wir die ultimative Werbeidee." Sie präsentierte ein Foto, auf dem ein Paar in Tanzhaltung zu sehen war. Sie trug ein rotes, schulterfreies Kleid, er eine dunkle Hose, weißes Hemd dazu und rote Hosenträger. Quer über das Bild war ein Schriftzug gelegt – TANGOFIEBER. Unten links in der Ecke stand das Wörtchen Roman. „Erinnert ihr euch an das Tangovideo?" Sie schaute mit einem vielsagenden Ausdruck in die Runde. „Das hier ist das Cover für den ersten Roman von G.o.G. Wir lassen Storys über unsere Grey Days schreiben." Sie lächelte den Männern zu und begann, ihren Marketingcoup zu erklären.

20

Als sie an diesem Abend nach dem Meeting mit den Taylors zu Alex fuhr, brummte ihr der Schädel. Das Treffen hatte sie angestrengt. Nicht nur, weil sie sich ständig konfrontiert fühlte und sich letztlich eingestehen musste, dass ein Haufen dominanter Männer ein ziemliches Pulverfass sein konnte. Sie machte sich neuerdings ernsthaft Gedanken um die eigene Gesundheit. Dass sie kürzer treten musste, wusste sie. Der kleine Zusammenbruch vor Ostern hatte es eindrucksvoll bewiesen. Aber dass jetzt auch noch ihre Periode ausblieb, ängstigte sie. Ob das wirklich nur am Stress lag? Oder konnte etwas Ernsthaftes dahinter stecken?

Sie erinnerte sich daran, dass sie damals, als das Thema Empfängnisunfähigkeit anstand, diverse Befragungen zur Krankheitsgeschichte der Familie über sich hatte ergehen lassen müssen. Und dass man nichts Auffälliges herausgefunden hatte. Aber das jetzt war komisch. Vielleicht hatten die Ärzte etwas übersehen? Vielleicht hatte sich auch erst in den letzten drei Jahren, seit sie nicht mehr zum Gynäkologen ging, etwas Schlimmes entwickelt? Sozusagen als Strafe dafür, dass sie sich den angeblichen Pflichtuntersuchungen nicht mehr unterzog? Dabei fühlte sie sich gar nicht krank. Im Gegenteil.

Abgesehen von dem Druck, unter dem sie stand, ging es ihr nach dem Kurzurlaub mit Alex wieder etwas besser. Doch der Schein konnte trügen. Manche Dinge begannen schleichend und verursachten am Anfang keinerlei Schmerz. Drei Wochen war sie jetzt überfällig.

Marlena seufzte, bog betont langsam in das Viertel hinein, in dem Alex wohnte, und betrachtete die Bäume, die zu beiden Seiten die Straße säumten. Ein hellgrüner Tunnel aus Baumkronen, durch den sich hier und da die Abendsonne drängte. Dieses Jahr war der Frühling lang. Alles blühte und grünte, die Nächte wurden schon deutlich kürzer. Und hier, wo die Stadt immer parkartiger wurde, duftete es an manchen Straßenecken so wunderbar süß, dass es sie berauschte. Das Schönste aber waren die Nachtigallen. Bei Alex auf dem Grundstück mussten etliche nisten. Bis in die frühe Morgendämmerung konnte sie sie singen hören. Am liebsten schlief sie deshalb bei geöffnetem Fenster.

„Geht's dir nicht gut?", wollte Alex wissen, als er sie an der Haustür begrüßte.

„Ich hab Kopfschmerzen", gab sie zu. Auf ihren Heels stakste sie an ihm vorbei ins Foyer. Sie war müde, die Füße taten weh. Eigentlich wollte sie am liebsten ins Bett.

„Vinc hat gekocht", sagte Alex, folgte ihr und zog sie in seine Arme. Mit sanften Fingern massierte er ihren Nacken. „Richtig Kopfschmerzen? Oder eher Druck? … Du bist verspannt, Prinzessin." Seine Finger tasteten über ihre Schultern.

„Kopfschmerzen", sagte sie und seufzte wohlig unter seinem Griff. „Nicht aufhören."

Alex lachte. „Wer ist hier der Bestimmer?" Er ließ seine Hand hinab auf ihren Rücken wandern. Und während er begann, an ihrem Ohr zu knabbern, rieb er über ihren Po. „Hmmm, frisches Marafleisch. Auch lecker."

Sie schüttelte den Kopf. „Sei nicht böse, aber ich mag nicht. Ich bin platt für heute." Sie lehnte sich gegen seine Brust, schloss die Augen und sog seinen männlich herben Duft ein.

„Die Taylors sind Dynamit. Den ganzen Tag über schwebte eine fette Testosteronwolke über mir", murmelte sie.

„Okay", sagte Alex entschlossen. „Dann gleich ab ins Bad mit dir."

„Da wollte ich sowieso hin", nuschelte sie.

„Ich komm mit."

„Warum?"

Er nahm sie bei den Schultern und schob sie Richtung Treppe. „Überraschung."

Als sie ein paar Minuten später ins Bad kam, saß Alex mit verschränkten Armen auf dem Wannenrand und wartete auf sie.

„Was?", fragte sie, weil sich seine Mundwinkel vielsagend hoben.

„Zieh. Dich. Aus."

Marlena lachte lauthals auf. „Alex, lass mich heut einfach in Ruhe mit deiner Anmache, okay? Mir ist echt nicht danach zumute."

Er schmunzelte, griff nach ihrer Hand, bevor sie zurückweichen konnte, und zog sie sanft zwischen seine Beine. „Anmache. Wie frech du bist." Seine Augen funkelten amüsiert. „Was an meiner Ansage ist nun so schwierig, hmm? ... Arme hoch."

Gehorsam hob sie die Arme über den Kopf. „Nichts. Ich will einfach nur ins Bett und ..."

Er zog ihr das Hemd aus, fasste um sie herum und öffnete den BH. „Schade", murmelte er und betrachtete ihre Brüste, deren Knospen sich zusammengezogen hatten. Dann riss er sich von dem Anblick los, erhob sich. „Na komm, beug dich rüber und halt dich drüben fest, Kopf einfach hängen lassen." Wie zur Bekräftigung griff er in ihren Nacken und drückte sie sanft hinunter.

„Aber bitte nicht wieder kalt", rief sie ahnungsvoll, als er das Wasser aufdrehte.

Gleich darauf ergoss sich ein wunderbar warmer Schwall über ihren oberen Rücken. Sie stöhnte leise auf.

„Gut so?", wollte Alex wissen.

Sie nickte. Ja, das war wundervoll. Warmes weiches Wasser. Sie spürte, wie sie sofort begann, sich zu entspannen. Nach wenigen Minuten erhöhte Alex die Temperatur, dann noch mehr und noch mehr. Schließlich fand sie es fast unangenehm heiß. Auch die Stellung wurde unbequem. Sie versuchte, sich Erleichterung zu verschaffen, indem sie die Füße auf der Suche nach der richtigen Position hin und her schob.

Alex stellte das Wasser ab. „Reicht." Er half ihr hoch und legte ein großes Handtuch um ihren Körper. „Jetzt besser?"
Als müsse sie sich erst davon überzeugen, bewegte sie den Hals und drehte den Kopf hin und her. „Ja."
„Wenn du willst, kannst du noch ein Schmerzmittel nehmen." Er legte das Handtuch fort und verteilte Öl auf ihrem Rücken. Mit sanften Strichen massierte er es in die Haut.

Marlena schüttelte den Kopf. Sie wollte kein Schmerzmittel. Sie würde erst einmal warten, wie sich der Guss auswirkte. Inzwischen hatte sie die Erfahrung gemacht, dass sie sich schon kurze Zeit nach einer seiner Behandlungen deutlich besser fühlte. Diese Wasserkur begann wirklich, ihr zu gefallen.

„Age hat dich vermisst", sagte Alex.
Er hatte sie ins Bett gebracht, saß neben ihr gegen das Kopfende gelehnt und blätterte in einem Magazin. Marlena lag auf der Seite, das Gesicht gegen seinen Schenkel gedrückt. Sie spürte der Ruhe nach, die sie umgab.
„Wo ist er?", wollte sie wissen. Sie hatte den Rüden heute noch nicht gesehen.
„Vinc ist mit den Hunden baden gefahren. An den Schlachtensee."
„Dürfen die da rein?"
„Keine Ahnung. Das ist Vinc ziemlich egal."

Sie merkte, dass sich die Matratze bewegte, und schaute zu ihm hoch. Er hatte sich leicht über sie gebeugt. Sein Blick wirkte besorgt.
„Irgendwas ist mit dir nicht in Ordnung", meinte er nachdenklich.

Sie schloss die Augen. „Wieso denkst du das?"
„Ich weiß nicht", gab er leise zurück. „Du hast plötzlich keine Zeit mehr, nach Berlin zu kommen. Und deine Argumente hören sich nach verdammten Ausreden an."
„Das sind keine Ausreden", murmelte sie. „Ich hab einfach viel zu tun. Ich muss einen Nachfolger für Mattes finden. Der Sommerevent im Hotel steht an und überhaupt sind wir inzwischen wieder ziemlich ausgebucht." Sie öffnete die Augen, lächelte ihm halbherzig zu. „Du kennst das noch nicht. Es ist unser erster gemeinsamer Sommer. Aber in der Hauptsaison ist meine Zeit wirklich knapp."

Sein Blick blieb nachdenklich. „Mag alles sein. Irgendwas ist trotzdem mit dir. Ich spüre das." Er strich ihr eine Strähne aus dem Gesicht. „Ich möchte, dass wir offen zueinander sind. Sprich mit mir, Mara, wenn dich etwas bedrückt."
„Das tue ich", sagte sie. „Aber es ist nichts. Im Gegenteil. Ich bin mit den Fotos ein kleines Stückchen weiter gekommen. Siehst du, das hab ich fast vergessen. Damit habe ich mich in der letzten Zeit auch intensiv beschäftigt."
„Und?"
„Adam war es nicht."
„Bist du dir sicher?"
„Ganz sicher. Ich hab ihn danach gefragt. Die Situation war so, dass er nicht lügen konnte."
„Das weiß man nie hundertprozentig. Du kannst niemandem ins Herz schauen, Mara."
„Er war es nicht."

Sie drehte den Kopf weg und knautschte das Kissen so lange in ihren Armen, bis sie die richtige Position gefunden hatte.
„Ärgerlich, dass eure Kameras an dem bewussten Abend ausgefallen sind. Nachdem ich Adam sicher ausschließen kann, bleibt nur Mattes übrig."
„Aber er kann es unmöglich selbst getan haben", warf Alex ein.
Mit den Fingerspitzen fuhr er sanft über ihren Rücken. Er hatte darauf bestanden, dass sie nach dem kalten Nackenguss

einen warmen Pullover anzog. Langsam kam sie ins Schwitzen.

„Ihr habt ein Leak", murmelte Marlena. „Irgendwer im Club spielt mit falschen Karten. Hoffentlich finden wir es raus."

„Hast du die Sache mit deinen Anwälten besprochen?"

Sie nickte. „Wir haben zwei Strategien. Für den Fall, dass die eine nicht funktioniert. Ich will ganz sicher sein, dass er mir nicht schaden kann, wenn er erst mal weg ist."

„Dieses Arschloch. Ich hätte ihm längst meine Bullwhip um die Ohren klatschen sollen", knurrte Alex.

Er hatte also doch eine. Sie lächelte.

„Wann sprichst du mit ihm?"

„Freitag."

„Soll ich hochkommen?", bot er an.

Nein. Auf keinen Fall. Das würde sie allein schaffen. Sie war gut vorbereitet. Alex' Wut auf Mattes würde ihr nicht dabei helfen, das Gespräch sachlich zu führen. Sie schüttelte den Kopf.

„Meinst du, das Essen ist noch ein bisschen warm?" Sie hob den Blick und sah zu ihm rüber. „Irgendwie hab ich plötzlich doch Hunger."

Alex grinste. „Wenn nicht, stellen wir den Herd noch mal an. Komm."

Er zog sie an beiden Händen hoch. Einen Moment lang ließ sie sich von ihm halten. Ganz fest an ihn gekuschelt. Ihr Kopf lag an seiner Brust. Die Arme hatte sie um seine Hüften gelegt. Sie hörte seinen Herzschlag. Sehr ruhig, sehr gleichmäßig. Sie stellte sich vor, wie es wohl wäre, wenn er sie häufiger so halten würde. Jeden Tag, morgens und abends. Die Idee gefiel ihr.

* * *

„Ich nehme an, du bleibst dabei, dass du deine Kündigung zurückziehst?"

Marlena schaute Mattes, der ihr gegenüber am Besprechungstisch saß, direkt in die Augen. Er nickte.
„Natürlich. Wäre ich sonst hier? Lass uns darüber sprechen, wie es mit uns weitergeht, Marlena."

Er lehnte sich lässig in seinem Sessel zurück und legte die Beine übereinander. Auf dem Tisch vor ihm lag sein Tablet, daneben eine Mappe mit Entwürfen für die Einladung zum Sommerevent. Das war der eigentliche Grund ihres Treffen. Er wollte ihr den Stand der Vorbereitungen präsentieren. Obwohl ihr bewusst war, dass sie gerade alles auf eine Karte setzte und dass der Event, wenn sie Pech hatte, gehörig darunter leiden würde, hatte sie keine Wahl. Sie musste da durch. Heute noch.

Sie war am Vorabend in weiser Voraussicht absichtlich früh ins Bett gegangen. Hatte versucht, alles auszublenden, was sie vom Schlafen abhalten konnte. Hatte noch einmal mit Alex telefoniert und war dann tatsächlich und entgegen allen Erwartungen in einen fast schon komatösen Schlaf gefallen. Vermutlich hatte sie die Woche wieder so geschlaucht, dass sie erschöpft genug gewesen war. Heute morgen jedenfalls fühlte sie sich frisch und ausgeruht. Die perfekten Voraussetzungen für das Gespräch, das ihr bevorstand.

„Es geht gar nicht weiter, Mattes", sagte sie mit fester Stimme.
Mattes lächelte süffisant. „Das war aber anders besprochen."
„Das war gar nicht besprochen", gab sie zurück. „Eine Kündigung ist eine Kündigung, auch wenn sie mündlich erfolgt."
„Das kannst du nicht beweisen."
„Das muss ich nicht beweisen. Solange in deinem Arbeitsvertrag nicht steht, dass eine Kündigung der Schriftform bedarf, reicht es, dass einer von uns sie ausspricht. Das hast du getan. Der Rahmen, in dem das geschah, lässt sich jederzeit rekapitulieren."
Mattes' Augen wurden schmal. „Du hast keine Zeugen."
„Brauche ich auch nicht."
„Und keinerlei andere Beweise."
„Stimmt."
„Rein theoretisch hat es diese Kündigung also nie gegeben."

„Theoretisch“ Marlena lehnte sich gleichfalls zurück. „Theoretisch ist alles möglich, oder?“
Sie sah, dass er ihre Frage nicht ganz nachvollziehen konnte, und schob ihm einen großen braunen Briefumschlag zu. Zeit für Punkt eins ihres Plans.

„Kennst du das?“
Wenn sie ihn nicht so gut gekannt hätte, wäre ihr das winzige Zucken auf seiner linken Wange vollkommen entgangen. Aber sie sah es. Im selben Moment begriff sie, dass ihre Rechnung aufgehen würde.
„Was ist da drin?“, wollte er wissen.
„Mach auf und sieh selbst“, forderte sie.

Betont langsam und ohne den Blick von ihr zu wenden, griff Mattes nach dem Kuvert, öffnete die Lasche und senkte erst dann die Lider. Er zog zwei Fotos heraus, betrachtete sie scheinbar teilnahmslos und hob dann wieder den Kopf. Diesmal war keine Gefühlsregung zu erkennen.
„Fotos. Und?“
„Sagen dir die was?“
Er schüttelte den Kopf. „Nein.“
Du Lügner, dachte sie verächtlich.
Sie atmete tief durch und legte einen zweiten Briefumschlag vor ihn hin. Dieselbe Größe, dieselbe Farbe.

„Noch ein Foto“, sagte er und zog die schwarz-weiß Aufnahme heraus, die er im Grunde eben schon in der Hand gehalten hatte. Sie zeigte Marlena und Alex in der Tür zu einem der Spielzimmer. Das jedenfalls war die Ursprungsversion. Als er die kleine Änderung auf dieser hier entdeckte, ruckte sein Kopf hoch. „Was soll das?“
„Das frage ich dich, Mattes.“

Beinahe angewidert warf er das Foto quer über den Tisch. „Das nimmt dir keiner ab.“
„Aber dir das hier, oder wie?“ Sie zog eine weitere Aufnahme aus einem dritten Umschlag und ließ sie zu ihm hinüber segeln. Jetzt lag das Original direkt neben der Fälschung.
„Das ist Profiarbeit“, sagte sie. „Niemand wird je herausfinden, welche Version die richtige ist. Solltest du also vorhaben, das

Original an unautorisierte Kreise weiterzuleiten, wird es für dich zu einem Bumerang. Dieses hier" Sie wies auf das zweite, beinahe identische Bild „zeigt eindeutig dich. Mit deiner Chefin in einem SM-Club. Du weißt, dass so was in der Branche nicht gern gesehen ist. Hat zwar keiner was dagegen, dass du es tust, aber sich dabei erwischen lassen …" Sie unterbrach sich und machte eine knappe Geste mit der flachen Hand quer zu ihrem Hals. „Ein No-go."

„Du willst mich erpressen?"

„Gott bewahre, nein." Sie hob beide Hände. „Ich will dir nur verständlich machen, welche Konsequenzen es hätte, wenn du mich erpresst."

Er starrte sie an. Sie starrte zurück.

Plötzlich sprang er auf, griff nach Tablet und Mappe. „Ist das alles, Marlena? Ich hab noch zu tun."

„Setz dich wieder hin, Mattes", antwortete sie, ohne eine Miene zu verziehen.

„Das ist mir echt zu dumm …"

„Setz dich wieder hin!"

Oh Gott, sie erschrak selbst darüber, wie eisig sich ihre Stimme anhörte.

Sie schob einen vierten Briefumschlag zu ihm hinüber. „Ich hätte hier gern eine Unterschrift."

Er nahm das Blatt heraus, las es. Augenblicklich zogen sich seine Brauen über der Nasenwurzel zusammen. „Ein Aufhebungsvertrag?"

„Hmhm, mit sofortiger Wirkung."

„Wir hatten uns auf Ende des Jahres geeinigt."

Marlena nickte. „Stimmt, hatten wir. Aber wie soll ich sicher sein, dass du A tatsächlich gehst und B mich hinterher in Ruhe lässt?" Sie legte die Hände nebeneinander vor sich auf die Tischplatte und betrachtete ihre Fingernägel. Dann sah sie wieder zu ihm. „Es ist besser, wenn wir einen glatten Cut machen. Du gehst sofort, erhältst eine Abfindung und ein hervorragendes Arbeitszeugnis. Damit sollte deiner weiteren Karriere nichts im Wege stehen."

„Das kannst du nicht machen."

„Und ob." Sie beugte sich über den Tisch, so dass sie ihm um einiges näher war. „Glaubst du im Ernst, ich ließe mich von dir dermaßen verarschen, mein Lieber? Die Fotos im Club sind zwar nicht von dir. Aber ich habe sichere Beweise dafür, dass du sie in Auftrag gegeben hast. Willst du wissen, bei wem?"

Sie tippte auf ihr Tablet und begann zu scrollen. Währenddessen sprach sie weiter. „Die Videoaufnahmen im Club haben ihn eindeutig identifiziert. Ich hab hier eine Kopie, wenn du mal schauen magst." Sie hob den Blick und hielt in der Bewegung inne.

„Vergiss es", zischte Mattes wütend. Er fummelte seine Zigarettenschachtel aus der Sakkotasche und suchte nach dem Feuerzeug.

„Falls es dir in der Aufregung entfallen sein sollte: Hier wird nicht geraucht."

Wutentbrannt knallte er die Schachtel auf den Tisch. „Da hat dir dieser Schlägertyp ja einen genialen Floh ins Ohr gesetzt. Dass du dich mit so einem abgibst …"

„Das hatten wir schon, Mattes." Sie wedelte mit der Hand in der Luft. „Unterschreib und wir sind geschiedene Leute. Ich persönlich finde, du kommst ziemlich gut dabei weg, wenn man bedenkt, was du alles auf dem Kerbholz hast."

Das saß. Marlena konnte sehen, wie es hinter seiner Stirn arbeitete. Wie er fieberhaft darüber nachdachte, was sie noch in petto haben könnte.

Sie stützte das Gesicht in die Hände. „Es ist zwar schon länger her, aber erinnerst du dich noch daran, wie wir hier umgebaut haben?"

Sein Gesicht blieb verschlossen.

„Du warst ständig mit dem Tischlermeister zugange. Man hätte fast meinen können, ihr wärt beste Freunde. Dabei kanntest du ihn vorher gar nicht."

Mattes wurde blass. Aha. So cool war er dann also doch nicht.

„Genau", sagte sie. „Zwei Monate später hat er dir eine neue Küche in dein Haus eingebaut."

Sie sah, wie er schluckte.

„Ich fand das ziemlich schäbig damals. Hättest du mir gesagt, was du brauchst, ich wäre die Letzte gewesen, die dir was verwehrt hätte. Aber hinter meinem Rücken und für diese Summe.“ Sie schnaubte verächtlich durch die Nase. „Das war schon ziemlich unverfroren, findest du nicht?“

Mattes schwieg. Er hatte ihr nichts mehr entgegenzusetzen. Endlich. Was hätte er auch anderes tun sollen. Unter dieser geballten Ladung und so unvorbereitet wäre auch sie in die Knie gegangen.

„Unterschreibst du jetzt?“ Sie zückte ihren Kugelschreiber, legte ihn auf das Blatt.

„Wie erklärst du das den anderen?“

Marlena schob den Sessel zurück und schlug ein Bein übers andere. „Das lass mal meine Sorge sein. Ich rate dir jedenfalls, dich bedeckt zu halten. Solltest du auch nur ansatzweise mir gegenüber illoyal werden, hast du Post von meinen Anwälten. Wie du dir sicher vorstellen kannst, sind die schon ganz heiß darauf, dich wegen Unterschlagung und Erpressung vor Gericht zu ziehen.“

Sie stand auf, strich ihren Rock glatt und schlang die Arme um den Körper, als würde sie plötzlich frieren. „Wäre das wirklich nötig gewesen, Mattes?“

Er saß über das Blatt gebeugt, starrte darauf. Sie wusste nicht, was in ihm vorging. Schließlich griff er nach dem Stift und setzte seine Unterschrift darunter. Dann stand er auf, schob die Hände in die Taschen und drehte sich von ihr weg. Wie immer war er perfekt gekleidet. Wirkte wie ein seriöser Geschäftsmann. Groß, gutaussehend, elegant und sehr präsent. Er könnte ein ganzes Imperium hinter sich haben.

Als er an der Tür war, drehte er sich noch einmal um. Nickte schweigend. „Ja. Es war mir zumindest einen Versuch wert.“

21

Marlena mochte den Frühsommer. Wenn sie es recht bedachte, war das sogar ihre liebste Jahreszeit. Nicht, weil ihr Herbst und Winter missfielen. Sie konnte auch den trüben Monaten etwas abgewinnen. Aber der Wechsel vom Frühjahr zum Sommer, die kurze Spanne von vielleicht drei, vier Wochen, war besonders. Eigentlich aus einem ganz banalen Grund. Die Tage wurden länger.

Schon ab April spürte sie, wie sehr sie die Erwartung darauf in ihren Bann zog. Im Mai, wenn die kürzeste Nacht des Jahres nahte, geriet sie geradezu in Hochform. Am frühen Morgen zu erwachen und dabei zuzusehen, wie sich die Sonne aus dem Meer schob, war unglaublich ergreifend. Sie würde niemals genug davon bekommen. Ihr ganzes Leben lang nicht. Hatte sie sich allerdings im Juni daran gewöhnt, dass die Dämmerung gegen drei Uhr einsetzte, wurde sie regelrecht melancholisch. Denn sie wusste, dass nach Johanni alles wieder vorüber war. Dass die Nachtigallen dann nur noch vereinzelt sangen und irgendwann gar nicht mehr. Und je weiter der Sommer voranschreiten würde, um so früher würde auch die Dunkelheit wieder einsetzen.

Daran wollte sie heute nicht denken. Alex hatte ihr eine

ganz besondere Überraschung versprochen. Sie war gespannt, was er sich für sie ausgedacht hatte. Sommer in Berlin, das erlebte sie zum ersten Mal. Der süße Duft der Straßenbäume vermischte sich in der lauen Abendluft mit unbekannten Gerüchen. Merkwürdigerweise erinnerten sie an Strand und Sonnencreme. Bis in die Nacht hinein war das unbeschwerte Lachen der Leute zu hören. Sie eroberten die Stadt, wie man es auf dem Land mit Gärten und Terrassen tat. Straßencafés und Strandbars, deren Existenz Marlena hier in der Hauptstadt immer ein wenig belächelte, waren zum Bersten voll. Sie mochte es besonders, mit Alex rüber in den Ostteil der Stadt zu fahren, an der Spree entlang zu laufen, wo sich Touristen und Einheimische vermischten und wo sich die Clubs und Bars am Ufer aufreihten wie an einer langen Perlenkette. Ein unglaublicher Kontrast zu ihrer Insel. Ein Kontrast, der ihr gefiel.

Alex steuerte den schweren Cherokee heute nicht über die breiten Boulevards. Statt dessen ging es raus aus dem um diese Zeit völlig überfüllten Stadtzentrum in Gegenden, die mit ihren Fünfzigerjahrebauten und Einfamilienhäusern wirkten wie eine gänzlich andere Welt. Rentner führten Hunde spazieren. Rasenmäher ratterten. Und Wassersprenger sorgten dafür, dass die Luft frisch und erdig roch. Welche Richtung sie nahmen, darauf achtete Marlena längst nicht mehr. Hier war ihr alles fremd. Aber es verblüffte sie, wie sehr sich diese Stadt innerhalb von Minuten wandeln konnte. Eben noch laut und schrill, gleich darauf so weltabgewandt wie ein Dorf in brütender Mittagshitze an einer Landstraße siebter Ordnung.

Sie hielten in einem Viertel, das nicht mehr nur ruhig war, sondern regelrecht verlassen wirkte. Keine Passanten. Die paar Fahrzeuge, die am Straßenrand parkten, standen offensichtlich schon länger hier. Zumindest wenn man von der ungewöhnlich dicken Dreckschicht ausging, mit der sie bedeckt waren. Große klebrige Flecken auf Lack und Verglasung hatten jedes Staubkorn, das aufgewirbelt worden, und jeden Tropfen

Regen, der vom Himmel gefallen war, absorbiert. Der Verursacher für diesen Missstand war eindeutig. Linden säumten die Straße beidseitig. Ihre Kronen bildeten hoch über dem alten Kopfsteinpflaster einen grünen Tunnel. Wer zu dieser Jahreszeit nicht daran dachte, dass Lindenblüten allnächtlich ihren zähflüssigen süßen Saft absonderten, fand sein abgestelltes Auto schnell in besagtem unansehnlichen Zustand vor.

„Wo sind wir?", wollte Marlena wissen.

Alex lächelte geheimnisvoll. „Keine Idee?"

Sie schüttelte den Kopf.

„Macht nichts. Lass dich überraschen."

„Das sagst du schon die ganze Zeit."

Er griff nach ihrer Hand und zog sie mit sich. Nach wenigen Metern wechselten sie auf die andere Straßenseite. Hier hatten die Bäume ihren klebrigen Saft auch auf dem Gehweg hinterlassen. Jeder Schritt wurde von einem merkwürdigen Geräusch begleitet. Als liefe man über frisch lackierte Dielen. Zu ihrer Rechten eine mannshohe dichte Hecke. Das Blattwerk ebenso glasiert wie alles andere.

„Was ist dahinter? Ein Garten?", fragte Marlena.

„So ähnlich."

Tatsächlich zog Alex sie gleich darauf durch eine schmale Pforte, die zunächst verschlossen wirkte, aber beim Herunterdrücken der Klinke sofort nachgab. Kaum hatten sie den geheimnisvollen Garten betreten, schob er sie wieder zu.

Wenn es eine Steigerung von Ruhe und Einsamkeit gab, dann an diesem Ort. Ein schwerer süßer Duft lag über den Anpflanzungen. Bäume und Sträucher standen in kleinen Gruppen und gelegentlich so dicht beieinander, dass man sich im grünen Dickicht hätte verlieren können.

„Komm."

Alex ließ ihr nicht viel Zeit, sich umzuschauen. Er führte sie die verschlungenen Pfade entlang und wies bisweilen nur mit einem Kopfnicken auf blühende Rhododendren und auf große Gesteinsblöcke, die davor, dahinter und manchmal mittendrin aufragten.

„Wie ein Findlingsgarten", meinte Marlena leise und

bewunderte die Farbenpracht der Gewächse. Manche hatten die Größe, wie sie sie von den Parks daheim und von dem weitläufigen Grundstück, das zu Alex' Haus gehörte, kannte. Andere hatten beachtliche Ausmaße erreicht und ragten wie Bäume übermannshoch in die Wege hinein.

Das riesige Holzgestell, das in seiner Höhe selbst die größten Rhododendren übertraf, fiel ihr erst auf, als sie beinahe davor standen. Überrascht schaute sie zu Alex. Der lächelte.

„Wenn da jetzt nicht dieser Stein dran hängen würde, bekäme ich das Grübeln", meinte sie und zwinkerte ihm zu.

„Da hängt ein Stein dran, stimmt", gab er lapidar zurück. „Ein Pendel."

Er trat an den Felsblock heran, der mit einem dicken Drahtseil oben am Gestell befestigt und mit einem kürzeren im Boden darunter verankert war. Mit einem kraftvollen Stoß versetzte er ihn in Bewegung. Marlena schaute dabei zu.

„Stell dich drauf", forderte Alex.

Sie riss die Augen auf. „Wie bitte?"

„Na los, Prinzessin. Beweg deinen Hintern."

Der Dom-Modus, in den er gewechselt hatte, fuhr ihr geradewegs in den Bauch und scheuchte den Schwarm Insekten auf, der darin nistete. Aber auf den Stein klettern?

„Angst?", fragte er.

Sie zog die Stirn in Falten. „Quatsch. Warum sollte ich Angst haben?"

„Dann steig endlich hoch", verlangte er und griff nach dem Stahlseil, um das Pendel zu stoppen.

„Und dann?"

„Wirst du sehen."

Alex nahm ihre Hand, zog sie zu sich heran und gab ihr einen forschen Klaps auf den Po. Unsicher blickte sie auf ihre Füße, die in Absatzschuhen steckten.

„Die ziehst du am besten aus."

Sie setzte zu einer Erwiderung an, überlegte es sich dann aber anders und kickte die Schuhe in den Sand. „Auf deine Verantwortung."

Er grinste. „Immer."

Es war nicht wirklich gefährlich, auf den Stein zu klettern. Und er hätte durchaus noch ein, zwei weiteren Personen Platz geboten, als nur ihr allein. Sie klammerte sich am Stahlseil fest.
„Und jetzt?"
Alex gab dem Pendel erneut einen Stoß. „Schaukelst du."

Der Gesteinsblock, mit ihr nun immerhin um einiges schwerer, setzte sich nur gemächlich in Bewegung. Es bedurfte weiterer Anstöße, um ihn so richtig in Schwingung zu versetzen. Auf Marlena wirkte es … seltsam. Sie war froh, dass sie die Schuhe ausgezogen hatte. Mit hätte man kaum den nötigen Halt gefunden. Barfuß war es leicht, auf dem pendelnden Stein zu balancieren.

„Schön?", fragte Alex.
Sie lächelte auf ihn hinab. „Ich weiß nicht so recht. Es fühlt sich merkwürdig an. Aber schön?"
Er stand einen Moment still da und schaute dabei zu, wie sie mit dem Stein vor und zurück schwang. Dann zog er ein Tuch aus der Tasche.
„Setz dich hin."

Er wollte ihr also die Augen verbinden. Na gut, einer gewissen Spannung war sie ja nicht abgeneigt. Vielleicht wandelte sich ihr Empfinden auf diesem Brocken, wenn er sie des Sehsinns beraubte. Vielleicht mutete es an wie im freien Fall. Vorsichtig rutschte sie mit ihren Händen am Stahlseil hinunter, bis sie sich auf den Stein setzen konnte. Sie spreizte die Beine und ließ sie baumeln, als säße sie auf einem Pferd. Alex trat hinter sie, legte ihr das Tuch über die Augen. Dann ging ein Ruck durch das Pendel. Er hatte es wieder in Bewegung versetzt.

„Oh, oh", machte sie irritiert. Ihre Hände krallten sich in das Seil.
„Was?"
„Ich glaub, mir wird schwindelig."
Sie fühlte sich wie ein Kind auf der Schaukel. Sie hatte es geliebt. Und manchmal dabei für Sekunden die Augen geschlossen. Der Effekt war immer derselbe. Ein diffuses Gefühl von Kontrollverlust und ein Magen, der nicht mehr wusste, wo oben oder unten war. Sie erinnerte sich, dass ihr das Rauschen

des Flugwindes in solchen dunklen Momenten immer viel lauter erschienen war. Als gäbe es nur noch diesen Ton. Auf- und abschwellend. Hin, her. Der Wind schlug ihr ins Gesicht, wenn sie nach vorn schwang. Und unter den Rock, wenn es zurückging. Ihr Kopf war wie Watte. Alles drehte sich. In ihrer Kehle steckte ein Geräusch, das wohl ein atemloses, irgendwie hysterisches Lachen war. Auch jetzt wieder.
„Das ist die Schwerelosigkeit", sagte Alex.
Sie hätte sich gern der Augenbinde entledigt. Aber das Pendel schwang mittlerweile so stark, dass sie nicht wagte, eine Hand vom Seil zu lösen.
„Lass mich wieder runter", bat sie mit unsicherer Stimme.

Was Alex genau tat und ob er die Absicht hatte, ihrer Bitte nachzukommen, konnte sie nicht sehen. Sie spürte das Pendel nur langsamer werden. Wenigstens schien er die Geschwindigkeit, mit der es sich bewegte, nicht weiter zu forcieren. Nach wenigen Minuten fühlte sie sich so sicher, dass sie die Hand hob, um dann doch nach dem Tuch zu greifen.
„Untersteh dich", sagte er leise. „Das bleibt auf."
Seine Hände fassten so unerwartet nach ihr, dass sie den winzigen Schrei, der in ihrer Kehle steckte, nicht zurückhalten konnte.
„Blödes Spiel", flüsterte sie, als er ihr half, sich wieder am Boden einzufinden.
„Gleich wird's noch blöder", raunte er an ihrem Hals und küsste sich auf der nackten Haut an ihrer Schulter entlang. „Arme nach vorn."

Marlena schwankte. Sie hatte das Gefühl, bei starkem Wellengang auf einem Schiff zu stehen, und machte einen Schritt zur Seite, als müsse sie sich abfangen.
„Na na, nicht so wild." Alex lachte leise. Dann legte er ihr weiche Manschetten um die Handgelenke, hakte sie ineinander und dirigierte sie zu einer Position, an der sie von dem noch ganz leicht pendelnden Stein am Schenkel getroffen wurde. „Auf die Knie."
Empört ruckte sie mit dem Kopf in seine Richtung. „Willst du, dass ich mir den Schädel einramme?"

Unbeeindruckt von ihrem Protest legte er die Hände auf ihre Schultern und drückte sie hinunter.

Marlena kniete sich leise ächzend in den Sand und versuchte, sich auszumalen, was Alex vorhatte. Ihre Hände waren vor dem Bauch gefesselt. Was sollte das werden? Eine Bestrafung? Sie musste zugeben, dass sie ihm zig Gründe dafür geliefert hatte. In den letzten Wochen war sie innerlich so unruhig gewesen, dass sie die Lust am gemeinsamen Liebesspiel verloren und sich rar gemacht hatte hier in Berlin. Kein Wunder, wenn er deswegen sauer auf sie war. Aber es gab so viel, das ihr momentan im Kopf herumspukte. Die Sache mit Mattes, das Hotel, die nächsten Grey Days und nicht zuletzt ihr eigenes Befinden. Das war es eigentlich, was ihr Sorgen machte. Große sogar.

Sie spürte, wie Alex hinter sie trat. „Jetzt leg dich hin."

„In den Sand?"

„Genau."

Warum, zum Teufel, sollte sie sich in den Sand legen? „Und dann?"

Er antwortete nicht. Statt dessen zog er ihre Schultern nach hinten, so dass sie das Gleichgewicht verlor und in den kühlen Sand plumpste. Er angelte nach ihren Handgelenken, zog sie ihr über den Kopf. „Schieb dich mit den Füßen nach hinten."

„Scheiße, Alex", schimpfte sie. „Das Zeug kraucht mir überall hin. Was soll das?"

Wieder keine Antwort. Während sie die Füße in den Boden stemmte, um zu tun, was er verlangte, fühlte sie sich nach hinten gezogen. Sand rieselte in ihren Kragen. Alex schien das vollkommen egal zu sein. Und dann streifte etwas ihre Flanke, das sich verdammt nach dieser Kette anfühlte, mit der das Pendel am Grund verankert war. Noch ein Stück, dann lag sie offenbar in der Position, die er sich für sie ausgedacht hatte. Zumindest gab er einen zufriedenen Laut von sich. Er hakte ihre Manschetten auseinander und wieder zusammen. Sie bewegte die Hände und stieß mit einem metallischen Scheppern gegen ein Hindernis, als sie sie nach vorn nehmen

wollte. Er musste sie an der Kette des Pendels fixiert haben.
„Sag, dass das nicht wahr ist“, murmelte sie. „Du hast mich echt unter diesen bescheuerten Stein gelegt.“

Er lachte. Sie hörte seine Schritte im Sand knirschen und begann, an der Kette zu ziehen.
„Mach mich sofort los!“
Nichts. Aber über ihr setzte sich das Pendel in Bewegung. Hatte sie das jetzt etwa selbst fabriziert?
„Halt es an! Halt sofort dieses dämliche Ding an!“, schimpfte sie lauthals. Ihre Stimme überschlug sich beinahe.

Eine Hand strich über ihren Arm und legte sich auf ihren Bauch. „Jetzt hol einfach mal tief Luft und beruhige dich, Prinzessin.“
Sie ruckelte weiter an der Ankerkette. Die Kettenglieder klirrten leise. „Wie soll ich mich denn dabei beruhigen? Das ist eine total bescheuerte Idee. Und wenn das Ding nun runterkommt?“
Amüsiertes Schnaufen. „Das hängt seit Jahren hier und ist noch nicht einmal abgestürzt.“
„Um so schlimmer. Vielleicht ist das Holz vom Gerüst inzwischen morsch.“
„Du liest zu viele Krimis, Prinzessin.“
„Dafür hab ich gar keine Zeit.“

Die Hand auf ihrem Bauch rutschte höher, glitt durch die Furche zwischen ihren Brüsten, tippte über das Kinn und zupfte schließlich nachdrücklich an dem Tuch, das sie in Schwärze gehüllt hatte. Gleich darauf fand sie sich Aug in Aug mit dem Felsbrocken wieder. Entsetzt drehte sie den Kopf weg. Alex hockte neben ihr, betrachtete sie und grinste.
„Er fällt.“
„Nein, tut er nicht.“
„Mach mich los!“
„Noch nicht.“
„Bitte, Alex. Bitte mach mich los“, verlegte sie sich aufs Betteln.
Entschlossen schüttelte er den Kopf und erhob sich.
„Lass mich nicht so liegen!“

Er trat zur Seite und schob den Stein an. Fast glaubte sie, ihn ächzen zu hören, als er sich langsam in Bewegung setzte.
„Bitte, bitte, bitte! Mach mich los!"
Noch ein Schubs und noch einer. Das Pendel kam in Fahrt.
„Oh Gott, oh Gott, oh Gott, das halte ich nicht aus", murmelte sie und beobachtete fassungslos, wie der gewaltige Brocken über ihr immer kräftiger hin und her schaukelte. Ihr Kopf fühlte sich merkwürdig an.

„So, und jetzt wüsste ich gern, was mit dir in letzter Zeit los ist. Warum habe ich das Gefühl, du weichst mir aus?"
„Tu ich nicht", flüsterte sie und hielt die Augen starr auf den Stein gerichtet. „Das gibt eine Riesensauerei, wenn der fällt."
„Solange du deinen Humor nicht verlierst, hast du nichts zu befürchten."
„Aber dann, oder wie?"
„Ich will eine Antwort auf meine Frage", ließ Alex sich nicht aus der Ruhe bringen.
„Ich weiß nicht."
Er lachte kurz auf. Dann wurde er wieder ernst. „Ich weiß nicht fällt aus. Mehr Kreativität bitte."
„Was willst du denn hören, verdammt?" Sie riss sich vom Anblick des Pendels los und starrte ihn wutentbrannt an. „Du bist ein Sadist."
Er grinste. „Das wusstest du vorher."
„Auf deine Antwort kannst du warten, bis du schwarz wirst."
„Ich habe Zeit."

Sie richtete ihre Augen wieder auf den Fels. Vielleicht waren es zehn, fünfzehn Zentimeter zwischen ihm und ihrer Nasenspitze. Sie wäre Brei, wenn der runterkäme. Komplett hinüber. Was würde unter der Wucht des Steines wohl am längsten standhalten? Ihr Kopf oder ihr Körper? Ob sie viel merken würde? Er würde sie ja nicht gleichmäßig treffen. Vielleicht mehr den Bauch und weniger die Beine. Oder nein, den Kopf in jedem Fall, den konnte sie nicht wegziehen. Und die Arme wären auch Matsch. Ihre Beine würden wohl am längsten überleben.

Sie folgte dem Rhythmus des Steines und fühlte sich zu-

nehmend wie hypnotisiert.
„Was ist es, das du mir nicht erzählen möchtest?“, wiederholte Alex seine Frage und trat auf sie zu.
Sie atmete erleichtert auf. „Ja, binde mich los, bitte.“
Doch er machte keinerlei Anstalten, sich zu ihr hinunter zu beugen. Statt dessen hob er den Fuß. Er wollte doch nicht etwa …?

„Nicht“, schrie sie auf. „Nicht da raufsteigen!“
Seine Schuhspitze verharrte in der Luft. Er schaute auf sie herunter.
„Was verheimlichst du?“
„Nichts, du Idiot. Ich weiß selbst nicht, was los ist!“ Tränen schossen ihr in die Augen. „Ich habe keine Monatsblutung mehr. Sie haben einfach aufgehört. Keine Ahnung, warum.“ Sie schniefte.
„Wann?“ Sein Gesicht war dem ihren jetzt ganz nahe. Im Bruchteil von Sekunden hatte er die Manschetten auseinander gehakt und zog sie an den Armen unter dem Stein hervor. „Seit wann?“

Marlena heulte los. So ein bescheuerter Idiot. Wie konnte er ihr nur solche Angst einjagen?
„Ende April. Die letzte war vor Ostern.“ Sie schluchzte und schniefte, alles auf einmal. Vom Nacken rieselte Sand an ihrem Rückgrat entlang.
Er umfing sie, drückte sie an seine harte Brust und streichelte über ihr Haar. „Warst du beim Arzt?“
Sie schüttelte den Kopf.
„Warum nicht?“ Er schaute ihr prüfend in die Augen, als sie schwieg. „Angst?“
Sie versuchte, den Blick abzuwenden, aber er hielt ihr Kinn fest.
„Lass mich nachsehen“, sagte er leise. „Wir fahren in die Praxis und ich schaue mir das an. Jetzt sofort.“

Sie suchte in ihrer Jeans nach einem Taschentuch und schneuzte sich. „Aber …“
„Nein, kein Aber, Mara. Wir fahren sofort und du lässt dich von mir untersuchen. Ich will wissen, was mit dir nicht in Ord-

nung ist. Schon deshalb, weil es mein Fachgebiet betrifft." Er bückte sich nach ihren Schuhen und half ihr hinein. Dann legte er den Arm um sie. „Der Stein wäre übrigens nicht gefallen, Mara."
Sie schmiegte sich an ihn. „Und wenn doch?"
„Ganz sicher nicht. Wir haben schon zu dritt darauf gestanden. Die Dinger sind felsenfest. Und schau mal, hier!" Er wies auf ein Schild neben dem Pendel. „Dort steht genau erklärt, wie man sich fühlt, wenn man sich darunter legt oder hinauf klettert."

Marlena starrte tränenblind auf die weiße Fläche des Schildes und versuchte, den Text darauf zu entziffern. 'Das Pendel wird in Bewegung gesetzt, dann legt man sich darunter', stand da. Natürlich war es ungefährlich gewesen. Ihr Verstand wusste, dass Alex das sonst nie im Leben getan hätte. Sie unter diesen Stein gezwungen. Die Furcht, zerquetscht zu werden, hatte ihr Kopf erzeugt. Sie war nicht real. Genau so wenig, wie die Schwerelosigkeit, die sie beim Schaukeln mit verbundenen Augen zu spüren geglaubt hatte.

* * *

Als sie im Hinterhof der Praxis hielten, zeigte die digitale Uhr im Cherokee kurz vor Mitternacht. In den Fenstern des Jugendstilhauses, dessen weiß verputzte Fassade im Schein des Neumondes schimmerte, war nur noch vereinzelt Licht zu erkennen. Praxis und Kanzlei in der Belle Etage lagen wie erwartet dunkel und verlassen.

„Und die Putzfrau?", wandte Marlena ein.
Ein lahmer Protest, mit dem sie zu retten versuchte, was zu retten war. Sie wusste selbst nicht, ob sie damit ihre Angst vor der Untersuchung oder vor der Diagnose verstecken wollte.
Alex winkte ab. „Die kommt erst morgen früh um fünf. Keine Sorge, wir sind ungestört."
Sie seufzte ergeben und griff dankbar nach seiner Hand, als er

ihr aus dem Geländewagen half. Ihre Knie waren wie Gummi.

Mit jeder Minute steigerte sich ihre Aufregung. Ihre Kehle war plötzlich so trocken, dass sie fürchtete, einen falschen Atemzug zu tun und in hysterisches Husten ausbrechen zu müssen. Das Herz pochte ihr bis in den Hals. Mit einem leisen Klicken schloss sich die Haustür hinter ihnen. Wasser. Sie brauchte dringend etwas zu trinken.

Alex drückte ihre Hand, als würde er spüren, wie ihr zumute war. „Ganz ruhig. Es wird nichts Schlimmes sein."

Sie nickte. Sprechen konnte sie nicht mehr. Mit ungeheurer Kraftanstrengung folgte sie ihm die Stufen hinauf und sah sich schon jeden Moment zusammenbrechen. Oh Gott, dachte sie. Bitte lass es schnell vorüber sein. Ihr graute davor, sie könne mit einer Diagnose konfrontiert sein, die sie ihrem ärgsten Feind nicht an den Hals wünschte. Vielleicht sollte sie Alex bitten, sie in diesem Fall für sich zu behalten? Nach dem Motto 'Was ich nicht weiß, macht mich nicht heiß'?

Er öffnete die Praxistür und ließ ihr den Vortritt. Mechanisch setzte sie einen Fuß vor den anderen. Er dirigierte sie in Richtung der Personalräume.

„Dort drüben ist unser Bad, falls du das nutzen möchtest."

Und ob sie wollte. Sie spürte noch immer den Sand auf der Haut, der bei seiner hochnotpeinlichen Befragung in den Kragen ihrer Bluse gekrochen war. Außerdem drückte ihre Blase, seit sie unter dem Stein gelegen hatte.

Als sie aus dem Bad kam, stand die Tür zum Behandlungszimmer weit offen. Sie hörte das Rauschen eines Wasserhahns. Das zunehmende Rauschen in ihren Ohren konnte es nicht übertönen. Das Licht war gedämmt. Ob man von draußen sehen konnte, was im Zimmer geschah? Ich will nicht, dachte sie. Ich will da nicht rein!

Ihre Gedanken überschlugen sich. Ihr Herz wummerte, als wolle es aus der Brust springen. Zögernd trat sie näher, zwang sich zum Atmen. Ein, aus. Ein, aus. Was hatte sie für eine Chance? Und war es nicht gut, im Fall der Fälle einen Spezialisten in der Familie zu wissen? Alex würde Himmel und Menschen in Bewegung setzen, um ihr zu helfen. Da war sie sich ganz sicher.

„Komm, Mara", rief er von drinnen. Er erschien im hellen Viereck der Tür, lächelte aufmunternd und nahm sie erneut bei der Hand. „Es wird nicht wehtun. Versuch einfach, dich nicht zu verkrampfen. Ich bin vorsichtig, versprochen. Okay?"

Sie holte tief Luft und nickte. „Okay", flüsterte sie. Noch im Bad hatte sie sich das Wasser in den Mund geschaufelt, um dieses kratzige Gefühl im Hals loszuwerden. Jetzt war ihre Kehle schon wieder wie ausgedörrt.

„Du kannst gern hinter den Schirm gehen", sagte Alex und nickte in die Ecke, wo ein weißer Paravent Sichtschutz bot.

Sie schüttelte den Kopf. Das würde es auch nicht mehr besser machen. Mit zittrigen Fingern entledigte sie sich ihrer Jeans und des Höschens und stand dann unschlüssig neben dem Untersuchungsstuhl. Alles in ihrem Kopf fühlte sich merkwürdig an. So wattig und weich und … Jetzt erst registrierte sie, dass Alex die Jalousien vor den Fenstern geschlossen hatte. Auch die Zimmertür. Sie waren ungestört.

„Na komm, hoch mit dir", raunte er in ihr Haar. Er verzichtete auf den obligatorischen Klaps auf den Po. Statt dessen drehte er sich weg und hantierte mit seinen Instrumenten. Er wollte ihr wohl Gelegenheit geben, unbeobachtet auf den Stuhl zu kommen.

Umständlich kletterte sie hinauf und legte die Beine in die dafür vorgesehenen Halterungen. Ausgeliefert. Kein Zurück mehr. Die kühle Abendluft strich über ihre weit geöffnete Scham. Als sie lag, war Alex sofort neben ihr, legte beruhigend eine Hand auf ihren Arm und zog mit der anderen das Ultraschallgerät näher. In ihrer Kehle wuchs ein Kloß. Sie hatte Angst, er könnte ihr die Atemwege verschließen.

„Ganz ruhig, Mara. Mach einen Moment die Augen zu … Ja, so ist gut. Tief ein- und ausatmen. Ich bin bei dir."

Alex ließ seine Hand auf ihrem Brustbein ruhen. Sekundenlang lauschte sie nur ihren hektischen Atemgeräuschen. Schließlich spürte sie die Ruhe, die in ihren Körper sickerte und ihre strapazierten Nerven ein wenig besänftigte.

Alex streichelte ihre Wange, gab ihr einen Kuss auf die

Stirn und streifte sich Handschuhe über.
„Du kennst das. Ich schaue mir zuerst alles an, danach werde ich dich abtasten."
Sie nickte. Wie auf Kommando begann das Blut in den Ohren erneut, schneller zu pulsieren.

„Entspann dich, Mara. Alles ist gut, wirst sehen. Dass die Periode ausbleibt, kann schon mal vorkommen. Stress macht seltsame Dinge mit unserem Körper." Alex setzte sich auf einen Hocker, rollte zwischen ihre Beine. „Die einen reagieren mit Bluthochdruck, andere vergessen zu essen, die nächsten haben Schlafstörungen. Und manche Frau eben unregelmäßige Blutungen." Er hörte gar nicht wieder auf zu reden. „Rutsch ein Stückchen vor, bitte." Sie ruckelte mit dem Hintern in seine Richtung. „Noch ein bisschen." Sie rutschte weiter nach vorn. „Okay, so ist gut." Er legte ihr die Hand auf den Bauch, schenkte ihr noch einmal einen Moment Ruhe. „So, und jetzt tief durchatmen und entspannen. Es geht los."

Marlena starrte hinauf an die Decke und hielt den Atem an, als sie die Instrumente spürte. Sie fühlten sich erstaunlicherweise nicht kalt an.

Während Alex zwischen ihre weit geöffneten Beine spähte, sprach er unbeirrt weiter, als wäre das hier eine winzige Nebensächlichkeit, die man mal eben so im Vorbeigehen …
„Tut dir ansonsten irgendetwas weh?", unterbrach er seinen Redefluss. „Bauchschmerzen? Schwindelgefühl wie im April? Musst du dich übergeben?"
Das hätte er doch schon mitbekommen. Sie schüttelte zu jeder seiner Fragen den Kopf. Nein. Es ging ihr sogar gut. Nur die Ungewissheit machte ihr zu schaffen.

Je länger Alex ihren Unterleib betrachtete, um so unruhiger wurde sie. Wie viele Minuten waren schon vergangen? Zehn? Zwanzig? Hatte er etwas entdeckt? Was sah er? Warum sprach er nicht mehr? War das normal, dass man da so lange schauen musste?

Endlich entfernte er die Instrumente, stand auf und stellte sich dicht vor sie. Sie wagte nicht, ihn anzusehen. Seine Bewegungen nahm sie nur aus den Augenwinkeln wahr.

„Schön entspannt bleiben", sagte er.
Seine behandschuhten Finger schoben sich vorsichtig in sie hinein. Großflächig tastete er ihre Bauchdecke ab. Sie drehte den Kopf ein wenig und senkte die Lider, um nun doch einen Blick in sein Gesicht zu werfen.

Alex betrachtete sie. An seiner Mimik konnte sie nicht erkennen, ob er etwas Beunruhigendes entdeckt hatte. Er war vollständig auf die Untersuchung konzentriert. Sie sah es daran, wie er den Fokus immer wieder in die Ferne richtete, als wolle er sofort analysieren, was er spürte. Selbst wenn es etwas gab, was ihm verdächtig erschien, würde er es wohl kaum sofort aussprechen. Er würde sich erst einmal Gewissheit verschaffen wollen, um eine halbwegs belegbare Vermutung äußern zu können. Das war ihr schon klar. Vielleicht waren ja weitere Untersuchungen nötig, weil er gar nichts feststellen konnte. Urin, Blutentnahmen, Abstriche. Diese Untersuchung und jene. Sie kannte die ganze Palette des Prozederes, mit dem man einen Patienten an den Rand des Wahnsinns treiben konnte. Und sie hasste es aus tiefstem Herzen.

Alex gab ein „Hmhm." von sich, zog seine Finger vorsichtig aus ihr heraus, ließ aber die Hand auf ihrem Bauch liegen. Dann verzog sich sein Gesicht zu einem anzüglichen Grinsen. „So, Prinzessin. Ab sofort kein Alkohol, festgelegte Arbeitszeiten, kein Stress und viel Schlaf." Er wackelte mit den Augenbrauen. „Ach ja: Wehe, du schleppst Kisten, wenn du in den Großmarkt fährst."

Nein. Das meinte er nicht ernst. Das war doch vollkommen absurd. Sie konnte nicht …
Er zuckte mit den Schultern, als sie ihn irritiert anstarrte. „So was gibt's. Schau selbst." Er zog das Ultraschallgerät noch näher und tippte auf dem Display herum. In den Monitor kam Leben.

Aber das musste ein Irrtum sein. Er hatte garantiert etwas übersehen, irgendeine Sache falsch interpretiert.

Sie zuckte zusammen, als er Gleitgel auf ihre Bauchdecke

gab. Er lächelte amüsiert.
„Du glaubst es nicht, oder?"
Sie schüttelte den Kopf. Nein. Natürlich nicht. Sie hielt es für eine einzige Fehldiagnose. „Das kann nicht sein", flüsterte sie.
„Und doch ist es so", gab er zurück.

Er saß wieder auf seinem Rollhocker. Während seine Hand mit dem Ultraschallaufsatz über ihren Bauch glitt, beobachtete er den Monitor.
„Siehst du diesen schwarzen Fleck hier? Das ist die Fruchthöhle."
„Aber wie …"
„Und das hier", unterbrach er sie und wies auf eine komische Verdickung in eben diesem Fleck. „Das hier ist es. Winzige vier Millimeter groß." Er wandte den Kopf zu ihr. Seine Augen schimmerten fast ebenso schwarz, wie der Fleck auf dem Bildschirm. „Etwa sechste Woche", sagte er leise.

Marlena spürte, wie sein Gesicht vor ihren Augen verschwamm. Ein heftiger Schluchzer bahnte sich seinen Weg aus ihrer Brust. Alex beugte sich über sie, streichelte ihr Gesicht und begann, es mit unzähligen zärtlichen Küssen zu bedecken. Ihr Schluchzen wurde immer heftiger. Alex küsste sie weiter. Schließlich zog er sie behutsam in seine Arme, hielt sie ganz fest und wiegte sie wie ein Kind.

FEEDBACK

Ja, gern! Es interessiert mich sehr, was ihr über diesen Roman zu sagen habt. Ich freue mich über eine Rezension auf Amazon und/oder über einen anregenden Gedankenaustausch per Mail an nora@nora-amelie.de

MEHR INFORMATIONEN

zum Roman und weiteren geplanten Geschichten gibt es:
auf meinem Blog
http://www.nora-amelie.de
auf Facebook
https://www.facebook.com/nora.amelie.autorin
und auf Twitter
http://twitter.com/noraamelie

ÜBER DIESES BUCH

Im zweiteiligen Roman THE SECRETS OF GREY DAYS, dessen erster Band DIE AGENTUR im Februar 2015 erschien, geht es um eine ungewöhnliche Geschäftsidee. Nach dem Erfolg von „Fifty Shades of Grey“ will Marlena mit ihrer Agentur G.o.G. zahlenden Kunden Shades-Feeling verkaufen. Sie kreiert die erotischen Grey-Days, bei denen ein dominanter Mann – der Grey – eine unerfahrene Frau in die Geheimnisse des BDSM einführt.

In mehreren Specials zum Roman werden die Erlebnisse dieser Frauen erzählt. THE GREY DAYS – TANGOFIEBER, auf amazon bereits erschienen, macht mit der Geschichte um Lisa und Paul den Anfang. Im Oktober folgt das nächste Special. Im Mittelpunkt steht dann eine Bondage-Session.

Nachfolgend eine Leseprobe aus TANGOFIEBER …

THE GREY DAYS – TANGOFIEBER. Leseprobe

… Eigentlich hasse ich diesen Ort. Warum? Ganz einfach – er ist mein Verderben. Allein der Gedanke an ihn hinterlässt ein paar Gramm mehr auf meinen Hüften. Und weil auch mein täglicher Gang quer durch die Stadt hier vorbeiführt, steht es mit den Chancen auf eine demnächst nötige Dauerdiät wirklich zum Besten.

Orte wie dieser sollten mit einer Käseglocke vom Rest der Welt abgeschirmt werden. Für mich und all die anderen, die den verführerischen Aromen aus dem Verkaufsfenster des Horrorhauses nicht widerstehen können. Denn wehe, wir setzen unseren Fuß durch jene Tür! Den Rest des Tages können wir dann vergessen. Da hilft weder das heimliche Versprechen, bis zum Wochenende auf Schmalkost umzusteigen. Noch die Hoffnung, man könne sich endlich zu der längst fälligen morgendlichen Laufrunde überwinden.

Übrigens sind wir bedauernswerten Opfer allesamt weiblich, in der Mehrheit jedenfalls. Keine Ahnung, wie die Männer das machen. Die jedenfalls, die sich hierher wagen, haben ihre besten Zeiten schon hinter und ein ansehnliches Bäuchlein vor sich. Fallen also durch das Raster. Welches? Na das, nach dem ich potentielle Bettgefährten auswähle.

Ähm, na ja, so wollte ich das jetzt auch nicht unbedingt formulieren. Klingt ja, als hätte ich einen extremen Verschleiß. Dabei waren es gerade drei oder vier im letzten halben Jahr. Viel? Nee, oder? Nein, nun bleibt mal sachlich. Rein rechnerisch betrachtet ist das alle anderthalb Monate einer. Also alle sechs, sieben Wochen Sex. Das werdet ihr mir ja wohl zugestehen. Warum es immer wieder ein neuer Mann sein muss? Gegenfrage: Warum bleiben sie nicht?

Tja, wenn ich das wüsste. Ursachenforschung betreibe ich längst nicht mehr. Hab mich mit diesem Zustand abgefunden. Es passt einfach nie so richtig. Vielleicht, weil meine Vorlieben ziemlich speziell sind. Nee, ich erzähl jetzt nicht, wie genau. Dafür hab ich gar keine Zeit. Bin verabredet. Mit meiner Freundin. Ja, genau – sie wartet dort, wo es gleich was auf die Hüften gibt. Ich bin noch nicht ganz sicher, was. Nusstorte hatte ich letztes Mal. Vielleicht die neue, die Friesentorte? Pflaumenmus auf Blätterteig – hört sich doch gut an, oder? Hmmm, ich kann es gar nicht erwarten.

Ein geniales Gefühl, wenn man den Laden in dem Glauben betreten kann, wenigstens dieses eine Mal nichts Strafbares zu tun. Eine Verabredung ist nämlich das perfekte Argument. Schließlich ist man dem anderen schon der Höflichkeit halber schuldig, mit ihm gemeinsam zu schlemmen. Doch. Damit er sich nicht schlecht fühlt. Und bei diesen Kalorienbomben fühlt sich jeder schlecht. Geteiltes Leid ist also halbes Leid.

Im Vorbeigehen werfe ich einen Blick auf das Tortenrondell – hmmm, hmmmmmm. Hab ich heute eigentlich überhaupt schon was gegessen? Ich meine, seit dem Frühstück? Na bitte – der Mensch braucht was im Magen. Erst recht, damit er nicht irgendwann unterzuckert danieder sinkt. Ha, immerhin nehme ich die Treppe ins Obergeschoss. Fahrstuhl kann ja jeder. Ist auch echt nicht gut für die Kondition. Triumphierend lächle ich dem älteren Pärchen zu, hinter dem sich gerade die Türen des Lifts schließen.

Elli ist natürlich schon da. Hätte mich sehr gewundert, wenn nicht. Sie thront an einem der Tische direkt vor dem Fenster. Ihre Präsenz überrascht mich jedes Mal neu. Was hat sie nur wieder alles um sich herum verteilt? Auf dem Sessel zu ihrer Linken türmen sich die Einkaufstüten, rechts hat sie ihren Mantel über die Lehne geworfen. Als ich auf sie zueile, hebt sie wegweisend den Arm, als könne ich sie mit all diesem Krempel tatsächlich übersehen.

„Ein Kundentelefonat", seufze ich theatralisch und lasse mich in den freien Sessel ihr gegenüber fallen.

„Es sind immer Kundentelefonate", entgegnet Elli in ihrem typischen Von-oben-herab-Ton. „Ist dir das schon mal aufgefallen?"

Ich schäle mich aus meiner Jacke, zerre am Ärmel, der irgendwie hängt, und schaue sie mit einem Dackelblick an.

„Echt?“ Dann schiele ich auf ihren Teller. „Schon wieder Fürst Pückler?“
Sie nickt, tunkt ein Stück davon in das Sahneschälchen und schiebt es sich in den Mund. „Ich brauch Schokolade. Vieeel“, murmelt sie, während sie ihre Lippen spitzt, um die süße Verführung sekundenlang am Gaumen zu halten.
„Bist du schwanger?“ Ich winke der Bedienung, die mit ihrer Fliege und dem mürrischen Gesichtsausdruck darüber selten dämlich aussieht. Aber das hat hoffentlich nicht auf ihr Gemüt abgefärbt. Kaffee und Torte wird sie ja gerade noch auf die Reihe kriegen.

„Ich sterbe schon den ganzen Tag lang einen Heldentod, wenn ich nur daran denke, welche Sünde ich heute wieder auf mich lade“, schiebe ich seufzend hinterher. Dann lehne ich mich zufrieden im Sessel zurück, falte die Hände über dem Bauch und prüfe bei der Gelegenheit ganz unauffällig, ob sich vielleicht doch schon ein Speckröllchen an meinem Gürtel vorbeiquetscht. Aber noch scheint alles in Ordnung zu sein. Der Spruch, ich würde auch noch dahin kommen, den mir eine alte Kollegin stets frustriert entgegen schleuderte, wenn ich mich über ihren Diätenwahn lustig machte, wird mir wohl nie wieder aus dem Kopf gehen.
Elli starrt mich entgeistert an. Ich stutze einen Moment. Dann fällt mir wieder ein, was ich gerade gefragt habe. Ich hebe die Brauen. „Bist du etwa?“
„Quatsch!“

Ein bisschen zu laut macht sie ihrer Empörung über meine Vermutung Luft. An den Nachbartischen heben sich dauergewellte Köpfe. Ich starre sie an, sie mich und dann prusten wir los. Noch mehr Köpfe. Und die Fliegen-Frau mit meinem Kaffee. Und zwar nur mit dem. Ohne Torte. Himmel, warum können die nicht beides zur selben Zeit servieren? Bis die mit dem Kuchenteller hier auftaucht, ist der Kaffee kalt. Und wenn ich eins hasse, dann kalten Kaffee.

„Wetten? Das ist Methode“, gifte ich über die Tasse hinweg zu Elli rüber und nehme einen Schluck.
„Was?“

„Na das mit dem Kaffee. Die bringt mir absichtlich die Torte erst dann, wenn ich den halb aus habe und er sowieso nur noch lauwarm ist. Zum Kuchen muss ich dann eine zweite bestellen."

Elli zuckt die Schultern. „Na und? Was ist daran so schlimm?"

„Nichts." Ich zucke auch. „Aber dieser Vorsatz – der passt mir nicht."

„Manchmal bist du ne richtige Zicke", sagt Elli und hebelt ein großes Stück Schokolade von ihrem Fürst Pückler.

Wieder grinsen wir uns verschwörerisch an …

THE GREY DAYS – TANGOFIEBER ist als eBook und als Taschenbuch auf amazon erhältlich.

Gleichfalls aus der Feder von Nora Amelie:

INSEL DER NACHTIGALLEN. Ein zweiteiliger Roman, in dem Zahnärztin Theresa nach der Lektüre von „Fifty Shades of Grey“ ihre dunklen Phantasien entdeckt. Weil sie sie nicht ausleben kann, schreibt sie Geschichten darüber. Doch auf Dauer ist das unbefriedigend. Sie beginnt, an ihrer Ehe zu zweifeln, reist allein auf eine einsame Insel und begegnet hier dem Mann ihrer Träume. Allerdings ahnt sie nicht, dass die heftige Affäre mit dem Unbekannten nach Plan verläuft. Und dass hinter diesem Plan ihr Mann steckt.
Teil 1 und 2 als eBook und Taschenbuch auf amazon.

THERESAS GESCHICHTEN. Jene erotischen Stories, in die Theresa ihre Phantasien legt.
Band 1 und 2 ebenfalls auf amazon, derzeit nur als eBook. Eine Taschenbuchausgabe mit den Geschichten beider Bände ist geplant.

LESEPROBEN aus INSEL DER NACHTIGALLEN 1:

… Jon lehnte sich zurück und drehte das Weinglas zwischen den Fingern.

„Sie wollen also wissen, warum ich auf Sie abfahre." Seine Stimme klang spöttisch.

Theresa errötete und nickte. Sie hatte nicht damit gerechnet, welch eingehende Musterung ihre Frage provozieren würde. Konnte er das nicht vielleicht etwas weniger auffällig tun? Und warum ließ er sich so viel Zeit für eine Antwort?

„Das erraten Sie nicht!" Er schlug die Beine übereinander und begann, mit dem Fuß zu wippen. Dann beugte er sich ihr entgegen und legte beide Hände flach auf den Tisch. „Es ist, wie Sie gehen."

Sie starrte auf diese Hände. Auf die kurzen gepflegten Fingernägel und die kräftig ausgeprägten Adern unter der Haut.

„Wie geh' ich denn?" Theresa versuchte, sich ihr Spiegelbild in Erinnerung zu rufen, wie es aussah, wenn sie an einem Schaufenster vorüber lief. Da war nichts Auffälliges.

„Das sehe nur ich", erklärte Jon, als hätte er ihre Gedanken erraten.

„Sieht es … komisch aus?", fragte sie.

Er lachte laut. „Sie meinen, ob es aufreizend wirkt?" Noch einmal dröhnte sein Lachen durch den Raum. „Nein, machen Sie sich keine Gedanken!" Dann lehnte er sich zurück, verschränkte die Arme und sagte: „Doch, … es macht mich an!"

Theresa guckte unsicher. Sie hängte den Nasenbügel ihrer Brille zwischen Daumen und Zeigefinger und ließ, während sie die Fingerkuppen aneinanderpresste, das Brillengestell hin und her schaukeln.

Jon wurde ernst. „Wollen Sie wissen, was noch?"

Die Brille überschlug sich und knallte auf den Tisch.

„Wenn eine Frau erregt ist."

Theresa spürte, wie sich ihr Bauch zusammenzog.

„Wenn ich sehe, wie sich ihre Atemfrequenz erhöht, wie sich ihre Brust schneller hebt und senkt…"

Sie begann, tief in sich hinein zu atmen. Mist! Er hatte sie eiskalt erwischt!

„ … Wenn sich ihre Haut mit einer zarten Röte überzieht und ihr Gesicht ganz weich wird …“
Kleine Lustwellen fluteten durch ihren Körper. Ihr wurde schwindelig.
„Hören Sie auf!“, bat sie flüsternd.
Jon schüttelte den Kopf. „Warum? …“
Der Blick, mit dem er sie bedachte, machte ihre Anspannung nur größer. Sie holte tief Luft und gab sich beherrscht. Na prima! Das hatte sie nun von ihrer Offenheit! So ein arroganter Kerl! …

* * *

… Eine Weile starrten sie schweigend in die Flammen, die knisternd die Scheite verschlangen.
„Wie hast du es gern?“, knüpfte Jon an ihre Unterhaltung in den Klippen an. Er war sich bewusst, dass er sich auf dem schmalen Grat, den ihr Gedankenaustausch immer wieder erreichte, gerade so hielt. Aber neben der Bereitschaft, mit einem fremden Mann über Sex zu sprechen, glaubte er längst, Theresas Neugier auf mehr entdeckt zu haben. Er war noch unsicher, ob echtes Verlangen dahinter steckte. Wenn nicht, würde er es entfachen.

Bei seinen Worten spiegelte sich auf ihrem Gesicht nicht nur der Widerschein des gelbzüngigen Feuers im Kamin. Überraschung las er und Entsetzen, Wut und Lust. Dieser sichtbare Gefühlscocktail und die Farbe ihrer Augen waren an Intensität kaum noch zu überbieten.
„Du stellst seltsame Fragen“, sagte sie, und er spürte, wie sie sich wand.
„Warum seltsam? Es ist doch nur eine Frage. Du musst sie nicht beantworten.“ Er schwieg erneut und setzte dann hinzu: „Magst du es am Tage oder lieber bei Nacht?“

Theresa war in eine halbe Liegeposition gerutscht, schlug die Augen nieder und starrte ins Glas. Als sie endlich antwor-

tete, hatte Jon schon gar nicht mehr damit gerechnet.
„Ich mag es, wenn es nicht so hell ist."
„Und was muss passieren, damit es dir gefällt?", fragte er weiter. Er konnte sehen, wie es hinter ihrer Stirn arbeitete, als suche sie nach den passenden Worten, und kam ihr zu Hilfe.
„Du lässt dich gern berühren."
Sie nickte und atmete hörbar aus.
„Überall?"
Erneut ein Nicken.
„Lieferst du dich aus?"
Sie runzelte die Stirn.
„ … So wie Olivia. Es ist doch deine Phantasie! Magst du das?", versuchte er, die Frage deutlicher zu formulieren.
„ … Ich denke schon …", kam die zaghafte Antwort. Ihr war scheinbar unklar, worauf er hinaus wollte. In diesem Moment fühlte er das ganze Ausmaß ihrer offensichtlichen Unerfahrenheit.
„Erregt es dich, nackt zu sein, während dein Partner bekleidet ist?" Seine Stimme wurde dunkler.
Theresa wirkte verlegen. „Ich weiß nicht."
„Hast du es ausprobiert?"
Sie nahm einen großen Schluck aus ihrem Weinglas. Während sie die Lippen aufeinander presste, schüttelte sie langsam den Kopf und sah ihn mit geweiteten Augen an. Das helle Blau darin glänzte fiebrig.

Er goss ihr sofort nach.
„Willst du mich betrunken machen?", protestierte sie schwach.
Er lächelte. „Vielleicht … Hast du Erfahrungen mit Männern?"
Sie verschluckte sich und begann zu husten.
Er beugte sich zu ihr rüber und klopfte vorsichtig ihren Rücken. „Ich wollte dich nicht aus der Fassung bringen."
Theresa schüttelte hektisch atmend den Kopf.

Er verstand. Das machte die Sache nicht unbedingt leichter für ihn. Er sah zu, wie sie sich zuerst der Decke, dann ihres dicken Pullovers entledigte.
„Ich verstehe immer noch nicht, wie du erotische Geschichten

schreiben kannst, obwohl dir die Erfahrungen fehlen", sagte er. „Ich bin gut im Recherchieren", antwortete sie und begann, mit ihrem Haar zu spielen. Sie ergriff einzelne Strähnen und wickelte sie versunken um ihre Finger …

* * *

… Überrascht versuchte sie, ihm zu entkommen. Doch er war schneller und zog sie eng in seine Arme.

„Du bist zu langsam." Seine Augen funkelten belustigt. Er drängte sie ein paar Schritte auf die Seite gegen einen Baum. Mit ungeheurer Kraft presste sich sein Körper an den ihren und ließ sofort ganze Schwärme von Schmetterlingen in ihren Eingeweiden tanzen.

„Wenn uns jemand sieht …", flüsterte sie atemlos. Verunsichert ging ihr Blick in die Richtung, aus der sie gekommen waren.

Jons Gesicht näherte sich. Theresa glaubte darin Verlangen zu entdecken und eine Wildheit, die sie so bisher an ihm nicht wahrgenommen hatte. Um seinen rechten Nasenflügel zuckte es. Ihr Herzschlag setzte für eine Sekunde aus, um sich gleich darauf ohne Vorwarnung zu überschlagen. Jon öffnete den Mund, ließ die Zähne sehen, senkte seinen Kopf zu ihrem Hals hinunter und biss leicht, aber doch ein wenig schmerzhaft hinein.

„Aua!", rief sie entrüstet.

Ohne ein Wort biss er noch einmal zu, diesmal heftiger.

„Du tust mir weh!", beschwerte sie sich.

„Ach ja?" In seiner Stimme klang Spott.

Wieder legte er seinen Mund an ihren Hals. Seine Hand fixierte sie im Nacken. Doch dieses Mal biss er nicht zu. Er küsste sie. Ganz leicht, so dass es beinahe kitzelte. Als sie den Kopf hin und her drehen wollte, um ihn abzuschütteln, verstärkte er seinen Griff, während der Kuss so hart wurde, dass sie lustvoll aufstöhnte.

Er hielt einen Moment inne, so dass sie zu Atem kommen konnte, und betrachtete sie amüsiert. „Ich tu dir also weh. Wo genau?", wollte er wissen. Sein Blick glitt in Zeitlupe über ihren Körper und zurück zu ihren Augen. „Na sag, wo?"
Theresa spürte, wie sein Bein zwischen ihre drängte. Mit dem Knie berührte er ihre Scham.
„Hier?", fragte er. „Tut das weh?" Im nächsten Moment knetete er behutsam ihre Brust. „Oder das? … Na sag!" Er hauchte einen Kuss auf ihr Ohr und biss dann mit Kraft in das winzige Ohrläppchen.

Wieder stöhnte sie. Ihre Glieder waren dabei, sich in Pudding zu verwandeln. Hitze schoss unaufhörlich in ihren Bauch. Sie war verblüfft darüber, wie sehr sie seine Attacke erregte. Die Mischung aus Scham, Lust und Angst versetzte sie in einen Zustand plötzlicher Lähmung. Ihre Kehle fühlte sich an wie Sandpapier.
„Was ist?", fragte Jon grinsend. „Schon aufgegeben? … Wehr dich!" Er fasste ihre Hände, führte sie über ihren Kopf und presste sie an den Stamm. „Wenn du dich nicht wehrst, habe ich leichtes Spiel."
Die Vorstellung, was er damit meinen könnte, jagte kleine Stromstöße durch ihre Venen. In ihrem Schoß sammelte sich Feuchtigkeit.

Ohne eine Antwort abzuwarten, neigte er den Kopf und fuhr mit gesenkter Stimme dicht an ihrem Ort fort: „Ich werde dir die Klamotten herunterreißen." Er ließ seine Zungenspitze in ihr Ohr gleiten. „Und dann werde ich dich vögeln. Von hinten. Wie in deiner Geschichte." Die Zungenspitze leckte über ihre Ohrmuschel hinunter zum Hals. „Hast du etwas dagegen einzuwenden?" Er hielt inne, suchte in ihren Augen nach einer Antwort, und als die nicht kam, griff er ihr unvermittelt zwischen die Beine.
Sie zuckte zusammen und legte ihre nun freie Hand intuitiv auf seine.
„Das üben wir noch, meine stumme Schöne", flüsterte Jon. Er führte ihren Arm zurück an den dickborkigen Baumstamm und umfasste mit einer Hand ihre beiden Handgelenke. Seine

andere Hand öffnete Theresas Hose und schob sich über ihren Unterleib erneut in die Tiefe. „Oh oh“, sagte er und grinste. Für einen Moment verharrte sein Daumen über ihrer Knospe und drückte ein wenig.

Theresa konnte nicht verhindern, dass ihr ein kehliges Stöhnen entfuhr. Im selben Moment hörte sie Stimmen.

„Da kommt jemand!“, platzte es erschrocken aus ihr heraus.

„Der geht auch wieder“, gab Jon leise knurrend zurück. Er machte keine Anstalten, sich von ihr zu lösen.

Sie wehrte sich nun doch, zappelte unter seinen Händen und versuchte, das Knie zu heben. Er wich geschickt aus und verstärkte seinen Griff. Jetzt waren auch die Schritte der Leute zu hören. Ihre Stimmen allerdings wurden leiser und verstummten schließlich ganz. Bei dem Anblick, der sich ihnen bot, musste es ihnen natürlich die Sprache verschlagen haben. Theresa hielt entsetzt in ihren Bewegungen inne. Warum tat sich in diesem Moment nicht die Erde auf und verschlang sie? Hoffentlich war niemand von der Fähre dabei! Auf ein Schaulaufen bei der Rücktour konnte sie locker verzichten. Die Stille wurde unerträglich.

Sobald sich die Schritte allerdings entfernt hatten, schnaubte sie empört.

„Was sollte das?“, fuhr sie Jon an. „Die müssen ja sonst was gedacht haben!“

Er schaute ihr lächelnd ins Gesicht. Ohne ein Wort gab er ihre Hände frei. Doch als sie sich an ihrer Hose zu schaffen machen wollte, drehte er sie abrupt um und schob sie nachdrücklich vor sich her ein paar Meter weiter in den Wald hinein. „Wir sind noch nicht fertig, meine Schöne“, drohte er mit einem gefährlichen Unterton in der Stimme. Das Feuer in seinen Augen schwelte. „Bleib so und beug dich nach vorn!“ Wie um seine Worte zu unterstreichen, drängte er sie näher an einen Baum.

„Was?“ Theresa hatte geglaubt, er würde es bei ein paar Sprüchen belassen. Verdutzt drehte sie sich zu ihm und versuchte, in seinem Gesicht zu lesen. Aber er packte sie an den Schultern und riss sie herum. Halt suchend griff sie mit beiden

Händen nach dem Baumstamm.

„Na geht doch“, murmelte Jon hinter ihr. Ungeduldig presste er sich an ihren Körper. Als Theresa seine Erektion spürte, zogen sich die Muskeln in ihrem Schoß zusammen. Um ihr Gefühlschaos komplett zu machen, nahm Jon gleich darauf wieder Abstand von ihr und legte eine Hand auf ihr Rückgrat. „Beug dich vor!“

In der ihr auferlegten Position musste Theresa sich festhalten, ob sie wollte oder nicht. Sie spürte, wie er an ihrer Hose nestelte, in die Hocke ging und die Jeans mit einem kräftigen Ruck bis auf ihre Schuhe hinunterzerrte.

„Sehr schön“, sagte er und verharrte. Seine Finger streichelten ihre Pobacken und fuhren auf und ab, bis sie schließlich kurz in ihre Mitte tauchten.

Theresa stöhnte leise. Ein unbeschreibliches Gefühl, so entblößt vor ihm zu stehen und dabei zu wissen, dass sie jeden Moment die Aufmerksamkeit Vorübergehender auf sich ziehen konnten. Sie musste zugeben, dass es sie erregte. Sie hörte, wie Jon seinen Gürtel löste.

„Die Hände tiefer“, kam leise eine neue Anweisung.

Sie tastete sich vorsichtig am Stamm hinunter. Der Winkel, in dem sie ihm jetzt ihren Hintern entgegen reckte, musste äußerst einladend auf ihn wirken. Unschwer zu erraten, was er vorhatte.

Jon streichelte über ihren Rücken, legte eine Hand an ihre Hüfte, die andere unter den Bauch. „Halt dich fest!“

Kaum hatte er das gesagt, stieß er mit einem Ruck tief in sie hinein. Theresa schrie auf, obwohl sie sich Mühe gab, jeden Laut zu unterdrücken. Die Hand auf ihrem Bauch wanderte höher und legte sich um ihre Brust. Mit Daumen und Zeigefinger zupfte er an den sich aufrichtenden Knospen. Die neuerliche Stimulation vermischte sich mit dem qualvollen Ziehen in ihrem Unterleib und raubte ihr die Sinne. Sie atmete schneller. Jons Hand rutschte zurück auf ihren Bauch und von dort hinunter zwischen ihre Beine. Sein Finger rieb geschickt über ihre Klitoris. Seine Stöße blieben tief und folgten in raschem Rhythmus.

Es dauerte nicht lange und Theresa war ihrer Erregung kaum noch Herr. Ihre Fersen lösten sich vom Boden. Gleichzeitig ging sie in die Knie. Ihre Beine begannen zu zittern. Mit einer ungeheuren Wucht überfiel sie die süße Qual des sich aufbauenden Orgasmus. Als er sie überrollte, stand sie auf Zehenspitzen und fürchtete, jeden Moment zusammenzubrechen. Ihre Hände wurden kraftlos und fanden kaum noch den nötigen Halt. Jon musste das gespürt haben. Er umfing sie mit seinem Arm und gab ihr ein wenig Zeit. Aber sobald sie sich ausbalanciert hatte, nahm er seinen schnellen Rhythmus wieder auf und trieb sie unentwegt einem weiteren Höhepunkt entgegen …

14672356R00189

Printed in Poland
by Amazon Fulfillment
Poland Sp. z o.o., Wrocław